Bellum

Bellum / Lydia A. Benavent - 1a. ed. - Ciudad Autónoma
de Buenos Aires : Del Nuevo Extremo, 2023,
470 p.; 20 x 14 cm.

ISBN 978-987-609-835-9

1. Literatura Infantil y Juvenil. 2. Literatura Fantástica.
I. Título.

CDD 863.9283

© 2023, Editorial Del Nuevo Extremo S.A.
Charlone 1351 - CABA
Tel / Fax (54 11) 4552-4115 / 4551-9445
e-mail: info@dnxlibros.com
www.delnuevoextremo.com

Diseño e ilustración de cubierta: Carolina Bensler

Primera edición: junio de 2023

ISBN: 978-987-609-835-9

Lydia A. Benavent

Bellum

A mis yayos: Isabel y Pepe.
Sois mi primer y último pensamiento.

Capítulo 1

La reina ha muerto.
La reina había muerto y del cielo caían estrellas. Solo que no eran estrellas. Eran bolas de fuego verde que se extinguían antes de alcanzar la superficie. Un símbolo del luto de Eter.

—Mi lady, las sacerdotisas la esperan.

Retiré con suavidad las gasas de mi vestido y me levanté con una extraña mezcla de desasosiego y determinación.

Las sacerdotisas aguardaban en la cima del monte Lymphus, que se alzaba salvaje, desafiando a los Cuatro Reinos, imponiendo su presencia como un guardián de la paz o como un padre afectuoso.

Deslizando el pulgar por mi frente, hasta crear un cuadrado perfecto, convoqué un hechizo para transportarme directamente a lo alto del monte, hasta el Oráculo.

Llevaba días esperando su llamada. Las noticias que me revelaría serían definitorias para el futuro del reino y, por tanto, para el mío.

Al salir del portal, el viento frío de la montaña me azotó la cara, dificultándome avanzar hacia el grupo de columnas que custodiaban la entrada.

El templo destellaba con la luz blanca del nácar, como diminutas escamas de sirenas albinas. Un pequeño edificio circular, sin paredes, sostenido por gruesas columnas que resguardaban el altar de las corrientes.

Caminé erguida, a pesar de los envites del viento, hasta traspasar la entrada, y me empapé de ese aire de suficiencia y confianza que con los años había llegado a fingir tan bien.

Antaño eran muchas las sacerdotisas. Ahora solo tres. Estaban cogidas de la mano, cerrando un círculo alrededor del altar manchado de sangre. El aire sabía a hierro y azufre.

Eran las mujeres más antiguas de todo mi planeta. El planeta original, rico en recursos naturales, el que albergaba la fuente más poderosa de todo el sistema: el Sauce. Su savia concedía años de vida a quien la bebiera. A cambio, el árbol no pedía sacrificio alguno, tan sólo se quedaba con una parte de la vitalidad del alma del bebedor. Así, la naturaleza se aseguraba de que el ciclo de la vida no quedara interrumpido, a pesar de todo.

Más años, a cambio de un alma cada vez más envejecida.

Las sacerdotisas se soltaron de las manos y se volvieron hacia mí. Me enderecé. El brillo encerado de sus facciones era un reflejo de todos los años que habían robado a la muerte.

—Mi lady. —saludó la sacerdotisa de pelo plateado.

No se inclinó. Eran las únicas con ese privilegio.

—Me han comunicado que tenéis noticias —dije sin más preámbulos.

—Sabemos quién es la heredera que os sucerderá en el trono —soltó la mujer de la derecha, de pelo rojo como el fuego.

Me esforcé por no demostrar lo que suponían para mí esas palabras.

El Oráculo era el encargado de señalar a la próxima heredera al trono y siempre escogía a la joven idónea. Fuera quien fuera. Se encontrase donde se encontrase. Sin embargo, en ocasiones excepcionales, también había optado por la descendiente de alguna reina. Aunque esta era siempre la excepción. Escaseaban las mujeres con el poder de dar a luz.

Cuando aún era una niña, Patme, la difunta reina de Eter, fue a buscarme. No recordaba nada de mi vida antes de ella, ni el planeta del que procedía, ni a mis propios padres. Tan solo sabía que el día en el que ella me encontró todo cambió para mí.

Nadie sabía exactamente qué buscaba el Oráculo, qué cualidades consideraba más importantes, cuál era el carácter que debía tener una reina para gobernar un planeta entero... Yo, al menos, no tenía la menor idea de por qué me había elegido.

Traté de disimular mis emociones de las miradas indiscretas de las sacerdotisas, pero me di cuenta de mi estrepitoso fracaso cuando una de ellas dijo:

—Espero que sepáis anteponer los planes del reino a vuestros sentimentalismos.

La fulminé con la mirada.

—Y yo espero es que empecéis a rezar con más ganas. Lo que hacéis no parece servirnos de mucho.

—Nuestras plegarias son solo para el reino, mi lady.

Mi lady, no mi reina. La coronación aún no se había celebrado. La tradición decía que debía llevarse a cabo tres días después de la visión: tenía que haber una heredera antes de que la anterior fuera coronada. Y las tradiciones se habían convertido en algo realmente importante para un planeta que vivía del esplendor de los días pasados.

—¿Dónde está la niña? —espeté, sin ocultar mi desdén.

—Ese es el problema —contestó la de pelo plateado. Su rostro mostraba la misma indiferencia que el de sus hermanas.

Fruncí el ceño, confundida. Era yo quien debía ir a por la niña. Personalmente. Por tradición, en parte, pero también por algo más. Algo antiguo, un vínculo que solo podían apreciar las reinas, un lazo perceptible entre la que reina y la que reinará, como dos caras de una misma moneda. En definitiva, yo era la única que podía identificar a esa niña y ni siquiera el Oráculo podía hacerlo con ese grado de seguridad. Tan solo podía señalar datos imprecisos, su ubicación, en ocasiones sus características físicas. Siempre era una empresa difícil, pero no imposible. El primer recuerdo que poseía era el del vínculo que se había consolidado entre Patme y yo. La energía fluyendo entre nosotras, tan implacable como el fuego. Una espiral de magia que une de por vida y solo se quiebra con la muerte.

—¿Qué queréis decir?

—La niña está en Bellum.

Perdí la compostura.

—Maldita sea.

Capítulo 2

El sol se filtraba como pequeñas gotas de luz, dando la bienvenida a un nuevo día. El que debía ser el día más emocionante de mi vida. El día de mi coronación.

Me levanté de la cama con cuidado para no despertar a Brandon, que se encontraba en un estado cercano al coma, ocupando tres cuartos de la ya de por sí enorme cama. Con un movimiento fluido me puse mi bata de seda blanca, cerré el cinturón hasta amoldar la prenda a mi cuerpo desnudo, y salí al balcón.

La belleza del paisaje era embriagadora.

Años atrás, durante mi preparación, tuve el privilegio de viajar con Patme en misiones diplomáticas por todos y cada uno de los planetas habitables en nuestro sistema. Visité desde las marismas insondables de Nácar hasta los templos sagrados de Elohim, decorados con tantas piedras preciosas que al mirar directamente el reflejo del sol en las paredes podías quedarte ciega.

Pero ninguno era como Eter.

Eter y sus cuatro reinos, uno por cada elemento.

La tierra del fuego, Ignia, con sus resplandecientes dunas doradas, mecidas en remolinos por el viento. Su polvo de oro se pegaba a la piel de los ciudadanos, que siempre parecían cubiertos de brillantes. Era el rasgo distintivo de los Ignios, criaturas orgullosas que habían mantenido la costumbre de adherir este polvo a su piel, aun cuando salían de su bella ciudad.

El viento de Arvel, la ciudad de la música. Desde el primero hasta el último peldaño de la ciudad se situaba en la montaña, plagada de cristales violáceos. Cuando el viento tocaba los cristales, estos emitían sonidos que variaban en función del punto cardinal del que procedía. Así, el viento que llegaba del este susurraba melodías tranquilas y sosegadas, mientras que el del oeste tronaba en los oídos de los arvelios como un dios malhumorado.

Los Lagos, símbolo del agua, en todas sus formas y colores, del más profundo tono marino al rosa más pálido. Una tierra apacible donde se podía encontrar a todo tipo de criaturas acuáticas conviviendo con los humanos. Por supuesto, no solo había seres de agua en Los Lagos, también vivían en los otros tres reinos; sin embargo, la comunidad acuática: sirenas, ninfas, ondinas... parecía más a gusto permaneciendo unida.

Y mi querida Astra. La tierra. La ciudad que fue mi hogar, la que me acogió cuando yo ni siquiera sabía mi nombre. La culminación de la magia. Fértil, viva, salvaje. Desde el balcón de mi habitación, solo alcanzaba a ver una pequeña fracción del reino. El castillo se encontraba fusionado con el bosque, como una extensión de este. Las paredes y suelos eran de nudosa madera, y los techos variaban en función de la época del año. En la estación de lluvias se cubrían de amplias hojas por las que discurría el agua, como si fueran canalones; en la floración se adornaban con chispeantes flores de temporada, preservadas gracias a la magia, y en las noches calurosas se retiraba la cobertura para dejar paso a la brisa.

Eter se diferenciaba de los otros planetas porque no era artificial. Mi planeta era el original, de donde procedían todos los seres antes de que emigrasen a otros puntos del sistema, a planetas adaptados como Bellum, Nácar, Kapital o Elohim. Y, en contra de lo que podría parecer, Eter no se mantuvo como centro del poder. Ni siquiera había bastado para ello la presencia del Sauce.

El mando fue trasladado a Kapital. Sus gobernantes fueron los que, muchos años atrás, promovieron, desde Eter, la transformación de los demás planetas hasta hacerlos habitables. Los cuatro tenían lo indispensable: la estrella adecuada, la masa suficiente, y una órbita y rotación idóneas. Del resto se podían ocupar con magia. Así que, tras años de luchas encarnizadas que derivaron en la Segunda Guerra, venció el expansionismo y así se consolidaron las fuerzas de los planetas.

Noté unas manos firmes que tocaban mis caderas, acariciando la suavidad de la tela. Me giré hacia Brandon y me lo encontré con los ojos entrecerrados y el pelo oscuro revuelto, somnoliento. Las ojeras y la barba descuidada le daban aspecto de necesitar dormir durante tres días seguidos.

—Que pronto os habéis levantado —murmuró, acariciando mi cuello con su nariz respingona.

Yo le sonreí, tensa. Lo más difícil siempre era enfrentarlo al día siguiente.

Brandon y yo nunca hablábamos de sentimientos. Lo nuestro tan solo era necesidad, una distracción de las obligaciones.

Siempre quise ser reina y siempre supe el coste que suponía. Devoción, esfuerzo, sacrificio... El reino antes que nada. La seguridad de mi gente por encima de todo. Incluso por encima de todo lo que yo era.

Lo que yo era...

Que ironía tan amarga.

No recordaba quién era yo, solo sabía quién debía ser y eso era lo único que importaba, porque pesaba una responsabilidad enorme sobre mis hombros, porque estábamos en guerra con Bellum y no me podía permitir ninguna debilidad. Porque si fallaba...

Si fallaba los condenaría a todos.

—Debería vestirme... —susurré agachando la cabeza, incapaz de mirarlo a los ojos.

Brandon suspiró. No era la primera vez que pasábamos por esto.

En absoluto me avergonzaba haber pasado la noche con él, pero... Lo que por la noche parecía tan fácil, de día, no lo era tanto.

Cuando me decidí a mirarlo, pude ver desconsuelo en sus ojos pardos y la culpa me trepó por la garganta, impulsándome a prometer unos sentimientos que no estaba a mi alcance escoger. Por primera vez, mi rechazo pareció dolerle y yo no pude evitar establecer un símil entre lo que él debía de estar percibiendo en mí y lo que en algún momento debió de sentir con su madre. Una parte de mí quería dar consuelo a ese niño que se sentía desplazado, regalarle la promesa que quería escuchar, pero no habría sido sincera. Así que dejé que se diera la vuelta para marcharse. Pero se giró antes de llegar a la puerta.

—Sé que no es el momento, pero deberíamos hablar de esto —comentó, señalando con el ceño fruncido el espacio que había entre los dos—. Quizá no mañana, ni pasado. Solo... Pensadlo.

—Brandon, sabes que por nada del mundo querría hacerte daño. Podemos terminar con esto... si te causa dolor —le dije, sosegada—, pero no puedo prometerte nada más.

—Yo podría ser la persona que necesitáis a vuestro lado en esta guerra. Podría ser algo más que una aventura nocturna, si me dierais la oportunidad —dijo, aproximándose como si yo fuese un animal salvaje.

Levanté una mano para que se detuviera. No podía enfrentarme a él en ese momento. Lo miré, esperando que comprendiera. No sé si lo hizo, pero se dio la vuelta y, esta vez sí, cerró la puerta al marcharse.

Las ayudas de cámara me colocaron la capa a juego con el vestido. Era de una preciosidad nívea. El suave tejido de seda se ajustaba perfectamente a mis curvas, dejando una profunda abertura en el pecho, ribeteada con diamantes que descendían hasta dividir sus rutas por la falda. La cola kilométrica del vestido ardía con llamas azules en el bajo. Fuego mágico, diseñado para no quemar, pero que creaba un efecto precioso al hacer destellar las piedras preciosas.

Me habían hecho un recogido en el pelo. Algo inusual, puesto que yo siempre prefería llevar las ondas sueltas y un poco salvajes, aunque el resultado, en conjunto, me pareció que era justo lo que pretendía transmitir. El complicado recogido entretejía los mechones de pelo castaño, dejando al descubierto mi largo cuello pálido. El maquillaje acentuaba mis ojos, del color del cristal empañado, mientras que para los labios habían escogido un disimulado tono marrón, que les daba un aspecto bastante natural. Parecía sobria y segura, incluso más mayor. El espejo devolvía la imagen de una reina.

Ese día todo cambiaría. No solo por la coronación. Eso era importante, y, sí, me ponía los nervios de punta, pero había algo más.

El anillo.

Laqua lo llamábamos las pocas que todavía recordábamos su historia.

La fuente secreta de poder del reino, el motivo por el que, todo este tiempo, yo había tenido que entrenar en secreto, que esconder mis poderes.

Me contemplé en el espejo. Lo que reflejaba era quien tendría que ser a partir de ese momento, la reina que mi pueblo necesitaba. La ceremonia sería una despedida, una suerte de renacer.

La puerta se entreabrió y asomó un cuerpo orondo, cubierto por una fina túnica de austero gris.

—Me dijeron que podía pasar sin peligro —dijo el Sabio Colum, con su acostumbrada afabilidad—. No ha habido reina más bella que vos, señora.

—No necesitamos belleza para ganar esta guerra —contesté, invitándolo a pasar—. Hará falta mucho más.

—Por banal que pueda parecernos, no es algo que se deba subestimar en estos días. La belleza bien usada puede ser más letal que cualquier arma. Y os traigo algo que va a requerir de todas las que podamos disponer.

Me tendió cuatro sobres, cada uno con un sello distinto. Los cuatro habían sido abiertos.

El Sabio Colum, junto con los otros miembros del Consejo, se ocupaba de las cuestiones burocráticas de los cuatro reinos, de las necesidades y conflictos menores. Eran las personas en las que más confiaba Patme (si es que había llegado a confiar en alguien en algún momento) y yo no tenía intención de reemplazarlos. Sabía que necesitaría su asesoramiento.

—La primera es de Bellum. —Me dispuse a leerla—. El Canciller os felicita por vuestro ascenso al trono y os invita a pasar el tiempo que gustéis en su capital, en el castillo de Ével, para tratar de llegar a un acuerdo de paz. Proponen una tregua. Dice que su pueblo está cansado de las contiendas, que está dispuesto a negociar una alianza entre los planetas.

Se me escapó una risa amarga.

—¿Qué estará tramando ahora nuestro querido Canciller? —pregunté—. Esto no son más que patrañas.

Colum esbozó una sonrisita de reconocimiento.

—El Consejo en su mayoría tampoco cree que la misiva sea sincera. No obstante, hay algunos miembros más benevolentes que creen que el fin de esta guerra podría estar cerca.

—¿Por qué iba el Canciller a renunciar tan fácilmente al control del Sauce? —Negué con la cabeza—. No, no creo una palabra de esa carta.

—Sin embargo, eso nos devuelve a vuestra primera pregunta: ¿qué trama el Canciller? —repitió mirándome con interés—. Tenemos distintas teorías al respecto, he de decir que una por cada miembro del Consejo.

—Quizá lo que quiere es una reina novata a la que engañar fácilmente.

—No os subestiméis, querida, la vida es actitud más que aptitud. —Hizo un ademán impreciso con la mano—. Debemos decidir cómo proceder. Pero eso será después de la coronación —convino dedicándome un guiño—. Agarraos del brazo de este anciano.

La carta del Canciller era una sarta de mentiras y no solo porque Bellum fuera una planeta que adoraba el conflicto, ni porque toda su religión girara alrededor de la guerra, simplemente no tenía sentido que se rindieran.

Bellum estaba ganando.

El Canciller quería el control del Sauce porque el Sauce era poder, el poder de decidir quién vivía y quién no.

Llevaba años realizando incursiones devastadoras en Éter. Pequeñas ciudades, pueblos, aldeas... Nunca se sabía dónde iba a destinar sus fuerzas, dónde sería el siguiente ataque, a quién iba a masacrar. Nosotros no teníamos una organización militar como la suya, solo contábamos con una magia cada vez más debilitada... Con cada nuevo asalto, nos desmoralizaba. Jugaba con nosotros haciéndonos sangrar ante la pasividad de Patme.

Patme...

Fue una buena reina, una reina justa que no creía que debiéramos presentar batalla. Ella pensaba que las salvaguardas protegerían el reino, creía que su poder sería suficiente para aguantar hasta que Bellum se cansara de luchar.

Pero se equivocaba.

Bajamos las escaleras que conducían al salón del trono, envueltos en nuestros pensamientos, y Colum se separó de mí en la puerta, dejándome sola frente a la multitud.

Espalda recta, mentón alto. Manos entrelazadas sobre la suave tela.

«Para esto te han preparado. No estás nerviosa. Finge. Tranquila.»

Dejé escapar una exhalación entrecortada. Esa fue la única muestra de nerviosismo que me permití exteriorizar mientras recorría la distancia hasta el trono. Sentía las miradas de todos los presentes clavadas en mí, evaluándome, decidiendo si sería suficiente, si podría con el peso del deber.

Sentada en el trono de madera plateada se encontraba Patme.

No la Patme real, que no era ya más que polvo. No, esta era una ilusión creada por la magia, aunque su presencia resultaba igual de perturbadora.

Debía quitarle la corona y ponérmela a mí misma.

Cada paso que daba parecía sumergirme en un recuerdo distinto, como si una maldición de nostalgia sobrevolara mi cabeza.

Sus dedos, trenzándome el pelo al anochecer.

Un paso.

Las canciones a la luz de la hoguera. Ninfas y duendes bailando al son de las llamas.

Otro paso.

Las madrugadas en las que hallaba refugio a su lado después de una pesadilla.

Otro más.

Pero mi rostro era una máscara de serenidad.

Me situé frente a ella y la imagen se levantó con unas maneras tan propias de la mujer que conocí que tuve que controlar las lágrimas y procurar no derrumbarme a sus pies, como lo habría hecho la niña que ella encontró hacía ya tantos años.

La miré a los ojos, con los míos cargados de culpa, mientras le quitaba con suavidad la corona para ponerla sobre mi cabeza. Y, con este sencillo gesto, su cuerpo se convirtió en humo, se dispersó en el aire y fue como verla morir de nuevo.

Me senté en el trono con la espalda erguida y las manos reposando con aparente comodidad sobre los brazos del asiento, del color de la plata líquida, contemplando como en el salón todos se inclinaban ante mí.

Los miembros del Consejo avanzaron hasta rodear el trono, en una coreografía de la que algunos ya eran veteranos. El Sabio Colum se adelantó y, con una reverencia, me ofreció una cajita redonda, adornada con perlas y pequeñas caracolas de traslúcido cristal azul.

Abrí con delicadeza la caja y ahí estaba: Laqua.

Para todos los miembros de la sala era solo un anillo más. Una parte de la tradición de la ceremonia de coronación. Pero para mí… para mí ese anillo era el arma más poderosa que existía.

Un aro de madera con vetas de oro que, al alcanzar el centro, formaban una pequeña pirámide en la que se engarzaban gemas de un negro insondable.

La leyenda de Laqua era un secreto guardado con celo, era la protección que nadie conocía y el verdadero motivo por el que Éter no había sucumbido todavía.

Se transmitía solo de reina a reina, sin intermediarios.

Tomé el anillo y lo deslicé por el dedo anular de mi mano izquierda.

Un escalofrío.

Y después.

Todo.

Capítulo 3

La magia siempre había existido, aunque cada vez más gente renegaba de ella. Como una religión que pierde fieles, la magia había menguado en nuestro mundo dejando tras de sí ansias de poder y control; y cuanto más disminuía, más eran los que apostaban. Un círculo vicioso que solo generaba caos.

En Kapital invertían mucho esfuerzo en crear artefactos que pudieran sustituir el uso de hechizos, aunque el planeta que más repudiaba la magia era Bellum. Por contra, en Eter la magia permanecía viva, debilitada, pero viva. La entendíamos como un ente propio, primitivo. ¿Por qué en Eter sí y en otros planetas no? Las teorías eran varias. Quizá porque Eter era un planeta creador de vida; quizá en esos otros planetas no podía conservarse la magia en las mismas circunstancias porque su medio natural era, en realidad, artificial. Quizá en Eter se mantuviera viva porque ahí residían la mayoría de los seres mágicos. Fuera cual fuese el motivo, la conservábamos mejor.

El problema era que debíamos ayudarnos de hechizos y runas, y eso nos hacía dependientes de ciertos conocimientos e implicaba una menor capacidad de reacción.

Ahí radicaba la importancia del anillo de Laqua.

Un catalizador.

Un potenciador de la magia.

El anillo amplificaba mis poderes, los convertía en infinitos. Los multiplicaba una y otra vez hasta hacerlos ilimitados.

No podía cansarme, no necesitaba murmurar conjuros desgastados ni trazar símbolos sobre mi piel. Por todo eso, Laqua era un secreto. Noté la energía vibrando dentro de mí. También fuera. Magia por todas partes, extraída de mis poderes y de la vida que crecía a mi alrededor, del susurro de las plantas, de la caricia del sol e incluso del palpitar de los corazones de los presentes.

Lo sentí como algo similar a una sobreexposición. Abrumador.

«Tengo que controlar esta... intensidad.»

Con solo pensarlo todo se contuvo. Tan fácil. Querer: poder. Eso hacía el anillo.

—Bellum no nos regalaría una tregua así como así. No seáis ingenuos —terció el Sabio Bergara, un hombre calvo y de persistente gesto adusto. Sus intervenciones solían ser duras pero francas y, a pesar de sus formas, su sentido común lo convertía en uno de los miembros más inteligentes del Consejo.

Se había levantado ya hacía un rato y se dedicaba a dar furiosos paseos por la Gran Sala del Consejo, como si así consiguiera calmar sus nervios. La habitación de madera noble acogía sus resoplidos de desdén. En las paredes, hilos de oro y plata contaban la historia de nuestro pueblo. La mesa alrededor de la que nos encontrábamos estaba formada por una ancha tabla ovalada, sostenida en el centro por una réplica de nuestro planeta, que atravesaba la madera por un hueco, haciéndolo visible para todos.

Llevábamos muchas horas reunidos, debatiendo. Algunos Sabios defendían la posibilidad de que se produjera el fin de la guerra, con el fervor que produce el restablecimiento de unas ilusiones que han permanecido durante mucho tiempo adormecidas.

Me recliné en mi asiento y arqueé la espalda, tratando de deshacer la contractura que estaba a punto de aparecer tras permanecer demasiado tiempo sentada en la misma postura.

—Debemos atender el problema tal y como se nos plantea, y yo digo que si hay una posibilidad de solucionar este conflicto hay que aprovecharla.

—¿Aunque implique ofrecer a nuestra reina en bandeja de plata? —inquirió Colum—. Te recuerdo, Fehur, que aún no tenemos con nosotros a la próxima heredera al trono. Si algo le pasara a Alesh, nos quedaríamos sin reina.

—Y, sin embargo, Colum —contestó el interpelado, remarcando burlonamente el nombre del otro Sabio—, justo ese es el motivo por el que hay que acudir a Bellum. Nuestra reina ha de encontrar a su sucesora. Las sacerdotisas han confirmado que es en Ével donde hay que buscarla.

Fehur era un hombre bajito, de ojos oscuros y nariz aguileña, cabeza pequeña, y pelo oscuro y ensortijado, con una barba recortada tan recta que su cabeza parecía un rectángulo. Pero tenía razón. Las sacerdotisas habían limitado el área de búsqueda a la ciudad de Ével.

—Hay formas muy distintas de llevar a cabo esa tarea sin exponer a su Alteza.

—Mi reina —dijo una timbrada voz juvenil que reconocí como la de la Sabia Pyril, una mujer de mediana edad y rasgos afilados a quien avejentaba el tono grisáceo de su pelo, cortado por encima de los hombros—, nosotros ya hemos manifestado nuestro parecer, poco más podemos añadir. La decisión queda en vuestras manos.

Todos los ojos se concentraron en mí.

—Bien —dije, poniéndome en pie y mirando directamente a los ojos de cada uno de ellos—. No creo en las palabras de bondad del Canciller. Eminencias, Eter, nuestra tierra, está agotada. Agotada por los ataques, por los enfrentamientos, y el Canciller lo sabe. Bellum está infinitamente más preparado que nosotros para esta guerra, desde que comenzó ellos atacan y nosotros esperamos a que se cansen, como si eso fuera a ocurrir.

—Nos enorgullecemos de ser un planeta pacífico, Alteza —intervino Pyril.

—Y seguiremos enorgulleciéndonos, por tanto, cuando acabemos todos muertos —contesté, con acero en los ojos y veneno en la lengua—. No, ya es hora de pasar a la acción. Iré a Bellum, al castillo de Ével, fingiré que creo al Canciller, que estoy allí para llegar a un acuerdo, pero trataré de averiguar cuáles son sus planes y buscaré a la niña para traerla a Astra.

—Me parece una sabia decisión siempre que no cerréis la puerta a una posible alianza —sugirió el Sabio Fehur.

—La paz es lo que todos buscamos, Eminencia, pero no pienso mostrar desesperación para conseguirla —proseguí—. No haré ninguna concesión que perjudique a Eter a cambio de la paz.

Agacharon las cabezas en señal de respeto. Algunos con más predisposición que otros.

Traté de mostrarme segura, aunque por dentro las dudas me carcomían. Nunca había estado de acuerdo con la forma en la que Patme afrontaba esta contienda, aunque, cada vez que me había pronunciado sobre el tema, ella había desoído mis protestas. Ahora era yo quien debía mantenerme firme respecto al camino a seguir.

—¿Puedo sugerir, mi reina, que llevéis al menos toda la protección posible? —dijo Colum.

—Llevaré a un número limitado de personas conmigo. Al menos en apariencia.

—¿A qué os referís? —preguntó él.

—Su Alteza quiere llevar consigo a los Sini —interrumpió el Sabio Bergara, comprendiendo cuáles eran mis intenciones.

Yo asentí. Los Sini eran unos seres peculiares. En su forma original eran esferas negras que emitían un sutil brillo, que podían camuflar gracias al poder que tenían para crear tinieblas. Sus poderes, junto con su capacidad de transformarse en cualquier sombra, hacían de ellos los espías perfectos y, aunque el Canciller había tratado de perseguirlos hasta su extinción, contábamos con unos pocos en el palacio.

—Será arriesgado para ellos pero creo que es buena idea —dijo Pyril—, podrán facilitaros información de campo y serán una gran ayuda para que volváis lo antes posible a casa.

—Es cierto. Si como sospechamos el Canciller tiene otros planes que no contemplan llegar a una alianza, cuanto más tiempo paséis en Ével, mayor ventaja le estaréis dando —comentó Bergara—. Os aconsejo que tratéis de recopilar la información y encontrar a la niña cuanto antes.

—Bien —convine—. Seleccionad al grupo que partirá conmigo y trasladádmelo para que pueda dar mi aprobación. No más de cinco personas, sin contar los Sini. También crearé una salvaguarda antes de irme. Por mucho que el Canciller hable de una tregua, no voy a arriesgarme.

—¿En qué puntos crearéis las salvaguardas, mi reina?

—No las salvaguardas, Fehur: *la* salvaguarda. Voy a crear una. Alrededor de todo el planeta.

Sus rostros variaban de la sorpresa a la confusión.

Patme nunca se había atrevido con algo así, pero su poder no era el mío, y no era ella la que se había pasado horas y horas entre libros, aprendiendo a manejar los límites de la magia para tratar de ayudar a nuestro pueblo. Con el anillo me sentía más que preparada para hacer un hechizo de esa envergadura.

—Algo más —les dije—, quiero a Enna en el equipo.

—Eso podría ser complicado, Alteza. Tenemos soldados que os resultarán igual de válidos para esta misión —dijo Colum.

Enna era mitad hechicera, mitad basilisco, aunque la única manifestación de esta naturaleza en su cuerpo era un sutil destello de escamas, que aparecían a la luz del sol, como si se escondieran de forma discreta debajo de su piel.

Su parte viperina no procedía de cualquier basilisco, sino de su reina, Ophidia. Cada criatura mágica tenía su propio rey o reina. Los trataban como a deidades, aunque por encima de todos ellos estaba yo.

Enna frecuentaba la corte, pero nunca habíamos intercambiado una sola palabra. No éramos amigas, sin embargo, yo estaba presente cuando participó en las pruebas para entrar en la Guardia. Vi cómo peleaba, la elegancia y el sigilo de sus movimientos, su espectacular manejo de los cuchillos.

Era la mejor.

Por supuesto pasó las pruebas, antes de que su madre decidiera prohibirle formar parte de la Guardia.

—Si está interesada la quiero —repetí.

Enna me impresionó, incluso recuerdo haber querido entrenar para pelear como ella. Un deseo que nunca me fue concedido.

Yo estaba ahí cuando su madre la humilló frente a toda la corte. Había contemplado, sin hacer nada para evitarlo, como Enna abandonaba el palacio con los ojos llenos de lágrimas y sus sueños rotos en pedazos. En ese momento, me juré que, en cuanto pudiera, la buscaría para devolverle el anhelo que le habían arrebatado tan injustamente.

—No os interesa tener a Ophidia como enemiga —me recordó el Sabio Bergara.

—Es a Ophidia a quien no le interesa tenerme a mí de enemiga. —Una verdad a medias—. Y probablemente tampoco a su hija. Averiguad qué quiere la reina de los basiliscos y dádselo. Hacedlo con discreción, pero la quiero.

Se instauró un silencio repleto de ideas.

—Lo más seguro es que yo pueda ayudar con eso —sugirió Pyril, con gesto pensativo—. Sé de buena tinta que uno de los hijos de Ophidia, Ouro, quiere pedir la mano de la hija de Meria, la reina de las sirenas. Por supuesto, esta unión sería sumamente ventajosa para Ophidia por cuestiones territoriales —dijo, haciendo un gesto con la muñeca para restarle importancia—, aunque no tanto para Meria. Mantengo una buena relación con la reina de las sirenas, podría tratar de convencerla de que ese matrimonio es una buena oportunidad para todos.

—¿Qué hay de la hija de Meria? —le pregunté.

—Parece que está locamente enamorada de Ouro, de hecho, a su madre le está costando mantenerla controlada.

—Y esa unión ¿en qué medida proporcionaría a Ophidia una ventaja? —quise asegurarme.

—Algo menor...

—Los basiliscos temen al agua —explicó Colum, interrumpiendo a la Sabia Pyril—, por lo que sería una forma de extender su poder a un territorio con el que nunca han contado. Sin embargo, es probable que en este medio se sientan torpes y no veo en qué forma podría perjudicarnos. Es posible que Ophidia busque este enlace con fines únicamente comerciales.

Los demás asintieron.

—Perfecto. Aseguraos de que Ophidia sepa reconocer lo que hacemos por ella. —Apoyé las manos sobre la mesa oval de suave madera pulida, al tiempo que deslizaba la mirada por todos los miembros del Consejo—. ¿Qué sabéis del Canciller?

Capítulo 4

Tardamos unos días en recopilar toda la información que pensamos que sería útil para la misión en Ével. Para mí lo más importante era conocer los puntos débiles del Canciller y, por supuesto, también sus puntos fuertes, para poder sortearlos. Planificamos todo, en la medida de lo posible, aunque lo cierto es que actuábamos totalmente a ciegas. Buscábamos información desesperadamente y, en su mayoría, la forma de conseguirla iba a depender de la improvisación.

Había rumores sobre monstruos que habitaban en los calabozos del palacio. Criaturas que destrozaban a sus presas hasta convertirlas en masas sanguinolentas y que después se divertían con los cadáveres. También informes acerca de venenos que el propio Canciller cultivaba para suministrárselos a sí mismo y a su propia familia.

Había estado en otros puntos de Bellum, pero nunca en Ével, y lo cierto es que de noche mi imaginación me jugaba malas pasadas. Esperaba encontrar una ciudad en la que las pesadillas fueran de carne y hueso, habitada por seres sacados de los cuentos de terror como los *mysties*: entes incorpóreos que aparecían con la niebla y atacaban usando los miedos más profundos. Seres que, por suerte, solo existían en los libros y que inocentemente inspiraban los disfraces de los niños en el Día de los Cristales.

A pesar de todo, habíamos comunicado al Canciller que aceptábamos la tregua que ofrecía y su propuesta de quedarme un tiempo en Ével. Desde que mandamos la carta, el tiempo comenzó a correr en nuestra contra. Llegar a un acuerdo con Ophidia, a pesar de la promesa de un enlace ventajoso, había sido más complicado de lo esperado. La preocupación que suponía la partida de Enna no era en absoluto maternal: era consciente de estar perdiendo a una de sus mejores guerreras, por lo que tuvimos que presionar a través de Meria, incidiendo en lo ofendida que podría mostrarse en el caso de que retirara su oferta de matrimonio. Todos conocíamos el orgullo y la crueldad de las sirenas. Finalmente, Ophidia no tuvo más remedio que aceptar la marcha de su hija. Había llegado el momento de la partida. Todo lo que podíamos haber dispuesto había sido ejecutado. Los Sini habían sido enviados con antelación a Ével, como medida de precaución, pero también para preparar el terreno.

Apoyé los codos sobre la barandilla y dejé caer la cabeza entre las manos. Ni siquiera sabía lo que estaba haciendo, ¿cómo iba a enfrentarme al Canciller? No solo tenía más experiencia que yo, sino que seguramente estaba dispuesto a jugar mucho más sucio. ¿En qué clase de villana iba a tener que convertirme para defender a mi pueblo?

Enfoqué los árboles que se arremolinaban alrededor del castillo. Si alargaba el brazo, podía tocar las hojas de la copa del más cercano. Podía sentir su clorofila gracias a mi magia, deslizándose como una corriente de vida. Un palpitar silencioso. ¿Cómo serían los árboles de Bellum? Dos polluelos de ibis volaban uno alrededor del otro, piándose, jugando en el que parecía su primer vuelo. Los rayos de sol del atardecer se reflejaban en sus plumas, del rojo más intenso. Me invadió la nostalgia. Aún no me había marchado y ya lo echaba todo de menos.

Una mano se posó sobre mi hombro, sobresaltándome.

—Siento haberos asustado —dijo Brandon. Su voz siempre sonaba a calma—. Tenía la esperanza de poder despedirme de vos con un poco de privacidad. —Yo le sonreí con cariño—. Supongo que estaréis inquieta, aunque, por supuesto, nadie podría adivinarlo.

Me turbé ante sus palabras.

—Mostrarme imperturbable forma parte de mi obligación como reina, pero no implica que, si me pinchan, no sangre. Tú deberías saberlo mejor que nadie —dije, aludiendo a su madre. Y me arrepentí de inmediato de mis palabras—. Lo siento. Debió de ser duro para ti ver a Patme ayer

—Lo que había ayer en el trono no era mi madre. Solo otra estúpida tradición diseñada para trastornarnos.

Su sonrisa fue triste, al igual que la mía.

—Deberías tener más respeto por nuestras costumbres.

Él se encogió de hombros. ¿Quién podría culparlo? Su relación con Patme siempre había sido complicada. Habían aprendido a coexistir sin necesitarse, sin molestarse, pero, en lo más profundo, y aunque no lo exteriorizara, Brandon todavía necesitaba el cariño de su madre. Que ella lo quería es algo que yo nunca había puesto en duda, sin embargo, sus deberes se habían antepuesto hasta hacer de su propio hijo un extraño.

Conmigo había sido diferente, yo entraba dentro de sus obligaciones y para mí se había convertido en una hermana, en mi maestra. Todo lo que era y sabía se lo debía a ella.

Brandon puso un mechón de mi pelo detrás de la oreja, atrayendo mi atención.

—¿Me escribiréis?

Lo miré sin contestar y él suspiró, apartando los ojos hacia el bosque.

—No puedo prometerte nada Brandon, podría no ser seguro. No sabía que te sentías así...

—No, claro que no —contestó, volviendo a mirarme—, porque nunca os dais cuenta de lo que pasa a vuestro alrededor, al menos, de nada que no tenga que ver con el reino. Igual que mi madre.

Encajé el golpe, preguntándome si realmente era posible que él llevara tanto tiempo sintiendo algo por mí sin que yo me hubiera dado cuenta. Busqué en mi cabeza algún indicio y no encontré nada que me hubiera podido hacer sospechar. Quizá él tuviera razón... O, peor aún, quizá yo no había querido ser consciente; porque renunciar a Brandon sería renunciar a la única persona que intuía algo más allá de mis gestos o de mis palabras; renunciar, a que al menos hubiera alguien... solo una persona, que entendiera por qué siempre tenía que fingir, el motivo por el que no podía mostrar mis debilidades. Para proteger. Proteger. Proteger.

Sus manos rodearon mi cara, obligándome a mirarlo.

—Perdonadme —murmuró con gesto suplicante—. No quiero que os vayáis así. No quiero que os marchéis enfadada.

—Perdóname tú a mí —le pedí, agarrando sus manos—. Quizá este tiempo nos venga bien para poner las cosas en su sitio.

Se inclinó para besarme, pero yo lo abracé antes de que pudiera juntar sus labios con los míos. Lo apreté contra mi cuerpo, tratando de volcar todo el cariño que le tenía, y él se relajó entre mis brazos.

Lo solté, sintiendo que también lo dejaba atrás a él. Y supe que lo echaría de menos.

Pero me alejé sin mirar atrás.

En el patio delantero me esperaban los miembros del Consejo, acompañados por las cinco personas que iban a formar parte de mi equipo. Todos vestían el uniforme de lucha de la Guardia. Tres mujeres y dos hombres. Conocía sus nombres, sus pasados, sus temores... La selección del Consejo había sido rápida, pero minuciosa. Al verme, los cinco se arrodillaron, mientras los miembros del Consejo se inclinaban en una profunda reverencia.

En esta ocasión, yo había escogido un vestido de gasa, de un color azul oscuro profundo, con detalles florales en gris perla. La parte de arriba se anudaba a mi cuello, dejando caer dos largas tiras por la espalda, que casi rozaban el suelo. Sin embargo, el vestido apenas podía verse, oculto por una suave capa blanca como la nieve, con una esclavina de inmaculado pelo sintético, sujeta por un broche de ámbar al que tenía especial afecto, ya que había sido un regalo de Patme.

Llevaba un semi recogido en el pelo, que caía en ondas castañas sobre la esclavina y se mecía, como la capa, al compás del viento.

Asentí para que se levantaran.

—Alteza —dijo el Sabio Colum, colocándose junto a mis nuevos compañeros—. Permitid que os presente. Este es Lord Newu, miembro de la Guardia Real. Será vuestra sombra, apenas notaréis su presencia. —Señaló al hombre que se encontraba a su izquierda, el mayor del grupo.

Lord Newu se inclinó en un respetuoso saludo. El uniforme negro elástico de la Guardia se adhería a su corpulento cuerpo. Era el que aparentaba más edad, debía de rondar los cuarenta años. Su pelo negro caía, largo, sobre sus hombros. Cuando se incorporó, pude ver una barba cuidada, recortada, y algunas arrugas sobre un ceño que daba la sensación de estar permanentemente fruncido.

Colum señaló también a las otras dos chicas: Eri y Gionna, que se inclinaron al escuchar sus nombres. Eran radicalmente distintas. Eri tenía el pelo castaño, apartado por un grueso turbante negro, y unos grandes ojos marrones enmarcados por espesas pestañas. Parecía una muñeca, mientras que el aspecto de su compañera era del todo salvaje. Gionna era tan alta como yo, pero lo que más llamaba la atención de ella era su pelo naranja, dividido en pequeñas trencitas, que sujetaba atadas en una alta cola de caballo. De mentón prominente y unos ojos tan azules como el hielo, afilados por una raya negra que casi le alcanzaba la sien.

Después, el Sabio presentó a un muchacho. Apenas parecía tener la edad suficiente para acompañarnos, pero yo ya sabía que detrás de ese aspecto aniñado se escondía un genio. Luthiel había destacado muy pronto, convirtiéndose en uno de nuestros mejores ingenieros. Era capaz de crear casi cualquier cosa valiéndose de la magia y de su ingenio. Tenía el cabello cobrizo, la mirada clara y una naricilla sembrada de pecas, adornada por unas gafas de montura dorada.

Por fin llegó el turno de Enna. A quien yo no había podido evitar lanzar varias miradas desde que habían comenzado las presentaciones.

Ella no se inclinó.

Me miró por primera vez, con gesto inexpresivo, tal vez desafiante. Me sentí confundida, descorazonada, al pensar que quizá este no era el lugar en el que ella hubiera querido estar. Quizá sus sueños habían cambiado desde la última vez que la vi y, en lugar de una ayuda, yo solo le estaba suponiendo una molestia. Su cabello corto y negro como las alas de un cuervo se mecía con un brillo azulado, enmarcando su rostro pálido y sus ojos, del azul más profundo. Aunque lo que más llamaba la atención de ella era el tenue brillo de las escamas.

—Alteza —reclamó el Sabio Bergara—. Es la hora. Vuestros acompañantes saben lo que deben hacer. Los tendréis a vuestra disposición para todo lo que necesitéis. —Alzó un brazo como si estuviera señalando al sol y segundos más tarde un ibis se posó sobre él. Este nada tenía que ver con los polluelos que yo había visto jugando en mi balcón. Los ibis adultos eran del tamaño de una lechuza, aunque con picos alargados y plumas rojas que terminaban en puntas de acero dorado. Solíamos usarlos para enviar mensajes, ya que la transportación era parte de su naturaleza y gozaban de un gran sentido de la orientación—. Este pájaro os acompañará en vuestro viaje. Procurad enviarnos las misivas solo a través de él.

Yo asentí.

El ibis voló hacia nosotros, posándose en el hombro de Gionna y haciéndole una carantoña con el pico.

Había llegado el momento.

Convoqué la magia de Laqua, fijando la vista en el cielo del atardecer, y, aunque ya no lo necesitaba, por costumbre junté las palmas de mis manos como en una plegaria, apretándolas contra mi corazón, sintiendo como mi cuerpo se llenaba de cálidas vibraciones. Era la primera vez que usaba la magia del anillo y la sentí tan familiar como si fuera la mía. Aunque supongo que, en cierta forma, lo era. Laqua no modificaba mi poder, lo magnificaba. Hasta el infinito. Controlé con facilidad la energía que manaba de mi sangre, una bola de luz, concentrándola entre mis manos, acumulándola, dirigiéndola hasta que la luz se hizo tan fuerte que me lloraron los ojos. Solo entonces, dejé que explotara hacia el cielo, como un torrente luminoso que ascendía y ascendía, hasta la capa más alta del planeta, para envolverlo, encerrarlo, protegerlo.

Una segunda piel.

Mantuve las manos en alto, completando la esfera, y cuando sentí que se cerraba registré cada temblor de la barrera. Sentiría cada roce de la protección como si lo hicieran sobre mi propio cuerpo. Una medida para alertarme al instante de cualquier posible ataque.

Me giré por última vez para despedirme del palacio de madera, la hiedra sobre las ventanas y los torreones. Las pinturas de tonos verdes y tierra sobre sus muros le conferían un aspecto de cuento de hadas.

Quién sabía si volvería a verlo.

Si todo resultaba ser una trampa, quizá ni el anillo sería suficiente para escapar del Canciller, o, mejor dicho, quizá yo no podría actuar lo bastante rápido como para usarlo. Y, sin embargo, no podía fallar, porque detrás de mí no había nadie para ocupar mi puesto. Nadie que protegiera a mi gente de las ansias de poder del Canciller.

Con un suspiro me volví hacia mi grupo.

Los miré y asentí.

Y nos trasladé a Bellum, a Ével.

A las entrañas del enemigo.

Capítulo 5

La traslación era como cerrar los ojos y que el mundo se sumiera en un profundo negro. Después, llegaba el cosquilleo por la piel, mucho más intenso que un escalofrío, y de repente los colores.

Lo primero que enfoqué fueron las caras de mis acompañantes. Se miraban entre ellos, o a su alrededor, pero evitaban que sus ojos se cruzaran con los míos. Estaba acostumbrada a que eso ocurriera.

Me aparté de ellos, que parecieron percatarse de mi presencia solo en ese momento, y comenzaron a seguirme.

Habíamos aterrizado en un prado en el que crecían flores con simetría, como si alguien hubiera medido la distancia entre ellas para que visualmente fuera más ordenado. En mi cabeza no cabía para qué servían unas flores así.

Lo segundo que me llamó la atención del entorno fue el olor a salitre. Y luego vi el palacio. Se encontraba al borde de un acantilado de roca escarpada. El mar lamía las piedras más bajas de sus muros. Si el castillo de Astra era todo madera y verde, este era su perfecto antagonista. Un palacio circular, construido con piedras grises y una cantidad indescriptible de torreones puntiagudos que se erigían hacia arriba como brazos tratando de tocar el cielo.

El bosque más cercano se divisaba a lo lejos, en la parte izquierda, bajando la colina, y a la derecha se atisbaban tejados de lo que debía de ser la ciudad.

Nuestros científicos habían calculado la hora a la que debíamos efectuar la salida de Éter para llegar a Ével por la tarde, con lo que aquí también nos recibió la luz del atardecer, aunque uno mucho más turbio. El viento marino no era precisamente una caricia. El mar parecía estar preparándose, haciendo rugir a las olas y arremolinando unas nubes que presagiaban tormenta. Todo parecía estar en escala de grises. Los días en Bellum eran de catorce horas. Había sido, antes de su adaptación, un planeta gaseoso y su rotación era más corta que la de Eter. Además, el punto en el que se situaba Ével, para mayor desazón mía, hacía que tuviera menos horas de luz y más tiempo sumergido en la noche.

Me dirigí hacia el castillo, encabezando la marcha en silencio.

Mi magia, que solía vibrar con la energía de la naturaleza, parecía ralentizada al no poder extraer vida de ese planeta, en el que prácticamente todo era artificial.

Las nubes me parecieron un presagio de lo que estaba por venir. De las criaturas de este tétrico territorio a las que me tendría que enfrentar.

Llegamos al portón del palacio, que se encontraba abierto y permitía atisbar parte de la entrada, iluminada por antorchas. Teníamos luz eléctrica, por supuesto, pero la mayoría de nosotros prefería conservar la escasa energía a disposición para fines más importantes.

Tres sombras aparecieron en el interior del palacio, cerca de la puerta.

Lo primero de lo que me percaté es de que vestían prendas azul oscuro, de un color muy similar al de mi propio vestido, e incluso ese pequeño parecido me incomodó.

Conforme se acercaban pude apreciar mejor algunos detalles. En el centro se encontraba el Canciller y, aunque ya había visto algunos retratos suyos, me sorprendió que no tuviera una cara tan monstruosa como la que mi imaginación había deformado. Tenía una abundante mata de pelo rubio, espeso, al igual que su barba; los ojos azules y la nariz recta, prominente. Su porte emanaba toda la seguridad y confianza de la que yo carecía. A la izquierda había un hombre calvo, de aspecto serio, vestido de forma similar al Canciller. Sabía bien quién era. Se trataba de Lord Bados, uno de sus hombres de confianza. Realmente no lo conocía, pero había escuchado hablar mucho de él. Uno de los informes que había estado leyendo los días anteriores contaba que había mutilado a dos de sus últimas esposas y que, cuando estaban prácticamente desangradas, había ordenado a sus soldados que las apedrearan, en presencia de sus propios hijos.

Una arcada me subió por la garganta al tener delante de mí a semejante alimaña.

—Bienvenida a nuestro hogar, mi reina. —La voz del Canciller sonó grave y retumbante entre los muros de piedra. Con un movimiento sutil de muñeca, le señaló al hombre de la derecha nuestros equipajes para que los recogiera. Me percaté de que, aunque del mismo color, su ropa era mucho más austera. Supuse que debía tratarse del ujier—. Confío en que encontréis vuestra estancia agradable. Perdonad la ausencia de mi mujer y de mis hijos, querían acudir a recibiros pero se encuentran inmersos en los preparativos de la cena de esta noche. Este de aquí —dijo tocando amigablemente el hombro del bárbaro que se encontraba a su lado—, es Lord Bados. Cenará con nosotros, al igual que otros miembros de mi corte.

Lord Bados hizo una reverencia sobre su redondeada barriga. Yo lo miré y lo único que hice fue tragarme la bilis.

—¿Os gusta el cordero? —preguntó. Mi cara podía ser, en muchas ocasiones, un rompecabezas indescifrable, pero tener al Canciller frente a mí hablándome del asado no era algo que ni remotamente hubiera esperado. Cerré la boca en cuanto me di cuenta de que la tenía abierta. Traté de recomponerme.

—Gracias por recibirnos, Canciller —le contesté, y agradecí a las Diosas que me hubiera salido de la boca una voz fría y serena—. Supongo que durante la cena tendremos oportunidad de tratar los asuntos que nos preocupan.

—Oh, vaya —exclamó—, qué pronto queréis comenzar con las obligaciones. Tomaos un tiempo para adaptaros al castillo. Además, en la cena no será momento de hablar de política: habrá mujeres y niños.

Estuve a punto de responder que yo era una mujer, pero me mordí la lengua.

—Quisiera aclarar ciertos asuntos, cuanto antes mejor —dije en su lugar.

—Si insistís, podremos ocuparnos de ellos después de la cena. —Se hizo a un lado y extendió un brazo invitándome a entrar—. Por supuesto, vuestros acompañantes están invitados a participar en nuestras negociaciones.

Maldición.

El Canciller y su *amigo* me habían descolocado tanto que no me había acordado de presentar a mi equipo.

Traté de pensar rápido para subsanar mi error con sutileza.

—Las vistas desde el palacio deben ser preciosas —comenté.

—Confío en que las encontréis de vuestro agrado, vuestras habitaciones dan al mar.

«Será de mi agrado si no hay mysties debajo de la cama», pensé.

—Permitid que os presente a mis acompañantes —dije, deteniéndome con una sonrisa—. Estos son Gionna,

Newu, Eri, Enna y Luthiel —comenté mientras iba señalándolos uno por uno—. Son miembros de mi Guardia.

—Sois muy amable al presentar a los miembros de vuestra Guardia, Alteza —dijo el Canciller—. Aquí no tenemos esas sutilezas.

El desprecio enturbió el ambiente y se acentuó más cuando Lord Bados dejó escapar una risita similar a los chillidos de una rata.

—¿La sutileza de tratar a vuestros protectores como a personas, Canciller? —En cuanto las palabras escaparon de mi boca, supe que si Patme hubiera estado ahí, me hubiera pellizcado para que callara. Mi impulsividad me jugaba malas pasadas y quién sabía en lo que podía derivar algo así con el Canciller.

Él, sin embargo, tan solo sonrió indulgente, como si yo solo fuera una niña en medio de una molesta pataleta. El temor que sentía por Bellum se transformó rápidamente en un torrente de rabia.

—Me temo que ahora tengo algunos asuntos que resolver —comentó—. Las criadas os acompañarán a vuestras habitaciones y os ayudarán a prepararos para la cena.

Se fue sin esperar una respuesta, llevándose a Lord Bados consigo, y en ese momento aparecieron las criadas que, como había señalado el Canciller, nos guiaron hasta nuestras habitaciones por los empedrados torreones del palacio.

Tras un par de minutos, ya me sentía perdida. Mi orientación nunca había sido muy buena, pero tratar de ubicarme en ese laberinto me pareció imposible. Los pasillos se dividían y retorcían constantemente, aunque lo peor es que no se diferenciaban en nada. No había colgados retratos, ni tapices, ni jarrones que pudieran dar una pista del camino correcto. Las tres criadas que nos conducían seguían andando, subiendo en algunas ocasiones, bajando en otras, y yo llegué a preguntarme si avanzaban en círculos para despistarnos.

Finalmente, se detuvieron en un corredor tan austero como los demás, con seis puertas, tres en el lado derecho y tres en el izquierdo. Al llegar al final del pasillo no había salida, tan solo una ventana que a estas alturas yo no tenía ni idea de a qué lado daría y que ayudaba a las antorchas a alumbrar el corredor.

—El Canciller ha dispuesto que la habitación junto a la ventana sea la vuestra Alteza —dijo una de ellas en un murmullo tan bajo que casi no llegué a escucharlo. Apenas podía verles la cara por culpa de la cofia y de su postura encorvada, como si trataran de encogerse y desaparecer—. La de la derecha. Los demás podéis escoger la que prefiráis. Es decir... —Levantó la vista, ansiosa, con voz temblorosa—. No es que el Canciller pretenda imponeros una decisión Alteza. Tan solo lo indicó como una recomendación...

Pareció hacerse todavía más pequeña.

—Elegid la que queráis Alteza —musitó otra, la que se encontraba más lejos. Tampoco parecía atreverse a alzar la mirada. Me pregunté si serían así solo con los extranjeros, si nos tenían miedo a nosotros o si este era el estado en el que se encontraban por culpa del Canciller—. Nos encargaremos de acomodarla para que esté a vuestro gusto.

Decidí liberarlas de sus temores escogiendo la habitación que me habían señalado en primer lugar, pero me detuve en la puerta.

—Yo dormiré en la que está enfrente de la reina —declaró Newu, encaminándose hacia el dormitorio.

—*Esa* será mi habitación.

Todos nos giramos sorprendidos hacia Enna. Yo más que nadie. ¿Podía haber malinterpretado su reacción en nuestro reencuentro?

—No lo será —aseguró Newu, adoptando una actitud beligerante.

Una imparable frialdad manaba de cada poro de la piel escamosa de Enna cuando echó a andar hacia el dormitorio, indiferente a la tensión que se respiraba. Pasó por delante de Newu y tocó el pomo de la puerta. Este se dio cuenta de sus intenciones y la agarró del brazo. Ella le lanzó una mirada de advertencia que podría haber congelado todos los árboles de Eter.

—No tengo que recordarte por debajo de quién estás—dijo Newu.

Enna ladeó la cabeza, pestañeando con desinterés.

—Chicos, tranquilos, es solo una habitación... —expuso Eri, avanzando hacia ellos con las manos en alto. Yo no podía estar más de acuerdo, pero me limité a contemplar cómo se desarrollaba la escena—. Empecemos con buen pie.

Las palabras de Eri calmaron los ánimos y Newu aflojó la mano con la que sujetaba a Enna, pero esta aprovechó para volver a coger el pomo y entrar en la habitación, dando un portazo a su espalda.

La rabia enrojeció las mejillas de Newu que se dispuso a abrir la puerta, presumiblemente para tratar de sacar a Enna a rastras.

—Newu —intervine, haciendo que se detuviera en seco—. Ya es suficiente. Escoge cualquier otro dormitorio. —Me volví hacia la puerta, pero, antes de entrar, me giré de nuevo—. Eri tiene razón: estamos aquí para ser un equipo.

Asentí en su dirección y entré, por fin, en la que sería mi habitación. La lucha de egos era un problema para el futuro.

De nuevo, me sorprendí ante la decoración. Formaba un amplio semicírculo. La cama con dosel se apoyaba contra la pared del fondo dejando un ancho espacio a los laterales. A un lado de la puerta había un gran armario de color blanco y dorado, que resaltaba contra la fría piedra gris; del otro lado, una chimenea chisporroteaba calentando la estancia. En la pared de la izquierda, un ventanal de proporciones considerables daba a un balcón en el que, según alcanzaba a ver desde donde me encontraba, había una pequeña mesa de cristal y dos sillones. En el extremo opuesto del cuarto, una puerta conducía al baño, con una bañera enorme y circular sujeta por cuatro patas que semejaban unas garras.

Me acerqué al balcón para examinarlo, puesto que en caso de peligro era la única vía de escape.

Como había anticipado el Canciller, las vistas daban al mar, que se agitaba llamando a la tormenta. No obstante, también se distinguía un claro al lado del acantilado. En la hierba habían dibujado un círculo con pintura blanca.

Estaba demasiado alto como para bajar fácilmente, no había enredaderas que pudieran facilitar el descenso y, al tocar la piedra, comprobé que estaba húmeda por el salitre. Después arqueé la espalda sobre la barandilla para constatar que tampoco había salida por arriba. Con suerte no necesitaría huir sin utilizar la magia, pero no estaba de más prepararse para diferentes contingencias.

Unos golpes en la puerta interrumpieron mis pesquisas.

—Adelante.

Las tres criadas entraron cargando un pomposo vestido morado cubierto de fruncidos y lazos.

—Alteza, el Canciller ha mandado que os trajéramos este obsequio para la cena de esta noche —dijo la sirvienta que había hablado en segundo lugar en el pasillo.

Ahora que podía verla mejor observé que un mechón dorado escapaba de la cofia. Estaba extremadamente delgada.

Depositaron el espantoso vestido en la cama con muchísimo cuidado.

No podía rechazar un regalo del Canciller nada más llegar, pero estaba convencida de que con este vestido tan solo pretendía retarme a un pulso. Ver hasta dónde era capaz de ceder. Si estaba dispuesta a disfrazarme para la cena, a la que además asistiría parte de su corte, supondría que estaba lo bastante desesperada por llegar a un acuerdo de paz y, aunque lo estaba, no era algo que fuera a dejar traslucir tan fácilmente.

—Decidle al Canciller que acepto encantada su regalo y que será un honor para mí vestirlo esta noche durante la cena.

Dejaron un par de zapatos, todavía más horrendos si cabe, junto al vestido.

—Si no necesitáis nada más...

—Me gustaría saber a qué hora es la cena —pregunté, recordando que nadie lo había mencionado.

—Oh. ¡Perdonadnos! —exclamaron las tres retrocediendo.

—Deberíamos haberos informado.

—No ha sido nuestra intención...

«Pero qué demonios».

—No pasa nada. —Las tranquilicé—. ¿Por qué parecéis tan asustadas?

—No, Señora, no estamos asustadas, aquí nos tratan muy bien. Tenemos pan que llevar a nuestras familias y estamos agradecidas por ello.

«¿Aquí nos tratan muy bien? Ya, claro. Por eso parece que se van a desmayar en cualquier momento. Si están al borde de la inanición... Quizá, no sea a mí a quien temen».

—Está bien —dije en su lugar—. ¿La hora de la cena?

—Dentro de dos horas, Alteza —contestó la de pelo rubio—. ¿Deseáis que comencemos a prepararos?

—Mejor en una hora, ahora me gustaría descansar un poco.

—Por supuesto, Alteza.

Se marcharon las tres haciendo una reverencia al tiempo que caminaban hacia atrás buscando la puerta. Era ridículo.

Pensé en aprovechar la hora siguiente para aclarar las cosas con Enna. Todos los esfuerzos que había hecho para incluirla en la misión habían sido para reparar la injusticia que su madre había cometido con ella. Supuse que, en algún momento, querría vengarse o que, al menos, estaría contenta de hacer realidad su sueño de pertenecer a la Guardia, pero ¿y si estaba equivocada? ¿Y si lo único que había conseguido es que acudiera a la fuerza?

Salí del cuarto dispuesta a obtener respuestas.

Golpeé su puerta con los nudillos.

—¿Quién es? —la voz molesta me respondió desde el otro lado de la puerta.

—Enna...

—Adelante —me interrumpió.

Su dormitorio era muy similar al mío, aunque menos ostentoso. La cama tenía un dosel más modesto, con las sábanas blancas en lugar del rosa pálido que tenían las mías; el armario carecía de las molduras doradas y la disposición estaba invertida, pero, por lo demás, era casi idéntica. Su balcón daba a las colinas y, a lo lejos, podían apreciarse los tejados en punta de las casas de la ciudad.

Me había plantado en su dormitorio sin pensar en cómo iba a iniciar la conversación, así que un incómodo silencio se instaló entre nosotras mientras yo observaba el equipaje de Enna esparcido por el suelo y ella parecía encontrar muy interesantes los dibujos de las baldosas.

Decidí coger el toro por los cuernos.

—No sé si lo recordarás, pero nosotras ya nos conocíamos.

—Lo recuerdo. —Me miró con las manos en los bolsillos y gesto insolente.

—De acuerdo... —titubeé. Lo cierto es que su actitud me descuadraba. Nunca había estado delante de nadie al que le importara tan poco que yo fuera la reina—. Te mandé llamar porque supuse que esto es lo que querías: formar parte de la Guardia, pero ya no sé si eso sigue siendo así.

No contestó. Resistí la tentación de cruzar los brazos sobre el pecho.

—Vi lo que pasó ese día —continué, y ella se envaró—. Vi cómo te marchabas tras superar las pruebas, y quiero que sepas que me impresionaste. Nunca he vuelto a ver nada igual, pero si no quieres formar parte de esto, deberías decirlo ahora.

—Estoy aquí, ¿no?

—Sí, Enna, pero ¿quieres estar aquí?

Se quedó mirándome tanto tiempo que pensé que no iba a contestar, sin embargo al final chasqueó la lengua y suspiró.

—Cuando me presenté a las pruebas quería formar parte de la Guardia, pero no solo porque amo el combate, quería ser parte del proyecto de la difunta reina.

—Patme. ¿Lo que trataba de decirme era que creía que yo no merecía su protección? Me sentí un poco insultada. Enna resopló—. Lo que quiero decir es que ella era una mujer de paz y la defendía con coherencia. Quizá muchos no veían bien que, ante los ataques de Bellum, ella solo creara protecciones sin contraatacar, pero yo entendí que lo hacía por el bien de su pueblo, para que nadie muriera por sus decisiones.

Y, sin embargo, muchos habían muerto. La inactividad de Patme nos puso en desventaja. Bellum creció al ver que podía atacarnos con total impunidad, mientras nosotros... Nosotros habíamos comenzado a tener miedo. El Canciller jugaba a desgastarnos hasta vernos caer. Sabía que Patme había tomado las decisiones que había creído oportunas para proteger nuestro planeta, pero también había sido... cobarde.

—No sé qué es lo que vos defendéis —siguió—, pero dado que estáis en Bellum, en la casa de nuestro enemigo, tiendo a suponer que no os importa tanto la paz como le preocupaba a ella.

Me alejé, sopesando sus palabras. En el fondo, entendía lo que decía. Era consciente de que en Eter había muchos que pensaban que la actitud de Patme era la correcta, que resistiríamos a los asaltos de Bellum hasta que el Canciller agotara sus recursos, hasta que Kapital interviniera poniendo punto final al conflicto, hasta que alguien hiciera algo.

Pero eso no ocurriría.

Llevábamos diez años enfrentándonos a una posible invasión. Esta era la primera vez que el Canciller mostraba deseos de terminar con los ataques y yo ni siquiera creía que fuera una intención sincera. No. La única oportunidad que teníamos de salir bien parados de esta guerra era haciéndole frente. Siendo más astutos que él.

Crucé los brazos sobre el pecho y la enfrenté.

—Estuve en la Desgracia Nocturna —dije—, la noche en la que el Canciller atacó el campamento con los niños. En cuanto nos informaron de lo que había pasado, me trasladé para ayudar a los supervivientes. Apenas una decena. No voy a contarte los horrores de lo que vi, los miembros amputados, los cuerpecitos... —Se me cortó la voz—. Y eso no fue nada en comparación con el Día Escarlata. —Le clavé la mirada—. Sangro con ellos. Lloro sus pérdidas. Esto no va a acabar hasta que hagamos que acabe y la solución no vendrá de fuera, nadie vendrá a ayudarnos cuando nuestro planeta arda.

Enna tardó en procesar mis palabras. Quizá ni siquiera la había convencido, quizá ella seguía pensando que lo mejor era sentarse a esperar a que el Canciller se cansara, pero noté que entre nosotras se establecía una clase distinta de entendimiento. Ella era una guerrera y buscaba lo mismo que yo, proteger a las personas, a todos los seres de Eter. Todo el que se interpusiera en nuestro trabajo se convertía en el enemigo.

—¿Y si el Canciller no miente y quiere la paz? —preguntó.

—Entonces no habrá nadie más feliz que yo al concedérsela —confesé.

Enna suspiró, agarrándose la melena de color azabache. Con esa gracia felina, comenzó a dar vueltas por la habitación, sumida en sus pensamientos.

De repente se detuvo. Alzó la mirada hacia mí y en su cara apareció un amago de sonrisa, algo tan débil y pasajero que tuve que preguntarme si me lo había imaginado.

—De ser así... Sí, quiero estar aquí.

—Bien —repuse, sintiendo un gran alivio—. ¿Puedo preguntar a qué venía lo de antes?

—¿Lo del dormitorio? —Asentí—. Este es el que más cerca está del vuestro. Si ocurriera cualquier cosa sería la primera en enterarme y acudir en vuestro auxilio, por eso también lo quería Newu. Quiere todas las glorias.

Enarqué una ceja.

—Pensaba que, hasta hace un momento, no querías estar aquí...

—Lo que yo quisiera, Alteza, es secundario —replicó—. Si se me encarga algo, lo cumplo con la mayor eficiencia posible; y, si hay que protegeros, yo quiero el dormitorio más cercano.

—De acuerdo. —Me dirigí hacia la puerta—. Quisiera que todos pudiéramos trabajar en equipo. Sin egos...

—Lo veo complicado —dijo, con la sonrisa más sincera que había esbozado hasta el momento—, pero por mi parte sin rencores.

«¿Por qué iba a guardar rencor si era ella quien se había salido con la suya?» Me cuidé de expresar mis pensamientos en voz alta.

Nos despedimos en la puerta, y esta vez ella esperó hasta que yo hube cerrado tras de mí.

La conversación había sido intensa.

Fuera, ya había anochecido. No obstante, una luz se filtraba desde el balcón, así que me incorporé para ver de qué se trataba.

Salí al exterior, sintiendo en mi cara las pequeñas gotas de lluvia que escupía el viento. No me importaba, es más, en ese momento necesitaba el frescor que dejaban en la piel.

Abajo, en la zona de hierba que había visto antes con un círculo pintado, había cinco hombres peleando. Parecían estar entrenando, a pesar de la lluvia. Unos focos iluminaban el terreno. Esa era la luz que se colaba en la habitación. Me fijé más detenidamente en los hombres. Tres parecían jóvenes y se enfrentaban a los otros dos, que evidentemente llevaban mucha ventaja. Apenas tenían que moverse para contrarrestar sus envites. Los rechazaban una y otra vez, poniendo distancia sin el menor esfuerzo, haciendo restallar las espadas.

El más alto de los aventajados parecía especialmente aburrido. Las gotas de lluvia aplastaban su pelo moreno, deslizándose por sus mejillas, impidiéndole ver con claridad. Me di cuenta de que, pese a su desidia, sus movimientos eran precisos e incluso elegantes. El uniforme azul marino se le adhería al cuerpo como una segunda piel, enmarcando sus músculos.

Apoyé los codos en la barandilla y dejé caer la cabeza contra la palma de mi mano mientras me dedicaba a observarlos. El baile de sus pies era hipnótico. Esos bárbaros solo servían para luchar y destruir. A esas alturas yo también me había empapado. El agua goteaba por las puntas de mi pelo, oscureciéndolo, mojando la capa blanca y convirtiéndola en una molestia por el peso. Sin embargo, seguí mirando el combate, embobada.

El más alto evadió el filo de la espada de uno de los aprendices, aprovechando el rechazo para chocar el arma contra la de otro, con tanta fuerza que salió despedida de sus manos. El que perdió la espada salió del círculo. El alto siguió ocupándose del primero, al mismo tiempo que su compañero lo hacía del que restaba. Paró otro golpe y se aproximó al muchacho hasta que las espadas se tocaron por las guardas; a continuación, veloz como un rayo, sacó un cuchillo y le pinchó en el cuello, sin llegar a clavárselo, indicando que se retirara. Su compañero seguía peleando contra el que quedaba, mientras él se dirigía al extremo del círculo más cercano a donde yo me encontraba.

Trató de apartarse la lluvia de los ojos con el antebrazo, haciendo una mueca y, un segundo después, sus ojos se encontraron con los míos.

Me intimidó la dureza de sus facciones, su porte, la gracia felina con la que se movía.

Pero me negué a bajar la vista y lo observé con expresión indolente, sin incorporarme, apoyada en la barandilla. Él me devolvía la mirada. Desde esa distancia no alcanzaba a discernir el color de sus ojos, pero sin duda era el hombre más apuesto que había visto en mi vida.

—¡Erik! —lo llamó su compañero, para pedirle que le ayudara a enseñar un movimiento al más joven.

Sus ojos se desviaron de los míos y yo aproveché la interrupción para volver al dormitorio. Antes de que volvieran las tres sirvientas tenía algo que hacer.

Llamé a la magia, dejé que me envolviera y realicé un movimiento muy similar al que ya había hecho en Eter para crear la barrera protectora. Coloqué una salvaguarda en la habitación que impidiera penetrar a los ojos y los oídos indiscretos. Tuve mucho cuidado de que el hechizo bloqueara solo a mis enemigos. Necesitaba que mis guardias me escucharan si llegado el momento tenía que pedir auxilio. Mi dormitorio sería un lugar seguro para poder informar de nuestros avances.

Unos golpes volvieron a sonar en la puerta y di paso a las tres criadas, que entraron cargando todo tipo de artilugios y cosméticos.

Pero no estaba dispuesta a dejar que me arreglaran como si fuera una de las muñequitas de Ével.

Insistí en que primero me ayudaran a ponerme el vestido morado. Me desprendieron la capa y, mientras una soltaba los botones de la espalda de mi empapado vestido, otra preparaba la bañera. Me desnudaron y, sin ningún pudor, me dirigí al baño para sumergirme en el agua caliente. Notaba los músculos atenazados por la tensión de la despedida de Brandon, por haber abandonado mi hogar, por el encuentro con el Canciller y también por los altercados que se habían producido entre mis compañeros y la conversación con Enna. A veces, tenía la sensación de que todo ocurría tan rápido que algo terminaría arrastrándome.

Traté de relajarme en el agua. Supuse que ir con buena predisposición a la cena ayudaría, e intenté adelantarme imaginando algunos comentarios del Canciller. Estaba agotada. Mi cabeza estaba agotada y también saturada. La presión me estrujaba el pecho y hacía que el vientre me hormigueara. Cogí aire y metí la cabeza debajo del agua, calmando el ruido de mi mente. Entonces, un pensamiento repentino me hizo salir de la bañera, ¿y si las criadas tenían órdenes de aprovechar cualquier oportunidad para matarme? Ni siquiera podría culparlas, al fin y al cabo yo era su enemiga y ellas y sus familias tenían algo que llevarse a la boca gracias a la anuencia del Canciller. Las tres acudieron a secarme con una toalla gorda y esponjosa, que frotaron con delicadeza contra mi cuerpo. Volvimos junto a la cama y recogieron el espantoso vestido morado. Mientras una trataba de atar el corsé, otra se dedicaba a colocar bien la enagua y la última alineaba los fruncidos de la cola. Me sequé yo misma el pelo con la ayuda de la magia y dejé que las ondas cayeran sueltas y naturales. Ellas se ofrecieron a peinarlas pero yo decliné su oferta.

Fui a mirarme al espejo y me asombré al darme cuenta de que el vestido era incluso más feo de lo que había esperado. En la vida me pondría una cosa así por voluntad propia.

Estaba lista para bajar, el reloj iba a dar la hora en unos minutos, así que me acerqué a la chimenea y me giré hacia ellas, quedando de espaldas al fuego.

—Muchas gracias por vuestros servicios. —Las tres hicieron una reverencia haciendo ademán de retirarse, pero yo continué—. No sé cuánto tiempo me quedaré en Ével, pero me gustaría visitar la ciudad y sus alrededores, quizá podríais recomendarme algunos sitios para ver.

Se miraron inquietas.

Esperé, dejando pasar el tiempo hasta que el olor de la habitación cambió y se pudo ver el humo.

La primera que se dio cuenta lanzó un grito y corrió hacia mí para apartarme del fuego. Yo simulé no comprender qué estaba pasando y asustarme al ver el bajo de la falda de mi vestido en llamas. Reinó el caos cuando una fue en busca de una manta, otra a por un balde de agua y la tercera se quedaba rígida y horrorizada a mi lado, paralizada por el miedo. Permití que las llamas ascendieran por el vestido, estropeándolo más. Cuando estuvo lo bastante dañado abrí la palma de la mano, llamando a las llamas hacia ella. Estas acudieron en un baile sinuoso, convirtiéndose en una bola. Finalmente, cerré la mano en torno a ella, haciéndola desaparecer.

—Oh, no, el vestido... —lloriqueó la más morena, de nariz ancha y ojos rasgados.

—Vaya —me lamenté.

—¿Qué hacemos ahora? La cena está a punto de empezar —preguntó agobiada la que se había quedado paralizada a mi lado.

Se miraron, incapaces de encontrar una solución.

—Ayudadme a quitármelo —las apresuré—. En mi equipaje encontraréis un vestido negro de cuentas, coged ese.

Se movieron deprisa, acostumbradas a acatar órdenes.

En unos minutos ya estaba perfecta para bajar a cenar. Justo a tiempo.

El vestido negro se ceñía a mi cintura, cayendo hasta los pies. La parte de arriba se cruzaba en el pecho y se abría en un rombo, dejando ver la piel. Las mangas eran abombadas y traslúcidas, con pequeños destellos. Era elegante pero atrevido.

Salimos las cuatro de la habitación, ellas delante, guiándome por esos corredores imposibles, hasta que llegamos a una sala con las puertas de cristal abiertas.

Dentro esperaban los lobos y me miraban hambrientos.

Capítulo 6

El salón tenía una recepción de mármol blanco y cristal que convertía la estancia en algo delicado, mucho más que cualquier otra cosa que hubiera visto en Ével hasta el momento. El mármol estaba decorado con dibujos de oro que se extendían de la pared al techo, brillando de forma cálida gracias al reflejo de las velas de los candelabros y de las lámparas de araña, que colgaban imponentes por la amplia estructura. El suelo era del mismo material, pero me fijé que en el centro había un pavo real gigante hecho con cristales de colores.

Tras esta estancia y separado por gruesas columnas de estilo clásico, se encontraba el comedor, que mantenía la misma estética, explotándola a gran escala.

Mi reacción natural al sentirme observada era erguirme y levantar el mentón, impostando una pose sobria y altiva. Lo que yo quería mostrar con mi cuerpo eran mis barreras de defensa, siempre alzadas e inexpugnables. Sin embargo, tuve que forzar a mis pies para que caminasen por esa sala en la que todos me observaban como si fuera una criatura extraña.

Supongo que el sentimiento era mutuo.

Localicé a Lord Bados entre los asistentes, inclinando todo su repulsivo ser contra una mujer mucho más joven que él. Le susurraba algo al oído, al tiempo que ella reía tontamente.

El Canciller salió a mi encuentro, acompañado de su mujer y sus hijos. Se detuvieron delante de mí realizando una escueta reverencia. Todos excepto el Canciller, que se quedó derecho con las manos tras la espalda, contemplando mi vestido con semblante inexpresivo.

—Bienvenida de nuevo, Alteza —dijo, deteniendo su escrutinio a la altura de mis pechos. Una oleada de asco me atenazó el estómago—. Permitid que os presente a mi mujer y a mis hijos.

—Es un placer Alteza —saludó Myrna, la mujer del Canciller. Su pelo rubio enmarcaba un rostro en forma de corazón, con ojos y labios pequeños y aspecto cansado. No tenía una sola arruga y me pregunté si habría hecho uso de la savia del Sauce. A pesar de nuestras desavenencias con Bellum, en Eter teníamos una regla sagrada, nada podía impedir que quien quisiera, fuera quien fuera, utilizara la savia del Sauce. Nosotros no nos entrometíamos decidiendo quién vivía y quién moría, como pretendía el Canciller—. Estos son nuestros hijos: Dereck, Helia y Miele.

Los tres eran apuestos, rubios como sus padres y de porte regio.

Dereck era alto y corpulento igual que el Canciller. Calculé que debía tener más o menos mi edad. El traje azul marino con botones plateados que llevaba se acoplaba a su cuerpo definido. El pantalón descendía recto, con la raya marcada, y le daba un aspecto pulcro, acentuado por su melena de color dorado oscuro, que me recordaba a los campos de trigo, peinada hacia atrás despejándole la frente. En sus ojos, varios tonos más claros que el azul de su traje, bailaba una diversión que yo estaba muy lejos de sentir.

Las dos muchachas eran dos bonitas gotas de agua. Eran una cabeza más bajas que su madre pero tenían el mismo color de pelo y sus labios finos. Por lo demás, también se parecían mucho a su padre, en especial en los ojos, grandes e inteligentes, de color azul intenso. El flequillo se abría por la mitad y las mejillas tenían un saludable tono rosado que, junto a un cuerpo en el que estaba despertando la juventud, les daba un aspecto inocente. No supe cuál era Helia y cuál Miele, pero llevaban el mismo vestido, solo que uno blanco y el otro negro, con corsé, y adornos de cintas y pedrería plateada.

—Gracias por vuestra hospitalidad —contesté—. La habitación es muy bonita y tiene unas vistas preciosas.

—Nos alegramos de que estéis cómoda. —Sonrió Myrna con amabilidad.

—¿No ha sido de vuestro agrado el vestido? —intervino el Canciller.

—En absoluto, era una prenda preciosa... —mentí—. Por desgracia justo antes de bajar, se quemó mientras hablaba con las sirvientas. En cuanto nos percatamos tratamos de apagar el fuego pero ya se había arruinado. Una verdadera lástima.

—Sin duda... —confirmó él, en un tono bajo que aseguraba que no creía nada de lo que le estaba diciendo.

No me importaba que no me creyera, incluso lo prefería así. Quería que supiera que mi visita allí no era para ceder en todo lo que él demandara, que Eter aún tenía algo que decir, que no era mi intención facilitar sus planes. No obstante, si me hubiera negado a aceptar su regalo, hubiera sido una ofensa, aunque el mencionado regalo fuera toda una declaración de intenciones. Además, había sido necesaria la presencia de las sirvientas para que, en el caso de que les preguntaran algo, cosa que harían, confirmaran mi historia.

—Por suerte nadie resultó herido —añadió su mujer.

Yo sonreí conforme.

—Os presentaré con gusto al resto de los invitados —dijo el Canciller, extendiendo un brazo para que pasara antes que él. No me hizo ninguna gracia dejarlo a mi espalda—. Ya conocéis a Lord Bados —dijo, señalándolo cuando pasamos por delante del Lord, que se inclinó de tal forma que parecía que si alguien soplaba se caería al suelo—. Su acompañante es Lady Bados, su esposa.

Lady Bados era una jovencita con el pelo rubio recogido en bucles y un aparatoso vestido de color rosa, que demostraba que tenía mal gusto no solo eligiendo pareja.

Una mano se posó sobre mi codo y me sobresalté ante el contacto inesperado.

—Querido —interrumpió Myrna—, permitidme que sea yo quien haga las presentaciones. Ocupaos de temas más importantes y dejad esto a las mujeres.

No es que no esperara la forma sumisa en la que la mujer del Canciller se dirigía a su esposo, pero sus palabras eran tan ridículas que me parecieron un chiste de mal gusto. Decidí que lo mejor que podía hacer era aprovecharlo y esperar que el rol que adoptaba Myrna la hiciera más proclive a irse de la lengua.

El Canciller dirigió a su mujer una sonrisa seca y se desentendió.

—Los hombres nunca explican las cosas de sociedad como es debido ¿no creéis, Excelencia?

Yo le dediqué una sonrisa cómplice.

—Nos habíamos quedado en Lady Bados.

—Oh, desde luego. El reciente matrimonio de Lord Bados fue muy comentado. Los desafortunados incidentes con sus últimas esposas dieron pie a muchas habladurías. Finalmente todo se solucionó de la forma más ventajosa: con una boda. —Me quedé muda de horror al escuchar la forma tan frívola que había tenido Myrna de pasar por alto lo que Lord Bados había hecho a sus anteriores esposas—. Todos esperamos que la actual Lady Bados no siga el camino de las otras —confesó como si me hubiera leído la mente.

Ni siquiera quise preguntar cuál había sido la falta de las anteriores. Nada podría justificar lo que él les había hecho, a ellas y a sus hijos.

—Algo de todo este asunto llegó a mis oídos.

—Lord Bados no es un mal hombre, tan solo es estricto y algo impetuoso... Una mezcla que puede llegar a resultar difícil. —Saludó con un refinado asentimiento a Lady Bados cuando pasamos por su lado—. Es muy amigo de mi esposo y es importante conservar este tipo de relaciones, vos debéis entenderlo mejor que nadie.

Desde luego que no lo entendía. Si algo así hubiera tenido lugar en Eter, el asesino habría sido juzgado y castigado; no estaría en esos momentos del brazo de otra mujer, bebiendo y riéndose impunemente.

Me mordí la lengua para no contestar.

A pesar de que los asistentes habían retomado sus conversaciones después de mi entrada, sus ojos siempre volvían a mí, lanzando miradas indiscretas.

—Y los hijos de Lord Bados, ¿cómo llevan la pérdida? —me interesé.

—Lord Bados tiene tres hijos muy fuertes, que se parecen mucho a su padre cuando era joven. Son tan obedientes como valientes. También tiene una niña preciosa y muy dulce, Odette. Está creciendo muy deprisa, pronto se convertirá en toda una señorita. Al parecer Lord Bados no ha considerado apropiado que viniera hoy; aunque suele frecuentarnos, es muy amiga de Helia y Miele.

Supuse que Lord Bados no quería exponer a su hijita al comportamiento errático de la reina de Eter. Era consciente de que así era como nos veían en este planeta, como seres salvajes e impredecibles. La presencia de Lord Bados en esta cena solo era una prueba, entre muchas, de que se equivocaban al llamarnos salvajes a nosotros.

Myrna se detuvo a la altura de dos mujeres. La que era rubia y de curvas generosas me repasó de arriba a abajo, al tiempo que la otra, una morena de rostro delgado, con la boca y los dientes desproporcionados para la forma de su cara, se ocultaba tímidamente detrás de un abanico de encaje blanco.

—Alteza, estas son Lady Quin y Lady Cetrayne —nos presentó Myrna, señalando alternativamente a la rubia y a la del abanico.

Las dos se inclinaron en una reverencia. Lady Cetrayne se las ingenió para no apartar el abanico de su cara. En ocasiones me desesperaba la pesadez de estas presentaciones.

A continuación, Myrna me acompañó junto a Lord Quin y Lord Cetrayne, que, al igual que sus esposas, charlaban animadamente. Lord Quin era un hombre que aparentaba los cincuenta, algo extraño de ver, puesto que la savia del Sauce detenía el envejecimiento desde la primera toma. Quizá esa fuera su edad real y no hubiera hecho uso de la savia. No era algo extraño. Muchos, aunque según tenía constancia, no la mayoría, preferían no interferir en el ciclo natural de la vida y decidían no rejuvenecer, poner fin a sus días cuando les llegara la hora. Era una decisión tan respetable como cualquier otra.

Lord Quin se atusó su barba tupida y larga, de color oscuro, mientras con la otra mano sujetaba la correa de una criatura que se parecía a un perro. Supe que esa imagen estaría en mis pesadillas. El animal era negro como la noche. Es decir, sus tendones y músculos eran negros como la noche porque no tenía piel. De su hocico sobresalían unos dientes enormes y afilados, como los de un tiburón, y sus ojos eran de una oscuridad aterradora. Sin embargo, su pose era de lo más tranquila, se encontraba tumbado en el suelo a expensas de las órdenes de su amo.

Por su parte, Lord Cetrayne, un hombre con gafas y pelo oscuro ensortijado, parecía más cómodo con el perro tenebroso que conmigo.

Estaba deseando conocer a las hijas de los Lores. Tenía la diminuta esperanza de que alguna de ellas fuera la niña a la que yo estaba buscando. Myrna pareció volver a leerme la mente.

—Las pequeñas están jugando, pero pronto irán a avisarlas.

—¿Lady Quin y Lady Cetrayne tienen hijas? —pregunté.

—Lady Quin tiene una niña y un niño, el muchacho está de viaje, comerciando. Lady Cetrayne tiene solo a la pequeña Lianne. Tiene ocho añitos, pero es una niña muy educada.

Miré hacia la puerta expectante, deseando que las pequeñas entraran para dar fuerza al vínculo y comprobar si alguna de ellas era la futura heredera al trono de Eter.

No entraron las niñas y, en su lugar, dos figuras imponentes traspasaron las puertas. El silencio reinó en la sala.

Reconocí al más joven del entrenamiento que había visto desde el balcón de mi habitación. Como antes, su mirada se clavó en la mía mientras se dirigía al centro de la estancia. Sus ojos resplandecían, como el verde de las hojas bañadas en el rocío del amanecer, contrastando con su pelo castaño, de un tono más claro que el que yo había percibido a través de la lluvia. Ahora lo llevaba despeinado, igual que un montón de hebras de aspecto sedoso que adquirían un brillo cobrizo a la luz de las velas. Mandíbula cuadrada, fuerte, cubierta por una barba de pocos días. Transmitía una contención y una dureza como no había visto nunca.

Tenía la espalda ancha y una altura imponente. Cada uno de sus pasos me recordó al baile que había mantenido con la espada. Supe que era peligroso. No en el sentido en el que lo sería alguien en Eter, no por su magia. Esto era distinto. Su cuerpo, la seguridad que lo envolvía, clamaba un poder físico inigualable, hipnótico.

Iba acompañado de un hombre más mayor, comprendí que se trataba de su padre; la forma de sus ojos y su semblante concentrado, vigilante, no dejaban lugar a dudas.

—Son el Comandante y su hijo, nuestro Capitán — dijo Myrna, siguiendo la dirección de mi mirada—. Todo un prodigio ese joven.

Debía tener algunos años más que yo. Me pregunté si el Capitán o su padre serían un obstáculo para mis planes. Cualquiera de los presentes podría serlo si no me andaba con cuidado. Eché de menos tener a mi equipo conmigo para que me dieran algo de apoyo, aunque solo fuera porque su presencia me recordaba a mi planeta, a algo por lo que valía la pena luchar. Las mujeres de la sala los contemplaban sin pudor. Saltaba a la vista que padre e hijo estaban acostumbrados a ser el centro de todas las miradas.

—Ahora que estamos todos, pasemos al salón. La comida está lista —anunció en alto el Canciller. La mirada que me lanzó hizo que se me revolvieran las tripas.

Tuve un mal presentimiento, como cuando sientes que todo a tu alrededor se carga y se vuelve más pesado, como si algo quisiera avisarte para que te prepararas para un momento desagradable.

El Canciller se colocó en la cabecera de la mesa del comedor, indicándome que me sentara a su derecha, el puesto de los invitados de honor. Eso dejaba a Lord Bados a su izquierda y, por lo tanto, sentado frente a mí. Sus sonrisas cómplices solo acrecentaron mi incomodidad. Me removí en la silla, tapizada de blanco, con dibujos dorados a juego con la sala, colocando bien mi vestido. A mi lado, desplazó la silla para sentarse el Comandante, que quedó frente a su hijo, que estaba al lado de Lord Bados. Parecía que todos habían tomado posiciones y me sentía acorralada. Hubiera preferido estar en el otro extremo de la mesa, en el que se encontraba Myrna, donde habían aparecido un par de niñas de entre ocho y diez años: Lianne y Aure. Se colocaron al lado de las hijas del Canciller. El copero probó el vino ante todos para asegurar que no estaba envenenado y procedió a servirnos, comenzando por el Canciller. Una costumbre extraña, pero que, a decir verdad, me dejó más tranquila. Esperé hasta que empezó a verter el líquido tinto en mi copa para simular que me quedaba mirándola embelesada. Lo que en realidad hice fue tirar de mi magia, buscando en mi interior el nexo que me conectaba con la futura heredera al trono de Eter. En mi mente, era como un lazo que ondeaba roto a la espera de encontrar la otra parte que lo completara. Me concentré en las niñas que había en el comedor, en las cuatro, incluidas las hijas del Canciller, traté de buscar el otro extremo del lazo... pero ahí no había nada. Insistí, presa de la impaciencia, profundizando más.

Nada.

Ninguna era la niña que yo buscaba.

Aunque no me había hecho muchas ilusiones, habría estado bien que por una vez las cosas hubieran sido fáciles, haber encontrado pronto a la niña para poder volver a casa...

—¿Alteza? —tanteó Myrna.

Retiré la mirada con celeridad de la copa. Debía de haberme hablado sin que me percatara.

—¿Decíais? —Sonreí tratando de aparentar algo de dignidad.

—Os preguntaba por el vino de Eter, Alteza —contestó Lady Quin—. Dicen que tenéis unas bodegas excelentes.

—Sí —apostilló Lord Bados—, comentan que el vino de vuestro planeta es capaz de tumbar a cualquier bestia con tan solo un par de sorbos.

Probablemente el concepto de bestia que teníamos Lord Bados y yo era muy distinto, pero esa forma tan despectiva que tuvo de referirse a los seres mágicos hizo que me hirviera la sangre y se me colorearan las mejillas por el esfuerzo de no contestarle. En su lugar, le dirigí una sonrisa tensa.

—Las vides de las que proviene el vino se cultivan en la mejor tierra. El sabor de la magia se impregna en el vino —respondí a Lady Quin, alzando mi copa para probar el caldo, que me supo insípido.

—Si el efecto del vino de Eter es el que dice Lord Bados, ojalá hubierais traído algunas botellas.

—¡Dereck! —le reprendió su madre.

Él se giró hacia mí y me guiñó un ojo. No pude evitar que se me escapara una diminuta sonrisa. Sentí el peso de unos ojos sobre mí y, al alzar la vista, descubrí al Capitán observándome como si pretendiera captar cada uno de mis movimientos para pasar un informe. Me puse más recta en la silla y, como ya había hecho en el balcón, me negué a ser la primera en apartar la mirada.

—No pretendo ofenderos, Alteza, vos sois humana, pero nunca bebería nada que tenga la aprobación de esas bestias, sería indigno —recalcó Lord Bados, golpeando la madera de la mesa con ambas manos.

Todo en él me desagradaba. Clavé la vista en las dos ranuras que tenía por ojos.

—Yo no soy solo humana, Lord Bados, soy una hechicera —repliqué con la voz tan suave como el canto de una nana—, haríais bien en recordarlo.

Se quedó mirándome con la boca abierta y balbuceando sonidos inconexos, y me giré hacia la derecha para observar al Comandante. Era un hombre serio y de aspecto reflexivo. Llevaba el pelo oscuro y canoso cortado a la altura de los hombros y una perilla afilaba su mentón. De nuevo, me maravillé por lo mucho que se parecían padre e hijo.

Él se giró en mi dirección al notar mi escrutinio. Estos eran los hombres que amenazaban a mi pueblo. Sus ardides e intrigas eran el yugo que nos atormentaba día a día. ¿Y todo por qué? Conocía la respuesta: por el poder. El poder de decidir quién vive para siempre y, por lo tanto, quién debe morir. Pero esto no perjudicaba solo a Eter, las ansias de dominio de estos hombres afectaban a todo nuestro sistema planetario. Sin embargo, Nácar y Elohim nunca se habían pronunciado al respecto. Contábamos con el apoyo de Kapital, pero ¿por cuánto tiempo? Nuestra alianza era un pacto endeble, y estaba segura de que se disolvería en el momento en el que la canciller de Kapital, Alysse, se diera cuenta de que su posición mejoraría cambiando de aliados. Esto ocurriría en el momento en el que las tornas se predispusieran claramente a favor del Canciller.

El odio que sentía hacia ellos me inundó las venas como un veneno corrosivo.

Picoteé un poco de queso antes de decir con indiferencia:

—Así que... ¿vos fuisteis quien mandó las cabezas de esas tres mujeres a mi castillo? —Las exclamaciones ahogadas recorrieron la mesa y el semblante de Lady Cetrayne adquirió un tono verduzco, pero el Comandante ni se inmutó ante mi pregunta y se limitó a mirarme sin contestar. Las cabezas habían sido abandonadas a las puertas de mi palacio en tres bandejas de plata, poco después de la muerte de Patme—. Creo recordar que las acompañaba una nota, ¿que decía? —Me golpeé la barbilla con el índice, fingiendo que trataba de recordarlo—. Ah, sí: «La próxima seréis vos». Muy amable por vuestra parte. Estoy encantada de conoceros, por fin. —Le dediqué una sonrisa implacable.

—Alteza, dejemos esta conversación para cuando no haya niñas presentes —sugirió el Canciller.

—¿Por qué? ¿Acaso no tienen derecho a conocer las doctrinas a las que se las somete?

—Por favor, Alteza. —Miré a Myrna que desde el otro extremo de la mesa me lanzaba miradas suplicantes—. Después de la cena tendréis tiempo de tratar todos los asuntos que os apetezca.

Myrna no me daba ninguna pena, por ella no haría concesiones. No obstante mi ánimo se enfrió al observar como las cuatro niñas se intercambiaban miradas cargadas de confusión.

Me puse más recta en mi silla, pero cerré la boca. Miré al Capitán, que me observaba con serio descaro. La rabia bullía en mí de tal forma que casi deseé que tratara de defender a su padre.

—Oh, mirad, ya nos sirven —exclamó aliviado Lord Cetrayne cuando llegaron los sirvientes.

Tres hombres transportaban de manera costosa una enorme bandeja tapada y bañada en oro. La depositaron en la mesa, justo delante de mí. Me sorprendió lo grande que era y, a pesar de lo incómoda que había sido la conversación, lo cierto es que tenía hambre; ya ni recordaba cuándo había sido la última vez que había comido.

Tomé la copa de vino dando un pequeño sorbo y esperé a que retiraran la tapa y comenzaran a servirnos, pero, justo en ese momento… algo se movió dentro de la bandeja. Al principio, pensé que había sido cosa de mi imaginación, pero continué fijando la vista en el objeto plateado y entonces la tapa volvió a moverse.

Hice un gesto de incredulidad ante el Canciller que me estaba observando con aire calculador.

«¿Qué demonios hay ahí dentro? Tiene el tamaño de un niño».

Capítulo 7

La tapa se agitó acompañada por un balido, al tiempo que los sirvientes acudían a destaparla. Atado sobre hojas de lechuga y frutos silvestres, había un cordero. Vivo.

Aguardé para ver qué ocurría, frotándome las manos por debajo del mantel. No tenía noticias de que en Bellum tuvieran por costumbre comer la carne *tan* cruda. El animal tenía amarradas las patas con cuerdas gruesas y se agitaba nervioso, tratando de liberarse sin resultado. Enfocaba sus tiernos ojos de tal forma que parecía estar pidiendo misericordia, al tiempo que captaba todos nuestros olores con su rosada naricilla.

Ya lo habían esquilado.

La inquietud que crecía en mi interior desde que entramos al comedor se hizo más presente en mi estómago.

—Tenemos una costumbre para nuestros invitados de honor. —El Canciller se puso en pie e indicó al sirviente que le acercara un cuchillo del tamaño de mi brazo. Se acercó con paso sibilino. Mi parte paranoica se preguntó si no iría a utilizar el cuchillo contra mí.

—Una costumbre encantadora y agradable, espero —mascullé.

Las sonrisas del Canciller y Lord Bados echaron por tierra cualquier atisbo de esperanza.

Para mi absoluta sorpresa, el Canciller me tendió el cuchillo por el mango.

Fruncí el ceño, confusa.

—Dejamos que sean nuestros invitados de honor quienes tengan el privilegio de servir la cena.

Debía de estar bromeando y, sin embargo, nada indicaba que así fuera.

Era parte de su juego. Una forma más de presionarme para saber hasta dónde podía llegar, así que negarme supondría una muestra de debilidad que no estaba en disposición de mostrar.

—Pensaba que la cena ya estaba preparada.

—Se irá cocinando mientras comemos los primeros platos. Queremos que llegue caliente a la mesa.

Tragué saliva y me cuidé mucho de que mi rostro permaneciera inexpresivo cuando eché la silla hacia atrás para levantarme y coger el cuchillo que me tendía el Canciller.

De alguna manera, era consciente de que las miradas de todos estaban fijas en mí, aunque eso no podría haberme importado menos en el momento en el que traté de acariciar la cabeza del cordero y este rehuyó aterrorizado mi contacto. Sus balidos se hicieron más intensos y supe que nunca podría quitarme de la cabeza esa imagen. De buena gana hubiera clavado el cuchillo en el pecho del propio Canciller, incluso en el de cualquiera de sus soldados, pero tener que matar a este animal por un estúpido juego de poder...

—Haced que se calle —suplicó Lady Cetrayne apartando la mirada, asqueada.

Las niñas se habían quedado muy quietas en sus sillas, mirando fijamente los platos vacíos. Supuse que, si fueran varones, les obligarían a mirar. El Capitán y su padre contemplaban la escena con el mismo rostro impasible con el que habían entrado al salón.

Extendí la mano hasta tocar la piel áspera del animal contra mi palma. E invoqué mi magia. Sus balidos cesaron de golpe y la cabeza del corderito se inclinó hacia mí buscando mi contacto. Visualicé un prado verde, uno de Eter, con la brisa fresca del amanecer meciendo las flores, deteniéndome en los aromas de la hierba húmeda y en la caricia suave del sol. Hice que él viera lo mismo, que sintiera el roce de las briznas contra sus patitas. Hice que creyera que viviría otro día, muchos otros... cuando deslice el cuchillo por su cuello y la sangre me bañó las manos, formando un charco en la bandeja.

No era lo peor que había tenido que hacer, pero la angustia era espantosa.

No aparté los ojos del Canciller mientras lo hacía. Me sumí en un estado de inconsciencia, mientras me limpiaba las manos en el cuenco con agua que traían los criados. Los sentidos se me abotargaron, la vista se desenfocaba para volver a enfocarse de nuevo a los pocos segundos y el único sonido que percibía era un suave pitido interno tras las orejas. No era la primera vez que me ocurría; en situaciones de estrés mi mente tendía a desconectarse, aislándose de los influjos externos y trasladándome a un estado de calma en el que actuaba de forma automática, guiada por mis instintos. Esto fue lo que me permitió volver a mi asiento con absoluta serenidad y fingir que todo estaba bien.

El Capitán me sacó de mi ensimismamiento al tender una mano hacia mí, ofreciéndome un pañuelo. Me miraba con gesto grave.

—Tenéis sangre en el cuello.

Cogí el trozo de tela que me ofrecía y me limpié como pude tratando de no mirar hacia abajo.

—Lo habéis hecho de forma tan pulcra que no ha caído ni una gota en vuestro vestido. —Lady Quin parecía más recompuesta que la mayoría de los presentes—. No creéis, por cierto, que es curioso lo poco que se asemeja la moda de Eter a la de Bellum. Seguro que en vuestro equipaje no lleváis un solo corsé ni una enagua, mientras que nosotras nos sentiríamos prácticamente desnudas con esos vestidos.

Ese brusco cambio de tema me provocó un fuerte desconcierto y solo atiné a murmurar de forma escueta algo que esperaba que nadie tomara como una ofensa. Necesitaba que me volviera a funcionar la cabeza, pero tenía el estómago demasiado revuelto. Coloqué el codo sobre el brazo de la silla, aparentando interés en la conversación, cuando lo que pretendía era que el frío de mis dedos, en contacto con mi nuca, ayudara a despejar la angustia.

—Sin duda, yo podría sucumbir al vino de Eter, pero no a su moda —sentenció Lady Bados—. Esas telas tan ligeras me resultan del todo inapropiadas.

—Y yo tampoco permitiría que me pusieras en ridículo de esa forma, querida. —Lord Bados se recostó en la silla, dejando a los criados que le sirvieran el primer plato.

—Ya imagino que no, y sería por mi propio bien. Hay prostitutas que usan más tela que la que se emplea en Eter para los vestidos. Yo muchas veces digo que parece que paguen el metro de tela a precio de oro, sí señor, no encuentro otra explicación más que esa.

Miré a Lady Bados, con una media sonrisa en los labios.

—Lady Bados, ¿estáis dando a entender que visto como una puta? —Mi sonrisa se acentuó al ver cómo Lady Bados se ponía blanca y ayudó a que se me pasara el malestar. El aire se tensó con miradas de reprobación.

—Oh, ¡por supuesto que no, Alteza!

—Bien, porque no todas valemos para llevar un vestido tan ordinario como el vuestro. —Lanzó una exclamación ahogada y yo aparté la vista de ella y de sus lazos, poco interesada. Cogí el tenedor para picotear el paté de manzana con delicias crujientes.

—Si se me permite dar mi opinión como varón... —Dereck apoyó los codos en la mesa, asomándose con expresión pícara.

—Sea lo que sea que vaya a salir de tu boca, Dereck: no. —Se le adelantó el Canciller, que no se dignó a apartar la vista del surtido.

El joven se encogió de hombros, sin dejar que su buen humor se esfumara.

El resto de la cena transcurrió de manera más o menos pacífica. Intervine más bien poco, tan solo me limité a contestar cuando me interpelaban directamente. Cuando nos sirvieron el cordero, rechacé el plato alegando estar demasiado llena. No fui la única, a esas alturas todos habíamos comido ya suficiente.

Unos hombrecillos menudos entraron dando volteretas, dos de ellos ataviados con ropas vistosas de rayas moradas y verdes, y sombreros de tres puntas terminados en cascabeles; el otro llevaba una especie de chaleco con pelo y en la cabeza una diadema con cuernos de toro. Comenzó el espectáculo cuando el tercero de los enanos se puso a perseguir a los otros, como si fuera a embestirlos con sus cuernos falsos, mientras que lo burlaban y se escabullían haciendo cabriolas.

Los criados sirvieron un postre de hojaldre y crema con azúcar espolvoreada, decorado con alquejenjes, una fruta ácida de color amarillo con hojitas de un verde traslúcido; se acercaron al Canciller y le dejaron un vial pequeño y oscuro. ¿Qué era aquello que se estaba tomando el Canciller?

Después de bebérselo de un solo trago, el Canciller se recostó en la silla agarrando el extremo de los brazos de madera blanca con sus anchas manos.

—Si todos hemos terminado, creo que ha llegado el momento de las conversaciones adultas. —Se levantó, y los hombres y yo lo seguimos hasta una de las puertas del final de la sala, que conducía a otra habitación adyacente mucho más pequeña, revestida con tapices rojos en los que destacaba, cosido con hilo de oro, el escudo de Bellum: unas espadas cruzadas atravesando un dragón negro que escupía fuego y, tras este, un sol brillante. Antes de que el Canciller hubiera sido elegido, el escudo también contaba con una corona, que fue retirada tras su nombramiento—. He mandado llamar a los miembros de su Guardia. Deben de estar al caer.

Me dediqué a observar más detenidamente el estudio. El suelo era de mármol negro con algunas vetas más claras, sin ventanas, e iluminado por velas bien dispuestas y lámparas de aceite. La sensación era claustrofóbica, como la de estar encerrada en un útero. Había una mesa mucho más pequeña que la del comedor y, antes de que llegaran los miembros de mi Guardia, no había bastantes sillas para todos.

El Canciller tomó asiento en la cabecera, de nuevo acompañado por Lord Bados, y me ofreció que me sentara en el otro extremo.

Esperamos en silencio, midiéndonos con la mirada. Conocía la historia del Canciller. Gowan, como lo llamaban antes de todo aquel circo. Su padre y sus dos hermanos pertenecían al ejército del Rey Jantos, el último Rey de Bellum; su madre falleció cuando él era un niño, se la llevaron las fiebres.

Jantos había sido un gobernante atroz. Había abolido los derechos civiles con la esperanza de retornar a los antiguos regímenes y se había impuesto como único Dios, prohibiendo el culto a las primitivas deidades de Bellum, cuando todavía compartían las de Eter. Era un monarca arrogante e inmisericorde y su pueblo pagaba por su soberbia. Al sentirse ofendido por unos comentarios que hizo la canciller de Kapital, dispuso inmediatamente a sus ejércitos para lanzar una ofensiva, algo que en ese momento podría haber llevado a Bellum a la destrucción.

El ejército, cansado de la estupidez y crueldad de Jantos, se organizó para dar un golpe de Estado que, sin embargo, nunca llegó a producirse. Un joven Gowan, alertado por las conversaciones que había presenciado entre su padre y sus hermanos, acudió al monarca para informarle de los planes que se llevaban a cabo a sus espaldas. Y así fue como Gowan pasó a ganarse el favor del Rey: vendiendo a la única familia que le quedaba.

No obstante, no terminaban ahí los planes del actual Canciller. Desde dentro, fue ganándose a los validos del monarca y poniéndolos en su contra de forma sutil y progresiva, al tiempo que intercedía por el pueblo contra el despotismo de un Rey que había llegado a encontrar en Gowan a un amigo. Los vicios en los que Jantos se hallaba sumido, junto a las intrigas sembradas por Gowan, encontraron su inevitable final con el asesinato del Rey a manos de sus validos. Quedando el trono desierto y sin herederos, Gowan utilizó toda su influencia para convocar las elecciones que su pueblo clamaba... en las que salió elegido Canciller.

Llevaba cuatro décadas ostentando el poder y, aunque Bellum se había convertido en un planeta mucho más próspero de lo que lo era con el reinado de Jantos, el Canciller nunca había vuelto a llamar al pueblo a las urnas.

El tapiz se separó de la pared y tras un sirviente aparecieron Enna, Gionna, Newu y Luthiel. Una puerta secreta, como si este castillo no tuviera ya suficientes pasadizos.

Gionna colocó sus miles de trencitas naranjas como el azafrán sobre uno de sus hombros y se situó detrás de mi silla, con su paso felino y sinuoso; al igual que Luthiel y Newu, que me flanqueaban de pie, uno a cada lado. Enna se sentó con descaro a mi derecha, ganándose una mirada de reproche de Newu, a la que respondió con la más absoluta indiferencia.

El Canciller apoyó los codos en la mesa, con las manos entrelazadas y dejó descansar el mentón sobre ellas.

—Sabéis por qué os invité al castillo...

—Para firmar una alianza —le contesté, sin perder de vista los movimientos de ninguno de sus lores. El comandante y su hijo se habían sentado.

—Así es. Alianza —pronunció la palabra con cautela, como si tratara de saborearla—, una palabra grandiosa.

—¿Por qué ahora? —formulé la pregunta que llevaba haciéndome desde que el Sabio Colum me leyó la invitación.

—Sois una reina nueva, pero tenéis algo de los viejos reyes. —Su traje azul parecía casi negro en la penumbra de la sala—. Vais directa a vuestro objetivo, huis de las ambigüedades. Sois impaciente. —Chasqueó los dedos y un secretario le acercó una pila de papeles.

—Y yo que pensaba que estaba aquí porque era a vos a quien se le había acabado la paciencia.

Si era cierto lo que el Canciller había argumentado en su carta, los motivos por los que quería llegar a un acuerdo de paz eran porque su pueblo estaba cansado de las contiendas. Por supuesto yo esperaba descubrir sus verdaderos motivos, qué era lo que estaba planeando.

Él me sonrió.

—Mi pueblo está cansado...

—Canciller, no estoy jugando.

—Os equivocáis, querida. Nosotros siempre estamos jugando. Cuando acuden a nosotros en busca de protección fingimos ser los héroes que pueden salvarlos; cuando llegan heridos, descontentos, les aseguramos defender sus intereses y darles la libertad que tan ansiosamente buscan, sin permitirles llegar a la conclusión de que esa libertad es un espejismo; cuando creen necesitar franqueza, calma, entonces les mentimos más que nunca al asegurarles que está en nuestras manos proporcionársela. Pero siempre estamos jugando. Yo en esta ocasión sí estoy haciendo todo lo que está a mi alcance, aunque como insinuáis... hay algo más. —Pasó una hoja al Comandante para que llegara hasta mí.

—Los dragones tienen los planos. No encontramos la cueva —leí en voz alta. Fruncí el ceño confusa, esperando una explicación.

—Lo que tenéis en vuestras delicadas manos es una misiva de mis espías en Eter. —No era ninguna novedad que Bellum tuviera espías en mi planeta, nosotros también los teníamos en el suyo. El Canciller asintió en dirección al Comandante para que lo relevara.

—Como ya sabéis, en Eter hay rebeldes que no estaban de acuerdo con el proceder pacifista de la reina Patme. —La voz del Comandante sonaba profunda y grave, como el retumbar de una caverna—. Un grupo consiguió infiltrarse entre nuestras filas y robar unos planos. Necesitamos que vuelvan a Ével y queremos que intercedáis. Nosotros, a cambio, os otorgaremos la paz que ambos pueblos desean.

—¿Qué son esos planos? —Desvié la vista hacia mis compañeros preguntándome si alguno de ellos tendría noticias de que unos rebeldes hubieran robado unos planos al Canciller. Ninguno parecía saber de lo que hablaba el Comandante.

—Es un asunto privado del planeta. Podemos aseguraros que no os afecta, pero una de nuestras condiciones es que sean devueltos sin indagar sobre su contenido.

—Es decir —intervino Enna—, habéis perdido unos papelitos y, como no podéis recuperarlos, queréis que los busquemos por vosotros a cambio de una tregua. ¿Qué pasará cuando tengáis esos planos en vuestro poder? ¿Volveremos al estado inicial?

—¿Es vuestra comandante? —me preguntó el Capitán, recostándose hacia delante.

—No. Es aún más peligrosa. —contesté, muy consciente de que era la primera vez que se dirigía a mí.

Enna se atusó el pelo, estiró las piernas y cruzó los tobillos.

—El pacto que firmemos nos comprometerá de aquí en adelante. Si no recibimos ningún ataque de Eter, vosotros no lo recibiréis por nuestra parte. Habrá paz —recalcó el Canciller.

—¿Por qué deberíamos confiar en su palabra? —cuestionó Enna.

—Cuidado —advirtió el Comandante.

—Mi único interés no son los planos. Pero no os miento cuando os digo que mi pueblo está cansado de las guerras. Os invito a que lo comprobéis vos misma. Salid del castillo, visitad el pueblo, hablad con las gentes. Constatad cuál es el sentimiento general.

—Lo haré.

—Bien. —La inmovilidad del Canciller daba más terror que cualquier gesto inesperado que pudiera hacer—. Erik os acompañará. —Señaló con la cabeza al Capitán—. Puede enseñaros la ciudad.

—Preferiría ir con mi propia Guardia. —Él hizo un gesto de indiferencia.

—Podéis ir todos. —Hizo amago de levantarse dando por finalizada la reunión—. Si hemos terminado... —Se encaminó hacia mí y pude apreciar como Enna se tensaba a mi lado—. ¿Tenemos un acuerdo?

Yo asentí.

—Siempre que con la entrega de estos planos tengamos una paz permanente... Sí, tenemos un acuerdo.

—Por supuesto. —Sonrió y por primera vez me pareció que su sonrisa era sincera. Hizo un movimiento con la mano para que pasara por delante de él—. Oh, algo más. —Me detuve bruscamente, casi tropezándome con el tul negro del vestido—. Aunque hayamos alcanzado pronto un pacto, sin duda estáis invitada a quedaros el tiempo que necesitéis para convenceros de que mis razones son verdaderas y nobles. Conozco y comprendo vuestras reticencias pero trataré de hacer lo posible para que comprobéis que todo lo que hago es por mi pueblo.

Me resultaba extraña la amabilidad del Canciller, pero lo cierto era que necesitaba todo el tiempo que me pudiera proporcionar en Ével con el fin de encontrar a la niña. Podría tramitar la búsqueda de los planos desde ahí igual que desde el castillo de Astra.

—Me quedaré hasta que encontremos los planos y yo misma los entregaré. —Supuse que eso me daría un margen de tiempo suficiente para llevar a cabo mis propias averiguaciones con respecto a la futura heredera de Eter y, si finalmente los planos aparecían antes de lo deseado, podría retrasar su entrega el tiempo que me conviniera.

Toda la maquinaria se había puesto en marcha.

Nada podía fallar.

Yo no podía fallar.

Capítulo 8

Regresamos al salón por la misma puerta por la que habíamos entrado. Las mujeres y los niños se reían por el espectáculo de los enanos, que entonaban (o quizá debería de decir desentonaban) algunas canciones sobre mujeres de largas colas y grandes pechos desnudos.

Mis cinco acompañantes y yo nos dirigimos a nuestros aposentos. Más allá de la grandiosa decoración del salón, el castillo parecía desnudo. Las paredes de piedra gruesa protegían la temperatura de dentro, que, a falta de magia, solo se caldeaba por las antorchas que en absoluto eran suficientes para combatir la humedad que exudaba la proximidad del mar. Dejé que me guiaran, puesto que sabía que me sería imposible llegar hasta el dormitorio por mí misma. Newu, sin embargo, parecía orientarse con una facilidad envidiable. Ni siquiera reconocí el pasadizo ciego en el que se encontraban las habitaciones hasta que nos detuvimos.

Hice un gesto para que todos pasaran a mi dormitorio y poder hacer planes tras la conversación que habíamos mantenido en el despacho, con la seguridad de que las guardas nos protegerían de los potenciales espías.

Luthiel fue el último en entrar y cerró la puerta con cuidado, girándose con el rostro arrebolado y sin poder mirarme a los ojos. Pero fue Newu el que expresó sus pensamientos en voz alta.

—Creo que podríamos mantener esta conversación en otra habitación que no sea la vuestra, Alteza.

—¿Os sentís incómodo porque es la habitación de una mujer, Newu? Os creía algo más experimentado. —

Enna lo observaba mientras hablaba, como si pudiera hacer que se quedara clavado en el suelo.

—Callaos los dos de una vez, sois extraordinariamente irritantes —exclamó Gionna con un tono de voz grave y tenso, ganándose una mirada asesina de ambos, que por primera vez parecían estar de acuerdo en algo. Caminé hasta la chimenea y extendí las manos hacia el fuego para tratar de calentarlas.

—El contenido de esos planos debe de ser muy importante para que el Canciller negocie la paz por ellos —reflexioné en voz alta. Todos, incluido Luthiel, se volvieron a mirarme.

—Si los encontramos, ¿de verdad vamos a entregárselos sin más? —inquirió Eri, tocando con nerviosismo las puntas de su cabello.

—Por supuesto que no —afirmé—. No tengo intención de facilitarles esa información, que están tan desesperados por conseguir, sin saber antes de qué se trata, y no confío en su palabra cuando aseguran que no nos afecta. Si encontramos a los rebeldes y recuperamos esos documentos, accederemos a su contenido como sea.

—No pueden darse cuenta de que los hemos examinado o no habrá trato —señaló Enna.

—Las Diosas sabrán lo que contienen esos planos... —suspiró Eri, apoyándose en el diván.

—Hay formas de averiguarlo sin que se enteren, en caso de que estén sellados —les indiqué.

—Magia —sugirió Gionna.

Yo asentí, conforme.

Newu salió al balcón para inspeccionarlo, igual que había hecho yo horas antes, y Gionna se frotó un ojo, emborronando la raya negra de su maquillaje, que le dio un aspecto aún más fiero.

—Habría que avisar a los Sini de inmediato, ponerles al corriente y ver si pueden averiguar algo sobre este asunto.

—Eso pensé yo. —La voz vacilante provenía de Luthiel. Era la primera vez que lo escuchaba hablar. Él descruzó los brazos para buscar en uno de sus bolsillos, y nos mostró un aparato de color verde con una pantalla de unos diez centímetros que no recordaba a nada que hubiese visto antes—. En Astra, supuse que en algún momento nos sería de utilidad estar en contacto con los Sini, así que creé esto. —Nos mostró en la pantalla una serie de caracteres que no reconocí—. Es un comunicador que encripta de forma simétrica las comunicaciones, es decir, como si tuviéramos una llave privada, la cual, en combinación con una llave pública permite a los Sini desencriptar mi mensaje. Contiene mi algoritmo AP36, que hasta para los más experimentados sería prácticamente imposible de descifrar. Se basa en dos números primos grandes, que he complementado con los valores adicionales…

—Ahora ya sé por qué no habla nunca —cortó Enna, haciéndose eco del asombro de todos—. ¿Puedes abreviar?

Luthiel se puso de un preocupante tono escarlata, tan intenso como el de las lobelias que cultivaba en mi jardín de Astra.

—S…sí. —Se subió las gafas por el puente de la nariz—. Después de salir del despacho del Canciller, aproveché la distracción en el salón para mandar a los Sini la información que nos han dado sobre los planos. Supuse que sería de utilidad.

—Es genial que ya les hayas informado, Luthiel. Gracias —dije, y me asombré cuando su cuello se puso del mismo color que su cara.

—Todo esto me hace plantearme, ¿por qué no encuentra el Canciller por sí mismo los planos? —preguntó Eri—. Ha reconocido con mucho desparpajo tener espías en Eter.

—«Los dragones tienen los planos. No encontramos la cueva» —contestó Enna—. Es lo que decía la hoja que el Canciller le ha pasado a Alesh, la que le han mandado sus soplones. Si los dragones son los rebeldes de Eter eso significa...

—Que no encuentran su localización —terminé por ella—. El Canciller está acostumbrado a atacarnos anárquicamente, no elige a sus víctimas de forma expresa y eso hace que cunda el pánico entre toda la población ante una posible amenaza, pero puede que también signifique que no tiene los medios suficientes para buscar a alguien en concreto.

Newu se acercó a mí y se apoyó contra el lateral de la chimenea.

—Es bastante probable —dijo—. Lo que más me preocupa es cómo vamos a encontrar a esos rebeldes y después a explicarles que vamos a devolver los planos al Canciller.

—Usaré a Zyx para informar a los Sabios esta misma noche —propuso Gionna.

—¿Zyx?

—Le he puesto nombre al ibis.

Newu enarcó las cejas.

—¿Qué? Es un pájaro cariñoso. —Ella se encogió de hombros.

—Los Sabios sabrán qué hacer, pero diles que nos mantengan informados —repuse.

—Sugiéreles que acudan a mi madre. —Todos observamos a Enna—. Tiene más relación con los rebeldes de la que le gustaría admitir.

Asentí en dirección a Gionna para que lo tuviera en cuenta.

¿Era ese el motivo por el que Enna había seguido la postura pacifista de Patme? ¿Porque su madre había elegido presentar batalla junto a los rebeldes y ella la odiaba? ¿O realmente pensaba que la antigua reina tenía razón? Yo sabía que Enna odiaba a su madre, le sobraban los motivos, y quizá eso le había hecho decantarse por una forma totalmente opuesta de afrontar la guerra. ¿Podría ser ese el motivo por el que había recelado de mí, porque creía que yo era tan despiadada como la reina de los basiliscos?

—Gionna —la llamé—. Que a los Sabios les quede claro que, si encuentran a los rebeldes, nos interesa negociar con ellos. No son nuestros enemigos, es importante que entiendan que nuestros fines son los mismos y que entreguen los planos de buena gana.

—Tampoco estoy convencido de que sea una buena idea que mañana nos acompañe el Capitán en nuestra visita a la ciudad —formuló Newu, expresando de nuevo sus dudas con su ceño perpetuamente fruncido.

—Podemos encargarnos del Capitán —aseguró Enna con desidia—. Es un mal menor.

—No lo subestimes, a pesar de lo joven que es, su fama lo precede. —Yo lo miré confundida, instándole a hablar—. No sé los detalles, hay bastante secretismo en torno a él, pero son muchos los rumores. Se dice que es un gran estratega, que ha sofocado numerosos levantamientos gracias al ingenio y a su conocimiento de las batallas. En lo que todos coinciden es en que no ha llegado a ser Capitán gracias a su padre.

—¿Ha intervenido en Eter?

—Hasta donde yo sé, no. En principio es el Comandante quien se encarga de esos ataques.

—Estará ansioso, entonces, de progresar fuera de su planeta natal.

—No sé hasta qué punto lo consentiría el Canciller. Gowan confía mucho en su Comandante, y no es una confianza infundada: es un hombre leal en extremo, que nunca traicionaría al Canciller. Sin embargo, no creo que confíe tanto en el hijo. Los jóvenes son ambiciosos, desean fama y gloria. Quizá considere al Capitán un peligro si no lo puede mantener controlado en Bellum.

Permanecí unos minutos pensando en todo lo que habíamos dicho, con la cabeza a punto de explotar y percibiendo el resto de la conversación como un zumbido lejano, sin prestar demasiada atención a los preparativos que se estaban llevando a cabo para mi visita a la ciudad.

—Creo que ya hemos acaparado bastante la atención de su Alteza. —Escuché la voz dulce de Eri por encima del ruido de las discusiones.

Se lo agradecí en silencio. Necesitaba descansar. La tensión de la noche había terminado de agotar mi energía.

Cuando el último de ellos traspasó la puerta en dirección a sus propias habitaciones, me dejé caer en la cama, sin quitarme siquiera el vestido.

La cena había sido un desastre.

Tener que soportar los desprecios de unos nobles arrogantes e ignorantes había sido un infierno.

La sensación de descontrol que se había instalado en mi pecho desde el momento en el que puse el pie en Bellum se acrecentaba por segundos. El Canciller era un hombre inteligente, con experiencia y seguridad. Un hombre dispuesto a hacer lo que fuera para alcanzar su objetivo. Yo no tenía esa ventaja. Mis actos no solo los guiaba la razón, sino un poderoso sentimiento de justicia. No iba a ser capaz de hacer lo que hiciera falta, por mucho que tratara de engañarme a mí misma. Si casi me había derrumbado por tener que degollar un cordero...

Dos golpes retumbaron por la habitación, interrumpiendo mi flagelación interna. De verdad que no estaba de humor para más charlas. Lo que fuera tendría que esperar hasta mañana.

Me levanté con dificultad y me dirigí hasta la puerta, que abrí bruscamente.

La sorpresa me asaltó sin ser capaz de reprimirla. Ahí estaba la fuente de tantas habladurías, con el pelo revuelto y pose de perdonavidas.

El Capitán de Bellum.

En la puerta de mi habitación.

Y Enna no parecía haberse percatado, porque no se asomó para comprobar si su reina estaba en peligro.

«Tanta historia con la maldita habitación...»

—¿Queréis algo? —Mi voz brotó mucho más tranquila de lo que me sentía.

—Solo interesarme por vos después de lo que ha pasado en la cena. —Si me hubiera dicho que era una criatura de tres cabezas y que venía a engullirme, me hubiera extrañado menos.

—¿Y qué es lo que ha pasado en la cena?

Bloqueaba la puerta con mi cuerpo, pero sus ojos se deslizaron más allá de mí, inspeccionando el dormitorio con un breve vistazo. Me sacaba media cabeza, así que no pude oponer mucha resistencia.

—Tan solo quería prestaros este cuento. —Me tendió un objeto al que no había prestado atención, un libro fino, encuadernado en blanco—. Son rimas diseñadas para que los niños se duerman. Os ayudará a conciliar el sueño.

¿Como si fuera un conjuro? ¿Tenían algo así en Bellum?

De alguna manera su consideración me molestaba, me parecía condescendiente, como si yo no hubiera actuado lo suficientemente bien y todo el mundo se hubiera dado cuenta de mis debilidades, de lo que me había afectado tener que lidiar con el Canciller y con sus nobles durante la cena y después, en la reunión.

—¿Acaso veis por aquí a algún niño?

—Por suerte no. —Sonrió, guiñándome un ojo con un descaro al que no estaba acostumbrada—. Aunque tampoco es que os sobre experiencia. —Dio un paso al frente y tuve que apartarme de la puerta para que nuestros cuerpos no se rozaran.

Su comportamiento era del todo inapropiado. Entró en la habitación y depositó el cuento en la mesita ante mi mirada pasmada. Supuse que podría derribarlo con magia. Hacerlo desaparecer hasta cualquier sitio recóndito y deshacerme de él durante unos días me parecía una oferta tentadora, pero… También sentía curiosidad. Su conducta no era correcta, pero suponía un soplo de aire fresco, al igual que la de Enna. Esos pequeños desafíos me hacían sentir más normal, más cerca de las personas que me rodeaban.

—Quizá no sea tan descabellado que haya cuentos aquí, al fin y al cabo, seguro que vuestros niños no pueden dormir tranquilos.

Vi como su cara se torcía ante mis palabras. Era tan transparente que su falta de disimulo me hizo sentir un poco culpable; pero ¿acaso era mentira? Bellum era un planeta que siempre se había mantenido en guerra, no querían la paz e incluso sus dioses eran deidades guerreras, que habían permanecido tras la caída del Rey Jantos. Dioses del sacrificio y de la muerte.

—Esta situación no es agradable para nadie —respondió, con los puños blancos de tanto apretarlos.

Y, sin embargo, ¿cómo podía no serlo? Los numerosos enfrentamientos a los que tenían que hacer frente los habían escogido ellos mismos, por su disposición a batallar y su afán de poder.

—¿Para qué queréis el Sauce? —En cuanto la pregunta abandonó mis labios él relajó las manos. Me di cuenta de que lo había pillado desprevenido.

Yo sabía la respuesta: por el control de la inmortalidad. Era algo que se escuchaba a menudo en las salas del Consejo de Eter, pero nunca había tenido la oportunidad de preguntárselo directamente a alguien de Bellum, y mucho menos a su Capitán.

—Cualquiera puede beneficiarse de la inmortalidad que ofrece el Sauce. —Se crispó, como si la idea le repugnara.

—No entiendo qué tiene de malo. ¿Es tan horrible que las personas decidan su propio futuro? ¿Que escojan si quieren seguir viviendo o no?

Muchas personas elegían la inmortalidad y otros envejecían siguiendo el curso natural, siempre respetábamos el libre albedrío.

El Sauce no curaba enfermedades, pero sí las prevenía y convertía en inmortal a todo el que bebiera de su savia, deteniendo el envejecimiento del cuerpo la primera vez que esta se probaba. Por eso, la gran mayoría de la población aparentaba tener veinte o treinta años como mucho y por eso era tan complicado encontrar a una persona que pareciera tener más de cincuenta, porque elegían parar el paso del tiempo cuando aún eran jóvenes. Pero los efectos de la savia no duraban para siempre, el reloj natural se reanudaba. No obstante, lo único que había que hacer al notar las primeras muestras de declive era volver a beber.

—Lo es, sí. Es horrible si pueden acceder a ella personas con el corazón tan envenenado que solo son felices haciendo daño, causando masacres y dolor. Esa gente también ve alargados sus días gracias al Sauce, sin ningún tipo de control por vuestra parte —señaló con desprecio.

Lo miré, confundida. Si había una regla que se respetara en Eter era que el Sauce no pertenecía a nadie. No debíamos intervenir en quién bebía de la savia y quién no, aunque los que lo hicieran fueran personas con mal corazón, como señalaba el Capitán. Creíamos que no teníamos derecho a juzgar sobre la vida, y no podríamos haberlo hecho sin interferir. Su visión me pilló desprevenida.

—¿Y quién tiene autoridad para decidir si se es digno del Sauce o no? ¿Tu Canciller? —resoplé y la presión de mi pecho aumentó al darme cuenta de que nos habíamos ido acercando. Le di la espalda para poner distancia entre los dos.

—Cualquier control sería mejor que el libre albedrío —profirió.

Sabía que el sistema de mi pueblo no era perfecto, pero me negaba a aceptar que lo que él proponía fuera mejor y, además, el escaso tiempo que llevaba en el castillo ya había reforzado la opinión de que el Canciller era un hombre despreciable.

Me di la vuelta para encararlo desde la otra punta del dormitorio y lo sorprendí contemplando la cama, como si por primera vez fuera consciente de dónde nos encontrábamos. Trató de ocultar lo que estaba pensando, pero yo me había dado cuenta y me permití esbozar una sonrisita petulante.

La idea me atravesó como un relámpago, igual de peligrosa y ensordecedora. Un juego arriesgado, en el que, pensé, yo partiría con ventaja tras muchos años fingiendo y controlando mis emociones.

Me acerqué y apoyé las yemas de los dedos sobre la colcha, deslizándolas a mi paso por la suave y fría tela, acercándome despacio a él, plenamente consciente del tacto la gasa sobre mi cuerpo. Me coloqué muy cerca. Nuestros cuerpos no se tocaban, pero sentí la electricidad fluir en el pequeño vacío que nos separaba, cargando el aire de chispas magnéticas, de anticipación y escalofríos. Él se quedó congelado, con los ojos brillantes, teñidos de cautela... y de algo más. Me miró a los ojos, pero, poco a poco, su atención descendió hasta mi boca. Quisiera poder decir que no me olvidé de fingir, que tuve más fuerza de voluntad, pero lo cierto era que mi cuerpo me estaba traicionando. Se mordió los labios con la respiración agitada y mi mano se alzó con voluntad propia para tocar su pecho.

Una parte de mí, una parte que hubiera exiliado a los confines del mundo, quería saber cómo sería sentir el roce de esa piel.

Me incliné hacia él, hasta que mis labios acariciaron su oreja.

—Será mejor que te vayas —susurré.

El hechizo se rompió.

Él pestañeó y se apartó con suavidad. Y entonces, en lugar de avergonzarse como esperaba que hiciera, sonrió. Una sonrisa de medio lado, como si fuera consciente de mi juego y se hubiese propuesto participar.

Cuando la puerta se cerró, por fin dejé que mis hombros cayeran.

Capítulo 9

El día había amanecido brillante y despejado, nada quedaba de la tormenta de la noche anterior y el mar reflejaba un cielo que de tan azul parecía añil. Me había despertado con el restallar de las espadas de los soldados, que entrenaban en el campo de abajo, después de una noche pacífica en la que había conseguido dormir profundamente.

Cuando el Capitán se marchó, decidí echar un vistazo al cuento que me había traído y después de leer unas rimas, que de tan melodiosas me recordaron a los cantos de sirena, caí profundamente dormida, con el vestido de fiesta puesto y sin una colcha que me cubriera. Pasé frío y no sabía si mi descanso se debía al cuento o al cansancio acumulado, pero lo cierto es que ni siquiera le había agradecido el detalle de que me lo trajera.

Llamaron a la puerta.

Me senté en la cama, sonriente, cruzando las piernas y apoyando el peso de mi cuerpo sobre el brazo derecho.

—Adelante.

Él entró sin vacilar, deteniéndose en seco al contemplar la estampa.

Vestía el uniforme oscuro de entrenamiento, bajo el que se apreciaba su cuerpo definido y torneado. La clase de cuerpo que solo deberían tener los Dioses.

Apreté un poquito los labios para que no se me escapara una carcajada.

Mi cuerpo se hundía en el colchón, cubierto tan solo por una pequeña toalla de baño que, aunque ocultaba todo lo necesario, dejaba poco a la imaginación. Había llegado a sentirme cómoda con mi cuerpo y la desnudez para mí no era un problema, al igual que tampoco lo era para la gran mayoría de los habitantes de Eter.

—Me han dicho que queríais verme, que hay algún problema —vaciló el Capitán.

Trató de no bajar la mirada hacia mis piernas desnudas, convenientemente cruzadas; también intentó aparentar que la situación no le afectaba, pero un tono rosado manchó sus mejillas. Desde el momento en el que tuve esta idea, supe que sería muy divertido.

—De hecho, hay un problema —afirmé, levantándome de la cama y encaminándome hacia el armario, haciendo que mi cabello castaño ondeara al compás de cada paso. Lo abrí para que pudiera observar el interior vacío.

—No lo entiendo.

—Mi ropa no está.

—Eso ya lo veo. —Esta vez sonrió con descaro, pero siguió sin apartar la vista de mi cara. Agradecí, con sorpresa, que fuera esa clase de persona; que fuera respetuoso. Le daba un crédito inesperado.

—Toda. Mi. Ropa. —Ante esto le tocó fruncir el ceño. Barrió la habitación, como si esperara encontrarla apilada en un rincón.

—Aquí no ha entrado nadie después de que yo saliera. —La rotundidad de su afirmación casi me hizo preguntar cómo podía saberlo; sin embargo, me di cuenta de que ya conocía la respuesta: me estaban vigilando. A mí y probablemente también a los demás. Nadie podría entrar o salir de mi dormitorio sin que él lo supiera. Al menos tenía la protección de las salvaguardas mágicas, que me daban la seguridad de que mientras permaneciese dentro de esas paredes nadie podría verme o escucharme.

—Pues... no está —contesté con inocencia—, y necesito algo que ponerme.

—¿Y queréis que os ayude *yo*?

—Ya que estoy en Ével y vamos a ver la ciudad, he pensado que podrías conseguirme algo de ropa autóctona.

Todo aquel teatro se reducía a eso, a pasar desapercibida.

Antes de mi marcha, los miembros del Consejo sugirieron que llevase a cabo alguna treta para conseguir ropa con la que camuflarme entre los locales. Obtener el tipo de información que buscaba vestida con la ropa de Eter, que me identificaba como extranjera, era mil veces más complicado; sin embargo, no podía simplemente pedírsela al Canciller sin levantar sospechas. Debía desaparecer.

El plan era del Consejo, la ejecución era mía.

La noche anterior había quemado el vestido que me había regalado el Canciller para mandarle un mensaje; en esta ocasión, era yo quien movía la ficha para ganar la partida.

—¿Queréis... un vestido como los que visteis anoche? —La duda impregnaba su voz. Me hizo pensar que sospechaba algo y eso era un inconveniente porque suponía que iba a mostrarse vigilante mientras yo trataba de interrogar a los habitantes de Ével—. De todas formas, no creo que podamos conseguir por aquí uno de vuestros bonitos vestidos. —¿Se estaba burlando de mí? Sin duda—. Y es mejor que paséis desapercibida.

Vaya...

—¿Y eso?

—Muchos no quieren teneros por estas tierras, Alteza. —El desprecio teñía sus palabras hasta hacerlas irritantes.

—¿Porque busco la paz?

—Porque sois el enemigo —dijo con hostilidad.

Me pregunté si hablaba por su pueblo o por él, pero decidí que no me importaba.

La aversión rezumaba por cada poro de su ser.

—¿Qué tal si vas a buscarme un vestido en lugar de quedarte ahí babeando?

—¿Estáis segura? Parecéis muy cómoda de esta guisa.

El Capitán tenía un don para hacerme enfadar.

—¿Debería ser más recatada para que te sintieras cómodo? —pregunté, condescendiente.

—Por mí no hagáis el esfuerzo, *Alteza*. —Se inclinó y hasta eso me pareció una burla.

Había algo en su forma de decir «Alteza» que me despertaba instintos violentos. Deseé tener a mano cualquier cosa que arrojarle para borrarle esa expresión chulesca, pero se marchó antes de que el libro de cuentos se materializara en mi mano y se lo tirase a la cara.

«Bonita forma de darle las gracias».

El Capitán no se dignó a volver, en su lugar, las tres sirvientas entraron con algo que no era ni mucho menos lo que yo había esperado.

Si mi intención era no llamar la atención, desde luego, con esto no lo iba a conseguir.

Era un mono de un tono añil precioso, con el cuello alto e incrustaciones de cristales en el pecho, mangas abullonadas, que se abrían en los hombros para dejarlos al descubierto, y un chaleco de tela rígida que llegaba justo hasta el suelo y se estrechaba en la cintura, de un morado más intenso y con ribetes color plata.

Dudaba de que alguna mujer en este planeta llevara pantalones.

Quizá el Capitán lo consideraba lo bastante provocador para mí, o quizá había adivinado mis intenciones y trataba de frustrarlas.

Aposté por lo segundo.

Mesé mis ondas sueltas, que cayeron como una cascada de miel, suaves y densas sobre mis hombros. No acostumbraba a llevar joyas. Por más que Patme lo intentó, nunca consiguió habituarme. La única gema que llevaba era el anillo de Laqua y nadie hubiera podido imaginar el valor que tenía.

Al salir de mi dormitorio, me encontré con que todos me estaban esperando en el pasillo.

Enna me lanzó una mirada escrutadora, que me hizo pensar que sabía de la visita nocturna del Capitán y que había optado por no intervenir. No hizo ningún comentario al respecto, pero se acercó para susurrarme algo al oído, consciente de que carecíamos de la protección de las salvaguardas.

Descendimos hasta llegar a la puerta principal, algo más preparados para lo que nos esperaba.

Pensaba aprovechar la visita a la ciudad para perderme entre sus calles y conseguir información acerca del Canciller, o para descubrir posibles rumores sobre la niña. No las tenía todas conmigo y tampoco pensaba que fuera a encontrarme con un campesino bien informado de los secretos de palacio, pero los criados hablaban, en especial con sus familias. Así que, aunque no fueran a decirme nada a mí, si tenía suerte, tal vez podía encontrar a alguien con la lengua suelta.

Antes de abandonar Eter había acudido a la biblioteca para buscar información sobre los distintos métodos que habían empleado las anteriores reinas de mi planeta para encontrar a sus herederas. Los tomos, que tantas veces había abierto, gastados y amarillentos, me ayudaron a refrescar distintos hechizos, la mayoría inútiles, a menos que quisiera llamar la atención del Canciller sobre mis razones para quedarme en Ével.

Por eso, primero trataría de atender a las habladurías de los ciudadanos y, si eso no funcionaba, ya pensaría en otras opciones.

El Capitán nos esperaba en la entrada del castillo. Se había cambiado de ropa. Vestía más informal, con una camisa de lino que resaltaba el tono moreno de su piel, arremangada hasta el antebrazo, ajustada en los lugares en los que sus músculos tenían más volumen y cedida en otras partes más desgastadas. Sus pantalones negros eran estrechos, de un tejido grueso que también permitía apreciar a la perfección las sombras que creaban sus músculos forjados por las batallas y el entrenamiento constante. En el cinto portaba una espada con guardas relucientes, diseñadas en forma de alas, con una piedra de ámbar en el pomo.

Se giró invitándonos a que lo siguiéramos y, bordeando el castillo, llegamos a las caballerizas, en la que nos esperaban algunos corceles ya ensillados, de purasangres a percherones. Yo no me sentía cómoda montando. Los caballos eran animales salvajes, indomables, no debían estar atados ni doblegados a la voluntad de sus amos, merecían vivir en libertad.

—Podría transportarnos a todos a la ciudad —sugerí.

—El camino es bonito. Además, por aquí no nos gusta mucho la magia —respondió el Capitán.

Montó sobre un corcel blanco como la nieve recién caída, tomó las riendas de un purasangre negro y lustroso y me las tendió. Yo las cogí sin mostrarme del todo conforme.

Pero el camino sí que era hermoso.

Era una belleza que llenaba la vista pero ningún otro sentido. La pradera se extendía, decorada con flores vistosas, pero que no desprendían ningún olor. Faltaba el dulzor del néctar, el familiar baile de las abejas y los insectos, el aroma de la hierba húmeda tras la tormenta.

Era un paisaje bonito y vacío al mismo tiempo.

Las plantas habían sido retocadas para proporcionar oxígeno, pero no eran más que una mala imitación de algo vivo.

Supuse que para el Capitán aquello sería suficiente, que para cualquiera que no conociera la vibración de la magia entre las hojas sería suficiente.

Los primeros árboles se desperdigaban tímidamente en el extremo de la pradera hasta convertirse en un bosque frondoso, más allá de dónde alcanza la vista. Por la derecha, una bifurcación daba paso a un camino de tierra batida, por el cual continuamos hasta encontrar las primeras casas diseminadas.

Avanzamos en silencio, empapándonos de todo lo que nos ofrecía la ciudad de Ével. Las casas eran construcciones de piedra blanca, con tejados de cañizo y paja que formaban una curva tan pronunciada que casi tocaban el suelo.

Llegamos al corazón de la villa. Una plaza grande y cuadrada en la que predominaba, levantándose por encima del resto de construcciones, un edificio de piedra gris y envejecida, hasta tal punto que sus cavidades y recovecos se habían vuelto negros y mohosos. En las ventanas lucían jardineras de flores rojas vistosas, separadas por columnas, que terminaban en picos como alfileres sobre el tejado. Aunque lo más impresionante era la torre central, la torre del reloj, de unos cien metros, puntiaguda y afilada. Se dividía en bloques cuadrados, cada vez más pequeños en su ascenso, hasta culminar en una aguja dentada.

Alrededor de la plaza había distintos tenderetes, en los que se podían encontrar desde especias y comida, hasta orfebrería o zapatería.

Bajé del caballo sin avisar a nadie y me dirigí hacia ahí, buscando entablar conversación con los tenderos.

Unos niños corrían por la plaza, persiguiéndose con espadas de madera y tirachinas, con el pelo revuelto y la cara sucia. Cuando pasaron por delante del Capitán se pararon al ver su espada. Él desmontó y les revolvió el pelo con una sonrisa orgullosa.

Me detuve delante de un tenderete en el que vendían una miel que decía ser de azahar. En Ével había algunos productos que se conseguían de la tierra, pero se cultivaban en invernaderos y las condiciones del medio no permitían que tuvieran el mismo sabor o textura que en Eter. Dudaba mucho de que el tendero dijera la verdad y que su miel fuera de azahar. Pasé de largo y me detuve junto a un hombre que tallaba figuras de madera. Deslizaba el cuchillo con suavidad, ahondando la afilada hoja en las astillas. Era una pareja entrelazada. Las extremidades de uno se perdían en el cuerpo del otro, como si se fusionaran. La cabeza de ella estaba ladeada, dejando caer el cabello a un lado y el cuello expuesto. No estaba terminada pero el efecto era precioso.

—¿Cuánto cuesta? —Señalé la figura que tenía entre las manos.

Era un hombre mayor, de unos sesenta años, con el cabello cano, la piel morena y curtida de permanecer al sol.

—Aún no está terminada. —Su voz era profunda pero amable.

Sonreí.

—No me importa, me gustan las cosas inacabadas.

Saqué unas monedas y se las ofrecí.

El tendero las miró, sin atreverse a aceptarlas.

—Es demasiado por una talla de madera.

—Puede que sí. Podemos hacer otro trato. —Miré detrás de mí para comprobar que seguía sola—. La talla y una respuesta sincera a cambio de estas monedas.

Él asintió, cauteloso.

—¿Veis a la gente cansada por la guerra?

Su rostro se llenó con una sonrisa tediosa.

—Así que sois la reina de Eter. —Sin esperar una respuesta volvió a pasar el cuchillo por la madera, dando forma a los detalles—. Se escuchan rumores de vuestra llegada, Alteza.

—Puede que lo sea, ¿cambiaría eso vuestra respuesta? Suspiró.

—Muchos están cansados, sí, sobre todo los que ya somos mayores. Pero la muerte nos dará la paz que no encontramos en esta vida.

—¿Hay muchos que son mayores? —cuestioné, percatándome de que a mi alrededor había bastantes personas que no parecían haber hecho uso de la savia del Sauce.

—Los hay. La mayoría.

—¿La mayoría? ¿De los habitantes de la ciudad? —interrogué, incrédula.

—Hasta donde yo sé, de los habitantes de este planeta, Alteza.

¿La gente en Bellum no estaba tomando la savia? ¿Por qué? Nosotros no se lo impedíamos, porque si así fuera yo lo sabría. No podíamos interferir, no teníamos el control del Sauce.

—¿Por qué elegís envejecer?

—¿Elegirlo? Oh, no, nosotros no elegimos nada. —Siguió trabajando al tiempo que mi curiosidad se desbordaba—. Mirad a vuestro alrededor, ¿veis riqueza en esta gente? No, ya os contesto yo, no la hay. Trabajamos desde el amanecer hasta el anochecer por un puñado de monedas, ¿cómo podríamos llegar hasta Eter? —Cogió un cuchillo más pequeño y me observó de refilón. Yo bajé la vista al suelo—. Veo que por fin lo comprendéis. Aquí ya no hay magia, hace mucho que se olvidó. No tenemos forma de trasladarnos y son muy pocos los que tienen dinero para pagar un pasaje. Aquí la gente muere. Muere como debe ser, cuando le toca. Mueren los niños, mueren los viejos. Igual da. Pero ahora la muerte distingue, elige a los pobres antes que a los ricos.

Era terrible.

No entendía cómo en Éter no éramos conscientes de la realidad de esta gente, ¿cómo podíamos estar tan ciegos? Y, sin embargo, mientras estuvieran bajo las leyes del Canciller, ¿qué podíamos hacer nosotros?

La magia podría haber sido su salvación, pero la habían convertido en un tabú, un mal sueño del que escapar. Si tan solo estuviesen dispuestos a recuperarla... acercaría nuestras posturas y dejarían de vernos como enemigos envueltos en supersticiones.

—Cuando tu principal preocupación es comer, la guerra es algo lejano —prosiguió con voz severa—. Los jóvenes buscan la gloria, para ellos es diferente. Sus cabezas están llenas de pajaritos que les revelan sueños de triunfos lejanos.

—¿Merece la pena? ¿Haber renunciado a la magia?

—Traté de entender. El dejó la figurita sobre la tarima y sostuvo el cuchillo por el mango, apoyando la punta contra la yema de su dedo.

—No recuerdo el poder de la magia, tampoco mi padre ni mi abuelo la recordarían, de estar vivos. Hace demasiado que no campa por este mundo. Lo que no has tenido no puedes perderlo... ni puedes echarlo de menos.

—¿Y no hay nadie que quiera recuperarla?

Levantó la vista del cuchillo y me sostuvo la mirada sin responder.

Si era como afirmaba, y lo cierto es que no tenía ningún motivo para mentirme, lo que había dicho el Canciller era verdad: su pueblo estaba cansado de la guerra. Sin embargo, yo no era capaz de desprenderme de la desconfianza que me habían enseñado a tener frente a los habitantes de Bellum. Una lección bien aprendida.

Así que revelaríamos el contenido de los planos cuanto antes e iríamos tomando las decisiones sobre la marcha. Para mí, lo más acuciante era descubrir el paradero de la niña.

—¿Se... escuchan rumores sobre el castillo? ¿Quizá algo de alboroto? —No podía dar mucha información sin delatarme, pero necesitaba saber si la niña estaba cerca o si se encontraba perdida por alguna de las calles de esa atestada ciudad.

Él me observó con curiosidad y bajó el tono de voz.

—Se cuentan muchas cosas de ese castillo. Hace unas semanas mi mujer me comentó que su hermana, que trabaja allí de criada, ha estado escuchando sonidos inquietantes por la noche. Cree que ha entrado el demonio.

¿El demonio? ¿Nadie confundiría a una niña con el demonio, no?

Metí la mano en mi bolso y saqué algunas monedas más para ofrecérselas.

—Solo una cosa más. —Me aproximé—. Si estuviera buscando algo... a una persona, ¿cómo podría encontrarla?

Él se encogió de hombros.

—No tengo ni idea.

Probablemente mentía. No obstante, yo ya había obtenido suficientes interrogantes de esa conversación como para mantenerme toda la noche en vela y no podía presionarlo para que me contara más.

—Lleváis un buen rato aquí. —La voz del Capitán me sobresaltó.

—Estaba negociando con este amable tendero. —Me giré hacia la tarima para recuperar la pieza de madera y enseñársela—. Me llevo la figurita.

Él esbozó una sonrisa burlona.

—Que... sugerente.

Puse los ojos en blanco.

—Te escandalizas con poco.

—Os sorprendería descubrir lo poco que me escandaliza, Alteza. —Su mirada cargada de promesas me aceleró el pulso.

—Creo, Capitán, que te tienes en muy alta estima.

Él arqueó una ceja y, adoptando esa actitud arrogante que me sacaba de mis casillas, se encogió de hombros.

—He pensado que podríamos visitar el Parlamento. Quizá el espíritu democrático consiga traspasar vuestras lustrosas vestiduras. Os sienta bien esa ropa, por cierto —soltó y, acto seguido, me dio la espalda al alejarse.

Apreté los dientes y me contuve para no lanzarle un hechizo y convertirlo en sapo. Imaginármelo como una criatura amarronada y viscosa me dio un súbito ramalazo de placer. Pero me interesaba ver el Parlamento, aunque la parte del espíritu democrático había sido un golpe bajo. Sí, yo era la reina de Eter. Y no, mi pueblo no me había elegido, había sido el Oráculo; pero, al menos, yo no era una tirana como su bendito Canciller.

Accedimos al interior por los arcos apuntados que daban paso a la planta baja seguidos por los demás, que no perdían detalle del entorno, y ascendimos por unas escaleras de mármol blanco y vetas grises, cubierta por una alfombra roja.

El pasillo era tan largo que debía de abarcar el edificio de punta a punta.

El Capitán nos guió hasta la cámara donde se llevaban a cabo las sesiones del Parlamento. Se componía de distintos bancos de madera oscura, del color de los nogales, dispuestos en fila y enfrentados, dejando un pasillo entre medias que desembocaba en un único asiento. Aunque, quizá, describirlo como un trono sería más acertado. Ahí era donde el Canciller interpretaba su papel simulando escuchar al pueblo. Como si los miembros de la cámara se atreviesen a llevarle la contraria.

Entramos a otra sala que resultó tan carente de sentido como la anterior, y así continuamos, hasta el punto en el que empecé a ponerme nerviosa. A Enna parecía estar sucediéndole lo mismo, pero, mientras que yo no podía permanecer quieta y me dedicaba a pasear por todas las estancias como si estuviera sumamente interesada, ella se estaba convirtiendo en piedra. No parecía ni respirar.

—Hemos terminado la visita —aseguró el Capitán.

—¿No queda nada más por ver?

—Nada interesante.

No podía creer mi mala suerte.

—Vamos a bajar nosotros primero para asegurar el terreno —dijo Enna de pronto.

Los demás se giraron y la miraron confundidos, en especial Newu, que no parecía muy contento de que fuera ella quien tomara ese tipo de decisiones, pero no se atrevió a llevarle la contraria delante del Capitán y arriesgarse a no presentar un frente unido.

Ella solo me miró a mí cuando se alejaba, queriendo transmitir un mensaje que capté con fingida indiferencia.

—¿Qué hay del despacho del Canciller? —inquirí, tratando de que en mi voz no se reflejaran los nervios que sentía.

—Está en la parte de detrás del Parlamento, la que da a los jardines, pero está prohibida la entrada.

—Me han dicho que las vistas desde allí son preciosas, ¿no podríamos entrar un segundo?

—Está cerrado para cualquiera, y más aún para vos —dijo con desprecio.

Me acerqué a él hasta situarme tan cerca como la noche anterior.

—¿Sabes que tientas mucho a la suerte hablándome de esa forma? —dije en un susurro.

Lo odiaba. Lo odiaba intensamente. Pero era consciente de que todo su ser llamaba a mi cuerpo a gritos. Y eso solo hacía que lo odiara más fuerte.

Él ladeó la cabeza despacio y miró mis labios, que se habían entreabierto y dejaban escapar el aire despacio.

—¿Cómo os gustaría que os hablara?

Se me puso la piel de gallina.

—Con algo más de respeto, antes de que se me acabe la paciencia y decida plantar tu cabeza en una pica.

Él sonrió y pareció pensárselo.

Mi corazón se saltó un latido.

—Solo quiero verlos un momento —insistí—. Echo de menos el verde de Astra, los bosques que se ven desde mi castillo...

Fruncí el ceño mirando al suelo. Trataba de convencerlo, o de manipularlo, pero tampoco era mentira. Esperaba que, si bajaba la guardia, él respondería de la misma forma.

—Entrar y salir. Y después volvemos con vuestros amiguitos.

Caminamos juntos y en silencio. Yo era plenamente consciente de la atracción que ejercía su cuerpo sobre el mío. De la energía y la tensión que vibraba entre nosotros como las chispas que se separan de la llama de una vela. Y, por la tensión en su espalda, habría jurado que sus pensamientos no eran muy distintos de los míos.

No era la primera vez que me sentía de esa forma, ya había experimentado el deseo en otras ocasiones, pero resultaba inapropiado e inesperado dadas las circunstancias.

Era un hecho que el Capitán había llamado mi atención desde el primer momento. Era joven y guapo a rabiar, y probablemente podía tener a cualquier chica que deseara. A todas menos a mí, porque, por mucho que él me atrajera, que ocurriera algo entre nosotros era impensable. Era mi enemigo. Sin embargo, jugaría con él todo lo que hiciera falta, si eso me ayudaba a cumplir con mi objetivo.

Se detuvo frente a una puerta custodiada por un guardia, al que se acercó para decirle algo que no alcancé a escuchar. Este se separó de la puerta, confundido, pero nos dio paso.

El balcón se encontraba justo detrás del escritorio, por lo que tendría una oportunidad de coger lo que había ido a buscar. Sin embargo, el Capitán vigilaba todos mis movimientos y era imposible llevar a cabo mi cometido si no conseguía despistarlo.

Me coloqué frente a las ventanas cerradas del balcón, contemplando el dibujo de caracol que formaban los arbustos de los jardines. No era nada impresionante. Seguía sin comprender por qué alguien querría domar la belleza salvaje de las plantas que ganan terreno al suelo.

Salí de mis pensamientos para darme cuenta de que el Capitán no estaba contemplando el jardín. Me miraba a mí. Sin ningún pudor recorría mis formas. Sus ojos eran una caricia lenta que ascendió hasta alcanzar los míos.

Yo agaché la cabeza como una jovencita pudorosa, me giré de forma repentina, eché a andar hacia el escritorio y fingí resbalar. Él extendió la mano para sujetarme por la cintura e impedir mi caída.

Tal y como yo esperaba que hiciera...

Capítulo 10

Me volví hacia él muy lentamente, apoyé la mano sobre su hombro y me perdí en las líneas mullidas de su boca. Su calor no se quedó en mi piel, traspasó a mi sangre en un hormigueo abrasador. Mis dedos ascendieron curiosos por el cuello de su camisa, hasta sentir su piel. Notaba su pulso golpear contra mis yemas. Las aletas de su nariz se expandieron, como si le costara un mundo mantener la compostura. No quería acariciarle, ansiaba rasparle, dejar marca. Y todo se tornó infinitamente peor.

Sentí la boca seca, me lamí los labios y pensé que poco faltaba para que entráramos en combustión.

—Esto no puede salir de aquí —susurró.

Yo asentí sin dudar.

No era lo más romántico que me habían dicho. Pero no era romanticismo lo que quería.

La mano, que seguía ceñida a mi cintura, me apretó más contra él y me empujó contra el escritorio hasta que noté la dureza de la madera clavarse contra la parte de atrás de mis muslos.

Apoyé las manos en la mesa para sujetarme, al tiempo que él clavaba sus ojos en los míos, de un verde oscurecido por el deseo, similar al de las hojas del olivo. Apoyó unos dedos ásperos contra el lateral de mi cuello y sentí como se me disparaban las pulsaciones contra su palma. Descendió cauteloso, hasta que lo siguiente que noté fueron sus labios, suaves como una pluma, besándome justo debajo de la oreja. Me incliné para acercarlo más a mí, disfrutando de sus caricias, pero con una mano palpaba bajo el escritorio, hasta dar con algo que se arrugó contra mis dedos. Traté de sujetar el sobre con las puntas del pulgar y el índice y lo despegué de la chapa para llevármelo al bolsillo del pantalón.

Enna me había susurrado esa mañana que los Sini habían contactado con un grupo contrario al Canciller con el objetivo de que nos facilitaran toda la información que fuera posible acerca de nuestros dos grandes problemas: encontrar a la niña y el contenido de los planos. Según le habían dicho, algunos de sus miembros se encontraban infiltrados en el Parlamento, pero solo podrían dejar la información durante el día de hoy bajo el escritorio del Canciller. Había sido nuestra única oportunidad de acceder a ella y, aunque había sido arriesgado, el sobre por fin se encontraba en mi poder.

Me dediqué a sentir la presión que su cuerpo ejercía sobre el mío. Apoyé la mano en su nuca, empujándolo contra mí, y deslicé los dedos entre sus mechones, deleitándome con su suavidad y con la calidez de su aliento después de lamerme.

Un sonido agudo y penetrante nos hizo apartarnos de golpe. El sonido de unos cristales rompiéndose.

Después se desató el caos.

Entraron por el balcón, a escasos metros de donde nos encontrábamos, y apenas tuvimos tiempo para entender lo que estaba pasando cuando el primero atacó.

Él se recuperó antes que yo y desenvainó la espada, justo a tiempo para detener el filo del hombre encapuchado.

Eran siete. Habían accedido por el balcón, rompiendo el cristal. Dos se dirigieron hacia mí, los otros cinco se fueron hacia el Capitán.

Una decisión muy estúpida.

Al contrario de lo que hubiera tenido que hacer sin el anillo, ya no necesitaba prepararme para dejar fluir la magia.

Calibré las fuerzas de los dos encapuchados que se dirigían hacia mí y retrocedí para mantenerme fuera de su alcance. Uno de ellos balanceaba dos espadas cortas, el otro sostenía una ballesta cargada.

La puerta se abrió. El guardia que había estado custodiándola entró alertado por el ruido. No dio ni dos pasos antes de que el de la ballesta descargara la fecha contra él. Impactó entre sus ojos y se desplomó al instante, en un absoluto silencio, dejando un reguero de sangre y de otro líquido...

Volví a centrar mi atención en ellos y no esperé a que atacaran primero.

Reclamé a la magia que se enroscara en mis manos. La sangre comenzó a hervir gracias al poder que me recorría las venas. Las vibraciones se concentraron en mis palmas y las liberé antes de que fuera insoportable contenerlas.

Lancé raíces hacia ellos, que se enroscaron en sus tobillos, ascendiendo por sus pantorrillas con la velocidad de un animal hambriento, hundiéndose en sus cuerpos y estrangulándolos. La fuerza de la tierra los reclamaba. Empujé sus cuerpos contra el suelo de forma inexorable. Doblándolos. Trataron de apartarlas, de cortarlas, pero no había nada que pudieran hacer. Más duras que cualquier vegetal, estaban cubiertas por mi magia; habría dado el mismo resultado si hubieran tratado de partir una pared de acero a cabezazos.

Y sin embargo...

Uno de ellos consiguió hacer un corte superficial a la raíz que aprisionaba su cuello, en un intento desesperado de no morir asfixiado, y yo me encogí de dolor, recibiendo el impacto como si fuese a mí a quien había apuñalado.

La magia exigía un precio, era un vínculo que funcionaba en ambos sentidos.

Apreté los puños, acabando con su resistencia, y los cuerpos dejaron de moverse.

Me quedé inmóvil. El Capitán luchaba contra cinco hombres al mismo tiempo.

Se movía como un depredador. Nada tenía que ver con el hombre aburrido que había manejado la espada en el entrenamiento. Sus acometidas eran calculadas y violentas. Manejaba el filo con una precisión tan perfecta que ni siquiera cinco hombres eran capaces de vencerlo. De nuevo, me quedé hipnotizada. No tenía claro que quisiera intervenir.

Tampoco parecía necesitar mi ayuda.

Puso fin a la vida de uno de los atacantes con un tajo a la altura del vientre, que dejó a la vista sus órganos al caer al suelo desmadejado.

Quedaban cuatro.

Trataban de acorralarlo, empujándolo a caminar hacia el balcón; sin embargo, en un movimiento muy osado rodó por el suelo hasta llegar junto a la mesa en la que hacía un momento habíamos estado y se subió a ella, saltando hasta cruzar la habitación, evitando las estocadas que los encapuchados lanzaban a sus pies.

Me alejé hacia el otro extremo, consciente de que podía poner fin a la pelea cuando quisiera, pero dejé que el Capitán se encargara de la situación y aproveché la oportunidad para evaluarlo.

De repente, una mano se cernió sobre mi tobillo y lancé un grito. Era el hombre al que le había rajado las tripas. Seguía vivo. Me lo sacudí de una patada, pero el Capitán perdió la concentración un segundo al girarse hacia mí y uno de sus oponentes aprovechó para lanzar un golpe mortal. Consiguió esquivarlo en el último segundo, pero el arma impactó contra su hombro. Gritó de dolor y se las ingenió para no soltar la espada. Arremetió contra el que tenía más cerca, que ya se preparaba para volver a atacar. El Capitán rechazó el golpe y lo empujó, sacando un cuchillo de quién sabía dónde y lanzándoselo hasta que el arma perforó su pecho.

Ya había tenido suficiente.

Inspiré y me preparé para sentir el calor. La magia brotó de mí, pura y liberadora. Consumiendo, incinerando cada defensa que ponía mi cuerpo a su entrada. Los tres hombres que seguían en pie ardieron en llamas, rodando por el suelo con desesperación.

Sus gritos de dolor inundaron el estudio, empapando de gemidos el oxígeno viciado por el humo.

Hasta que dejaron de moverse.

El Capitán me miró con el ceño fruncido.

Me acerqué vacilante, consciente de que, por mucho que le hubiera salvado, él era el enemigo e iba armado.

Al darse cuenta de mi reticencia envainó el arma.

—¿Estás muy herido?

Me observó como si hubiera perdido la cabeza y puso los ojos en blanco, pero el gesto duró poco, ya que en cuanto trató de moverse hizo una mueca de dolor. Se apoyó contra la pared y se dejó caer al suelo.

Me acerqué a la carrera.

Tenía un corte profundo cerca de la clavícula y no tenía buen aspecto.

—Te voy a curar.

—¿Qué? No —dijo, al tiempo que me apartaba.

—¿Cómo que no?

—Necesito que me vea un sanador...

—Yo soy más rápida que un sanador, Capitán.

Hizo un nuevo gesto de dolor. Estaba perdiendo mucha sangre.

—No voy a dejar que te mueras por idiota.

—No me voy a morir. Llama a alguien para que nos lleve al castillo y que me vea un sanador con título. Bufé.

—Estoy empezando a replantearme eso de que no eres idiota. ¡No hay nadie en este maldito Parlamento! ¿Acaso has visto a alguien durante la visita?

—Alesh. —Era la primera vez que me llamaba por mi nombre, nada de Alteza con ese tono chulesco. La única persona que me había llamado por mi nombre antes de él era Patme—. No me fío de ti.

—¿Sabes qué? No me importa. Tendría que dejarte aquí tirado hasta que te desangres por estúpido. Rasgué el bajo de mis pantalones para hacerle un torniquete. Apreté la herida para contener la sangre y él ahogó una exclamación. Su piel se estaba enfriando y humedeciendo. Él estaba cada vez más pálido y yo me estaba empezando a poner muy nerviosa.

—¿Sabes cuánto tiempo tarda alguien en desangrarse? Una vez leí que puede variar según el corte, de treinta segundos a media hora.

—Vuestras lecturas son bastante perturbadoras, Alteza. —Miró hacia la puerta pero no vino nadie. Supe que si fuera lista dejaría que muriera ahí mismo y no le dedicaría ni un solo pensamiento—. Y vuestros guardias son unos patanes. ¿Qué demonios hacen? ¿No se dan cuenta de que no habéis regresado?

¿Él pensaba que vendrían? No lo harían. Enna y el resto sabían que estaba intentando coger el sobre con la información de debajo de la mesa. No se arriesgarían a interrumpirme y a ponerme en peligro delatándome.

—Capitán...

—Erik.

—Vale. Capitán, debes de estar perdiendo mucha sangre. En serio, tu cerebro debe de estar totalmente seco si no eres consciente de que, si quisiera matarte, me bastaría con marcharme de esta habitación.

Tragó saliva. Tras una lucha interna, vi el momento en el decidió confiar en mí.

Asintió, todavía con reticencia, y yo puse los ojos en blanco.

El hechizo de sanación llegó a mi mente pero lo omití, consciente de que ya no me hacía falta pronunciarlo en voz alta.

Una luz blanca me inundó las manos que presioné contra la herida, cegándonos con su claridad, reparando los tejidos de su piel, fortaleciendo sus venas y filtrándose por su cuerpo, que recuperó el color y se recompuso, sin dejar ni una pequeña cicatriz que atestiguara lo ocurrido.

Erik se olisqueó como si fuera un sabueso.

—¿Huelo raro?

—¿Que si…? ¿A qué demonios quieres oler? —Me enfadé.

—Dicen que la magia deja olor.

—Eso es una estupidez. —Me levanté de su lado más cabreada de lo que lo había estado en toda mi vida—. ¿Un «gracias» habría sido mucho pedir?

—Me alcanzaron por tu culpa. Gritaste. Y podías haberlos matado desde el principio, sin necesidad de jugar, pero te vi observando. Espero que te hayas entretenido.

Me lo quedé mirando con la boca abierta, incapaz de encontrar las palabras para responderle, pero siendo consciente, en el fondo (muy en el fondo), de que tenía razón.

Aunque que yo fuera consciente, no implicaba que él también tuviera que serlo:

—Te han cortado como a un melocotón por desconcentrarte. No me eches a mí la culpa.

—Me gustaría ver cómo os defendéis con un arma, princesita.

Inspiré profundamente para no hacer algo de lo que podía arrepentirme.

—No me llames así —le recriminé, apretando los dientes—. Y, por si no te has dado cuenta, no me hacen falta las armas.

—¿Y si no pudierais usar la magia? Si necesitaseis defenderos de forma física, ¿sabríais cómo hacerlo?

Su pregunta echó sal a la herida. En mi educación había contado con lecciones básicas de tiro con arco, pero yo siempre había querido empuñar una espada o un cuchillo... Armas de contacto directo, que los Sabios afirmaban que nunca me harían falta.

—Siempre podré contar con la magia —repetí las mismas palabras que tantas veces me había molestado escuchar.

—*Siempre* es una palabra que no significa nada, princesa.

Estaba tan enfadada con él... Y no solo por sus comentarios burlones. Aunque apenas tuviera sentido, estaba más enfadada por el hecho de que lo hubieran herido y porque había reconocido que no confiaba lo suficiente en mí como para dejar que lo curara, a pesar de haber tenido sus labios en mi cuello hacía tan solo un momento. Notaba las mejillas arreboladas y había tenido que apretar las manos en puños para detener el temblor, pero... Ni toda la contención a la que había estado sometida en mis últimos años de vida fue suficiente.

Antes de pensármelo dos veces, lancé un último hechizo.

Y donde antes se encontraba el Capitán de Bellum, apareció un pequeño gatito de suave pelo esponjoso y anaranjado.

Capítulo 11

Agarré al gatito, levantándolo por el lomo.

De entre todos los animales posibles, mi primer impulso había sido convertirlo en un minino adorable, una bolita naranja de ojos perdidos. Lo contemplé y una sensación de culpa se instaló en mi estómago.

Tuve que recordar quién era en realidad. Terminé diciéndome que al Capitán no le vendría mal permanecer en ese estado, al menos hasta que llegáramos al castillo. Y, francamente, a mí tampoco me vendría mal descansar de sus comentarios sarcásticos.

Bajé las escaleras hasta donde se encontraban los demás, esperándome, sujetándolo con más cuidado, ya que empezaba a debatirse para que lo soltara.

—Si no quieres quedarte así para siempre, más vale que te portes bien y no te separes de mí. —En respuesta trató de lanzarme un zarpazo. Yo sonreí—. Lo desharé en cuanto lleguemos al castillo.

Todos contemplaron al gato con el rostro demudado.

—Decidme que esa cosita no es el Capitán —dijo Eri, con los ojos desmesuradamente abiertos.

Yo me encogí de hombros y pasé a relatarles lo que nos había ocurrido en el despacho del Canciller, sin entrar en detalles íntimos ni desvelarles que había conseguido el sobre. Aunque el Capitán fuese un gato, seguía teniendo orejas... adorables y suavecitas.

Me palmeé el bolsillo para comprobar que conservaba la carta. Tenía muchas cosas que dilucidar acerca de lo sucedido.

Ninguno de mis acompañantes parecía tranquilo después de que les relatara el ataque.

Gionna se acercó con expresión de adoración y se puso a jugar con las patitas del gato. Erik las retiraba, pero ella volvía a cogerlas sin dejar de hacerle carantoñas. El viaje de vuelta fue demasiado divertido. A pesar de su condición felina, el Capitán no parecía llevar bien la altura desde el caballo. Suponía que su mente no debía de estar adaptándose muy bien al cambio de forma. Se arrebujó en mi regazo hasta que llegamos al castillo, clavando las uñas en la tela de mi ropa, como si temiera caerse.

Desmontamos y, dadas las circunstancias, me alegré un mundo al ver que nadie salía a recibirnos: podría llegar a mi dormitorio y revertir el hechizo sin tener que dar explicaciones sobre el paradero del Capitán.

Llegamos al pasillo en el que se encontraban nuestras habitaciones e hice ademán de despedirme del resto. Quedaba poco para la hora de comer, después comentaríamos el contenido del sobre.

—¿No pensaréis entrar en vuestro dormitorio y traer de vuelta al Capitán estando sola? ¿Acaso creéis que va a reaccionar bien después de que lo hayáis convertido en gato? —apuntó Newu.

Se adelantó unos pasos y se interpuso entre la puerta y yo. Su rostro adusto transmitía una autoridad que no tenía ningún derecho a imponerme.

—Newu, déjame pasar y marchaos.

—No.

Fruncí el ceño, incapaz de responder de forma satisfactoria a su insubordinación.

—Esta vez debo intervenir a favor de Newu, Alteza. —La voz de Enna resultaba singularmente cuidadosa—. El Capitán podría atacaros.

Como si quisiera confirmar lo que Enna había dicho, Erik se debatió entre mis manos y tuve que sujetarlo con mayor firmeza.

Me estaban poniendo en evidencia.

—Fuera. Todos. Ya. —Hablé con los dientes apretados, lanzándoles una mirada que podría haber congelado los desiertos de Ignia.

Se apartaron. Todos, excepto Newu. Alcé una ceja y, a continuación, le tiré del brazo para que se apartara de mi camino. A regañadientes se movió lo suficiente como para permitirme entrar en el dormitorio.

Cerré la puerta de malas maneras, con un fuerte golpe. Alcé al gatito, que me observaba receloso y con las diminutas fauces abiertas.

—¿Qué vamos a hacer contigo? —Él soltó un maullido agudo y adorable, que me hizo contener una carcajada a pesar de su mirada poco amistosa. Me senté, lo apoyé de nuevo sobre mi regazo y, conteniéndolo para que no escapara, comencé a acariciarle la cabecita con la yema de un dedo. Para mi sorpresa comenzó a ronronear—. Creo que me gustas más como gato, Capitán. —Suspiré—. Pero en algún momento tendré que revertir el hechizo, si no quiero tener que dar explicaciones. — Él me observaba con la carita apoyada en las dos patas delanteras, siguiendo el contacto de mis caricias—. Supongo que estarás enfadado. Te aconsejo que no pierdas de vista que tú también tendrás que explicarte si me pasa algo.

Me puse en pie y lo dejé en el suelo con cuidado. Se quedó obedientemente clavado en el sitio.

Desperté a la magia una vez más. Junté las manos y las giré al tiempo que las separaba, creando entre ellas una gotita de luz azulada que se deslizó por el aire hasta alcanzar a Erik. Cuando entró en contacto con él, el brillo se acentuó tanto que tuve que apartar la vista. Tras los párpados fui consciente de que la claridad iba menguando hasta hacerse soportable. No tenía idea de cómo iba a reaccionar el Capitán, pero lo que menos esperaba es que, antes de abrir los ojos, me estuviera derribando contra la cama.

Lo observé expectante, con las extremidades aprisionadas por su cuerpo, totalmente inmovilizada. Me quedé muy quieta y noté un filo posarse contra mi garganta. Sus ojos refulgían con el color del veneno.

Miré la daga de hoja dorada, manchada por la sangre de los hombres que nos habían atacado.

Quizá debería haber estado asustada pero muy en el fondo, y quizá de forma irresponsable y temeraria, sabía que no iba a hacerme nada. No podía matarme, su Canciller me necesitaba viva.

—Venga —le dije—, no finjas que no te ha gustado. Hace un momento estabas ronroneando.

La daga se clavó un poco más en mi piel.

—Quieres explicarme cómo voy a dar parte de esto sin perder todo el respeto de mis hombres...

—Si eso es lo único que te preocupa, quizá haga falta reordenar tus prioridades. —Ladeó la cabeza como un depredador antes de atacar. Lo intenté de nuevo—. Fácil, no se lo cuentes.

—Tengo ganas de clavártela —dijo, incidiendo un poco más en la presión contra mi cuello—, pero tengo más ganas de besarte. Y algo me dice que no soy el único.

—Pues te equivocas —dije con descaro.

Él sonrió de medio lado, consiguiendo que todo mi cuerpo se estremeciera.

Acercó su boca a mi oreja tan lentamente que, con cada segundo que transcurría, mi cuerpo ardía en el infierno.

—Serás tú quien me lo pida —susurró.

—Ni lo sueñes. —Le miré directamente a los ojos.

—No puedes pedirme eso, princesita. Soñaré todas las noches con lo que podría haber pasado en ese despacho y con lo que podría pasar aquí, con la forma en la que te estremeces cada vez que te toco.

Deseé que juntara sus labios con los míos de una maldita vez, deseé que deslizara la daga más abajo, acariciándome con el filo y que sus manos apretaran las partes más sensibles de mi cuerpo. Pero solo eran deseos, y los deseos podían contenerse.

Erik se puso tenso encima de mí, al tiempo que una sombra se alargaba sobre la colcha de la cama. Bajó la daga de mi cuello y se incorporó con cuidado.

Newu se encontraba a los pies de la cama, apuntando a su nuca con la espada.

Maldito idiota.

Lo fulminé con la mirada.

—Debería matarte por lo que acabo de ver —profirió Newu, con la voz ronca —. Tirad el arma.

Erik alzó una ceja pero no hizo ademán de desarmarle.

Newu avanzó hacia él y percibí como se ponía en guardia.

Levanté una barrera entre ambos.

Cuando Newu se dio cuenta, trató de rodearla pero la pared iridiscente se desplazaba siempre delante de él, evitando que pudiera dar un solo paso hacia adelante. Finalmente, no tuvo más remedio que desistir y Erik se apoyó indolente contra uno de los postes de la cama, con una de sus sonrisas sardónicas.

—No vas a matar a nadie, Newu. El Capitán y yo solo estábamos charlando.

Percibí el desprecio en su mirada, pero decidí desecharlo como quien espanta a una mosca pesada.

—Capitán —lo llamé—. Fuera.

Él sacudió la cabeza de manera casi imperceptible, poco dispuesto a dejarme lidiar sola con el guardia, sin embargo, al ver que no daba mi brazo a torcer, se dirigió hacia la puerta y se marchó sin mirar atrás.

—Tal vez me has confundido con una débil damita desvalida —encaré a Newu—. Tal vez, no te has dado cuenta de que puedo defenderme sola y de que mis órdenes han de ser respetadas. Si te digo que te quedes fuera de la habitación, te quedas fuera de la habitación; si te digo que no intervengas, no intervienes.

—Estaba encima de vos.

—Gracias por esa apreciación tan inteligente.

—Es nuestro enemigo.

No sé cuál de todos los acontecimientos hizo que empezara a reírme como una desequilibrada, pero me doblé sobre mí misma en una carcajada amarga.

—El último de mis problemas es el Capitán, sobre todo si puedo utilizarlo en mi beneficio. No pienses que soy tan idiota como para enamorarme, Newu. Hay demasiadas cosas en juego como para dejarse llevar por los sentimientos.

—Cualquier contacto con el enemigo sería indecoroso.

—¿Acaso he pedido tu opinión? —le recriminé. Él apretó la mandíbula—. Seré yo quien decida cuánto decoro quiero mostrar, o si quiero mostrarlo.

—Debería informar al Consejo de esto.

Lo encaré.

—Haz lo que creas que tengas que hacer, pero no olvides que quien toma las decisiones aquí soy yo. Esta va a ser la última vez que te lo repita. —Extraje la carta del bolsillo de mi pantalón—. Ahora vete e informa a los demás de que quiero verlos aquí después de la comida.

Newu se detuvo antes de poner un pie fuera de mi habitación.

—La carta...

Asentí, interrumpiéndolo, y él se marchó con expresión un tanto arrepentida.

Era desagradable e incómodo tener que imponerme de esa forma. No obstante Newu tenía que entender que nada era más importante que la misión, ni siquiera mi seguridad. Pagaría cualquier precio con gusto si conseguía una paz real para mi pueblo.

Sopesé si era conveniente dejar la carta en el dormitorio, pero, por mucho que hubiese fijado las salvaguardas prefería mantenerla cerca, así que me decidí a bajar al salón con ella.

La comida fue una reunión mucho más íntima que la cena de la pasada noche. En esta ocasión, nos sirvieron pescado aderezado con cítricos, cilantro, frutos secos y otras hierbas. No llevaba ni un día en compañía del Canciller y su sola presencia ya era bastante como para que tuviera que esforzarme el doble en aparentar buenos modales.

La conversación giró en torno a lo que había ocurrido en el Parlamento. El Canciller había sido informado y aseguró que había pedido a sus mejores hombres que investigaran quiénes eran los responsables. Si se preguntaba el motivo por el que habíamos entrado en su despacho, no fue a mí a quien se lo recriminó.

No me había detenido a pensar en ello y seguiría postergándolo todo lo que pudiera. Por el momento todo lo que elucubrara sobre quiénes eran mis atacantes serían meras especulaciones.

Tras una comida sin contratiempos, me dirigí a mi habitación, convertida en sala de operaciones, en la que ya me esperaban todos.

Newu se encontraba al lado de la chimenea. Parecía envuelto en sus pensamientos y casi no era consciente de mi presencia. Me pregunté cuánto le había afectado nuestra conversación y si debería haber sido más comprensiva con sus preocupaciones. Gionna y Eri estaban sentadas junto a Luthiel, en el suelo, frente a la chimenea, mientras Enna se había sentado en la cama y apoyaba la cabeza contra uno de los postes de madera. Ella fue la primera en hablar.

—Esta mañana no estuvimos donde debíamos. —Fruncí el ceño, en su dirección. Supuse que debía de sentirse culpable pero el Capitán jamás habría dejado que todos entráramos en el despacho del Canciller—. No tendríamos que haberos dejado sola.

—Basta, Enna. No ha pasado nada.

—Ese Capitán ha tenido que pelear a vuestro lado porque nosotros no estábamos ahí.

Me acerqué a ella y le puse la mano encima del hombro.

—Tenemos la carta, y nadie ha resultado herido. —Ella negó con la cabeza, apesadumbrada—. Supéralo. Hay que seguir.

Abrí el sobre, rasgando el papel sin ninguna delicadeza.

Eché un vistazo a mis compañeros y me dispuse a leer.

—Si estáis leyendo esta carta significa que habéis sorteado las defensas. No podríamos entregaros esta información si pensáramos que estáis menos cualificada. —¿Acaso estaban ellos detrás del ataque?—. No conviene malgastar papel y tinta andándonos con rodeos. Vuestro insólito grupo de espías contactó con nosotros para preguntarnos si hay rumores acerca de alguna niña a la que el Canciller pudiera estar ocultando. La respuesta es no. No obstante, no sería la primera vez que el Canciller consigue que sus actos pasen desapercibidos hasta que es demasiado tarde. Hay algo en Ével. Algo de lo que los locales jamás os hablarán. Una presencia antigua y misteriosa, proveniente quizá del primer mundo, y que habita en las aguas de la Cascada de los enamorados. Los valientes que buscan respuestas y todavía creen en su existencia acuden a consultarla. Podría ser la solución a vuestros problemas.

»Sobre la pérdida de los planos que os ha reclamado el Canciller, pues bien, no tenemos constancia de su existencia. De hecho, pensamos que podría tratarse de alguna treta ideada por él para manteneros ocupada al tiempo que se planifica para un ataque a Eter.

»Cuidaos de las maquinaciones del Canciller y, pase lo que pase, diga lo que diga, no lo subestiméis.

Se hizo un silencio tétrico cuando terminé de leer la carta. Cada cual se sumió en sus propios pensamientos. La información que debían facilitarnos nos aportaba más interrogantes que respuestas.

No conocían la existencia de los planos, pero pensaban que se trataba de una estratagema del Canciller. Tanto si era cierto como si no, nos convenía permanecer cerca de él para averiguarlo. Por otro lado, ¿hasta qué punto podíamos fiarnos de este grupo presuntamente contrario a Gowan? Los hombres que habían entrado a la fuerza en el despacho estaban dispuestos a matarnos y lo habrían hecho si no nos hubiéramos adelantado. Si venían de su parte, eso no presagiaba nada bueno y le restaba verosimilitud a sus palabras.

—Después de lo que ha pasado, no sé hasta qué punto podemos confiar en ellos. ¿Podrían estar detrás del ataque? —dijo Eri, haciéndose eco de mis pensamientos.

—Podrían estarlo —respondió Newu.

—No tienen idea de qué son los planos —intervino Enna—. Solo son especulaciones.

—Sea como sea, estamos en la mejor posición para averiguarlo —señalé—. El Consejo debe localizar a los rebeldes. No podemos descartar ninguna posibilidad, pero si el Canciller nos está engañando lo descubriremos.

—Lo cierto es —empezó Luthiel, rodeándose las rodillas con los brazos— que la única información que aportan es la de ese misterioso ser que habita en la Cascada de los enamorados, el que dicen que podría saber quién es la niña. Deberíamos empezar por ahí.

—¿Y si no podemos confiar en ellos? ¿Y si es una trampa? —inquirí.

—Esta vez estaremos atentos —contestó Enna—. Si la criatura existe, podrá darnos las respuestas que buscamos y, si resulta ser un engaño, sabremos que no podemos confiar en lo que dice esa carta.

—Estás proponiendo usar a la reina como cebo —la reprendió Newu.

—Estará protegida.

—Entre otras cosas porque sé protegerme a mí misma —murmuré, fastidiada.

—Entre otras cosas por eso, sí. —La voz de Enna sonó sincera y agradecí esa repentina confianza.

Gionna, que había estado absorta contemplando el fuego, se levantó con una vitalidad envidiable, haciendo rebotar sus numerosas trencitas naranjas.

—Genial. ¿Cuándo vamos?

Capítulo 12

Enna fue la última en salir de mi dormitorio y sus palabras aún se repetían en bucle en mi cabeza antes de acostarme. «Tienes suerte de que sea yo la que duerme en la habitación de enfrente y no Newu», había dicho.

Tenía controlada la situación con el Capitán, solo necesitaba que mi propio equipo confiara en mí. Habría sido tan sencillo que en la carta hubiera aparecido el nombre de la niña y la dirección en la que encontrarla... Como había dicho Luthiel, al menos teníamos una pista que seguir. Si esa criatura de la cascada existía y podía facilitarnos algo de información, sería bien recibida. Si, por el contrario, era una trampa y los supuestos sublevados se encontraban en el bando del Canciller y habían tratado de matarme... Bueno, no sabía dónde nos dejaría eso.

No permití que se me empañara el ánimo. Necesitaba dejar de darle vueltas a todo o mi cabeza explotaría.

Estaba tan agotada que deseché la idea de leer el cuento. Me tapé con las suaves mantas, de olores cítricos y frescos, y me abandoné a un sueño tranquilo y sin pesadillas.

Desperté con un fuerte calor irradiando de mi mano. Supuse que se me había dormido y por un instante sopesé la posibilidad de seguir durmiendo. Me giré, todavía atontada y llevé la mano izquierda debajo de la almohada, buscando el frescor en la tela. Pero, entonces, el anillo lanzó un destello de un morado más oscuro que el crepúsculo. Lo miré con extrañeza y unos segundos más tarde noté como vibraba en mi dedo, como si quisiera despertarme.

Contemplé las sombras, intentando percibir alguna presencia, pero no había nada.

El anillo volvió a iluminarse.

Me levanté de la cama, con el largo camisón blanco ondeando en mis tobillos. Me asomé al balcón sin abrir el ventanal, pero la noche parecía en calma. El frío del suelo me helaba los pies.

Entreabrí la puerta, mirando por la rendija. No escuché ningún ruido, así que decidí salir al pasillo, que se encontraba sumido en la más absoluta oscuridad, solo menguada por el sutil brillo de la luna que se colaba por la cristalera, formando formas y sombras perturbadoras.

Apoyé la mano en la pared de piedra helada, tanteando entre las tinieblas, y me deslicé con todo el sigilo posible, evitando llamar la atención de cualquiera que pudiera estar acechando.

Caminé por los laberínticos corredores. Se estrechaban, se abrían. Izquierda, izquierda. Derecha. Derecha otra vez, ahora izquierda. No escuchaba un solo murmullo, ni una respiración más que la mía.

Pero el anillo seguía lanzando fogonazos púrpuras y vibrando en mi dedo. Y, cada vez que se encendía, el brillo me sorprendía, haciendo que el corazón me saltara en el pecho, como el de una presa a punto de ser cazada.

Con cada exhalación, surgía una nubecilla blanca, que brotaba trémula de entre mis labios.

La luz dejó de parpadear.

Recorrí algunos metros más pero no vi nada que pudiera haber provocado esa reacción del anillo, así que me volví para desandar mis pasos y volver a la seguridad de mi habitación, al amparo y la calidez de las mantas.

El único problema era que no sabía cómo volver a mi dormitorio.

Me había perdido.

«Qué inesperado», pensé con ironía.

La inquietud fue sustituida por un intenso sentimiento de fastidio.

Giré a la derecha y de nuevo a la derecha, ¿ahora a la izquierda?, ¿sí, no? Sí, y después de nuevo izquierda. Todos los malditos pasillos eran iguales. Pero juraría que por esta curva no había pasado antes. No, no era por aquí.

Iba a doblar de nuevo la esquina cuando choqué con algo.

—¿Qué hacéis merodeando tan tarde por los pasillos, Alteza? —Era la voz del Canciller.

De entre todas las personas que podían haberme encontrado husmeando, por supuesto, tenía que ser él.

—Creí escuchar un ruido y me levanté a ver qué era —mentí, rezando todo lo que sabía para que el anillo no se iluminara otra vez.

Alzó una ceja, pero no hizo ademán de apartarse. Nuestros cuerpos se tocaban. De alguna manera, la sorpresa de encontrármelo me había hecho retroceder hasta la pared, contra la que me mantenía acorralada.

Tuve que esforzarme para no pegarle un empujón.

—¿Y habéis encontrado la causa de vuestros desvelos? —Se acercó más y noté como la magia bullía dentro de mí para que la liberara y lo apartara.

Estaba tratando de intimidarme, pero yo no iba a darle el gusto.

Hice todo lo posible por evitar el temblor de mis manos. Si intentaba hacer algo lo mataría y no lloraría su pérdida.

Apreté la mandíbula, armándome de valor.

—En realidad, ya estaba volviendo a mi dormitorio. —Una clara invitación para que se apartara de mi camino.

—¿Es una proposición?

Me quedé helada, incapaz de hallar el camino mental que había seguido él para llegar a insinuar esa atrocidad. El Canciller se mantuvo en silencio, a expensas de mi respuesta. Como si realmente esperara una.

—No creo que eso le gustara a vuestra esposa.

La bilis me subía por la garganta solo de pensar en lo que él se estaría imaginando y el contacto de su cuerpo con el mío se me hizo totalmente insoportable y repulsivo.

Supliqué a la magia que me ayudara y el mango frío de un puñal apareció entre mis palmas sudorosas. Lo escondí con disimulo entre la tela del camisón. Tenía ganas de matarlo y quizá esa era la solución a todos mis males, o el desencadenante de ellos, pero, en ese momento, no podía pensar con claridad.

—No será un problema. —Su cara se inclinó contra la mía y a mí ya no me quedaba espacio en el que retirarme. Sus dedos acariciaron mi brazo desnudo—. Dicen, que las mujeres de vuestro planeta son salvajes, inolvidables…

Me preparé para clavarle la daga en el cuello.

—¿Padre?

El hijo del Canciller apareció tambaleándose en el pasillo, en nuestra dirección y acompañado de dos mujeres hermosísimas, de pelo largo y piel aceitunada. Lo sujetaban por los hombros, para que no se desplomara a causa de la borrachera.

El Canciller se apartó y yo aspiré una silenciosa bocanada de aire.

Esquivé al Canciller sin decir una palabra y pasé por delante de la mirada nublada de Dereck. Sin detenerme.

Seguí andando, temerosa por volver a perderme, pero al girar de nuevo vi la cristalera del pasillo donde se encontraban nuestras habitaciones, con la fría luz de la luna que se filtraba, indiferente a los oscuros deseos nocturnos.

Me refugié entre las mantas, reforzando las salvaguardas hasta convertir el dormitorio en un verdadero búnker.

Ni por esas pude dormir bien esa noche.

El camino se espesaba conforme nos adentrábamos en el bosque, hasta convertirse en una fina línea de tierra carcomida por las malas hierbas y los pedruscos.

—¿Seguro que es por aquí? —volvió a preguntar Gionna, que no parecía muy contenta de que fueran otros quienes guiaran.

Llevábamos un tiempo escuchando el sonido del agua, pero no habíamos encontrado aún la cascada.

—Las indicaciones de los Sini nos conducen por este camino —le respondió de nuevo Luthiel, con toda la paciencia de la que ella carecía.

Luthiel se había encargado de contactar con los Sini para que nos proporcionaran la ubicación exacta de la Cascada de los enamorados.

Eri bufó cuando estuvo a punto de resbalar con una piedra cubierta de musgo.

—¿Sabéis por qué se llama la Cascada de los enamorados? —Se retiró de la cara las greñas que se le habían soltado del turbante—. Ayer estuve haciendo averiguaciones. Me contaron que la cascada tiene ese nombre porque ahí es donde van a suicidarse los que están rotos de dolor por un amor no correspondido.

—Esta gente es muy dramática —soltó Gionna.

Yo solté una carcajada.

—Quizá el ser al que se refería la carta sea un fantasma —dijo Enna, quien, además de las espadas, se había equipado con un carcaj para la excursión.

—Los fantasmas no existen —respondimos Luthiel y yo al unísono.

—Nadie lo sabe —nos contradijo ella—. Mucha gente afirma haber visto alguno.

—Patrañas —expuso Newu con su habitual aire taciturno.

De pronto, Luthiel se detuvo ante un arbusto tan alto que nos sacaba varias cabezas.

—Maldita sea —exclamó Gionna—, sabía que nos habíamos perdido.

Luthiel le lanzó una mirada de descontento y avanzó con decisión hacia el arbusto. Si seguía andando, terminaría por enzarzarse en las ramas espinosas. Sin embargo, justo antes de estamparse, torció a la derecha y desapareció ante nuestros ojos.

Nos miramos confundidos, pero lo seguimos.

Era un efecto óptico. Había dos arbustos tan iguales como si fuesen el reflejo el uno del otro, uno estaba un poco más adelantado y permitía el paso al interior de la cascada.

El agua no caía en picado desde arriba, sino que se deslizaba entre las rocas reverdecidas hasta dar un salto de unos dos metros, detrás del cual había una cavidad en la montaña que no parecía muy profunda. La bruma dificultaba la visibilidad y aportaba una perspectiva grisácea, suavizando los tonos verdes.

—Vale, ¿y ahora qué? —Gionna preguntó en voz alta lo que todos estábamos pensando.

Me acerqué al agua que lamía mansamente los guijarros de la orilla y me incliné para tocarla. El frío me entumeció los dedos, pero, en lugar de apartarlos, lancé una llamada silenciosa que se materializó en unos finos hilos de color dorado resplandeciente. Serpentearon, reptando y zambulléndose en las profundidades del agua, hasta donde no alcanzaba la vista.

Entonces, se escuchó un estruendoso crujido y unas manos me asieron por los hombros para hacerme retroceder.

El agua de la cascada se convirtió, desde su caída, en hielo duro y resistente, lo suficiente como para poder andar por la superficie. Di un primer paso indeciso hacia la roca de la montaña. Sentía en los huesos la respuesta de una magia desconocida.

Me detuve al llegar al salto de agua, que permanecía congelado en un único bloque del que colgaban estalactitas de consistencia caliza. El hielo me devolvía un reflejo distorsionado de mí misma. Pero, de repente, mi reflejo comenzó a cambiar, ondeándose y adquiriendo otras tonalidades.

Frente a mí apareció una mujer joven, de rostro anguloso y pálido, ojos rasgados, y cabello largo y blanco hasta los pies. Dentro del hielo. Estaba dentro del hielo.

Una ondina.

No me moví. Sentí que ella veía el interior de mi alma, definiendo aquello que podía limpiar.

Las ondinas predecían el futuro. Quizá ese era el motivo por el que aquel pueblo inexperto en magia pensaba que tenía todas las respuestas y acudían a ella en busca de consejo; pero también eran protectoras de la naturaleza y del medio, lo cual incluía a todos los seres vivos. Eran seres obsesionados con descontaminar, no solo el agua en la que habitaban, sino el interior de cualquier ser vivo que consideraban parte de la naturaleza. Habían vuelto locos a seres de todas las especies tratando de purificarlos.

—La magia necesita un ancla. —Su voz sonaba dulce y cristalina, como el sonido de una gota al precipitarse.

Entendí lo que quería decir. Para saber quién era la niña debía anclar mi poder al suyo tocando el hielo. Era la única forma que ella tenía de entrar dentro de mí y ver el futuro, pero, al hacer esto yo quedaría a su merced y mi poder inutilizado hasta que ella hubiese escarbado lo suficiente entre los hilos del destino como para desligarnos.

Conllevaba un gran riesgo. Si la ondina consideraba que mi interior estaba podrido de maldad no me dejaría marchar con la cabeza intacta. Era un acto voluntario, de fe, y también una muestra de que me conocía a mí misma lo suficiente como para saber si podría pasar su prueba. Dudé. No siempre era buena, ni mucho menos perfecta. Era impulsiva, desobediente, desconfiada, y por encima de todo, tenía miedo. A demasiadas cosas. Pero apoyé la mano en el hielo y me lancé al vacío.

Pude notar el momento exacto en el que la ondina tendió sus lazos hacia mí, anclándome y conectándome a su magia, al tiempo que la mía pasaba a estar en sus manos.

Los ojos se le empañaron de imágenes borrosas. Una expresión de horror surcó sus rasgos y, antes de que pudiera decir nada, alguien estaba gritando.

—¡Agáchate!

Me giré confundida, sin poder soltar la mano de la ondina, y me arrodillé justo un segundo antes de que una flecha de fuego impactara contra el trozo de hielo en el que se encontraba. El bloque empezó a derretirse, la flecha se había incrustado profundamente...

Sus gemidos de dolor estallaron como mil gritos ensordecedores.

Por más que tiré para liberarme, el vínculo con la ondina estaba forjado y no conseguía separar la mano del hielo ni tampoco acceder a mis poderes.

De la cima de los árboles aledaños, empezaron a caer hombres como fruta madura. Vestían de negro, con los rostros ocultos tras unas capuchas, igual que los atacantes del Parlamento.

Nos habían tendido una emboscada. Y nos superaban por amplia mayoría.

La ondina aulló envuelta en sufrimiento y llamas.

—Negros. Podridos. Corazones convertidos en humo —sollozó llena de agonía. Las llamas arrugaban su piel como si fuera papel.

Enna comenzó a disparar sus flechas de dos en dos, acertando en el blanco y derribando a los enemigos con una habilidad sobrehumana, al tiempo que, junto a los demás, se cerraba formando un semicírculo a mi alrededor.

—No puedo soltarme —gemí desesperada.

Ella evaluó la situación y lo que vio no pareció gustarle. Sacó su espada del cinto y me la tendió.

—¿Sabes usarla? —Negué con la cabeza—. En cuanto alguien se te acerque se la clavas, ¿entendido?

Asentí y cogí la espada. Era la primera vez que levantaba una y me sorprendió su ligereza.

Había una treintena de atacantes.

Se internaron en el hielo, al principio con tiento para evitar que se rompiera, pero después avanzaron con renovada confianza hacia nosotros. Mis guardias dibujaron todas las runas sobre su cuerpo a la carrera, preparándose para la batalla. El momento del enfrentamiento se postergó de forma insoportable mientras esperábamos a que nos alcanzaran.

El sonido de las espadas estalló junto a los llantos de la ondina, que moría sin que yo pudiera hacer nada para evitarlo.

Gionna giraba, con un pie fijo en el suelo y la otra pierna extendida, derribando y asestando golpes mortales. Esquivó un par de flechas y utilizó el impulso para clavar la espada en el abdomen de otro hombre.

Eri era veloz como una serpiente. Había acogido a Luthiel bajo su protección, puesto que el chico tenía menos experiencia en el combate cuerpo a cuerpo. Usaba la runa de la invisibilidad y se materializaba y desmaterializaba a su antojo, despistando y haciendo caer a los enemigos en su trampa. Después, atacaba sin contemplaciones, sesgando, arrasando.

Otra flecha impactó en el hielo, a mi lado. Enna localizó al tirador en un árbol, cambió de arma y le lanzó su propia flecha, haciéndolo caer de la rama. Aterrizó sobre la cabeza y ya no volvió a levantarse.

Contra Newu había más hombres. La mentalidad obsoleta de Bellum les hacía suponer que él era el más fuerte y, por tanto, a quien debían derrotar primero. A pesar de todo, Newu devolvía los envites con violencia, empleando toda su fuerza. Consiguió desarmar a algunos de ellos de un solo golpe, derramaba su sangre en el hielo, que se tiñó de color rosa óxido. Sin embargo, eran demasiados y consiguieron rodearlo: se abrió una brecha en la formación.

Una brecha que les daba acceso a mí.

Uno de los encapuchados corrió en mi dirección.

Tiré con más fuerza para tratar de liberarme del hielo, con tanta fuerza que me disloqué el hombro y grité de dolor.

Todos luchaban por sus propias vidas, nadie estaba en posición de rescatarme y, sin mis poderes, yo solo era una muñeca de trapo, esperando a que la rajaran como a un venado.

Levanté el arma, dispuesta a morir defendiéndome, y apunté al pecho del encapuchado. Él se acercó a la carrera, los segundos se convirtieron en una pequeña eternidad. Imploré a las Diosas que se resbalara, que lo detuvieran.

Pero no me escucharon.

Atacó, y solo fui capaz de interponer el arma entre su filo y mi cuerpo. Con un simple giro de muñeca me desarmó. Ya no quedaba nada entre su espada y yo. Lanzó un corte a mi costado y su espada se hundió en mi cuerpo como el cuchillo en la mantequilla. La sangre comenzó a brotar hacia mis caderas, resbalando por la pierna hasta formar un charco en el suelo. No sentí dolor, solo entumecimiento. Me doblé sobre mí misma, tratando de protegerme del inevitable golpe mortal.

Alzó la espada sobre su cabeza, dispuesto a poner fin a mi vida.

Un crujido retumbó, haciendo vibrar el aire.

Y todo lo que creíamos sólido se derrumbó.

El hielo desapareció y caímos al agua congelada de la cascada, que de pronto volvía a fluir. Braceé hacia la superficie. El poder regresó a mi cuerpo y eso significaba...

La ondina había muerto. La última criatura mágica de Evel había muerto.

Y se había llevado toda la información con ella.

Nadé sin saber qué era arriba y qué era abajo, desesperada por llenar mis pulmones de oxígeno, con un hombro dislocado y prácticamente inutilizado.

El pánico se adueñó de mí. Nadé y nadé, impulsándome con el brazo bueno y moviendo las piernas con angustia. Sin encontrar la salida. Necesitaba oxígeno. Mi boca se abrió involuntariamente y el agua entró en mis pulmones. Mi cuerpo convulsionó tratando de expulsarla, pero solo entraba más y más.

Me estaba muriendo.

Algo en esa calma me resultaba reconfortante. Ya no se escuchaban las espadas, el agua limpiaba mis heridas y aunque dolía, dolía muchísimo, al menos había muerto intentándolo. Moriría defendiendo algo en lo que creía.

«La ondina ya no está». Fue mi último pensamiento consciente antes de que el instinto se hiciera cargo.

Llamé con fuerza a la magia y esta vez respondió. Las corrientes me barrieron con fuerza. Sentí su empuje contra mi hombro dolorido, contra mis pulmones encharcados y mi costado abierto, hasta que mi cuerpo varó en la superficie.

Inhalé como si no hubiese respirado en mi vida, como si volviera a nacer de nuevo. Las arcadas de agua sacudieron todo mi cuerpo en un intento de vaciarme. Agotada, me recosté boca arriba, con el pecho aún más dolorido que el resto del cuerpo, apretando la herida para detener la sangre. Pero no tardé en incorporarme, apoyando el peso de mi cuerpo en el brazo bueno.

Divisé a Enna y a Luthiel unos metros a mi derecha. Los cuerpos de nuestros atacantes también se encontraban diseminados alrededor de la cascada. Algunos, aún con vida. Habían tenido que quitarse las máscaras para no ahogarse.

Gionna salió del agua arrastrando a una inconsciente Eri. Newu se acercó corriendo desde detrás de mí y entre los dos la depositaron con cuidado en la orilla.

Me pregunté si no sería demasiado tarde. Había cosas que ni la magia podía salvar.

Me arrastré hacia ellos, clavándome los guijarros en las palmas y rasgándome los pantalones a la altura de las rodillas.

Newu se afanaba apretándole el pecho con fuerza y llenando la boca de Eri con aire. Pero ella no respondía. Gionna comenzó a sollozar, cogiendo su mano y apretándola: no conocía hechizos que pudieran salvarla. Pero yo sí.

Apoyé una mano en la garganta de Eri y, con cuidado de no comprimirlos ni exprimir el líquido vital de sus órganos, reclamé el agua que atrapaba sus pulmones.

Eri se convulsionó. El agua se escapó por las comisuras de su boca antes de que ella se sacudiera y girara el cuerpo para toser y vomitar. Se había tragado media cascada.

Cuando consiguió enfocar los ojos, puso su mano sobre la mía y tan solo me miró, respirando agitada. Asentí.

Con gran esfuerzo, me puse en pie.

A mi alrededor se iban incorporando algunos de los hombres que nos habían atacado y que habían sobrevivido.

Habían matado a la ondina. Se habían llevado a nuestra única fuente de información para encontrar a la niña. Nos habían tendido una trampa. Habían apuñalado a Gionna, acorralado a Newu, Eri podría estar muerta. Yo podría estar muerta.

La furia se arremolinó a mi alrededor. La oscuridad más negra se cernió sobre mí. El dolor y la rabia ondeaban a mi alrededor, como capas de sombras. Hundiéndome en la negrura.

Alcé una mano entre las tinieblas y sometí los latidos de los corazones de cada hombre vivo. El cielo se enturbió con los lamentos de una magia primigenia y dañina.

Pude ver cómo se retorcían ante mis ojos.

Cómo se llevaban las manos al pecho, cómo gritaban y suplicaban por sus vidas. Cómo gemían e imploraban clemencia.

Tensé la mano hasta formar un puño.

Los vi agonizar, supe que sentían mi mano alrededor del corazón. Estrujándolo, clavándole las uñas hasta romperlo. Alargué su agonía. Disfruté de su dolor porque también era el mío.

Y terminé con sus vidas regodeándome en sus llantos.

Capítulo 13

La multitud clamaba, agitando los puños en el aire. Yo los contemplaba desde arriba. Mi pueblo. Cientos de cabezas, empujándose para ver el espectáculo, apiñadas en la plaza principal del centro de Astra. Sus gritos eran confusos y se entremezclaban con el ulular del viento en mis oídos.

Intenté mover las manos. No podía soltarlas. Alguien las había atado a mi espalda. La cuerda se me clavaba en las muñecas de manera dolorosa.

Me debatí con desesperación al darme cuenta de dónde me encontraba.

Una pira.

Las ramas secas apiladas bajo mis pies me rozaban los dedos desnudos. Los tobillos también estaban atados. El olor a humo lo impregnó todo. Grité y grité para que me liberaran. Les supliqué que pararan. Lo había hecho por ellos, todo era por ellos. Pero querían verme arder. Aullé hasta desollarme la garganta.

Manos. Unas manos y una sacudida. Grité, debatiéndome para librarme de esas manos. Pataleé y clavé las uñas en la piel blanda.

—¡Despierta! Despierta, Alesh, por las Diosas, despierta. —Enna.

El corazón me galopaba en el pecho. Había sido una pesadilla.

Miré a mi alrededor. Estábamos solas en el baño de mi habitación. En Ével. Me había quedado dormida en la bañera.

Clavé los ojos en los de Enna como un cervatillo espantado.

—Gritabas y no podía despertarte. —Incluso ella parecía asustada—. Llevo un buen rato zarandeándote.

No contesté, ocupada en ralentizar el ritmo de mi respiración.

Agarré con fuerza el borde de la bañera.

La pesadilla había sido horrible pero la realidad no era mucho mejor.

La neblina se había esfumado y ahora podía sentirlo todo, con una fuerza y una intensidad devastadoras. Había matado a todos esos hombres. No era la primera vez que sesgaba una vida, pero, a diferencia de las anteriores, había disfrutado haciéndolo.

«No me importan», me dije. Eran asesinos y si hubieran podido nos habrían enterrado a todos.

No, no era eso lo que me provocaba vértigo, sino el descontrol sobre mi propio cuerpo, la elección tan cruel que había tomado. Al matarlos de esa forma yo no era mejor que ellos. La angustia me trepó por la garganta al recordar sus rostros amoratados, corroídos, como envenenados. Vomité junto a la bañera. Los fríos dedos de Enna retiraron el pelo de mi cara, hasta que mi estómago se vació por completo y me quedé ahí, helada y temblorosa.

—Tranquila.

Gruesas lágrimas resbalaban por mis mejillas, vaciándome y purgando la ansiedad. Me tapé la cara con las manos, incapaz de contenerme, pero sintiendo en los huesos la vergüenza de estar llorando frente a una extraña. En cambio, ella me acercó a su cuerpo y me abrazó. Dejó que sollozara contra su costado, separadas por la porcelana fría de la bañera.

Me ayudó a salir del agua ya helada, con la ropa chorreando; y comenzó a frotarme la espalda en círculos firmes y continuos.

—Alteza...

—Antes me llamaste Alesh —interrumpí—, puedes seguir haciéndolo.

Necesitaba esa cercanía, no quería sentirme sola, aun sabiendo que los Sabios no lo aprobarían y que Patme lo hubiera considerado inadecuado.

—Como sea. —Hizo un movimiento despreciativo con la mano y a mí se me arqueó la comisura de la boca en un amago de sonrisa que no llegó a materializarse—. Cuando te vi envuelta en las tinieblas ¿sabes qué pensé?

Agaché la cabeza, negando y tratando de no revivir el momento.

—Pensé —continuó— que quizá tengamos alguna oportunidad contra el Canciller. —Enna suspiró y se alejó de mí unos metros, quedándose de espaldas—. Dijiste que estabas allí ese día, ¿es cierto?

Se refería a lo que ocurrió cuando se presentó a las pruebas para entrar a formar parte de la Guardia.

—Sí, estaba allí.

Ella se giró hacia mí, contemplándose la mano derecha.

—Había pasado toda la madrugada sin dormir. Tenía tantas ganas de que llegara el día de las pruebas... No se lo había dicho a nadie, ni a mis amigas, ni a mis hermanos. Sabía que si mi madre se enteraba lo impediría, pero ya no podría hacer nada una vez me hubieran nombrado guardiana. Supongo que el rumor corrió sin que yo fuese consciente, aunque debí de haberlo supuesto.

»Esa mañana me despedí de ella diciéndole que me iba de caza, mentí y ella no hizo nada por descubrir el embuste, me siguió el juego y permitió que me fuera, sin más. Ella odiaba a nuestra antigua reina, opinaba que era débil y blanda, dos características que mi madre desprecia más que nada.

»Así que pasé las pruebas, lo hice mejor que nadie. Yo... yo no quería ser como ella. No quería ser malvada, ni déspota. Pensé que defender la idea de paz de la reina me hacía un poco más humana. —Su mirada se desplazó de nuevo hacia su mano—. Pero entonces la vi entre la multitud, mientras yo aún estaba en el círculo de combate tratando de recuperar el aliento, y supe, lo supe, que nunca me lo permitiría, que no saldría impune de semejante desafío...

No hacía falta que dijera nada más. Puse una mano en su hombro.

—Merecías que te nombraran guardiana. Lo que hizo fue horrible.

—Sí, quizá lo que ella hizo fue horrible, pero lo que hicisteis todos vosotros no fue mejor. —Me encogí porque sabía que tenía razón—. Nadie se movió. Nadie se movió mientras ella bajaba hasta donde yo estaba. Os quedasteis mirando cuando tuve que entregarle la espada, cuando me ordenó que pusiese la mano en la piedra y cuando finalmente me la cercenó. Os quedasteis mirando. Ese día perdí la fe en todo lo que creía.

Yo había querido hacerlo, había querido intervenir, pero Patme lo impidió en cuanto hice amago de levantarme. Quería mantener su alianza con la reina de los basiliscos.

—Y entonces, un buen día, vinieron a por mí porque la nueva reina requería mis servicios —No pude reprocharle el tono desdeñoso de su voz—. De pronto, mi madre parecía muy dispuesta a que me marchara y me pregunté cómo podía ser tan fácil para alguien sacarme de esa jaula cuando yo llevaba tanto tiempo buscando la salida.

—Te mandé llamar en cuanto me coronaron, Enna.

El día en el que tu madre te cortó la mano, me juré que haría algo al respecto.

Ella negó lentamente con la cabeza.

—Si te cuento esto es porque yo no creía en nada cuando vine aquí. Pero tú sí. —Chasqueó la lengua—. Soy mitad serpiente. El mundo piensa que sabe cómo soy, pero ¿qué pasa si yo no quiero ser lo que ellos desean? Quise defender la paz de la reina y lo que conseguí fue llenarme de odio. Pero ahora... Contigo puede que exista una oportunidad para nuestro mundo. Y quizá, solo quizá, no haya perdido todas las esperanzas. Quiero que sepas que te respeto. Respeto lo que haces para que en Eter la gente pueda vivir tranquila. El objetivo por el que luchas, tu sueño, también es el mío. No te castigues por lo que ha pasado en el bosque, no pienses que no era lo que se merecían, yo no voy a hacerlo.

Asentí, agradecida por que compartiera sus pensamientos y su historia, conmigo.

Sus palabras me calmaron pero no desterraron totalmente la sensación de que había traspasado una línea y estaba muy... asustada. No quería convertirme en alguien que no era. No quería disfrutar causando dolor, por mucho que esas personas se lo hubieran merecido.

—¿Y qué pasó con tu mano? —Dudé antes de preguntar, no sabía si se sentiría cómoda respondiendo, no obstante, sonrió.

—Tuve que aprender a coger la espada con la zurda. —Levantó la mano derecha, articulando los dedos para que pudiera ver los pequeños cortes en la piel—. El hechicero hizo un gran trabajo, aunque nada qué ver con cómo nos curaste tú en la cascada... Aún no te lo he agradecido, ni que me llamaras para formar parte de tu guardia.

Las dos nos sumimos en un incómodo silencio, que parecía la antesala de algo.

Un par de golpes en la madera resonaron por la habitación. Gionna entró acompañada de Zyx, el ibis que parecía haber adoptado como mascota. El ave se había encariñado con ella y restregaba el pico contra su brazo, haciéndole carantoñas.

—Qué bien que estéis las dos aquí. Tenemos noticias de los Sabios. —Sacudió un pergamino ante nuestras caras.

—Habla de una vez, Gionna —se impacientó Enna.

—El Consejo ha hablado con tu madre, Enna —desveló, al tiempo que trataba de mover a Zyx para que se colocara sobre su hombro—. Al principio se mostró reacia a colaborar, pero, como supusiste, mantiene relación con los rebeldes. La Sabia Pyril ha conseguido presionar lo suficiente para que desvele que tenía conocimiento de la sustracción de esos planos y les ha dado la ubicación del grupo. Van a mandar a un equipo para dialogar. Quieren negociar.

Al menos esa era una buena noticia, significaba que el Canciller no había mentido y que los planos existían. Eso nos daba una oportunidad para llegar a un acuerdo de paz. Siempre que el contenido de los planos no supusiera un problema aún mayor.

—Ahora solo queda aclarar cómo vamos a buscar a la niña —añadió Gionna.

—Antes de llegar a Ével estuve investigando hechizos capaces de seguir el vínculo, el problema es que el conjuro que encontré se materializa, se hace visible, y podría alertar al Canciller. —repuse. Si él supiera que tenía en su planeta a la futura heredera de Eter, qué no haría por encontrarla—. Démonos unos días para pensar en algo y aproximarnos todo lo posible al Canciller. Todo parece indicar que los atacantes de ayer y los de hoy no tenían relación directa con él pero aun así…

—Quizás sea muy aventurado pensar que él pueda estar detrás de todo —opinó ella.

Hice un gesto afirmativo.

—Aunque se trate de un grupo independiente que quiere que prosiga la guerra contra Eter debemos tener cuidado. Hoy ha estado cerca.

Las dos fruncieron el ceño y bajaron la vista hasta sus pies.

—Aprovecharemos el tiempo hasta que se nos ocurra cómo seguir buscando a la niña. Mientras tanto, quiero que hagáis algo y para eso os necesitaré a todos en la ciudad.

—¿Queréis que os dejemos aquí sola? —preguntó Gionna. Enna se puso alerta.

—Yo recabaré información desde dentro del castillo, mi parte será más sencilla que la vuestra, no os preocupéis.

—¿Qué quieres que hagamos en la ciudad? —Si a Gionna le extrañó que Enna me tuteara, no dio muestras de ello.

—Quiero que os infiltréis como ciudadanos de Ével. Ayer tuve una conversación muy interesante con un tendero. La gente de Bellum se está muriendo porque no puede viajar hasta Eter para beber la savia del Sauce. Quiero que sembréis el descontento entre la población y los envenenéis contra el Canciller.

—Entiendo.

—Y por nada del mundo debéis permitir que el Canciller se entere de esto.

Las dos abandonaron la habitación para reunirse con los demás, pero yo no volví a salir. No me encontraba con ánimo de bajar a cenar con el Canciller, mostrarme correcta y amigable con él y con su familia; y menos aún después de la forma en la que me había acorralado la pasada noche. Podía interpretarse como una debilidad por mi parte, pero, por una vez, decidí que no me importaba.

Eran tantos los frentes abiertos... Encontrar los planos y averiguar lo que contenían; descubrir quién era la niña; averiguar quiénes eran nuestros atacantes; y, por si fuera poco, descubrir el motivo por el que, la otra noche, el anillo había emitido esos destellos y vibraciones. Hasta donde yo sabía, era la primera vez que se registraba algo así y tenía la sensación de que podía tener algo que ver con el castillo. El tendero había dicho que corrían rumores sobre el demonio. Antes de marcharme de Astra, yo había leído informes sobre los monstruos que habitaban en sus calabozos. Si era cierto, debía descubrir su significado.

Rodé en la cama hasta quedar bocabajo y proferí una queja que engulló la almohada. El largo del vestido se enzarzó entre mis piernas, impidiéndome seguir girando. Esperé a que el sueño me llamara, pero no llegaba nunca, a pesar de que el cielo hacía horas que se había tornado oscuro como el azabache y que ya no se escuchaban las espadas de los soldados entrenando.

Estaba a punto de buscar el libro de cuentos del Capitán cuando sonaron unos golpes en la puerta.

Por las Diosas, ¿quién llamaba a esa hora?

Me levanté de la cama con pesadez, preguntándome si debía abrir. ¿Y si era el Canciller? Parecía mentira que tuviese que tener miedo de este tipo de incursiones. Apreté los brazos alrededor de mi pecho, para guardar el calor ante el frío repentino que me asoló al salir de debajo de la calidez de las mantas. El fino tirante del vestido se escurrió por mi hombro cuando abrí la puerta, que se desplazó con un chirrido.

—Pensaba que no ibas a abrir.

Erik. Su voz sonó más grave y profunda de lo que la había escuchado nunca.

—Pasa —dije. Tiré de su chaqueta y lo metí dentro de la habitación antes de que alguien nos viera hablando a esas horas, en especial Newu, con el que no quería tener más enfrentamientos—. ¿Qué quieres?

—Me acabo de enterar de lo que ha pasado. —Se quedó plantado en mitad de la estancia, inspeccionándome de arriba abajo—. Es demasiado. Dos ataques en dos días.

Yo seguía enfadada por todo lo que habíamos tenido que vivir en las últimas horas, por toda la tensión, por las muertes... No estaba preparada para maniobrar con las mentiras del Capitán ni para sus juegos. No en ese momento.

—No finjas que te importa. ¿Te envía el Canciller para que pases informe de lo que ha ocurrido? Supongo que tendría que haber bajado yo misma a cenar para contárselo en persona.

—¿De qué demonios hablas, Alesh? —Otra vez mi nombre en sus labios, y sonaba como una caricia brusca.

—Vete, Capitán. No estoy de humor.

—No he venido aquí para enterarme de lo que ha pasado, ya lo sé, tus hombres se lo comunicaron al Canciller. —Vaya, eso tenía sentido—. He venido porque soy el encargado de garantizar tu seguridad mientras estés en este castillo. —Una pausa tensa se instaló entre nosotros mientras yo me dedicaba a absorber sus palabras—. Tus guardias dijeron que las cosas se pusieron feas, que no pudiste acceder a tus poderes y quedaste expuesta.

Eso definitivamente podían habérselo ahorrado.

Puse los ojos en blanco, y me giré para coger un chal de entre las telas y ponérmelo sobre los hombros.

—Deberías aprender a defenderte.

—¿Y quién va a enseñarme? ¿Tú?

—¿Por qué no? —Su voz había descendido unos tonos y parecía tan sorprendido como yo por la oferta.

Negué con la cabeza, sonriendo con desgana.

No había razón para exponerme de esa forma. Tener frente a mí al Capitán de Bellum apuntándome con una espada no era lo que más me apetecía...

Pero esa idea estúpida comenzó a calar en mi subconsciente. ¿Y si era justo lo que necesitaba? Acercarme al Capitán podría proporcionarme mucha información interna, quizá incluso de los planes del Canciller, y desde luego, era una oportunidad inmejorable para conocer mejor a mis enemigos.

—No —respondí.

—¿Tienes miedo? —Volvió el tono socarrón que tanto me sacaba de quicio.

Lo evalué de arriba abajo con desprecio.

—¿Miedo de ti?, ¿un pobre miembro de la guardia del Canciller? —Me esforcé mucho por embeberme de esa actitud arrogante que odiaba.

Él apretó la mandíbula con fuerza, pero encajó el golpe, así que chasqueé la lengua contra el paladar y le di la espalda, menospreciándolo.

Sus manos me sujetaron por los brazos y me impidieron girar. Se pegó a mi cuerpo y levantó mi mentón con un dedo. Yo tragué saliva.

—Miedo de olvidarte del motivo por el que estás aquí, princesa.

—Te he dicho que no me llames así. —Lo miré enfurecida, pero las partes donde me tocaba ardían.

Su pecho se expandió contra la tela elástica del uniforme. Lo habían esculpido las Diosas... pero a mí me importaba tres cominos quién lo hubiese esculpido.

—Si no me tienes miedo porque soy solo un miembro de la guardia del Canciller —repitió con burla mis palabras y yo le arqueé una ceja—, ¿por qué no puedo enseñarte a pelear?

Todo. Había mil motivos por los que era una idea nefasta. El principal, lo mucho que nos odiábamos.

Además, no quería seguir acercándome a él, porque, aunque solo fuera algo físico, lo cierto era que la atracción cada vez pesaba más y yo tenía que mantener la cabeza fría. Velar por mis objetivos de forma calculada y mesurada era la única oportunidad que tendría contra el Canciller.

Apreté los labios con fuerza, dudando.

Sin embargo... Siempre había querido aprender a pelear con la espada y me preguntaba si sería capaz de blandir una.

Pero había un motivo más importante: sus debilidades. Pasar tiempo con Erik me permitiría evaluarlo de cerca... Me perdí en los valles que formaban los músculos de sus brazos.

Sacudí la cabeza, volviendo a la realidad, aunque la sonrisita que él esbozaba era indicativo suficiente de que había visto cómo lo miraba.

No. Sabría manejar la situación. En realidad, tampoco era para tanto y lo único que debía hacer era tomar distancia con el Capitán. Entrenar con él, pero dejar a un lado las insinuaciones y cualquier tipo de proximidad. Tenerlo cerca me ayudaría a descubrir los movimientos del Canciller.

—Al amanecer, en la linde del bosque —accedí.

Una sonrisa triunfante se desplegó por su cara.

Capítulo 14

Me maldije. Me maldije alto y fuerte cuando los primeros rayos del sol entraron por el balcón. Apenas había pegado ojo en toda la noche, pero unos golpes en la puerta me obligaron a levantarme de la cama. Con la piel erizada por el frío del amanecer y la humedad marina, abrí la puerta. No había nadie, pero encontré un paquete en el suelo, envuelto con tosco papel marrón y un lazo mal atado. Dentro, había un uniforme de combate que no se parecía en nada al que llevaban los soldados de Bellum. Ni siquiera había pensado en que no tendría nada que ponerme para el entrenamiento.

Me vestí deprisa, intentando entrar en calor. La tela elástica era de un blanco irisado, con líneas grises que comenzaban en los hombros y descendían enmarcando los pechos, afinando la cintura y arqueándose en las caderas, hasta bajar rectas por los muslos. Ya había visto antes este tipo de prenda, pero no recordaba dónde.

Me pinté la raya de los ojos tal y como lo solía hacer Gionna: alargando el trazo para afilar la mirada; y me recogí el pelo con una cinta de terciopelo negro, retirando los suaves mechones castaños de mi cara.

Estaba nerviosa. Había visto combatir al Capitán y una parte de mí tenía la sensación de dirigirse voluntariamente al matadero. La otra parte, más coherente, comprendía que había tenido oportunidades mucho mejores para acabar conmigo, si eso era lo que quería.

Llegué a la linde del bosque y me detuve a esperarlo. Justo entonces, una sombra aterrizó a mi lado, haciéndome dar un salto que consiguió que me tambaleara.

—¿Qué demonios os pasa a todos en esta ciudad? ¿A qué viene tanta facilidad para caer de los árboles? —le gruñí.

Erik soltó una carcajada y me di cuenta de que era la primera vez que le oía reírse de verdad. Y no tenía nada que ver con esa sonrisa amarga y adulterada; esto era una exhalación sincera y dulce, que bien podría haberse fundido con el latido de las olas. Las comisuras de mi boca se curvaron sin querer.

—Sígueme. Aquí al lado hay un claro perfecto para entrenar. —Parecía de buen humor. Vestía con el uniforme azul de entrenamiento, como de costumbre, y su pelo desaliñado reflejaba suaves destellos cobrizos con el sol del amanecer.

—Gracias por la ropa —murmuré de mala gana. Él ensanchó más la sonrisa.

—Supuse que no tendrías nada que ponerte. Por eso de que te dejaron el armario vacío... —Alzó una ceja, y me pregunté cuánto habría descubierto de mis intenciones.

—De todas formas, no había traído nada de este estilo.

—¿Las mujeres de Eter no pelean? —Su mirada se oscureció y no alcancé a comprender el motivo.

En Bellum no se les permitía luchar, solo eran muñequitas con vestidos bonitos. Que el Capitán hubiese propuesto darme clases era todo un indicio de que no estaba de acuerdo con ciertas normas.

—Tanto a las mujeres como a los hombres, se nos entrena en las artes mágicas. Solo la Guardia recibe instrucción de combate.

—¿Por qué?

—La magia es suficiente.

Él negó con desaprobación.

—Al menos parece ser suficiente para ti. Es la primera vez que veo a alguien hacer magia sin usar las runas ni murmurar hechizos. —apuntó.

Cogí aire y me envaré. Él me había visto pelear y había sido lo bastante observador como para darse cuenta de que yo no necesitaba nada de eso. Traté de exhalar al tiempo que relajaba los músculos.

—El Oráculo escoge a la reina sabiamente. —Mi mentira fue natural y sencilla.

Esa era la versión oficial. Todos, incluso en Eter, pensaban que el poder de las reinas se debía a que el Oráculo siempre seleccionaba a las mejores hechiceras de entre todos los planetas, y de esa forma ocultábamos al mundo la importancia del anillo de Laqua. Por eso, desde que llegué al castillo de Astra de la mano de Patme, mantuve mi entrenamiento en el más estricto secreto, para que nadie se diera cuenta de que, antes de la coronación, yo también debía valerme de hechizos para conjurar a la magia.

El engaño era despreciable, pero necesario. ¿Si la gente supiera del poder de Laqua qué harían para conseguirlo? Y si los rebeldes de Eter, que eran contrarios a la monarquía y al sistema de elección del Oráculo, supieran que todo lo que criticaban estaba, además, basado en una mentira... Yo misma me preguntaba si había una manera más noble de hacer las cosas. Aunque había una leyenda sobre el anillo, una ya olvidada y tergiversada hasta hacerla irreconocible.

—¿Tú aprendiste magia en el castillo? —La pregunta del Capitán me devolvió a la realidad.

—Sí, Patme me enseñó.

—La antigua reina... ¿Cómo era?

—Bondadosa, entregada, noble. —Sonreí al recordarla—. Mucho mejor que vuestro Canciller —dije para molestarlo, pero la mirada que le lancé ayudó a aligerar el ambiente y él respondió con otra sonrisa y un bufido.

—¿Y no tenías más profesores? ¿Uno para la magia negra y otro para la magia blanca?

—Nosotros no creemos en la distinción de la magia. El poder es único, solo varían los elementos para convocarlo. Mientras que una exigía runas y hechizos, y, en ocasiones, hierbas o cristales; la otra magia era distinta, más exigente. Para moldear la voluntad de la magia negra hacía falta algo más valioso, como la sangre o los huesos.

—Pero las llamáis de forma diferente, ¿no?

—¿No sabes nada de magia verdad? —Se encogió de hombros con fingido desinterés, aunque yo veía un brillo de atención en su mirada y en la forma en la que giraba la cara sin perder detalle de mis palabras—. Está la magia prima, que es la que tú has llamado magia blanca; y la magia omnia, que es la negra, aunque, como te digo, para mí es todo lo mismo.

—Nunca he visto hacer magia negra... omnia. —Frunció el ceño—. Magia prima sí, un par de hombres en una de las revueltas que tuvimos que sofocar.

—¿Aquí en Bellum? —me sorprendí.

—Hay quien no quiere deshacerse de la magia, aunque encontrar a esas personas es como buscar una aguja en un pajar. Se prohibió hace mucho y la mayoría ya no recordamos su existencia. Muchos la temen más que a nada.

—¿Tú la temes?

Sus ojos se clavaron en los míos con la intensidad del brillo del sol, hasta que no tuve más remedio que apartarlos.

—No.

—¿Por qué no?

Cuando me atreví a volver a mirarlo su rostro estaba tan frío e imperturbable como el granito.

—He matado a demasiadas criaturas que la usaban.

Lo contemplé, tratando de adivinar sus emociones, pero se mostraba impasible ante mi escrutinio.

—¿Nunca has querido aprender? —inquirí, ganándome una mirada de extrañeza por su parte.

—Está prohibida —zanjó.

Esquivó un árbol, alejándose de mí para después volver a la misma posición.

En el bosque había hierba, pero no raíces. Era como si los árboles hubieran sido plantados sobre un campo plano, con una estructura geométrica y regular.

—Técnicamente, también está prohibido que yo aprenda a manejar la espada.

—¿Y eso por qué?

—El Consejo no lo vería con buenos ojos —le respondí, posando una mano sobre la corteza de un tronco, sin notar la vibración de la vida que debería estar recorriéndolo.

—Vaya necedad.

—¿Crees que tu reticencia a aprender a usar una parte de ti no es de necios?

—Yo no percibo la magia como una parte de mí.

Y, sin embargo, lo era. La magia crecía con la vida de cada ser humano y era su elección aprender a usarla y entenderla.

—Seguro que piensas que la espada es como una prolongación de tu cuerpo, ¿verdad? —continué sin detenerme a esperar una respuesta—. Con la magia es algo similar, es otro tipo de arma, otro medio para sobrevivir. Aquí diferenciáis entre humano y hechicero, cuando en realidad es lo mismo —señalé, contemplando el espacio que se abría a nuestro alrededor. Un claro en el bosque, que en realidad no era más que un círculo libre de árboles, con hierba áspera diseminada de forma irregular, como los posos del café.

—Podría ser... algo parecido. Pero tú eres la reina, nadie puede ordenarte no instruirte en el noble arte de la espada —dijo, al tiempo que sacaba sendas armas de las fundas. Tenían el filo romo—. A mí, sin embargo, que solo soy un pobre miembro de la guardia del Canciller, sí pueden prohibírmelo. —Debían de haberle molestado mucho mis palabras si las seguía recordando. Escuchar de su boca lo que yo le había dicho, en un momento en el que solo pretendía herirlo me provocó una oleada de vergüenza—. Ya hemos llegado —anunció.

Me froté las manos desocupadas contra los muslos para que entraran en calor, antes de coger la empuñadura de la espada que me estaba tendiendo.

—Lo primero que voy a enseñarte es a colocarte. ¿Puedo? —preguntó, alargando una mano hacia mi cuerpo.

Me humedecí los labios y asentí.

Su roce en mi hombro puso mis músculos en tensión, lo percibía a mi espalda, con su aliento impactando en mi nuca. Estaba a su merced. Todo se limitaba a tener la suficiente confianza en que no haría nada.

Se acercó más, hasta pegar su pecho contra mi espalda. Olía a algo cálido y familiar, como a pan recién hecho. Un aroma tenue pero agradable, seco, en comparación con el olor a tierra mojada del claro.

—Tienes que flexionar un poco más las rodillas. Adopta una posición en la que te sientas cómoda. —Posó sus manos en mis caderas y las dirigió al frente, corrigiendo mi postura. Salió de detrás de mí y alzó mis codos, recolocando mis manos en el mango—. Con esta diriges y con esta das impulso al golpe. —Tocó primero la mano que tenía más cerca de la guarda y después la que él había colocado junto al pomo—. Observa.

Traté de imitar su postura, pero coordinar mi cuerpo resultó más complicado de lo previsto.

Él acudió pacientemente a mí lado, unas veces para que subiera más los codos, otras porque había separado demasiado los brazos o las piernas. Me sentía como una muñeca articulada. Luego avanzó, apoyando el pie que tenía adelantado para dar el paso.

A mí me costó horrores avanzar sin enderezarme y manteniendo las rodillas flexionadas. Estaba convencida de que tendría agujetas durante el resto de mi vida. Mi cuerpo no estaba preparado para este tipo de entrenamiento. Traté de dar un paso, pero nada más levantar el pie del suelo fui consciente de que mi punto de equilibrio no se encontraba donde debería. Me caí al suelo, raspándome las palmas que había adelantado en un intento de minimizar el golpe.

Maldije entre susurros airados.

Él soportó estoicamente mis bufidos y gruñidos, sin decir una sola palabra ni echarse a reír. Me ayudó a levantarme y continuó.

Transcurrieron un par de días hasta que por fin pude desplazarme, espada en mano.

Erik parecía no conocer el desaliento y, por más que yo me ofuscara o me cabreara, él mantenía la calma y me motivaba para que siguiera intentándolo. El amanecer se convirtió en el momento del día que esperaba con más avidez. Incluso empecé a practicar en mi habitación algunos de los movimientos, con la esperanza de sorprenderlo con mis avances.

Lo observaba moverse, con esa elegancia que tanto envidiaba, y me sentía como esos pajarillos que están aprendiendo a volar y ni siquiera saben bien cómo han de batir las alas. Sin embargo, él se deshacía en elogios cada vez que yo daba un golpe bueno y siempre me animaba a seguir intentándolo.

Pero no volvimos a acercarnos. No más de lo que requería el entrenamiento. De vez en cuando, sus ojos se posaban en los míos de una forma tan intensa que, sin querer, yo contenía el aliento; otras, su mano se cernía en mi cintura para que yo adelantara el paso, haciéndome trastabillar.

Y también estaba el contacto violento de la lucha, ese en el que nos aproximábamos tanto que nuestras respiraciones se entremezclaban.

No fue lo único que pasó esos días. Mientras mi equipo se encontraba en la ciudad dispersando rumores sobre el Canciller y tratando de envenenar las mentes de los ciudadanos en su contra, el ibis trajo una nueva carta, aunque esta no era del Consejo. Brandon me había escrito y yo no estaba preparada para abrir el sobre, que seguía guardado bajo mi colchón, a salvo de las miradas curiosas de las criadas.

Por lo demás, no habíamos hecho grandes avances ni urdido ningún plan nuevo e ingenioso que nos ayudara a localizar a la niña; y, pese a que tenía la esperanza de poder sonsacarle algo al Canciller durante las comidas, este se había marchado justo al día siguiente de la emboscada en la cascada, con Lord Bados.

Myrna fue quien me dio la noticia. Según ella se había tenido que ausentar con su hombre de confianza para atender asuntos urgentes. Lo curioso fue que en cuanto las palabras salieron de su boca se le aceleró la respiración, como si hubiera dicho algo que no debía.

—Estás distraída —me regañó Erik.

Estaba delante de mí, recibiendo mis torpes intentos de golpearle con el filo romo de la espada. Los despreciaba sin contemplaciones. Una de las cosas que más me gustaba de entrenar con él era que, aunque me animaba a seguir intentándolo, nunca me daba ventaja.

Se movió hacia delante, salvando la distancia que nos separaba, yo detuve el corte interponiendo mi propia arma, sin embargo, aprovechando mi fuerza, con una ondulación de muñeca, me desarmó. Después, giró su acero hacia mi garganta. Me seguía poniendo nerviosa que me apuntara con la espada, aunque lo cierto es que nunca había tratado de hacerme daño, no sabía si tenía que contenerse para no atravesarme.

Bajó el metal y yo aproveché para recuperar mi espada del suelo.

—¿Por qué me estás enseñando a pelear? ¿No va eso en contra de tus intereses?

Él me dedicó una mirada suspicaz acompañada de una ligera sonrisa.

—Cierto. Acabarás por convertirte en una brillante espadachina capaz de derrotarnos a todos —contestó con ironía, eludiendo mi pregunta.

Bufé.

—Hablo en serio.

—¿Crees que yo no?

Mis dedos volaron hacia la daga que llevaba sujeta contra el brazo y, con un movimiento imprudente, la clavé en el tronco del árbol. A escasos centímetros de su oreja.

Erik palideció, pero su respiración apenas se desestabilizó.

—Tómame en serio —le gruñí.

—Podrías haberme dado.

—He estado practicando.

Él maldijo, arrancando la daga de la corteza.

Quizá no había sido lo más inteligente para conseguir una respuesta. Pero entonces habló.

—Todo el mundo debería aprender a defenderse. —Su mirada se enturbió, cambiando el verde claro de sus ojos por el tono apagado del laurel.

Supe que estaba recordando algo, algo que no iba a compartir conmigo. Algún momento de su vida tan doloroso como para enrarecer el aire que nos rodeaba. Me moría de ganas de preguntarle, pero no me atreví a hacerlo.

El tiempo que llevaba en el castillo había sido más que suficiente para darme cuenta de cómo me miraba la mayoría de la gente. No era con desconfianza, sino con auténtico pavor. A pesar de sus intentos de invasión, nos tenían miedo. Quizá nos atacaban justo por esa razón.

Erik había sido el único que me había tratado con normalidad. No entendía el motivo, pero sabía que se estaba arriesgando. Al enseñarme a pelear se ponía en peligro. No alcanzaba a imaginar lo que podría llegar a hacer el Canciller si se enteraba de cómo pasábamos el tiempo su Capitán y yo.

—No importa —murmuré, dibujando círculos distraídos con la punta del zapato—. Yo... Quería darte las gracias.

Su expresión se relajó y el cuerpo se le destensó mientras me observaba.

—¿Gracias por qué? —No iba a ponérmelo fácil, claro que no.

—Por enseñarme a manejar la espada —mascullé.

Enarcó una ceja, pero una expresión suave se había instalado en sus facciones.

—Y por... ya sabes. —Coloqué la trenza que me había hecho esa mañana por encima de mi hombro, incapaz de tener las manos quietas—. Por el cuento.

Él se sorprendió y negó con la cabeza.

—Eso no fue cosa mía, Alesh.

—Ah, ¿no? —Le miré confundida.

—El Canciller me sugirió que te lo llevara.

Me quedé con la boca abierta.

Todas las noches, había conciliado el sueño como una niña pequeña gracias a ese cuento. Las únicas noches en las que no me había despertado de madrugada eran aquellas en las que lo había leído antes de acostarme. De hecho, la noche en la que el anillo se iluminó, fue cuando había decidido no leerlo. Una sospecha se cernió sobre mí. ¿Por qué me habría dado el Canciller el cuento? ¿Acaso pretendía sedarme para que no me enterara de lo que pasaba en el castillo por las noches? Si había sido idea del Canciller, lo quemaría.

Le estaba dando mucho más uso del esperado a la chimenea.

No sabía cuándo había empezado a establecer esas diferencias entre Erik y el Canciller. Ambos representaban lo mismo, ambos eran el enemigo. Sin embargo, empezaba a ser consciente de que Erik no era el ser ruin y vil que había imaginado. Lo que percibía de él, de sus gestos, de sus palabras, era la capa de engreimiento que cubría a la persona real que se encontraba debajo y que, de vez en cuando, conseguía salir a la superficie. Me sentía identificada con eso.

Sabía que era peligroso. Siempre llevaba esa aura consigo, en la tensión de su mandíbula y sus pasos felinos, en la fuerza que destilaban sus manos... Pero también era honesto, íntegro y generoso. Nunca había ocultado sus convicciones, velaba por su gente poniendo en juego su propia vida y, por mucho que fuéramos contrarios, la única verdad era que me él estaba ayudando.

—Por lo que sí deberías darme las gracias es por la ropa —bromeó, interrumpiendo mis pensamientos.

—¿Por el uniforme? —Contemplé la blanca tela elástica como si fuera a darme una pista de lo que quería decir.

Él asintió.

—Es de mi madre. En realidad, toda la ropa que te llevaron cuando perdiste la tuya es suya.

—¿De tu madre? —me reí—. Por eso tu padre me ha estado mirando de esa forma tan rara cada vez que se cruzaba conmigo.

—Podría ser el motivo. —Su tono vaciló, pero agachó la cabeza y no pude descifrar lo que quería decir.

—¿Por qué me has dado la ropa de tu madre?

—Es costurera. —Levantó un poco la cabeza para mirarme antes de seguir hablando—. Ella es de Nácar, por eso el uniforme es blanco y la ropa no se parece mucho a la que llevan las mujeres de aquí. Supuse que te sentirías más cómoda que con esos vestidos recargados.

Levantó un hombro con indiferencia, pero yo recogí su consideración en silencio.

Sabía que me sonaba de algo ese uniforme. Al igual que Bellum, Nácar era un planeta adaptado y demasiado artificial para mí, pero su principal activo era el turismo, y sus creadores habían invertido toda su imaginación en idear los mares, los campos y los horizontes más hermosos que jamás se hubieran contemplado.

—Es un planeta precioso —dije, recordando la inmensidad de sus paisajes.

—Solo he estado una vez. Mi madre no es muy propensa a volver a casa, le invade la melancolía y no le gusta sentirse débil. —Una sonrisa surcó su rostro de lado a lado—. Es un poco como tú —dijo con ironía.

—¿Por qué dices eso?

—Echas de menos Eter, lo veo cada vez que pasas la mano por el tronco de los árboles, pero tampoco quieres que nadie se dé cuenta.

Un escalofrío se expandió por la parte baja de mi columna.

—No deberías mirarme tanto, Capitán. —Traté de bromear, encauzando la conversación a temas menos personales.

—Llevas una espada, lo que menos debería de hacer es no mirarte.

—¿Crees que te la clavaría si estuvieras desprevenido?

—¿Qué pregunta es esa, Alesh? Me acabas de lanzar un cuchillo —contestó con sorna.

—Cierto. —Le sonreí sin pizca de vergüenza.

Él me sonrió un segundo, antes de que algún pensamiento se colara para borrarle la sonrisa de la cara. Tampoco me atreví a preguntarle.

Hizo un gesto con la cabeza, señalando la espada, y adopté la posición que él me había enseñado al tiempo que levantaba el arma.

—Muy bien —jaleó—. Veamos qué puedes hacer con esto.

Se lanzó hacia la derecha, tan rápido como una víbora, y atacó mi flanco izquierdo. Fui incapaz de llegar a tiempo para protegerlo, así que la espada rozó mansamente mis costillas, sin llegar a causarme daño. Al menos eso fue lo que pasó la primera vez, porque repitió tantas veces el mismo movimiento, sin encontrar resistencia por mi parte, que supe que terminaría saliéndome un cardenal.

Resoplé, indignada.

—Detenme —me reprendió cuando volvió a alcanzarme en las costillas.

Volvió a golpearme e hice una mueca.

—Puedes hacerlo mejor, princesa.

Resoplé. Volvió a alcanzarme.

—Te he dicho que no me llames así —exclamé.

—¿Te parece una falta de respeto? —inquirió, burlón.

—Lo es.

—Si quieres mi respeto tendrás que ganártelo. Párame —reclamó.

Ni siquiera rocé su espada al intentar detenerla. Cuando volvió a adelantarse para golpear de nuevo ya no conseguí controlarme. Elevé la magia por mi sangre y una ráfaga de viento colisionó contra su pecho, derribándolo.

Aterrizó con el trasero, cayendo de espaldas sobre la hierba seca.

Se quedó en el suelo, con las piernas separadas y el semblante duro.

—Eso es trampa.

—Me dijiste que te parara.

—Si quieres entrenar conmigo tienes que prescindir de la magia, solo así puedes aprender a usar la espada en condiciones.

—Solo lo dices porque tú no puedes hacerla —le piqué—. ¿Por qué no aprendes?

Pestañeó un momento, confundido.

—Ya te lo he dicho: está prohibido —contestó, molesto.

—No lo diré, si tú no lo haces. —Le tendí la mano para ayudarle a levantarse.

El desconcierto se extendió por su rostro.

Mi oferta iba más allá de intentar devolverle el favor. Había tenido días para pensarlo y el hecho de conseguir que alguien del entorno del Canciller aceptara iniciarse en la magia constituiría un logro. Una pequeña sublevación para su gobierno y una buena forma de comenzar a acercar posturas entre los habitantes de Bellum y las criaturas mágicas a las que despreciaban.

Sin embargo, él no parecía estar muy dispuesto a decir que sí.

—Mira, siempre hablas de lo importante que es defenderse, ¿por qué no aprender algo que en un momento dado te puede sacar de un apuro? —sugerí.

Su expresión cambió y supe que había llamado su atención. Por alguna razón que desconocía, para él eso era importante. Sabía que era mi mejor baza.

—¿Cómo sé que no me estás tendiendo una trampa para después acudir a contárselo al Canciller?

Lo contemplé, impaciente.

—Sería una manera extraña de agradecerte lo que estás haciendo por mí. —No se mostró del todo convencido con mi respuesta—. Si yo hiciera eso, siempre podrías decirle a Newu que he estado entrenando contigo.

—¿No lo saben?

—No.

Me evaluó, mordiéndose el labio.

—Supongo que podría... intentarlo.

Se levantó del suelo. Parecía perdido. Las hojas secas se arrastraron por el suelo con el compás del viento.

—Hagamos algo rápido —le animé.

—¿Ahora?

—Sí, algo sencillo, para que vayas encontrando las conexiones.

—¿Conexiones?

—Deja de hacer preguntas. —Me acerqué, dejando la espada apoyada en vertical contra un tronco, hasta quedar a unos centímetros de su cuerpo y apoyé las manos en sus hombros—. La magia es como una religión: para que exista has de creer en ella. También es un ente vivo y, aunque da, también quita. Si alguien te ataca, su hechizo te puede herir, pero la gravedad de esa herida depende de lo fuerte que seas comparado con tu adversario.

—Es decir, ¿si alguien más poderoso que yo repele mi hechizo me derrotará?

—Los hechizos no se repelen, no se pueden hacer desaparecer sin más, se combaten con más magia. Pero sí, si tu contrincante es más fuerte y responde a tu hechizo, sería como si te estuviese golpeando a ti.

Nada de eso era un secreto, todo lo que le estaba contando podría haberlo encontrado en cualquier libro de magia básica.

—Cierra los ojos —ordené. Él me miró escéptico—. Tendrás que confiar en mí.

Me lanzó una mirada intensa, pero, finalmente, cerró los ojos.

Ascendí las manos hasta su nuca y, en lugar de relajarse, lo que hizo fue tensar más la espalda. Masajeé los músculos de su cuello hasta conseguir que se aflojaran.

—Busca en tu interior una chispa. Una luz pequeñita.

Frunció el ceño.

Tardó un momento en volver a hablar.

—No hay nada.

—Busca, Erik.

Abrió los ojos con sorpresa.

—Es la primera vez que me llamas por mi nombre.

Esbocé una sonrisita petulante.

—No te emociones, Capitán. Sigue tu instinto.

Suspiró y volvió a cerrar los ojos. Yo sonreí más.

—Mi instinto debe estar atrofiado porque no encuentro ninguna... Oh. —Abrió desmesuradamente los ojos y supe que lo había notado.

Me miró y no solo vi emoción en sus ojos, también había miedo.

—Bien. Ahora intenta fundir esa luz con los latidos de tu sangre. Sincronízala con tu cuerpo. —Se le aceleró la respiración y conforme fueron pasando los minutos unas nuevas arrugas se posaron en su frente—. Quizá te cueste un poco al principio.

—Y si... —dudó—. Digamos que a lo largo del día lo consiguiera, ¿qué tendría que hacer después?

Sus ganas de aprender y su curiosidad hacían difícil evitar sonreír.

—La magia prima es la primera que has de practicar. También es la que te será más útil; la omnia es más compleja, requiere un mejor manejo antes de adentrarse en ella.

—Mis hombres dijeron que lo que hiciste en la cascada fue magia negra. —Me contempló inquisitivo, aunque no percibí reproche en el tono de su voz.

No respondí a su pregunta, en su lugar dije:

—Cuando notes la magia fluyendo por tu cuerpo debes acompañarla de un hechizo para que se materialice. Si afecta a tu cuerpo, entonces has de prepararlo con una runa.

—Así que ¿para eso sirven las runas?

Hice un gesto afirmativo.

—Hay muchas clases de runas, pero cinco básicas: velocidad, visión, fuerza física, aliento y equilibrio. Quizá te parezca fácil en un primer momento, pero no lo es tanto.

—Te aseguro que nada de esto me parece fácil. —Se frotó la nuca con la palma, liberándose de mi agarre y perdiendo la concentración.

—Seguiremos mañana —le prometí—. Ahora ya es tarde, debemos volver antes de que se den cuenta de nuestra ausencia.

Aún no sabíamos lo que iba a traernos el amanecer.

Capítulo 15

Al llegar a mi habitación, lo primero que hice fue darme un baño de espuma largo y relajante, que me ayudó a recolocar mis prioridades y a dar salida a todos los pensamientos embarullados que anidaban en mi cabeza.

Debía vigilar Canciller. En cuanto viera a Luthiel, le pediría que se pusiera en contacto con los Sini para que lo localizaran y nos informaran de lo que estaba haciendo. No me quitaba de la cabeza la extraña reacción de Myrna al decirme que su marido se había marchado con Lord Bados. No quería seguir atribuyéndole confabulaciones y maquinaciones sin tener pruebas, pero todo resultaba demasiado... sospechoso.

La búsqueda de la niña era frustrante. Me había devanado los sesos tratando de encontrar alguna manera de dar con ella, en vano. Seguíamos atascados en este aspecto y debíamos encontrarla pronto, porque las consecuencias...

Las criadas acudieron para ayudarme a vestirme. Se movían como fantasmas por la habitación.

Me puse uno de los vestidos de la madre de Erik. No tenía otra ropa, pero lo cierto es que me gustaban bastante, pese a que tampoco se parecían a los que solía llevar en Eter. Eran de telas menos ligeras, más cubiertos y menos ceñidos. Ajusté la capa blanca con la que había llegado el primer día al castillo y la enganché con el broche de ámbar que había pertenecido a Patme.

Entonces me percaté de que una de las sirvientas observaba la pieza de reojo. La muchacha morena, la que había gimoteado al ver cómo ardía el vestido que me había regalado el Canciller para mi primera cena en el salón. En su mirada se traslucían el cansancio y el hambre.

—¿Te gusta? —le pregunté.

—Eh… —Bajó la cabeza, retrocediendo—. Es bonito, Majestad.

Su clavícula sobresalía, como si se clavara en su piel oscura y sin brillo, mate y enfermiza por la desnutrición. Era uno de los pocos regalos que me había hecho una mujer que no había sido solo una reina para mí, sino la única familia que había conocido.

Miré la joya y la miré a ella. A continuación, desprendí el broche y se lo tendí. Ella contempló mi mano como si le estuviese ofreciendo una serpiente.

—Ten. —Extendí el brazo, pero ella se apartó, evitando que la tocara.

—No, no, ¡NO! —Ante mis asombrados ojos salió corriendo del dormitorio, dejándome con el brazo extendido y el broche en la palma abierta.

La sirvienta rubia salió del baño y contempló la escena con timidez y vergüenza.

—¿He hecho algo malo? —le pregunté, confundida.

Ella vaciló al contestar.

—No, Alteza. Es que, veréis… Nuna ha debido de pensar que era una Piedra del Diablo. Como sois hechicera… —Su voz fue disminuyendo hasta convertirse en un susurro.

—¿Qué es una Piedra del Diablo?

—No son cosas de las que se puede hablar. —Estiraba su delantal como si pretendiera plancharlo con las manos.

—¿Tiene que ver con los rumores que dicen que el demonio ha entrado en el castillo? —Alzó la cabeza, entre alarmada y sorprendida—. ¿Es algún tipo de objeto místico? —presioné.

La tercera criada salió del baño en ese momento y se agarró del brazo de la que estaba hablando. Ambas me miraban como si fuera a abalanzarme sobre ellas en cualquier momento. Fui consciente de la forma en la que parecían compartir sus fuerzas, instándose a hacer de tripas corazón y no decir nada que pudiese ponerlas en peligro.

—No son cosas de las que se puede hablar —repitió en un alarde de valentía la que se había incorporado en último lugar.

Hice un gesto para despedirlas.

Estaban tan asustadas que ni siquiera podían aceptar un obsequio que les podría solucionar la vida durante varios meses.

Si el Diablo no existía (y no existía) ¿de dónde venían los rumores? ¿A qué le tenían miedo las criadas?

Salí de la habitación.

En todo el tiempo que llevaba en el castillo, nadie se había ofrecido a hacerme una visita guiada, así que tomé la iniciativa aprovechando la ausencia del Canciller. Bajé hasta la entrada principal, cuya ubicación por fin había conseguido memorizar, evitando adentrarme por los pasillos desconocidos.

Caminé hacia el sur, siguiendo el ancho pasillo de suelo de mármol gris. Los días de tormenta el cielo se fusionaba con el castillo como si tratara de esconderlo.

Pasé por delante del Salón, pero no me detuve. Recordé el fiasco de la reunión que tuvo lugar allí. No había vuelto a coincidir con Lord Bados. Por suerte.

La estancia contigua al Salón tenía las puertas abiertas.

Accedí a lo que debía ser el Salón del Trono. El tapiz con el dragón frente al sol y las dos espadas clavadas se cernía sobre el respaldo del asiento, enmarcado por hilo de oro. Ocupaba la pared entera, del techo al suelo. Una suntuosa alfombra, oscura e impoluta, continuaba desde la entrada hasta perderse tras los escalones que ascendían al trono.

Era de acero negro, con el respaldo terminado en punta y piedras preciosas de tonos menta y azulados en los brazos, de aspecto áspero y dentellado, sin pulir. No había demasiadas ventanas. Se ubicaban en una de las paredes laterales y el resto de la estancia debía iluminarse por el candor de las velas. Solo había un trono y me pregunté dónde se sentaría Myrna.

A la derecha, tras un enrejado, había una capilla con algunos bancos acolchados, del mismo color negruzco que la alfombra, y toda una pared, con las figuras de las cuatro deidades, recubierta de pan de oro.

Cuando estudiaba con Patme podía encerrarme horas y horas en la biblioteca, investigando la forma en la que se creaban las religiones, su evolución, cómo llegaban a condicionar a una sociedad.

Muchos habían dejado de creer, pero yo seguía teniendo fe.

Las deidades primigenias de Eter eran las Diosas de las hadas. Se decía que todo empezó con ellas. Había innumerables leyendas que hablan de su intercesión en nuestro planeta, incluida la leyenda de Laqua. Pero se marcharon. Las Diosas nos abandonaron y las criaturas mágicas comenzaron a ampararse en otros Dioses, representantes de sus razas, como Ophidia. Con los años, los llamaron reyes, pues, al fin y al cabo, eran mortales y su supervivencia dependía, como la de todos, de la savia del Sauce. Solo los hechiceros y las hadas mantuvimos el culto de nuestras Diosas primigenias.

Tras la adaptación de los planetas, Bellum creó a sus propios Dioses. Cuatro fueron los elegidos: Legnos, Dios del guerrero y de la batalla; la Diosa del sacrificio, Galea; la Diosa madre, Ampelia; y el más temido de todos, Ódex, el Dios de la muerte.

—No esperaba encontraros por aquí. —Una voz masculina me sobresaltó.

Dereck, el hijo del Canciller. Mucho más sobrio que la noche en la que su padre me había acorralado contra la pared de piedra de los pasadizos.

—Siento haberos asustado. La puerta estaba abierta —se excusó.

No parecía recordar nada de nuestro último encuentro.

—No importa —hablé por primera vez—. Solo estaba curioseando.

—¿Nadie ha tenido la amabilidad de enseñaros el castillo, mi Señora? —Su voz grave iba acompañada por una postura seductora, que parecía exteriorizarse de forma innata.

Sonreí indulgente.

—Así es.

—Permitidme el honor de acompañaros.

Se acercó a mi lado, junto a la reja de la capilla, y con aire relajado me ofreció el brazo, que yo acepté dócilmente.

—Los Dioses son tremendamente aburridos, ¿no os parece? —Lejos de expresar mi opinión, me limité a contestar con una sonrisa indulgente. Él me guio hacia la salida con paso tranquilo—. La sala de enfrente es la biblioteca. —Puso los ojos en blanco—. Los objetos extraños se encuentran en los torreones, si sois capaz de identificar la puerta que hay que abrir —aseguró, guiñándome un ojo.

—Interesante, ¿cómo cuáles?

—Oh, nada en comparación con las maravillas que debéis ver a menudo en Eter. En realidad, aquí todo son trastos.

—¿Y ahí? —Señalé el final del pasillo, que terminaba con una puerta ornamentada.

—Colecciones de mi padre. Una especie de museo de cachivaches.

«Más tarde», pensé.

—¿Podemos entrar en la biblioteca? —pregunté con amabilidad.

—Vaya, vaya, así que una erudita. —Me escrutó complacido—. Confieso que no se me dan muy bien los libros, pero las mujeres amantes del saber me resultan francamente interesantes.

Yo tenía la sensación de que todas las mujeres le parecían «francamente interesantes».

Abrió la puerta y, sin soltarse, me instó a pasar primero.

La biblioteca se componía de un par de mesas rectangulares de madera, ocultas casi en su totalidad por grandes manteles rojos, terminados en flecos y borlas de hilo blanco. Unos amplios ventanales iluminaban cada rincón de la estancia. Los libros se amontonaban en los huecos excavados en la piedra de las paredes, unas estanterías poco acondicionadas para volúmenes delicados, dada la humedad que generaba la proximidad del mar. Me pregunté si el Canciller tendría una biblioteca privada en la que guardar los libros más importantes.

—Mi padre quiere que aprenda una cantidad indecente de cosas. —Señaló a su alrededor y se apoyó contra la mesa, arrugando el tapete y cruzando los brazos sobre el pecho—. Me dedico en parte a hacerle feliz y en parte a mi propia satisfacción.

—¿En qué consiste esa satisfacción? Si no es mucho preguntar...

—Teatro.

Me sorprendió, aunque imaginarlo interpretando no me resultó complicado. Tenía el carácter propio de un artista.

—¿El Canciller está de acuerdo con que actuéis?

—Majestad, por supuesto, mi padre no lo sabe. Tan solo mis hermanas. —Inclinó la cabeza hacia atrás para contemplar las molduras del techo—. Si se enterara, sería una decepción más en su larga lista, tan inmensa que ya no es relevante.

—Debe de ser difícil.

Él no contestó.

Se giró para escarbar entre las estanterías, como si estuviese buscando algún título en concreto.

—Sé que me guardaréis el secreto. —Sus manos se movían veloces entre los libros—. ¿Dónde estará...? ¡Aquí!

Me tendió un libro que había conocido mejores tiempos, encuadernado de un azul desvaído, con las costuras cedidas y las páginas amarillentas por el polvo, aunque gruesas y firmes.

—*El triunfo de los locos* —leyó—. Es la obra para la que estamos ensayando. Una tragedia romántica en tiempos de guerra. El estreno es dentro de cuatro días, venid a verla. Mis hermanas también estarán, y Erik.

—¿Erik? —Ladeé la cabeza con curiosidad. No sabía que el Capitán y el hijo del Canciller fueran amigos, sin embargo él malinterpretó mi pregunta.

—Es nuestro Capitán. Lo conocisteis hace un par de noches, en la cena a la que acudieron algunos de los lores más cercanos a mi padre.

Dereck no tenía ni idea de lo mucho que conocía a su Capitán.

Asentí, distraída.

—¿Sois amigos?

—La mayor parte del tiempo. —Esbozó una misteriosa sonrisa—. Crecimos juntos entre estos muros. Nuestras infancias hubieran sido muy solitarias si no nos hubiésemos tenido el uno al otro y es una de las pocas relaciones que mi padre permite que mantenga. Supongo que porque se trata del hijo de su fiel Comandante.

—Entiendo...

—Mi madre tuvo a las gemelas ocho años después de que yo naciera, y muchos lo consideraron un verdadero milagro —dijo—. El planeta entero se llenó de ofrendas a la diosa madre, Ampelia; pero nos llevamos tantos años que, durante mi niñez, Erik fue lo más parecido a un hermano que tuve.

—Todo el mundo habla de ese joven Capitán—señalé, paseando entre los estantes de piedra—, aunque nadie me ha contado exactamente cuáles son sus triunfos.

Dereck rió.

—¿Pretendéis que os revele secretos de Estado, Majestad?

—¿Tan importante es? —le interrogué.

Él pareció pensarlo y justo un segundo después un brillo cómico inundó sus pupilas.

—Estoy dispuesto a compartir con vos cualquier cosa que haga enfurecer a mi padre. —Acompañó sus palabras con una ostentosa reverencia y se acercó a mí para susurrar en tono confidente, con ese aire dramático que lo caracterizaba—. ¿Queréis saber qué ha hecho Erik para llegar a ser Capitán tan joven? Pues bien, os contaré algo, mi querido amigo es el mejor estratega que ha pisado esta tierra. Puede parecer diestro con la espada, pero eso no es nada en comparación con la cantidad de problemas que nos ahorra al adelantarse siempre al enemigo. Los levantamientos son corrientes en Bellum, hay clanes que luchan contra clanes y que intentan imponerse al Gobierno. Erik es brillante y astuto, como un zorro. Nadie le ha vencido. Jamás.

Algo así había dicho Newu al referirse al Capitán.

—¿Y cómo aprende un hombre sin experiencia a sofocar levantamientos complicados? —musité.

—Con instinto… y una gran biblioteca. —Señaló a su alrededor, sin apartarse de mi lado.

—¿Se dedica al estudio? —me extrañé.

—Ha leído algunos de estos libros tantas veces que podría recitároslos de memoria.

Imaginar a Erik encerrado en una biblioteca me parecía insólito. Me di cuenta de que tenía demasiados prejuicios. Decidí cambiar de tema, antes de que Dereck sospechara que había algún motivo especial por el que estaba tan interesada en el Capitán.

—¿Cuándo decíais que es la función?

—Dentro de tres días. ¿Vendréis? —Ladeó la cabeza como un niño inocente.

Sonreí y posé una mano en su antebrazo de manera amistosa.

—¿Podría traer conmigo a una amiga?

—Vuestra sutil forma de señalar que acudiréis escoltada es magnífica, Majestad, digna de un soneto.

Solté una carcajada incrédula ante su espontaneidad.

La puerta se abrió en ese instante y Erik nos contempló desde la entrada. Evaluó mi risa, mi mano todavía posada en el antebrazo de su amigo y lo cerca que estábamos el uno del otro.

Su rostro no se alteró ni un milímetro.

—Dereck, te busca el maestre Grimond. Ha dicho que no va a permitir que te saltes ninguna lección más sin comunicárselo a tu padre. —Su voz sonaba cargada de cariño, de una forma en la que nunca se había dirigido a mí.

El aludido puso los ojos en blanco y abrió los brazos con las palmas hacia arriba, pidiendo paciencia a sus Dioses. Me guiñó un ojo y se marchó, palmeando el hombro de Erik al pasar por su lado. El Capitán de Bellum me miró un segundo como si fuera a decir algo, pero pareció pensarlo mejor: asintió y se giró para alejarse por donde había venido.

Era extraño verlo fuera del bosque. Me había acostumbrado a nuestra rutina, a la ropa de entrenamiento y a blandir un arma en su presencia.

—¡Erik! —llamé.

—Alesh —respondió, volviéndose.

Le escruté. Si le había molestado encontrarme con su amigo en la biblioteca no lo demostró.

—¿A dónde vas? —En cuanto la pregunta salió por mi boca me sentí una completa idiota.

Él sonrió de medio lado.

—Tengo cosas que hacer —dijo escuetamente.

—Me has arrebatado a mi acompañante.

—Échale la culpa al maestre, no a mí. —La sonrisa desapareció.

—Como sea. —Me encogí de hombros— ¿Te quedas?

—Lo lamento, en otra ocasión será.

—Pero mañana entrenaremos, ¿no?

—Baja la voz —musitó, acercándose—. Sí, como todas las mañanas, ¿por qué no íbamos a hacerlo?

—No sé. —Suspiré—. Es extraño mantener una conversación contigo sin tener una espada en la mano.

Sus rasgos se suavizaron.

—Lo entiendo. Pero princesa…

—No somos amigos, ya.

A los dos se nos escapó una sonrisa. Un destello breve que no sé cuál de los dos sofocó antes.

Cuando se marchó, me quedé algo más de tiempo, buscando libros que me pudieran ayudar a encontrar a la niña.

Tras un buen rato buscando, tuve la certeza de que Erik debía ser el mejor Capitán del sistema. No podía ser de otra manera, ahí solo había libros sobre táctica militar, combate y estrategia.

Gemí, derrotada, y con poco ánimo me dirigí de nuevo a mi dormitorio.

Si no se nos ocurría algo ingenioso para encontrar a la futura reina de Éter, tendría que utilizar el hechizo de seguimiento y eso le desvelaría nuestras intenciones al Canciller. Podíamos actuar rápido, pero después ¿qué hacer? ¿Huir con la niña y renunciar a una posible alianza con el Canciller? ¿O arriesgarnos a quedarnos y perder a la heredera al trono?

Encontré a Gionna en medio del pasillo, dirigiéndose hacia mi habitación con Zyx encaramado a su hombro.

—¿Qué pasa, Gionna?

Su pecho subía y bajaba agitado, como si hubiera llegado corriendo.

—Tenemos noticias urgentes.

—¿Sobre qué?

—Aquí no, Alteza. En privado. Nos esperan en vuestro dormitorio.

Capítulo 16

—Tenemos los planos —soltó Gionna, cuando las puertas de mi habitación se cerraron. Mientras que unos parecieron inhalar aire bruscamente, otros lo soltaron.

—¿Dónde están? —preguntó Luthiel.

Gionna extrajo un pergamino doblado de su chaleco y se lo entregó. Luthiel observó el papel, del tamaño de una hoja corriente, y levantó de nuevo la cabeza para mirar con los ojos desorbitados a Gionna.

—¿Qué es esto?

—Esperaba que fueras tú quien respondiera a esa pregunta.

Los demás nos habíamos inclinado sobre su hombro para contemplar el dibujo. Se trataba de una sucesión de palitos trazados con tinta negra, que no formaban nada en conjunto. Eran líneas y más líneas, algunas se cruzaban, otras eran continuas, paralelas, perpendiculares, esquivas, ambiguas.

—Esperaba algún tipo de caja imposible de abrir sin magia, no un papel con rayas —dije.

Todos asintieron.

Eri le arrebató el pergamino a Luthiel y lo puso a contra luz, contra el fuego de la chimenea, lo alejó para volver a acercarlo hasta pegarlo a sus ojos, en posturas varias. No consiguió nada.

—¿Será el plano de un lugar? —dijo Newu.

—Son rayas muy aleatorias, a simple vista no parece un dibujo —intervino Luthiel, recuperando el papel de las manos inquietas de Eri para extenderlo sobre la cama, a la vista de todos.

—¿Algún tipo de arma? ¿Una nave para atacar Éter? —sugirió Enna.

Nos volvimos al unísono, mirándola extrañados.

—¿Dónde demonios ves un arma? —increpó Newu de malas maneras.

—Yo veo armas por todas partes, allá donde voy —le respondió, lanzándole una sonrisa maliciosa.

Él puso los ojos en blanco.

Seguimos contemplando los ansiados planos del Canciller en silencio.

—Pues yo no veo nada... —dijo Gionna, perdiendo la paciencia.

—¿Seguro que son estos los planos que está buscando el Canciller? —preguntó Newu.

Agradecí que alguien lo dijera en voz alta.

—Lo son. El Consejo interrogó a los rebeldes y dieron datos que solo podrían haber sabido de haberse infiltrado entre los hombres del Canciller.

—¿Cómo cuáles? —dijo Enna, toqueteando la esquina de la hoja como si esperara que se separara.

—Al parecer, los rebeldes tuvieron acceso a los planos infiltrándose en este mismo castillo. Pasaron a formar parte del personal, entre criados y demás sirvientes, y todo fue gracias a alguien de dentro.

—¿Alguien del castillo infiltró a un grupo de rebeldes de Eter? —repitió Eri con voz grave.

—Eso es lo que he dicho.

—¿De cuántos infiltrados estamos hablando? —le preguntó Enna.

—El Consejo ha negociado la entrega de los planos con tres rebeldes, pero no sabemos si es un grupo mayor. Podrían estar ocultando a algunos de sus compañeros.

—Incluso si son solo tres, debió de ser extremadamente complicado —repuso Luthiel—. Necesitarían credenciales, partidas de nacimiento y un puñado más de documentos falsificados.

—Los criados siempre son los que menos llaman la atención, pero ¿quién estará traicionando al Canciller y por qué? —dijo Eri.

No había percibido ningún comportamiento extraño entre los miembros del Castillo y, si alguien había infiltrado a rebeldes que pretendían luchar contra el Canciller, ¿no sería lógico pensar que esa misma persona se habría puesto en contacto con nosotros?

Por otro lado, si el Canciller había descubierto que los rebeldes se habían introducido como criados en el castillo, eso explicaría el temor de mis propias sirvientas.

—¡Pues aquí tenemos los malditos planos, aunque no sepamos qué significan o para qué sirven! —dijo Gionna, lanzando un puntapié dirigido a la nada.

Luthiel se enderezó, agarrando los papeles con firmeza y prestándoles renovada atención.

—¿Qué significan...? —masculló para sí.

—¿Luthiel? —llamó Enna, enarcando una ceja expectante.

—¿Podría ser...? No. O tal vez sí. ¿Pero cuál?

—Oye, Luthiel, dinos en qué demonios estás pensando —apremió Gionna.

Él enrojeció al ver que toda nuestra atención estaba concentrada en sus devaneos.

—¿Y si fuese un código?

—¿Un código? ¿Como un mensaje secreto? —le pregunté.

—Sí. No es algo que haya visto antes. —Se frotó la nuca, confuso— Pero sería posible, quizá pueda encontrar un patrón contrastándolo con algún programa.

—¿Tienes algo así aquí? ¿Algún programa que pueda servirnos? —dije.

—Claro, siempre viajo preparado. —Señaló los espacios entre las líneas—. Parece que cumple ciertos patrones. Si es un texto, tendría sentido que la gente del Canciller se hubiera preocupado de cifrarlo para ocultarlo de miradas indiscretas.

—Sobre todo si es tan importante como para firmar una alianza de paz a cambio de recuperarlo... —supuse.

—¿Cómo puede ser tan importante un simple texto? —inquirió Gionna—. Es decir, quizá los planos de un arma secreta, vale, pero ¿un puñado de palabras?

—Podrían ser documentos de Estado, algo comprometido —propuso Eri.

—Quizá. —Me encogí de hombros—. Luthiel encárgate de descifrar los planos. Máxima prioridad. Cuanto antes descubramos lo que contienen, antes sabremos si es seguro cedérselos al Canciller a cambio de una alianza de paz.

Dimos por concluida nuestra reunión

Todos se marcharon salvo Eri, que se quedó algo más rezagada, como si tuviese algo que decir antes de irse.

Al observarla me percaté de lo pálida que estaba, de la forma en la que las ojeras se extendían púrpuras bajo sus ojos, igual que si llevara días sin dormir.

—Eri no tienes buen aspecto, ¿te encuentras bien?

Ella agachó la cabeza.

—No pretendía decir nada, Alteza. —Esperé pacientemente a que siguiera hablando—. Es mi madre. Me escribe a diario, pero hace días que no lo hace. En su última carta decía que mi abuela había empeorado.

—¿Qué le pasa a tu abuela?

—Ya es mayor, ha vivido una larga vida y está cansada. Dejó de tomar la savia hace bastantes años. Se estaba apagando poco a poco y pensamos que moriría por causas naturales, pero entonces enfermó de algo que los médicos no saben identificar.

Muy pocos se molestaban en investigar patologías, que solo enfermaban a quien voluntariamente escogía dejar de beber la savia.

—Entiendo —dije, achacando su preocupación a que su abuela muriera sin poder despedirse de ella.

—No es todo, Alteza. Por desgracia, es contagioso y mi madre se ha empeñado en mantenerse con ella hasta el fin de sus días.

—Si tu madre toma la savia, no enfermará.

—Ese es el problema —interrumpió, con los ojos enrojecidos—. Tendría que haberla bebido, pero no lo ha hecho, no quería separarse de mi abuela. Y hace días que no me escribe. Yo...

Me acerqué sin saber bien qué hacer. Rodeé sus hombros en un abrazo tenso. Pese a todas las tensiones que habíamos compartido en los últimos días no dejábamos de ser extrañas la una para la otra, sin embargo, cargué su peso contra mi cuerpo y dejé que llorara hasta desahogarse.

—Eri, creo que deberías marcharte.

Ella se puso rígida.

—No podría hacer eso, Alteza. Nunca me perdonarían que abandonara una misión tan importante. En mi casa, el honor está por encima de todo.

Ante mi silencio, Eri carraspeó, avergonzada.

—Lo lamento, Alteza.

—No te disculpes. Y llámame Alesh.

—Oh, no sería apropiado —dijo sorprendida, al tiempo que se sorbía los mocos.

—Lo es. Lo prefiero y, de todas formas, Enna y... —alargué la consonante, consciente de que había estado a punto de nombrar a Erik. Carraspeé para disimular mi desliz—. Enna me tutea.

—Está bien, Alesh. —Su sonrisa estaba acompañada de una mirada tan triste que se me rompió el corazón—. Tienes un nombre muy bonito.

Sonreí con cariño.

Eri era muy dulce. Agarré sus hombros, atrayendo su atención para que me mirara.

—Deberías irte. Si a tu madre o a tu abuela les pasara algo, no podrás perdonártelo —dije.

Dos lagrimones rodaban por sus mejillas. Agachó la cabeza y negó.

—Mi sitio está aquí. Así lo querrían ellas. —Levantó la mirada de improviso—. Mi abuela fue la primera hechicera que se levantó contra las sectas en la Guerra Natural.

Abrí mucho los ojos. Habían pasado más de mil años desde la Guerra Natural. Probablemente la abuela de Eri era una de las personas más viejas del sistema. Casi tanto como las Sacerdotisas del Oráculo.

Su mención trajo recuerdos antiguos. Recuerdos de lecciones susurradas y de viejos papeles amarillentos.

La Guerra Natural era la primera guerra que constaba en los anales del sistema y, aunque nadie lo sabía, había sido la causa de la creación de Laqua.

La leyenda, ya por todos olvidada, decía que las Diosas de las hadas habían creado el anillo para combatir las fuerzas de la logia de hechiceros, que pretendía masacrar a las criaturas mágicas por considerarlas sus inferiores. Arrasaron sus casas, las torturaron y usaron su magia contra ellas. Sometieron a cientos de seres a un trance en el que los obligaban a matar a sus propias familias. Al despertar y ser conscientes de lo que habían hecho, muchos se quitaron la vida.

Las Diosas otorgaron el anillo a la reina de Eter, para que empleara su magia en proteger a su gente. Así creó el Libro Prohibido. Todo hechizo que se escribiera entre sus páginas quedaría vetado para siempre y jamás podría volver a utilizarse. Así que la reina libró a las criaturas mágicas del yugo de las sectas y lanzó un hechizo, uno tan poderoso que borró la existencia de Laqua de la memoria de todos. Era algo imposible de ambicionar, puesto que nadie sabía que existía.

Habría sido interesante poder conversar con la abuela de Eri, comprobar qué recuerdos guardaba de esos días convulsos, qué recordaba de la guerra y si su historia se parecía en algo a la leyenda.

—¿Tu abuela luchó contra las sectas de hechiceros? Asintió.

—Estoy tan orgullosa de mi familia. —Sus ojos seguían vidriosos y desenfocados.

—Eri, si no vas a ir, deja al menos que mande toda la ayuda posible. —Asintió, con los ojos muy abiertos—. Tienes mi palabra de que las dos recibirán las mejores atenciones. Y si cambias de idea solo tienes que decírmelo.

—Muchas gracias, Alesh. —En sus ojos había un nuevo brillo de esperanza—. Encontraremos a la niña —me aseguró, algo más confiada—. Y tendremos una nueva heredera a la que le puedas pasar tu magia.

Hice un gesto impreciso.

—Te lo agradezco. Aunque no es así como funciona. Sabes que no puedo pasarle mi magia. Pero si el Oráculo la ha elegido seguro que también será poderosa. —Apreté sus hombros con cariño.

—Gracias por lo que estás haciendo por mí, nunca lo olvidaré.

Me abrazó con tanta desesperación que pensé que iba a romperme. Y yo le devolví el abrazo, esta vez de forma sincera. Se perdía una despedida, quizá la de las dos mujeres a las que más quería en el mundo.

En cuanto se marchó me puse a escribir y recordé que había una carta que todavía no había abierto y que permanecía oculta debajo de mi colchón. Brandon.

Capítulo 17

Eri había dicho algo importante durante la conversación sobre los planos. Las criadas eran las que menos llamaban la atención.

Tenía una idea. Era una locura. Quizá saliera mal, pero había llegado el momento de arriesgarse. Eran demasiados los interrogantes que no tenían solución.

Alcé la magia por mis venas, invocando una transformación completa de mi cuerpo. Noté que mis facciones se modificaban, mi cuerpo se encogió, el pelo se rizó y oscureció.

Adopté el aspecto de Nuna, la sirvienta que había huido despavorida cuando le ofrecí el broche de ámbar.

Contemplé mis nuevas facciones en el espejo. Unos ojos rasgados, en una piel más oscura que la mía, me devolvían la mirada. No debía quitarme el anillo, sería demasiado peligroso, así que improvisé una venda para ocultarlo. Parecería que me había cortado y esperaba que nadie se fijara demasiado.

Un soplo de aire mágico movió mi ropa en un torbellino hasta convertirla en una prenda grisácea, con delantal y cofia incluidos. Más que por mi aspecto y vestimenta, me sentía distinta por la altura. Nuna era más menuda que yo y eso cambiaba mi perspectiva de todo lo que me rodeaba. Todo parecía más grande que hacía unos segundos.

Bajé de nuevo a la planta principal. La cocina se encontraba al lado de la entrada del castillo y cerca de esta estaban los cuartos de los sirvientes.

Caminé con rapidez, simulando el nerviosismo que ella solía mostrar siempre en mi presencia. Avancé con cuidado por los pasillos. Por todos los medios debía evitar encontrármela.

Al principio de la escalera me detuve. Si Nuna estaba en la cocina, el engaño solo serviría para delatarme y suscitar preguntas indeseadas.

Una cara amigable ascendió a toda prisa por los escalones y se detuvo de improviso al verme parada obstaculizando la salida. Cambié el peso de un pie a otro. No sabía quién era ese hombre y, lo que es peor, no sabía si Nuna lo conocía, sin embargo, llevaba un uniforme blanco y una enorme cesta de mimbre de la que sobresalían varias barras de pan, por lo que deduje que se trataba del panadero del castillo.

El hombre robusto y de pelo claro me sonrió con simpatía.

Le devolví una sonrisa tímida, sin saber bien qué hacer.

—¿Qué haces aquí parada, Nuna?

Se conocían.

Debía contestar algo que no suscitara más preguntas. No podía inventarme un mareo porque me arriesgaba a que, cuando viera a la verdadera Nuna, le preguntara si se encontraba mejor. Pensé deprisa.

—Tengo la sensación de que se me ha olvidado algo —dije.

Él levantó las cejas, confiado.

—Yo tengo esa misma sensación constantemente.

Me hice a un lado para apoyarme contra la pared de las escaleras y dejarle paso. Sin embargo, cuando estuvo a mi altura, y sin darme tiempo para reaccionar, se inclinó hacia mí y me besó.

Fue tan solo un roce en los labios, pero todo mi cuerpo se tensó en protesta. Tuve tan solo un segundo para darme cuenta de que el panadero debía de ser el novio de Nuna (¿quizá su marido?) y yo tenía que disimular si no quería que me descubriera.

Pestañeé varias veces, sin poder contenerme, pero me obligué a sonreír.

—Vaya, tus labios están más suaves de lo normal.

Quise morirme.

Las transformaciones solo eran un calco perfecto de la otra persona cuando conocías muy bien cada uno de sus detalles y con Nuna no era el caso.

—¿Gracias? —masculló.

Por suerte él se limitó a reírse.

—Nos vemos más tarde, preciosa. —Me guiñó un ojo y desapareció escaleras arriba.

Solté el aire contenido.

Al menos eso significaba que Nuna no estaba en la cocina.

Bajé algo más confiada, aunque sintiéndome ligeramente culpable. Me sacudí la sensación del cuerpo e inspeccioné a mi alrededor.

Como el resto del castillo, la cocina también era de piedra, y almacenaba mejor el calor de los fogones y los hornos. El bochorno y la falta de aire me sofocaron a los pocos segundos. Olía a carne y especias. Las mesas estaban cubiertas de harina, de hojaldres recién hechos y de algunas botellas de vino condimentado. Algunos sirvientes se movían presurosos de un lado para otro, cargados con baldes de agua que vaciaban y volvían a llenar en un cubículo en el que manaba una fuente. Uno de ellos me apartó de malas maneras al tratar de salir.

—¡Nuna!

«Ay, no».

Era la otra sirvienta que me atendía, la de pelo rubio. No conocía su nombre.

—Hola —masculló.

—¿Pasa algo? —Me observó, parada y con las manos vacías, supuse que estaba preguntándose por qué estaba ociosa.

—Tengo la sensación de que se me ha olvidado algo —repetí. Me rasqué la frente. Esta idea era una soberana idiotez. Me iban a pillar y yo no sabía ni lo que estaba buscando.

—Oh, eso me pasa a cada segundo.

Alcé las cejas, la situación era surrealista, y asentí, controlando las ganas de soltar una carcajada histérica. Debía recuperar la compostura antes de que todo se fuera al traste.

—¿Qué le dijiste a la reina cuándo salí corriendo? —le pregunté.

—¿Otra vez? —Ella puso los ojos en blanco y cruzó los brazos—. Ya te lo he dicho mil veces. No sé por qué te preocupas tanto. No sabe nada de las Piedras del Diablo.

—Pero las Piedras… —Dejé la frase a medias, esperando que ella la completara.

—Lo sé. Cada vez hay más rumores, la gente sabe que Canciller las guarda en el castillo, aunque ahora que se ha marchado ya nadie nota nada extraño…

—¿De verdad crees que se trata del Diablo? —seguí.

—Por supuesto que no. —Bufó—. Pero ya sabes lo que nos contó Estrel. El asistente del maestre Grimond dice que se escuchaba vibrar a las piedras como si fuesen miles de abejas zumbando. El Canciller está haciendo magia en este mismo castillo. Yo confío en no enfermar cualquier día. Por otro lado, aquí nunca hemos olido a magia. Lo juro, por ninguna parte. —Gesticuló, alzando las manos.

Recordé las palabras de Erik después del ataque en el Parlamento. Por algún motivo él creía que la magia olía y por lo que veía no era el único.

—Deberíamos mantenernos alejadas de ese lugar, por si acaso —dije.

—¿Y cuándo nos hemos acercado nosotras a las catacumbas, Nuna? —Me miró extrañada.

Las catacumbas... Así que el castillo tenía pasadizos subterráneos.

—Bueno, yo nunca voy por ahí, desde luego —le respondí.

—¡Y yo menos! Odio pasar junto a los calabozos.

—¡El camino hasta los calabozos es desagradable! —probé, tratando de que me diera alguna pista de dónde se encontraba la entrada.

—¿Por qué dices eso? —Se extrañó.

—Bueno... Porque pienso en los posibles prisioneros. Los imagino como monstruos mágicos —improvisé.

—Sí, esas criaturas son de lo más repugnantes.

Me esforcé por no reflejar otra cosa que indiferencia.

No había descubierto cómo llegar hasta los calabozos, pero esa información era muy importante. Ya no había dudas de que el Canciller estaba tramando algo.

De refilón, vi pasar una cara morena, con el pelo rizado y oscuro. El corazón me bombeó desenfrenado, transportando adrenalina por mis venas.

La verdadera Nuna había accedido a la cocina desde alguna habitación aledaña. Yo no conocía bien estas estancias y no sabía que se pudiera entrar por otro sitio distinto de las escaleras, aunque debería haber supuesto que la cocina conectaba, al menos, con el salón.

Me maldije. Si me descubrían estaría perdida. Sería muy sencillo adivinar quién había usado magia: o mis compañeros o yo; y en estas circunstancias eso significaría un ataque directo a la confianza del Canciller.

No nos miraba. Estaba centrada frotando algo contra la pila baja de la fuente. Comprobé que nadie más nos estaba prestando atención e hice algo que no tenía pensado al bajar aquí. Centré los ojos en los de la sirvienta rubia.

Frunció el ceño extrañada, pero inmediatamente su cara se relajó ante mi invasión.

Tenía que ser rápida.

Exploré entre sus recuerdos cercanos. Introduje los tentáculos de mi magia en su mente y mis propios ojos se llenaron de imágenes a cámara rápida. Imágenes que no eran mías y que la mostraban limpiando unas alfombras, descolgando unas pesadas cortinas de terciopelo... Avancé, acercándome al presente, y entonces vi un recuerdo en el que aparecía el Capitán. Erik. Con su mano acariciando la mejilla de una muchacha preciosa, de rasgos suaves, y pelo rubio y fino como la seda.

Pues sí que había estado ocupado...

«¿Y a ti qué te importa?»

No pude ver más porque la sirvienta había apartado la mirada para que no la pillaran husmeando, y Erik y la chica salieron de su campo de visión. Después, vi cómo descendía por las escaleras en dirección a la cocina, cómo extraía varios botes... y al poco aparecí yo. O yo con la cara de Nuna. Me detuve en esa imagen y dejé que los tentáculos la enmarañaran, que se enredaran hasta hacer de ella un recuerdo oscuro, una laguna.

Los ojos desenfocados de la sirvienta seguían contemplándome sin ver nada. Me di la vuelta presurosa. Corrí por las escaleras y, tan pronto tuve delante el marco de la entrada al castillo, salté para traspasarlo.

Cambié en pleno salto, volviendo a adoptar mi cuerpo y vestimenta.

Al aterrizar al otro lado, choqué contra una espalda ancha y masculina.

Me agarré de sus hombros para no caer.

Él soltó una exclamación ante mi supuesto ataque y su mano aferró mi muñeca, retorciéndola.

Capítulo 18

—¡Aaayy! —grité. Él se envaró, pero soltó su agarré.

—¡¿Qué demonios haces?!

Erik se giró con la cara desencajada por el susto.

Una primera carcajada brotó de lo más profundo de mi cuerpo al verle la cara. Y ya no pude parar. Me agarré los costados, muerta de la risa, soltando hipidos que solo hacían que me riera más y más. Él me miraba sin una pizca de humor y eso todavía me hacía más difícil contener la risa.

Su mirada se calentó y fui testigo de cómo su rostro se suavizaba.

La risa cesó cuando él me cogió la muñeca para comprobar que no me había hecho daño.

Apretó con cuidado sin dejar de mirarme a los ojos.

No me dolía.

Presioné los labios para que no se me escapara una sonrisa.

—Parece que estás bien —dijo—. ¿De dónde has salido?

—De entre las sombras —contesté, en un mal intento de parecer misteriosa y salirme por la tangente.

—Te estaba buscando —aseguró.

Recordé la cercanía con esa otra chica, la forma en la que su mano se había amoldado a su mejilla y el cariño que desprendían sus ojos. ¿Quién sería ella?

Alcé las cejas.

—Seguro…

Le rodeé, dispuesta a dirigirme a mi habitación. Todos mis instintos me pedían que huyera, que apartara de mi lado al Capitán de Bellum. No deseaba las complicaciones que sabía que me traería.

—Espera. —Me alcanzó y se puso frente a mí, bloqueándome el paso. Arrugó los labios para no sonreír. —He venido para enseñarte un sitio.

—Oh, ¿de verdad? —Abrí mucho los ojos—. Qué ilusión. El problema es que tengo muchas cosas que hacer, como contar las pelusas de mi habitación. Si me permitís...

Me frenó sujetándome por los hombros.

Suspiré.

Erik atrapó mi barbilla para alzarla y obligarme a mirarlo a los ojos. No opuse resistencia.

—¿Estás así porque no me he quedado antes en la biblioteca contigo?

El enfado me llegó desde dentro como un fuego abrasivo.

—No eres tan importante, Erik —dije con desprecio.

—Tenía cosas que hacer —prosiguió él, ignorando mis palabras.

Yo me limité a sonreírle amargamente y asentir con las cejas levantadas.

—Dereck me ha recordado que no habías visto nada del castillo. Siento no habértelo enseñado yo mismo, pero te compensaré, si me lo permites.

—Ya he visto todo lo que tenía que ver —repliqué, obstinada.

Él sonrió enigmático.

—Todo no.

Me tendió la mano. Tuve el impulso de rechazarlo y marcharme sin más... Pero después de conocer la existencia de las catacumbas no podía permitirme rechazar su oferta. Lo que no podía hacer era engañarme: no quería rechazar su oferta.

Le cogí la mano, sintiendo su palma cálida y rugosa cernirse sobre la mía, y todas mis reticencias se esfumaron en lo que dura una exhalación.

No me soltó mientras salíamos del castillo, bordeándolo por su fachada derecha. Pasamos por delante de la zona de entrenamiento, bajo mi balcón, donde los soldados nos contemplaron extrañados.

Los que estaban combatiendo dejaron de pelear para mirarnos. Procuré ignorarlos, pero no pude evitar escuchar ciertos comentarios malintencionados.

Erik apretaba la mandíbula con fuerza, un poco más tras cada mofa.

—Parece que nuestro Capitán ha conseguido ponerle una correa a la perra de Eter.

Las risas respaldaron ese patético comentario.

Erik se detuvo con brusquedad. De sus ojos manaba una hostilidad cruda.

—Si alguien vuelve a decir una sola palabra lo meto en ese círculo... pero será ella quien luche. —Me señaló.

Una sensación de orgullo descendió cálido por mi columna. Él ni siquiera me miró cuando retomamos el camino, pero los soldados se habían puesto tan blancos como un cadáver.

—Lo siento —dijo, iba unos pasos por delante y yo no alcanzaba a verle bien la cara—. No debería haber dicho eso como si fueras un perro de presa; solo es que no pienso soportar esos comentarios. No me gusta que digan esas cosas de ti.

—¿Qué cosas? —Tragué saliva. Él hizo una mueca, reacio a contestarme—. Erik, ¿qué cosas?

—Ellos... Piensan que la gente de tu planeta es... salvaje.

—¿Salvaje? —Le escruté. No parecía que fuera eso lo que quería decir.

Se detuvo y me observó con gesto serio.

—Son unos patanes, Alesh. No debe importarte.

Ladeé la cabeza y me mordí el labio.

—Creen que soy fácil —concluí.

Él hizo un gesto de disgusto.

—La moralidad aquí es muy diferente, y no para mejor. Todo el mundo es más hipócrita. Los que más critican suelen ser los que más tendrían que callar.

Asentí, ausente.

—¿Y tú también piensas eso de mí? —pregunté a media voz. No quería ser consciente de cuánto me importaba su respuesta.

Erik se giró para mirarme directo a los ojos.

—Y tú, Alesh, ¿piensas eso de mí? —Le escruté algo perdida—. Porque yo no creo que seas así, pero si lo fueras sería tu elección, y nadie debería de decirte nada al respecto.

Todo él seguía tenso y por una vez no había el menor atisbo de burla en sus palabras.

—¿Por qué eres tan diferente a ellos? —dije, entrecerrando los ojos.

No lo entendía. No entendía cómo podía pensar de forma tan distinta al resto de sus compañeros. Nunca me había tratado como a una muñequita inofensiva, como hacían todos los hombres en Bellum, no me minusvaloraba, incluso había insistido en que aprendiera a pelear, a pesar de saber que cualquiera se opondría.

—Mi madre es de Nácar —respondió, como si eso tuviera que aclararlo todo.

—Pero tu padre es de Bellum y además es el Comandante, la mano derecha del Canciller.

Él negó, sonriendo.

—No te dejes engañar. Mi padre puede comandar los ejércitos del Canciller, pero mi madre es la verdadera personificación de la fuerza. Sin ella, nuestra casa se caería a pedazos. —Sus ojos se desplazaron hacia la mano que no estaba sujetando—. Por cierto, ¿te has cortado?

Se me había olvidado retirar la venda que ocultaba el anillo.

—No.

Retraje la mano hasta que quedó fuera de su vista.

Él lo dejó pasar.

—Ya estamos llegando —dijo.

El viento soplaba fuerte y frío, trayéndonos el estruendo de las olas, que impactaban contra la piedra. Llegamos al borde del acantilado, desde donde se podía contemplar toda la extensión del mar, sin tierra a la vista; y justo cuando pensaba que se detendría porque ya no quedaba más camino, soltó mi mano y dio un pequeño salto para aterrizar en una roca desde la que descendía una estrecha rampa natural, pegada a la pared del acantilado.

Yo le seguí sin que tuviese que animarme a saltar.

Sabía que cualquiera me hubiese advertido de que no era seguro descender por un sitio así en compañía del enemigo, sin embargo, me sentía tranquila. Erik había tenido demasiadas oportunidades para matarme como para seguir preocupada. Me volvió a dar la mano y descendió con cuidado por la rampa irregular. Avanzamos evitando las rocas y los agujeros. Yo repetía sus pasos, buscando las partes más seguras. El azote del viento complicaba el camino, pero pronto estuvimos a la altura del mar.

Continuamos hasta adentrarnos en el acantilado.

Una cueva.

El mar había erosionado la roca hasta crear una cavidad que aún mantenía un trozo de tierra libre de su invasión.

La luz del atardecer penetraba rosada, trayendo el olor calmante del salitre.

Nuestras manos se soltaron y yo sentí frío.

Erik penetró en las profundidades de la cueva, donde el agua refulgía con un extraño tono morado.

Me acerqué curiosa y me acuclillé a su lado junto a la orilla.

—Si observas el brillo atentamente podrás ver que se mueve distinto de la marea —dijo, extendiendo los dedos sin llegar a tocar la superficie, señalando las zonas en las que la oscuridad del mar se encontraba iluminada por luces violetas.

—¿Por qué tiene ese color el agua?

—Son corales. Son tan púrpuras que tiñen el agua que entra en la cueva. Cuando se mezcla con la del exterior se diluye, la marea los arrastra y separa. Por eso desde fuera no se aprecia.

Dejé que las yemas de mis dedos se mojaran, arrastrando el agua morada en remolinos.

Nunca había visto nada igual.

Distintos puntos de luz provenientes de las profundidades se mecían de forma desigual al movimiento de las olas y su resaca; y entre ellos unos pececitos blancos y diminutos nadaban ajenos a nuestra intrusión.

Sentí la mirada de Erik clavada en mí.

Su cara se encontraba iluminada por la luz violeta, afilando sus ángulos, creando sombras y, sin embargo, el verde de sus ojos parecía brillar más que nunca. Tensó la mandíbula y mis ojos fueron a parar a su boca, tensa en una línea curva y mullida. Tragué saliva y aparté la mirada.

—¿Por qué me has traído aquí? —pregunté. El eco de mi voz alteró la fragilidad de la cueva.

—¿Sabías que los corales son animales?

Yo fruncí el ceño, confundida.

—Nadie sabe por qué se produce el brillo —siguió—, pero los corales siempre se iluminan cuando esos pececitos blancos pasan entre ellos. —Desde la superficie no podían verse por culpa de la luz que emanaban—. Hay quien piensa que los corales se iluminan de felicidad cuando los peces regresan a ellos, como si les dieran la bienvenida a casa; igual que un amante paciente aferrado a la roca, esperando que retornen. Es lo único que pueden hacer, esperar a que decidan volver con ellos.

Me mordí el labio, evitando mirarlo. El mar parecía haber encontrado un lugar pacífico entre las paredes de esa cueva.

Noté sus dedos sobre mi pelo, apartando un mechón para colocarlo detrás de mi oreja.

—¿Por qué me has traído aquí? —volví a preguntar.

Él permaneció en silencio.

—Soy el Capitán de Bellum. Tu enemigo.

Aparté la mirada y asentí. No era necesario que me lo recordara, yo lo hacía a todas horas. Pero, entonces, su voz cambió; y dijo:

—Soy un guerrero, disfruto blandiendo el acero y me entrego ante un buen combate, pero no es lo único que hago. La lucha, la sangre, no son lo que me define. Quiero creer que soy más que eso. Un buen amigo, un buen hijo... Tal vez en un futuro un buen padre. Alguien en quien poder confiar.

Su discurso me confundió, aunque traté de disimularlo.

Quizá él tuviera razón, quizá no solo fuéramos enemigos y todo adquiría un mayor sentido a través de los matices. No éramos blanco o negro, nuestras luces coexistían con las sombras que habitaban dentro de nosotros y nos hacían similares. Con nuestros deseos y también con nuestros defectos.

Su ser aspiraba en el vacío, atrayéndome igual que el metal atrae a la tormenta.

—¿Cómo podría confiar en alguien como tú?

—Ese es el problema, ¿no, Alesh? —Sus ojos barrieron mi rostro con una intensidad imposible.

Su cara estaba tensa, expectante. Demasiado cerca de la mía. Mis dedos se posaron sobre sus labios. No pude evitar que temblaran al entrar en contacto con su piel. Tracé despacio su labio inferior, tan suave como la caricia del carboncillo sobre el papel.

—Si yo fuera tu conciencia te diría que esto es un completo error. El perfecto cliché para un final sombrío —le susurré.

—Nadie está hablando de compromiso —me aseguró.

Yo me lamí los labios y esbocé una sonrisa coqueta.

—Sé bien de lo que estás hablando.

Las aletas de su nariz se elevaron mientras intentaba contener la risa.

Yo retiré los dedos de su boca y miré hacia la entrada de la cueva, por donde los últimos rayos del sol se colaban cada vez más tenues, vaporosos.

—Será mejor que nos vayamos —dijo.

Se puso en pie y me tendió la mano para ayudarme a incorporarme.

Suspiré.

La tranquilidad se evaporaba, tan delicada como la luz que se filtraba. Desapareciendo cada vez más y más deprisa.

Capítulo 19

—Busca la chispa.

Estábamos sudorosos. Envueltos por la protección del bosque después del entrenamiento, sentados en la mitad del claro, mientras Erik trataba de concentrarse para acceder a su magia.

Lo que un niño haría de forma instintiva, a él le costaba minutos, tras años de abandono en los que no se había preocupado por reclamar esa parte de su ser.

—La tengo —contestó por fin.

—Bien, ahora sincroniza el parpadeo de la luz con tus propios latidos. Tienes que conectar tu cuerpo con la magia.

—Cr-creo que lo tengo.

—Ahora di: *Praesi*.

Perdió la concentración en cuanto abrió los ojos.

—¿Ya? Es decir, ¿no es un poco pronto?

—¿A qué quieres esperar? Solo puedes materializar la magia si formulas el hechizo.

—Sí, pero ¿qué es *Praesi*?

Apoyé la cabeza en mi palma y contuve un suspiro.

—Es un conjuro de protección, un escudo.

—Ah.

—Te vendrá bien.

Erik vaciló.

—Sabes que no lo podré utilizar delante de mis hombres.

—Claro... —Puse los ojos en blanco—. ¿Lo haces o qué?

Él entrecerró los ojos, pero sonrió.

—¿Sabes que no tienes mucha paciencia?

Me encogí de hombros.

—No es una de mis muchas virtudes.

Él se pasó los dedos por el pelo castaño en un movimiento nervioso. Me pregunté qué pensaría si me inclinara e hiciera lo mismo. Sus mechones parecían tan suaves como las plumas de un ibis y me maravillaba el brillo rojizo que aparecía con la luz del amanecer.

Se incorporó y volvió a cerrar los ojos para concentrarse. Más adelante tendría que decirle que no lo hiciera o adquiriría un mal hábito. Debía ser capaz de llamar a su magia en cualquier condición y eso exigía práctica y un tipo distinto de concentración, más automático.

—Estoy listo.

—Siente cómo la magia inunda tus venas. Conéctate a ella.

Su cuerpo se tensó, supuse que en una reacción de rechazo instintivo frente a algo que había temido toda su vida.

—Cuando estés listo di: *Praesi*.

Inspiró entrecortado.

—*Praesi*.

Un escudo azulado de ondas traslúcidas se formó delante de su cuerpo y lo cubrió cuan alto era, de la cabeza a los pies.

No esperaba que lo consiguiera tan rápido. Sonreí orgullosa.

—No pierdas la concentración. Abre los ojos.

Sus ojos se abrieron como platos cuando se dio cuenta de lo que había hecho. Giró hacia un lado y el escudo se desplazó con él. Lo observaba como si no pudiera creer que hubiera salido de su magia.

—Vaya… —Se volvió para mirarme— ¿Qué más puedo hacer?

Dediqué un buen rato a explicarle cuáles eran las cinco runas básicas y a enseñarle a dibujarlas.

Las runas se usaban únicamente para los hechizos que afectaban al cuerpo. Sin embargo, no era tan sencillo como utilizar la runa de la visión para ver a grandes distancias. Un mismo símbolo se podía emplear para multitud de hechizos. Por ejemplo, esa misma runa podía hacerte invisible, conseguir que vieras el futuro durante unos segundos o que penetraras de forma incorpórea entre los muros de una fortaleza inquebrantable.

Conocer las runas suponía una gran ventaja. No obstante, también eran un gran inconveniente si tenías que reaccionar deprisa durante una pelea.

—Creo que es suficiente por hoy —dije, apiadándome de él—. Pareces agotado.

—Estoy más que acostumbrado al cansancio físico y mental que producen los combates, no sé por qué me siento como si me hubiera caído un árbol encima.

—Es una sensación distinta. Tienes que acostumbrarte.

Di unos golpecitos en la hierba para que se sentara a mi lado.

Nuestros hombros se rozaron cuando me incliné hasta abrazarme las piernas. Extendí una mano fría y levanté algunas hojas, que danzaron al compás del ritmo decadente de mi muñeca. Las pinté de colores vibrantes con un solo pensamiento y junté sus tallos de cuatro en cuatro hasta que parecieron libélulas. Bailaban en círculos, aproximándose las unas a las otras, para después huir en un vuelo que las conducía a la misma posición de antes.

Tragué saliva.

La magia podía ser preciosa, o podía utilizarse para los fines más macabros, para destruir y sembrar el caos. Como en la pelea de la cascada. Yo no quería convertirme en eso. No quería ser alguien que usaba la magia solo para destruir.

Las libélulas danzaban en espirales con el viento, fundiéndose con los rayos del sol que se colaban entre las hojas de los árboles. Despertando.

Mi humor se ensombreció al recordar a los atacantes. Sus máscaras, arrancadas buscando oxígeno. Sus corazones en mi puño. Palpitando. El pitido en los oídos. Las heridas. La sangre. El dolor.

Las libélulas se juntaron, creando algo mucho más grande.

Un dragón se removió en el aire, agitando las alas al compás de mi muñeca. Un dragón formado de hojas de colores, que observaba con atención todo lo que le rodeaba. Vivo. Como la magia.

A mi lado Erik se sobresaltó.

Me volví a mirarlo y, sorprendida, comprobé que no miraba al dragón, sino a mí.

Nuestros ojos quedaron atrapados, contenidos durante un segundo; el color de la bruma contra el verde más vivo de su iris.

Hice que desaparecieran. El dragón y el dolor. Lo arrastré todo lejos de ese claro en el que nos encontrábamos sentados, consciente de que debía de haberlo asustado. Asustarle... Esa debería de haber sido la menor de mis preocupaciones. Le había dejado ver demasiado de mí. Y él me miraba tan serio... Con los ojos repletos de preocupación, como un reflejo del dolor que había en los míos. Un dolor del que yo no quería ser plenamente consciente.

Él se dio cuenta. Igual que se percató de que yo no estaba lista para hablar de ello.

—Presumida. —Chocó su hombro contra el mío, intentando aligerar los ánimos; sin embargo, sus ojos seguían serios.

Le devolví una débil sonrisa de agradecimiento.

—Vámonos.

Recogimos las armas del suelo y emprendimos el camino de vuelta.

—Erik —dudé antes de preguntar—, ¿qué es ese vial que bebe el Canciller en las comidas?

Él alzó una ceja. Sinceramente, no pensaba que fuera a responder. Pese a que había aceptado entrenar con él para obtener toda la información posible, Erik era prudente en exceso. Sabía que sería complicado conseguir que me dijera algo que pudiera ser de utilidad.

Por eso me extrañó tanto cuando contestó.

—Veneno. Ingerido a diario en pequeñas dosis, permite que el cuerpo desarrolle inmunidad. El Canciller es un hombre precavido, si puede evitar que alguien lo envenene, no dudará en pagar el precio.

Esa era la clase de comportamiento que debería haber esperado del Canciller. Pese a todo, no pude evitar que me sorprendiera.

Un grito desgarrador surcó el aire cerca de nosotros.

Arrancamos a correr al mismo tiempo, aunque Erik se adelantó. Nos apartamos del camino. Seguimos la dirección que marcaban los gritos. Desesperación. Agonía. Como jamás había escuchado. Era tanto el dolor que manaba de esos sonidos que ni siquiera podía distinguir si provenían de un hombre o de una mujer.

Erik se detuvo repentinamente y yo tuve que parar de golpe para no chocar con su espalda.

Un sonido húmedo y viscoso me llegó antes de poder procesar la imagen que tenía frente a mí.

Había una chica, sobre la hierba, totalmente desmadejada. No se le veía la cara, tan solo una coleta de pelo castaño... Eri.

El reconocimiento cayó como una losa sobre mí porque lo que había encima de ella no parecía humano. Aferraba su cuerpo inerte y mordía sus entrañas hasta desgarrarlas. Con la mandíbula tensa tiraba hasta rasgar la piel.

Vi cómo tragaba.

Me incliné para vomitar.

A mi lado Erik había adquirido un feo tono verdoso, como si estuviera a punto de imitarme. Fui lejanamente consciente de la forma en la que trataba de regular su respiración.

Mientras, esa cosa la devoraba.

Debía pararlo. Tenía que hacer algo. Me incorporé asqueada y sentí que la furia me recorría la sangre. La vista se me nubló. Solo la mano de Erik reteniéndome me servía de ancla para no volver a perderme.

—No uses la magia.

Él mismo extrajo la espada del cinto. No sé cómo lo supo. Quizá era mucho más observador de lo que pensaba, pero con esas palabras me salvó. Me salvó de mí misma.

Grité al tiempo que corría hacia la criatura. La carne le colgaba de la boca cuando por fin se percató de nuestra presencia. Lancé un tajo en su dirección para hacerle retroceder. El cuerpo de Eri cayó inmóvil.

No me detuve a reconocerla.

Avancé, acorralándolo. Lanzando estocadas sin un objetivo fijo, obsesionada en hacerlo retroceder, en apartarlo. Iba desarmado. Sangre. Sangre por todas partes. En su camisa, en las manos. La cara llena de sangre. Y todo lo demás un ruido sordo. El olor era tan nauseabundo que casi podía sentir el sabor metálico en mi lengua.

Hundí la espada en su estómago, hasta la empuñadura. Lo clavé al árbol. Y su sangre se mezcló con la de Eri. Tanta que ya no importó a quién pertenecía.

Todo era muerte.

Su cabeza quedó colgando inerte, con los ojos abiertos. Pero no me detuve. Extraje la espada y volví a hundirla en su vientre. En su pecho. Su cabeza rodó por el suelo y yo seguí sin detenerme.

Los brazos de Erik me rodearon, pero yo me resistí para liberarme.

—Ya está —me susurró contra la oreja—. Quieta. Ya está.

Me dio la vuelta y ocultó con su cuerpo todo aquel horror.

Pensé que me caería al suelo, pero me revolví para buscar a Eri. Él dejó caer los brazos a mi alrededor. Los ojos se me llenaron de lágrimas al tiempo que volvían las arcadas.

Había tanta sangre y estaba... estaba tan desgarrada que no podía reconocer su rostro. En su pelo prendía torcido el turbante negro que siempre se ponía.

Reaccioné como un animal acorralado al notar una mano en mi espalda.

—Tranquila. —La voz de Erik parecía lo único normal en este momento, lo único que estaba bien.

Se acercó a mí con las manos en alto. No fui consciente de que estaba temblando hasta que me envolvió entre sus brazos y sentí como mi cuerpo convulsionaba contra el suyo. Me agarré a la solidez de sus músculos como lo haría a una roca si el mar tratara de hundirme.

En medio de toda esa desgracia, olía a pan recién hecho.

Asustada, contra su pecho. Con la cabeza bajo su mentón y sus dedos invadiendo los mechones de mi pelo. Sabía que estaba diciéndome algo, pero lo único que yo escuchaba era la voz de Eri en mi cabeza, diciéndome que no iba a volver, que se quedaría para ayudar en la misión. Afrontando que quizá no volvería a ver viva a la única familia que le quedaba.

Alguien tan fuerte y valiente no merecía ese final. Nadie merecía ese final. Devorada por una bestia.

Yo era su reina, tendría que poder mirarla, tendría que recoger su cuerpo y llevarla hasta nuestro planeta para darle una sepultura digna.

Yo tendría que poder hacer todo eso, pero estaba superada.

Me aparté del cuerpo de Erik y secándome las lágrimas me acerqué a Eri. Tenía la ropa destrozada y la cabeza reposaba en un ángulo antinatural.

—Que las Diosas te unjan en el néctar sagrado. No hay procesión, misa ni llanto que te siga hasta el descanso eterno. Encuentra el valle marino, al que todos llegan, del que nadie vuelve. Aguárdanos allí hasta que te sigamos. —Recité la oración de los difuntos.

Todo estaba mal.

—¿La conocías? —preguntó él, cogiendo mi mano.

—No demasiado. Vino con el grupo, desde Eter.

—Espera, ¿es parte de tu Guardia? —Me echó un vistazo antes de rodearme para inspeccionar el cuerpo más de cerca—. Alesh, no lleva vuestro uniforme.

—¿Qué? —Notaba la cabeza profundamente embotada. Estaba sobrepasada.

—Está irreconocible. —Chasqueó la lengua con disgusto—. Pero no lleva el uniforme de la Guardia.

En un destello de lucidez me di cuenta de que no podía decirle que mis acompañantes dedicaban su tiempo libre a pasear por la ciudad de incógnito, sembrando las dudas contra el mandato del Canciller.

Pero ¿qué estaría haciendo Eri a esas horas en medio del bosque? ¿Se habría enterado de mis entrenamientos con Erik y estaba vigilándonos por su cuenta?

Me recorrió un escalofrío. No podía seguir mirándola.

—¿Qué era esa cosa? ¿Un *mystie*? —pregunté, pensando en que no podría haber ningún ser que encarnara más a una pesadilla.

—Los *mysties* no son reales, Alesh, solo cuentos para asustar a los niños que se portan mal. —Erik inspeccionó un poco más la zona. Parecía haberse recuperado un poco. De mí no se podía decir lo mismo—. Era un caníbal.

Levanté la cabeza, rígida y con los ojos entrecerrados.

—¿Estás diciendo que esa cosa era humana? —espeté.

—Sí.

Mis ojos buscaron de manera inconsciente el cuerpo de la criatura, que se encontraba sujeta al árbol, con la parte superior del tronco inclinada hacia la hoja de la espada.

—Erik, por favor, necesito salir de aquí —le supliqué. No me importaba parecer débil. Tenía el cuerpo de un miembro de mi Guardia justo delante de mí, en el suelo. Y Eri tenía toda la vida por delante...

Se volvió hacia mí y asintió.

—¿Cómo quieres que...? —No terminó la pregunta, pero señaló el cuerpo de Eri.

—No voy a dejarla aquí.

Una sábana apareció de la nada para envolverla. La levanté en el aire, cubierta por el sudario que ya comenzaba a mancharse de rojo.

Erik me miraba compasivo.

—Debemos comunicárselo al Canciller —señaló.

—¿El Canciller ha vuelto? —me agité.

Eso consiguió sacarme de la neblina. Después de nuestro último encuentro, lo que menos deseaba era tener que enfrentarlo de nuevo. No me sentía preparada pero tampoco sabía si llegaría a estarlo en algún momento. Sería como arrancarse una costra, siempre era mejor hacerlo de golpe.

—Estará en su despacho en estos momentos. —Se frotó los nudillos de ambas manos con la mirada perdida—. Ocúpate tú de Eri. Yo me encargo de decírselo.

—¿Cómo vas a explicar que estuviéramos juntos en el bosque a estas horas?

Un silencio tenso se instaló entre nosotros, el presagio de la tormenta.

—Le diré la verdad, le debo eso —respondió, cuando había pasado el tiempo suficiente como para que yo pensara que nunca iba a contestar.

—No puedes decirle que me enseñas a luchar. —El pánico y la incredulidad se adueñaron de mi voz. Si el Canciller se enteraba, quién sabía lo que podía hacerle.

—No puedo mentirle, Alesh.

Bufé, deteniéndome y agarrándolo del hombro para conseguir que me mirara. Esquivó mis ojos.

—Claro que puedes. —Agarré su mentón hasta obligarle a bajar la cabeza en mi dirección—. Dile que la he encontrado yo y que he acudido a avisarte.

—¿Y cómo le explico que casualmente estuviésemos los dos despiertos tan temprano?

—Una coincidencia.

Soltó una risa amarga.

—¿Crees que es tan estúpido como para creer eso después de lo que pasó en el Parlamento? Te dejé entrar en su despacho. —Se soltó de mi agarre—. El Canciller no da segundas oportunidades.

Miró en dirección al castillo, todavía oculto tras los árboles.

El cuerpo de Eri seguía flotando en el aire, parado, a la espera de que continuáramos nuestro camino.

Erik estaba muy serio, concentrado. El pelo revuelto por la carrera y el entrenamiento. Lo había manchado de sangre cuando me había abrazado para consolarme.

La magia. ¿Qué le haría el Canciller si descubría que estaba aprendiendo a usarla? Solo de pensarlo me daban escalofríos.

Puse mi palma contra su mejilla y eso consiguió captar su atención.

Tragué saliva.

—Dile que estábamos buscando algo de intimidad.

Frunció el ceño sin comprenderme. Una expresión de sorpresa barrió la anterior cuando se dio cuenta de lo que pretendía decirle. Abrió la boca para hablar, pero no salió ningún sonido.

—Puedes decirle que mi Guardia no nos da un respiro, que tenemos que escaparnos para poder estar a solas —continué, aprovechando su silencio—. Sabrá que estábamos los dos en el bosque pero no sabrá para qué.

—¿Estás segura de lo que estás diciendo? —Asentí despacio—. ¿Quieres que el Canciller piense que estamos juntos?

—Si no te importa la diana que te pondrá en la espalda... Sí.

—¿Diana? —Toda la incredulidad del mundo se encontraba diluida en su voz— ¿Tienes idea de lo que van a decir de ti cuando se sepa...?

—Erik —le detuve—. No me importa lo más mínimo lo que digan de mí.

Era cierto. Me importaría si se tratara de mi pueblo, pero aquí en Bellum... Lo cierto es que tenía algo más de libertad. Quizá me juzgaran, pero a mí no tenía por qué afectarme.

—Nos vigilará. No podremos volver a entrenar.

—Colocaré salvaguardas. No podrán vernos ni escucharnos. Seguiremos entrenando —afirmé con rotundidad.

Cogió mi cara con ambas manos en un arrebato. Sus palmas ásperas contrastaban con la suavidad de sus movimientos.

—¿Por qué? —preguntó sin más.

—Porque es lo correcto.

Toqué sus manos para que me soltara y él lo hizo. No le miré a los ojos, me asustaba ver mi propio anhelo reflejado en sus pupilas.

Me cogió de la mano para emprender el viaje de vuelta al castillo.

Con el cuerpo de Eri delante de nosotros era muy complicado centrar la atención en cualquier otra cosa que no fuera la imagen del caníbal sobre ella.

Solté el aire acumulado.

Erik comenzó a trazar círculos sobre el dorso de mi mano.

Me planteé advertirle del asqueroso encuentro que había tenido con el Canciller noches atrás, sin embargo, no pensé que en realidad fuera a cambiar algo el mencionarlo. La situación ya era lo suficientemente complicada así.

Nos despedimos en la entrada, con una mirada y un apretón de manos.

Me costó soltar la suya.

Dejé a Eri flotando en la entrada y recorrí con prisas los escalones hasta los dormitorios, esperando que en mi ausencia nadie la encontrara. Sabía que las cocinas comenzaban a funcionar desde las primeras horas de la mañana así que imploré a las Diosas un poco del tiempo que no le habían concedido a ella. Llamé a todas las puertas y esperé hasta que todos salieron, vestidos con el uniforme de la Guardia, para darles la noticia.

Sus caras mudaron por el impacto. Gionna incluso tuvo que cogerse al marco de la puerta de su habitación, que había permanecido abierta.

Todos nos habíamos encariñado con Eri. Era la más dulce del grupo, la que siempre intentaba mediar en las discusiones y veía el mundo de otro color, de uno más cálido.

—¿Cómo ha muerto? —quiso saber Enna.

—¿Y dónde está? —Gionna tenía los ojos anegados de lágrimas.

—La he tenido que dejar en la entrada, no sabía si subirla. —Mi voz descendió varios tonos. Respondí a la pregunta que para mí era más sencilla, no obstante, algo me decía que había hecho mal dejando su cadáver abandonado abajo, rodeada de enemigos.

«Enemigos que ya no pueden hacerle nada», me recordé a mí misma.

—Yo me ocuparé de llevarla hasta Eter para que le den un entierro digno. ¿Tenía familia? —dijo Newu.

Negué con la cabeza.

—Todos deberíamos ir a su entierro —masculé, sabiendo de antemano cuál sería su respuesta.

Enna se acercó y me posó una mano en el antebrazo.

—Lo que hacemos aquí es demasiado importante. Más importante que cualquiera de nosotros. —Vaciló antes de volver a preguntar—: ¿Cómo ha muerto?

Me dejé caer contra la pared de piedra reprimiendo un suspiro. Los bloques irregulares se clavaron en mi columna.

—Un caníbal. —Sentí el horror extenderse por la habitación como un humo denso y sofocante—. Escuché un grito. Cuando la encontré ya estaba muerta.

Omití a propósito que habíamos sido Erik y yo quienes la habíamos encontrado.

—Sé que no es el momento, pero… Yo… emmhh. —Luthiel se pasó nervioso la mano por la nuca, saltando la mirada entre unos y otros.

—¿Qué pasa Luthiel? —Enna le observó desconfiada.

—No iba a decir nada pero es que… Bueno, es que con esto que ha pasado… —Le dimos un momento para que se repusiera. Parecía muy nervioso—. Alguien ha entrado en mi habitación para quitarnos los planos.

Capítulo 20

—¡¿Hemos perdido los planos?! —exclamó Gionna.

Una parte de mí registró que no deberíamos estar teniendo una conversación así en medio de un pasillo sin protecciones, y mucho menos desvelar a los espías del Canciller que en algún momento habíamos llegado a tener los planos en nuestro poder.

—Callad —ordené. Levanté las barreras en torno al pasillo, dejando fuera a los oídos indiscretos—. Listo. —Miré a Luthiel con el corazón bombeándome en la boca—. Dime que no hemos perdido los planos.

—No hemos perdido los planos.

Solté el aire que silbó al pasar entre mis dientes y dejé que se me hundieran los hombros.

—¿A qué te refieres, entonces? —le preguntó Enna.

Me impresionaba su contención. Le salía de forma natural, no le costaba ningún esfuerzo mostrarse directa y peligrosa. En sus actos, como en sus palabras, actuaba igual que las serpientes: evaluaba la situación y atacaba.

—Apenas puede percibirse, pero algunas de mis cosas... Las han movido de sitio, no están donde yo las dejé. Papeles desordenados sobre el escritorio, los bolsillos de mi abrigo del revés y los cajones del armario están más revueltos. Estoy seguro de que alguien ha entrado en mi dormitorio. Además, cuando me he despertado, me dolía muchísimo la cabeza, como si me hubieran golpeado, pero yo no recuerdo haberme dado ningún golpe.

—¿Entonces los planos están seguros? —Quiso asegurarse Gionna.

—Están a buen recaudo —asintió.

Agaché la cabeza pensativa.

—Eri iba sin el uniforme de la Guardia. —Fruncí el ceño y miré a mi equipo, que esperó a que terminara de hacer conjeturas—. Puede que viera a alguien salir del dormitorio de Luthiel y decidiera seguirlo.

—¿Ella sola? —dijo Gionna.

—Quizá no le dio tiempo a pedir refuerzos —intervino Newu, asintiendo.

—De todas formas, ¿quién podría haberse enterado de que teníamos los planos? —siguió Gionna, cruzando los brazos sobre su pecho—. Zyx me los trajo directamente a mí y la conversación la tuvimos en el cuarto de la reina, que es el que posee las salvaguardas más fuertes.

—Tal vez deberíamos considerar la comunicación con Zyx comprometida. No parece un medio seguro —farfulló Newu.

—Zyx es el mejor ibis de Astra, por supuesto que sus comunicaciones son seguras. El propio Consejo lo señaló —le espetó Gionna.

—El Consejo puede equivocarse —protestó él.

—Eres tú el que se equivoca —Ella estaba comenzando a enseñar los dientes.

Me masajeé las sienes deseando que se callaran.

—Recordad que hemos perdido a una compañera —dije, sin abrir los ojos—. Su cuerpo está abajo mientras nosotros discutimos. —Levanté los párpados que me pesaban como losas y los miré de uno en uno—. Y podría haber sido cualquiera de nosotros. Lo importante es que todavía tenemos los planos. Luthiel —lo llamé—, sigue dándoles prioridad y asegúrate de reforzar las barreras para que nadie pueda volver a entrar sin tu permiso. Newu, lleva a Eri a Astra y que le rindan los honores que merece. Gionna y Enna, os necesito en la ciudad. Seguid sembrando dudas sobre el Canciller y buscad información sobre la niña... Se agota el tiempo. Yo he de bajar a hablar con el Canciller.

—¿El Canciller ha vuelto?

—Por desgracia, así es.

Hice una parada en mi dormitorio para cambiarme y en un suspiro sustituí el uniforme blanco por un vestido granate, el único que encontré entre la montaña de ropa: cambié las manchas de sangre por el intenso color del vino. Caminé presurosa, con las mejillas pálidas y los ojos brillantes. Respiré profundamente hasta conseguir eliminar toda imagen de mi mente y me concentré en lo que tenía que hacer, en el papel que debía adoptar.

Me detuve justo frente a la puerta del despacho del Canciller y no me molesté en llamar. Pegué un portazo que reverberó por toda la estancia al rebotar contra la pared empedrada.

Entré en el despacho del Canciller con paso firme, el mentón alto y la espalda erguida. Tanto él como Erik me contemplaron sorprendidos.

—¿Qué clase de protección es la que vos prodigáis? —le espeté con toda mi furia. Estampé las manos contra la mesa tras la que se encontraba sentado y me incliné hasta que nuestras caras estuvieron a no más de un palmo de distancia—. Una de mis Guardias ha muerto a manos de un caníbal. ¿Es esta la clase de criaturas que dejáis que se aproximen a vuestra familia? Se encontraba a los pies del castillo.

Él se retiró, recostándose sobre el respaldo de la silla. Erik no hizo ningún ademán de moverse. Permaneció a la espera, con el rostro inexpresivo.

—Una lamentable desgracia, sin duda. —Entrecerré los ojos con expresión amenazadora— ¿Sabemos lo que hacía la muchacha en el bosque a esas horas?

—No os atreváis a culparla de estar en el momento y en el lugar equivocado, Canciller. Pensábamos que gozábamos de vuestra protección mientras permaneciéramos aquí.

—Vos, sin duda. Vuestros Guardias, sin embargo, son bienvenidos, pero no son mi problema. —Sus dedos tamborileaban contra la superficie de madera con total indiferencia, la misma que mostraba el azul helado de sus ojos—. Confiaba en que trajerais hombres más preparados.

Mis manos se convirtieron en puños sobre la mesa.

—Exijo un resarcimiento —demandé, con la voz dura como el acero.

Su rostro pasó de la desidia a la curiosidad en apenas un segundo.

—¿Qué queréis?

Evité morderme el labio, evité hacer cualquier movimiento que pudiera delatar lo nerviosa que me sentía.

—La vida de uno de vuestros hombres por la de Eri.

El Canciller me contempló y una sonrisa cruel se fue extendiendo por su rostro taimado.

Erik se mantuvo absolutamente inmóvil, aunque de su cuerpo emanaba la tensión en oleadas.

—¿Quién queréis que muera, Alteza? —La dulzura viscosa que manó de su voz me hizo tragar saliva.

—¿Qué tal el Comandante?

Erik giró la cabeza con brusquedad, pero yo no desvié la vista del Canciller que se limitaba a observarnos con una brutal sonrisa.

—Mi Comandante no vale la vida de vuestra muchacha. —Desvió la mirada hacia Erik—. Aunque tal vez os conforméis con la de su hijo.

Prohibí a mis músculos que se tensaran, al fin y al cabo estábamos jugando al juego que yo había iniciado y ya esperaba justo ese movimiento por parte del Canciller.

—Podría valerme si tuviera algo que ver con los ataques a Eter, pero prefiero escoger a alguien que se encuentre lo suficientemente vinculado al tema que nos ocupa. —Me incorporé y deslicé un dedo trazando círculos inocentes entre las vetas de la mesa—. El segundo del Comandante. Lord Pembroid.

El Canciller pareció considerarlo, apoyando el mentón en su puño.

Lord Pembroid era una rata. Había sido el artífice de la Desgracia Nocturna, el encargado de masacrar el campamento de los niños en Ignia.

Sabía que el Canciller aceptaría mi propuesta. Ni siquiera a un hombre como él le convenía tener bajo su mando a una alimaña como Lord Pembroid. Había enloquecido, sus actos eran imprevisibles y eso lo convertía en un peligro, tanto para el Canciller como para mí. Prácticamente le estaba dando la excusa que necesitaba para matarlo.

—De acuerdo.

—Y quiero que lo hagáis vos.

No había nada más degradante para un soldado de Bellum que perder la vida a manos de uno de sus superiores. Era considerada la máxima de las deshonras.

Él permaneció tranquilo.

—Estáis tentando a la suerte. Lord Pembroid forma parte de mi círculo más cercano.

Hice un movimiento suave con la cabeza, dejándolo pasar.

—Buscáis una alianza Canciller —le recordé—, y el número de muertes pesa en vuestra contra.

Él se puso en pie, sin sonreír.

—Lo hará el Comandante —dijo. Sin dar opción a réplicas, se dirigió hacia la puerta. Yo acepté la oferta en silencio. Sería suficiente. No podrían devolvernos a Eri, pero ella hubiese querido que sacáramos partido de la situación. Él miró a Erik con detenimiento antes de hablar—. Volveré enseguida. Tengo un asunto importante que atender. Por favor, poneos cómodos.

Nos dejó a solas en su despacho. Miré los papeles dispersos por el escritorio sintiendo la tentación de revisarlos, de empaparme de toda la información que seguramente se escondía entre todos esos archivadores. Lo hubiera hecho, de no estar acompañada.

Encaré a Erik y me percaté de que todavía me observaba con una máscara de frialdad.

—Lo lamento —comencé—. Si te sirve de excusa, sabía que no iba a aceptar matar a tu padre.

Algo en su indiferencia me gritaba que no era real.

—¿Sueles jugar así muy a menudo?

—Hay que estar a la altura.

Yo enarqué una ceja. Él sonrió de medio lado y asintió, pero la sonrisa no llegó a sus ojos.

Debía de entenderlo. Viniendo de donde venía, debía de entenderlo.

El uniforme se adaptaba a cada una de las sombras que creaban sus músculos tensos. Dio los pasos que nos separaban y deslizó los dedos por mi costado hasta que sus manos se acoplaron a la curva de mi cintura.

Me sorprendió que me tocara de esa forma, que se acercara tanto. Desde que comenzaron los entrenamientos, no habíamos vuelto a aproximarnos, al menos, no así. Busqué sus ojos para encontrar respuestas, pero me topé con el muro de su expresión seria. Se detuvo sobre los míos y advertí que quería que me quedara quieta así que me limité a tragar saliva cuando bajó la cabeza hasta que su boca se encontró junto a mi cuello, a escasos centímetros de mi oreja, donde el pulso me latía desbocado, frenético.

—¿Confías en mí? —El susurro fue tan bajo, tan ronco, que si no se hubiera encontrado tan cerca de mí, hubiera sido imposible escucharlo. Tanteé de nuevo su rostro antes de asentir, moviendo la cabeza de forma casi imperceptible.

Y me di cuenta de que sí confiaba en él; y de que quizá ese fuera el peor de mis errores. Pero nada de eso importó, ni el Canciller, ni su uniforme azul manchado de sangre, cuando, con un gruñido, se inclinó para morder la parte más sensible de mi cuello.

Todos los roces, todas las palabras susurradas en los últimos días, toda la precaución, la venganza, la furia, las caricias. Todo explotó entre nosotros cuando noté sus dientes suaves contra mi piel. Sus labios descendieron muy lentamente hasta mi clavícula, en un reguero de besos dulces y controlados, para después retornar al punto de partida. La sorpresa se transformó en deseo profundo y líquido. Solté el aire y me incliné contra su cuerpo duro, buscando el contacto de su lengua. Giré la cara para juntar su boca con mis labios, pero él me obligó a retroceder hasta el escritorio, que empujó contra mis muslos, acorralándome a merced de su cuerpo.

Llevó un dedo a mis labios y con la respiración grave y pesada contempló como le mordía la yema, al tiempo que su otra mano descendía por mi cintura hasta la cadera. Yo abrí un poco más los ojos y comencé a jadear.

Sus dedos se arrugaron contra la tela del vestido, alzándolo hasta conseguir llegar a mi piel, que esperaba con anhelo sus caricias. Estaba dispuesta a tomar cualquier cosa que él me ofreciera.

Liberó su dedo, que seguía preso entre mis labios, en cuanto sintió la humedad de mi lengua, y con un gruñido, su mano se enredó en mi cabello, tirando hasta que nuestras frentes se encontraron a medio camino.

La mirada que compartimos era de auténtica hambre, un hambre voraz que nos estaba consumiendo. Dejó de importarme dónde estábamos, tampoco me preocupaba que el Canciller entrara y nos descubriera. Solo necesitaba seguir sintiéndolo. Así de fuerte era lo que provocaba en mi cuerpo, bajo la piel.

Me acerqué para besarlo, pero de nuevo rehuyó mi boca. Lo miré con recelo y entonces sentí la mano que subía bajo mi vestido, avanzando hacia arriba en una caricia lenta y tortuosa contra el interior de mi muslo. Sus yemas raspaban contra mi piel sensible. Pero no avanzaba lo suficientemente deprisa. Dejé caer la cabeza hacia atrás, presa de la desesperación, y noté sus labios contra el centro de mi cuello. Gemí al sentir sus dedos acercándose al centro exacto de mi ser.

—Sigue —le supliqué.

—Quieta —murmuró él. Su voz sonaba ronca y tenía la respiración acelerada, entrecortada, pero también parecía extrañamente contenido, concentrado en lo que hacía y en donde posaba las manos.

Su roce detuvo el ascenso, sin llegar a darme lo que yo quería. Me incorporé, sentándome sobre la mesa y pasando los dedos por su pelo como había querido hacerlo desde la primera vez que lo vi. Lo sujeté con firmeza para acercarlo contra mí y el vestido se arrugó al rodearlo con las piernas. Su cuerpo llenaba todo mi campo de visión. Quizá por eso tan solo escuché la puerta cuando se cerró.

El Canciller carraspeó.

Me tensé contra el cuerpo de Erik, que se retiró con suavidad, aunque no se alejó mientras yo bajaba de la mesa y recolocaba mi vestido, sin permitir que el Canciller me viera en el proceso.

Me negué a bajar la cabeza y comportarme como una niña insegura a la que habían descubierto haciendo algo indebido, no obstante, el cuerpo me traicionó y me maldije al notar un calor vivo en mis mejillas.

—He avisado a Lord Pembroid para que comparezca ante nosotros. Esta noche —comunicó el Canciller. No parecía interesado en mencionar el modo en el que nos había encontrado sobre su escritorio.

Yo carraspeé bajito para aclararme la voz antes de hablar.

—Aseguraos de hacerlo al estilo de Bellum. —Me enderecé todavía más, tanto que si seguía en esa postura terminaría rompiéndome—. Que haya público.

Él me contempló con una sonrisa malévola en los labios, curiosa, mucho menos indiferente que toda esa condescendencia que había demostrado cuando llegué al castillo.

Caminé delante del Canciller, disimulando el temblor de mis rodillas, que se habían convertido en gelatina. Nadie me detuvo cuando traspasé el marco de la puerta de su despacho.

El viento frío del norte se colaba por el portón principal, tan helado que el más ligero roce cortó mi piel en cuanto puse un pie en el pasillo. Esperé, refugiada en una esquina, a que Erik saliera.

Solo unos minutos más tarde entró al pasillo. Su cuerpo se recortaba contra la roca con la precisión de un cincel. Jamás me había parecido tan atractivo como en ese momento, con el viento haciendo danzar su pelo y sus ojos clavados en los míos. El resto de su rostro se encontraba sereno, pero en sus ojos… En sus ojos se agitaba una tormenta llena de barcos hundidos.

Se encaminó hacia mí con andar felino, rezumando precaución y peligro.

Me tomó de la mano y me condujo, en silencio, hacia una puerta. Recordé que se trataba de la biblioteca. El olor polvoriento de las hojas atenuó todos mis sentidos. Una vez estuvimos dentro, me liberé su contacto y puse una distancia más que necesaria entre nuestros cuerpos. No había nadie dentro.

—¿Sabes lo que estás haciendo? —me preguntó.

Lo miré, sin intención de responder.

—¿Qué te ha dicho el Canciller? —dije en su lugar.

Descruzó los brazos y se pasó los dedos por el pelo en un movimiento nervioso. Estaba evitando mirarme.

—Le conté lo que se te ocurrió: le dije que estamos juntos. Pero no fue como esperaba.

—¿A qué te refieres?

Él hizo una mueca, creo que sin tener del todo claro hasta dónde podía contarme. Unas arruguitas tenues se formaron en el extremo de sus ojos.

—¿Recuerdas la primera noche que pasaste en el castillo?

—Claro.

—El Canciller habló conmigo después de la reunión. Me sugirió que te llevara uno de esos cuentos para niños. También dejó caer que necesitarías a alguien en el castillo que fuera... lo bastante amable. —Hizo un sutil gesto de desagrado que no me pasó desapercibido. La tensión apretó mi estómago convirtiéndolo en una pesada bola de acero cargada de presentimientos—. Pero no fue demasiado bien. Seguro que lo recuerdas.

Habíamos discutido, y después yo había tratado de seducirlo, probablemente con la misma intención que el Canciller: para obtener información, para utilizarlo. La realidad me golpeó como una losa al darme cuenta de que ambos habíamos tratado de manejar a Erik. Ambos.

—El Canciller quería que te mantuvieras cerca de mí —constaté.

Él asintió.

—No pensé en decirte nada de esto antes, y ni siquiera creo que deba decírtelo ahora.

—Entonces, ¿por qué lo haces?

—Después del ataque en el Parlamento me estuvo presionando con más que meras insinuaciones. Me pidió que no solo me acercara...

Entrecerré los ojos pero él seguía sin mirarme.

—¿Qué fue exactamente lo que te pidió?

—Que te sedujera.

Alcé la barbilla.

Los pensamientos se entrecruzaron al hacer memoria. Después de que Newu nos encontrara sobre la cama, yo le había pedido a Erik que se marchara. Supuse que ese debía de haber sido el momento en el que había bajado a hablar con el Canciller, pero los días siguientes él había estado más distante. El único contacto que habíamos tenido en días había sido hacía tan solo unos minutos, en el despacho del Canciller.

—Quiero que sepas algo. —Se acercó hasta donde yo estaba, completamente inmóvil, y con el rostro contraído sostuvo mis manos lacias contra su pecho—. No lo hice. Sé que no tienes por qué creerme y que quizá nunca puedas perdonarme, pero te juro por los Dioses que no lo hice.

Había desesperación en cada una de las sílabas, una desesperación agria por que lo creyera, por conseguir que confiara en él, porque él no era consciente de que yo ya lo hacía.

—¿Por qué no lo hiciste? —le pregunté.

El mundo no era un sitio bonito, estaba lleno de monstruos que acechaban y yo sabía que el Canciller era uno de ellos. A veces, para luchar contra alguien que no tiene escrúpulos, hay que aprender a adormecer la conciencia... La sumerges en el agua para que no se entere de lo que haces, para que no te riña. La aletargas para ganar. Porque de eso se trataba todo esto: de ganar, de ganar una mejor posición, o poder, o incluso de ganar la libertad; y en ese viaje yo misma había acallado a mi propia conciencia para conseguir información, yo misma había tratado de utilizar a Erik para luchar contra el Canciller, para mantenerlo fuera de mi reino, lejos de mi gente. Yo misma había intentado acercarme a él para obtener información. Pero cuando el Canciller le había pedido que se acercara a mí con el mismo propósito él se había negado.

—No me parecía… bien. —me contestó. Mi estómago se estrujó más fuerte, rodeado por una culpa demorada. Si hay algo cierto es que las emociones se pueden esquivar, pero no para siempre. Llega un momento en el que te alcanzan y entonces te das cuenta de que lo que has retardado solo ha servido para que te golpeen en un momento distinto, más tarde, quizá, pero también con más fuerza—. Tienes que saber que cada instante que hemos pasado juntos no formaba parte del plan del Canciller. —Me sonrojé. Quizá no del plan del Canciller, pero sí del mío—. Los entrenamientos, la cueva. Cuando fui a verte después de que os atacaran en la cascada estabas tan… rota. Nunca podría haber jugado así con tus sentimientos. Sé que no confías en mí, sé que ni siquiera debería pedirte que lo hicieras, pero…

Ni siquiera tuve que pensarlo.

Puse las manos contra su nuca y lo besé.

Sus labios me recibieron tensos, sorprendidos. No me moví hasta que sentí cómo se relajaban contra los míos. Poco a poco, su cuerpo fue acogiéndome, envolviéndome, adaptándose a mis curvas en una caricia suave y lenta que hizo hormiguear mi piel. Sus pulgares acariciaron mis mejillas. El corazón se me estaba incendiando, quemaba mis venas, purgándolas, y yo ni siquiera entendía el motivo. Era el beso más dulce que me habían dado en mi vida.

Después de todas las provocaciones, de la forma en la que nos habíamos acercado y alejado, de las caricias y los desafíos, después de toda la tensión… su boca reclamaba la mía con una ternura que me quebró.

Estalló con el contacto de nuestras lenguas.

Su sabor invadió mi boca, igual que su olor me quemaba bajo la piel, y mi mente se desconectó.

No supe cómo mi espalda había llegado a chocar con la estantería, no había sido consciente del movimiento hasta notar las frías baldas contra mi columna. Erik mordió mi labio inferior y lo retuvo para acariciarlo con su lengua.

Bebí de todo lo que quisiera darme, de toda la fuerza y la contención que le empapaba la piel. Llené todos mis sentidos con su olor y su sabor, como si pudiera embotellarlos y guardarlos para siempre.

El golpe de un par de libros impactando contra el suelo nos sacó de nuestra burbuja. Demasiado rápido. Nos apartamos reticentes y jadeantes, y los dos vimos algo en los ojos del otro. Algo lleno de espinas. Algo que no podía ser. Sus manos agarraron la balda de piedra, una a cada lado de mi cara, con los nudillos blancos por la fuerza que estaba conteniendo.

Metí los dedos entre los mechones de su pelo para apartarlos de sus ojos.

Una de sus manos rozó con el dorso mi mandíbula.

Había algo tan frágil en lo que estábamos haciendo.

Tan peligroso.

Tan débil que solo bastó un suspiro para romperlo.

Bajó los brazos y se apartó de mí con una desolación que casi llegó a convertirse en algo material.

—No te lo he contado todo. Hay algo más que tienes que saber. —dijo él, alejándose todavía más, como si supiera que tras lo que me iba a decir iba a necesitar mi espacio—. El día que os atacaron en la cascada yo estaba fuera con unos hombres, vigilando el desembarco de unas mercancías. Cuando llegué al castillo me crucé con el Canciller, pero no me dijo nada de lo que os había pasado y por eso no fui a verte hasta la noche, cuando me enteré por boca de uno de mis hombres. Me extrañó que el Canciller no me hubiera dicho nada, pensé que él querría que utilizara la situación. Desde ese día no volvió a mencionar el tema. —La noche anterior a ese ataque, el Canciller me había sorprendido curioseando por el pasillo y me había acorralado. Aún podía sentir el asco que me produjo notar sus dedos, acariciándome—. Pensé que él estaba seguro de que le obedecería y que no tendría que ordenarlo dos veces, por eso, cuando hoy se te ocurrió que le mintiera y le dijera que estábamos juntos, no hallé ningún impedimento. Creía que era lo que quería. Pero me equivoqué. En cuanto le dije que habíamos salido para estar a solas le cambió la expresión.

—¿Se enfadó? —adiviné con voz pequeñita.

Lo que estaba pasando por mi mente era una locura. Creía que me había acorralado en los pasillos para asustarme, para que no volviera a husmear. Y no lo había hecho. Aunque, claro, solo porque el anillo no había vuelto a iluminarse. No pensaba permitir que el miedo me paralizara.

—Muchísimo.

—Entonces quizá yo deba comentarte algo a lo que no le había dado demasiada importancia.

Él me observó con interés.

—¿De qué se trata?

—La noche del día que nos atacaron en el Parlamento, me levanté de la cama. Escuché unos ruidos —mentí. No iba a hablarle de los destellos que había lanzado el anillo. Debía ser cuidadosa con la información que le facilitaba—. Me encontré con el Canciller en el pasillo y...

—Y, ¿qué? —Me escrutó con el ceño fruncido, suspicaz.

—Bueno, me acorraló.

Erik se crispó como si le hubiera dado la corriente.

—¿Te hizo algo? —Su voz sonaba afilada y contenida.

Tragué saliva, aliviada al ver que me creía sin hacer más preguntas.

Negué con la cabeza.

—Dereck apareció acompañado de dos chicas y yo aproveché para escabullirme, pero me hizo algunas insinuaciones poco sutiles.

—No tiene sentido que actúe así. —Se apretó ambas sienes con una mano—. No se relaciona con las mujeres, apenas aguanta a Myrna. Quizá lo hizo para asustarte.

—Yo asentí, al fin y al cabo, era la posibilidad más viable y yo misma me la había planteado—. Sin embargo... Es cierto que en el despacho parecía molesto, cuando se enteró de lo nuestro. —Vaciló, visiblemente preocupado, como si estuviera cogiendo valor antes de continuar—. Me exigió que le probara que estamos juntos.

Desvió la mirada de la mía y tuve que cogerlo del mentón para que no la apartara.

—¿Que lo probaras? —murmuré.

No comprendía lo que estaba diciendo. Pero bastó un vistazo.

Los ojos de Erik eran muy expresivos. Podría jurar que se oscurecían, que adoptaban distintas tonalidades en función de sus emociones. Se tornaban vidriosos cuando estaba distraído y brillaban como la hierba fresca cuando estaba concentrado, el deseo ensanchaba sus pupilas y la culpa las convertía en un diminuto puntito negro acechado por vetas esmeraldas. Y ahora mismo el verde estaba ganando terreno al negro.

—Lo siento. No supe qué más hacer. —Negó con la cabeza. Suspiró, pálido y derrotado—. Me dijo que quería verlo por sí mismo. Se marchó de su despacho para darnos intimidad... pero creo que nunca dejó de observarnos. Las paredes de ese despacho tienen ojos y oídos en sitios que solo él conoce, así que supongo que estuvo mirando mientras tú y yo...

Ahogué la sorpresa, deteniéndola en mi garganta.

—Dijo que había ido a avisar a Lord Pembroid —recordé con voz ahogada.

—Probablemente se lo encargó a alguien mientras nos observaba.

Pestañeé sin poder creérmelo. Saber que el Canciller había sido testigo de la forma en la que me había retorcido bajo el cuerpo de Erik resultaba como poco perturbador.

Me estremecí asqueada.

—Te dije que le contaras que estamos juntos para salvarte y para que no descubriera que estás aprendiendo magia, pero ¿tú vas y dejas que vea... eso, mientras yo pienso que nadie nos observa?

—Lo siento muchísimo, Alesh. Te lo juro. —Trató de acercarse, pero yo retrocedí y el frío se hizo más intenso—. No tenía ni idea de cómo arreglarlo. Irrumpiste en el despacho antes de que pudiera pensar en algo y sugeriste matar a mi padre. Después de eso, ya no pude pensar en nada más y no sabía si era un farol o realmente es lo que querías. Sé que no es excusa, debería haber hecho las cosas de otra manera.

Sus hombros se hundieron. Verle tan agitado me conmovió, pero no lo suficiente como para olvidar. Me sentía traicionada.

—Me pides que confíe en ti y después me cuentas esto, ¿qué se supone que debo pensar?

Le di la espalda porque ya no soportaba mirarlo más, porque en el fondo me quemaba y me confundía, pero sobre todo porque me descentraba. Y también porque me sentía culpable, culpable porque yo también había hecho las cosas mal. Me estaba pidiendo que confiara en él cuando, en realidad, era él quien no debía confiar en mí.

A través de la cristalera todo era mar, todo estaba en calma. Dos pájaros volaban bajo, buscando cazar a algún pececillo despistado que nadara demasiado cerca de la superficie. Una nube esponjosa y pequeña, grisácea. Y un haz de luz allá, a lo lejos, que bien podría tratarse de un faro como de un barco.

No le escuché acercarse, pero cuando sus manos se posaron sobre mis hombros no me inmuté.

Allá afuera, todo estaba en calma.

—Mírame, por favor. —insistió. Giré entre sus brazos, con el ceño fruncido y nada segura de querer estar en la misma habitación que él. Erik acunó mi cara entre sus palmas y me escrutó como si pretendiera ver el interior de mi alma—. Yo me incliné a besarte el cuello. Justo aquí. —Su mano derecha descendió por el lateral de mi cuello haciéndome cosquillas, pero no reaccioné y seguí apretando los labios—. En ese momento lo tenía todo controlado, pensé que con eso le bastaría, ver que no me apartabas. Pero entonces te giraste para buscar mi boca y supe que eso no pasaría, que no quería que nuestro primer beso fuera así. Y deseaba besarte, de verdad, lo deseaba como nunca he deseado nada. —Mis labios se abrieron y la respiración se me aceleró, pero no dejé de observarlo con desconfianza. Su pulgar acarició mi labio inferior como de pasada, como se hace algo de forma inconsciente, algo que no se puede evitar, que sale sin pensar, áspero, tierno, vivo—. Fue cuando me mordiste. Simplemente me olvidé. Sé que es una excusa mediocre, pero me olvidé del Canciller, me olvidé de que nos estaba mirando, o no me importó… Me olvidé hasta de mi nombre cuando noté la caricia de tus dientes, la humedad de tu boca… Se me fue la cabeza y me perdí entre tus manos. Joder, no sabes cuánto lo siento, Alesh.

No, no era bastante. Que dijera que se había olvidado no era bastante. Por mucho que mi cuerpo insistiera en decir que sí.

Pero él había sido sincero y yo también tenía algo que contarle.

—El Canciller quería utilizarte para que me sedujeras, porque estando cerca de mí sería mucho más sencillo enterarte de mis planes y de mis movimientos.

—Lo sé. —Me miró con gesto grave.

—Yo también he querido utilizarte.

Una sonrisa triste se elevó por la comisura de su boca.

—También lo sé.

Negué con la cabeza, convencida de que no me había entendido bien.

—Quería manipularte para que me contaras qué se proponía el Canciller. Me daban igual tus sentimientos porque para mí solo eras un enemigo más. Ni siquiera te puedo decir que pensé en cómo te ibas a sentir porque no sería cierto.

—Ya lo sé, Alesh. Lo supe desde el principio. —Volví a negar y solté un suspiro de exasperación. No comprendía su reacción, no estaba entendiéndome. Sus dedos retuvieron mi barbilla con firmeza—. Lo entiendo. Mira, puede que pensemos de forma distinta acerca de muchas cosas, pero yo también haría lo que fuera en tu situación. Si alguien estuviera atacando a mi gente, también los defendería con uñas y dientes, es algo que respeto.

—He actuado igual que el Canciller.

—No. El Canciller le encargó la tarea a un tercero, al menos tú has tenido el valor de llevarla a cabo por ti misma. —Un brillo divertido iluminó sus ojos mientras hablaba.

—¿Por qué no estás enfadado?

—Nunca llegaste a engañarme. —Se encogió de hombros y una mueca burlona bailó en la comisura de su boca—. O tal vez sea porque has dicho que me considerabas tu enemigo, en pasado. Yo también he metido la pata y eso nos deja en algo así como…

—Iguales —me adelanté.

Le devolví una diminuta sonrisa, colmada de arrepentimiento.

—Eres tan bonita. —Se le escapó como se escapa un suspiro.

Mis ojos se agrandaron, redondos y sorprendidos, dejé de sonreír y él se carcajeó de mi expresión, aunque en el fondo también parecía algo sorprendido. Una sensación cálida me embargó el pecho. Sus palabras y su risa creaban una mezcla abrumadora. Una timidez desconocida me retuvo la lengua y me hizo bajar la mirada hasta nuestros pies.

—Quiero enseñarte algo.

—¿Otro lugar mágico, oculto misteriosamente cerca del castillo? —repuse, consiguiendo hacerle sonreír.

—Algo así.

Su mano aferró la mía, sosteniéndola con una delicadeza imposible para un hombre tan fuerte. Me condujo hasta el exterior y nos encaminamos por el sendero que bordeaba el castillo por el sur.

Notaba sus miradas como dardos.

No se las devolví, ya estaba lo suficientemente ruborizada. Sentía las piernas como si me fueran a fallar de un momento a otro. No podía olvidar el beso que nos habíamos dado.

La piel me hormigueaba al tenerlo tan cerca y no poder tocarlo, al sentir solo el calor de su palma cuando lo que yo quería era tenerlo todo. No sabía cómo habíamos llegado a ese punto. Lo que sí sabía era que las advertencias habían perdido su significado.

Quizá no lo supiéramos, quizá no quisiéramos reconocerlo, pero ya nos estábamos quemando.

Capítulo 21

Se detuvo cuando llegamos a una especie de casa de cristal. Un invernadero. Desde fuera solo se veían las plantas, apiñadas contra el calor del vidrio. Antes de entrar reconocí algunas de ellas; había hibiscos y lantanas, acacias, granados y galán de noche. Todas refulgían como si estuviesen vivas, con un chisporroteo muy similar al de la magia, como si no fueran un producto artificial. Nada de lo que germinaba en Bellum podía tener vida, más allá de las modificaciones que creaba la combinación de magia y ciencia; y, sin embargo, debían de estar perfeccionando sus plantas, puesto que parecían tan naturales como las de Eter.

Un estrecho pasillo se curvaba hacia el interior del invernadero, invadido por las hojas del lentisco, con sus frutos rojos como las plumas de un ibis. Me embargó un fuerte olor a resina.

Erik me apretó la mano antes de soltarse para poder avanzar, no sin dificultad, sorteando las raíces que habían comenzado su incursión por el suelo.

Alargué los dedos hacia una orquídea blanca como la leche, esperando no sentir la vibración de la magia, como si la hubiera imaginado. Sin embargo, aunque no era la misma fuerza que desprendían las flores de Eter, pude notar algo distinto en las plantas de este invernadero.

—Mara —llamó Erik.

—Ya salgo. —La voz salió de detrás de una hilera de ficus.

Miré curiosa a Erik, pero él no me estaba prestando atención. Una mujer se incorporó sujetando una regadera metálica. Llevaba el pelo castaño recogido en un moño despeinado y unas gafas cuadradas de color dorado, ligeramente dobladas hacia la derecha. Se acercó hasta nosotros con un par de gráciles botes.

—Alesh, esta es Taishmara. Se ocupa del invernadero.

—Oh, Majestad, os aseguro que hago *mucho más* que ocuparme del invernadero. —Por el rabillo del ojo vi como Erik ponía los ojos en blanco—. Y, por favor, solo Mara. La Diosa Galea maldijo a mis padres, obligándoles a ponerme un nombre horrible. Pensó que así nunca encontraría pareja. No contó con mi espectacular belleza.

La miré, sin saber cómo responder a eso. Y lamentando su historia porque, en efecto, tenía un nombre horrible.

—No te creas una palabra de lo que dice —bufó Erik.

—Tú siempre estropeándome la diversión. —Ella le sacó la lengua y yo traté de aparentar que no me había creído su historieta.

—Le cuenta esa invención sobre la Diosa Galea a todo el que se para a escucharla. Por desgracia para ella, yo conozco a sus padres desde que tenía diez años.

Mara levantó la regadera sobre su cabeza, como si Erik fuera una flor más a la que regar. En el último segundo, él alzó la mano para desviar la trayectoria del agua que cayó a su lado, salpicando sus botas.

Lancé una carcajada. En respuesta, Erik ladeó su cuerpo hacia el mío y también sonrió.

Enrojecí de placer por la complicidad que delataba ese gesto y me volví presurosa hacia Mara.

—¿Qué tienen de distinto estas plantas? —le pregunté.

Ella me escudriñó curiosa antes de responder.

—Podría decirse que este lugar es mi laboratorio. Trato de investigar cómo hacer que la vegetación de Bellum parezca más natural, más como la de…

—Eter —terminé por ella.

Mara esbozó una sonrisa amable.

—Supuse que este sitio te gustaría —intervino Erik.

No tenía ni idea de la sensación que me provocaba este invernadero. Era como una puerta intermedia entre la frialdad de Bellum y mi hogar. Asentí y esperé que notara lo agradecida que me sentía por haber compartido este lugar conmigo.

—¿Cómo lo haces? —le pregunté, retorciéndome los dedos con nerviosismo—. Es decir, no quiero parecer una entrometida, pero nunca había visto algo así.

—Eso es porque no hay nada igual. —Dejó la regadera en el suelo y me animó a que me acercara a una estantería colmada de macetas, de las cuales brotaban unas plantas con hojas muy extrañas, de una textura venosa y recubiertas de una pelusilla grisácea—. El problema de las plantas de Bellum es que parecen artificiales porque son artificiales, y conseguir que los animales se acostumbren a ellas es todo un reto, y un reto muy necesario, más de lo que parece. —Yo sabía de lo que hablaba. En el precario equilibrio entre la naturaleza y los animales, ambos se necesitaban y nosotros los necesitábamos a ellos. La abeja necesitaba el polen, nosotros necesitábamos la miel y la cera de las abejas, pero ¿qué pasaba si la abeja no reconocía a la flor?—. Como sabéis, en la adaptación de los planetas la magia se complementó con la ciencia, pero esta ha evolucionado mucho en los últimos años.

—¿Lo que estás consiguiendo con estas plantas es a través de la ciencia? —pregunté, dudosa. Algo me decía que la vibración que había sentido no podía deberse solo a eso.

—Es un poco más complicado —confesó Mara—. Estoy utilizando la ciencia para modificar los límites de la magia.

Abrí la boca, pero no supe qué más decir.

—A mí también me dejó sin palabras cuando me contó lo que se proponía —me consoló Erik.

—¿Cómo es eso posible?

Ella sonrió.

—La magia es un ser vivo, vos lo sabéis mejor que nadie en este castillo, incluso mejor que nadie en Bellum, me atrevería a decir. —Yo simplemente asentí—. Con pequeños retoques en sus cimientos, se puede alterar el estado inicial de la magia. Es un campo del que aún queda mucho por investigar, pero es muy prometedor.

—¿La conquista de la ciencia sobre la magia? —pregunté, sin poder ocultar que el tema me preocupaba.

—Quizá. Aunque a lo mejor es solo una forma de equipararlas. Tendremos que esperar para descubrirlo.

Su labio superior se curvó el tiempo que dura un parpadeo, sin embargo, esa suave mueca fue suficiente para indicar que Mara no me lo estaba contando todo.

—Es una prometedora científica —señaló Erik.

—Y amiga de la infancia —le interrumpió ella, agarrándome del brazo y dándole la espalda—. Puedo contarte todo tipo de cosas incómodas sobre nuestro Capitán.

Una sonrisa pasmada se extendió por mi rostro.

—No seremos tan amigos si te vas de la lengua —dijo Erik, alzando la voz para que llegara hasta nosotras.

—Podré vivir con eso. —Mara puso los ojos en blanco y de alguna manera supe que Erik también los había puesto. Se detuvo frente a una mesa de metal blanco con una sola maceta, pero repleta de probetas, tubos de ensayo y portaobjetos, entre otros instrumentos que no fui capaz de identificar—. ¿Conocéis esta flor?

Eran espigas en forma de cúpula, como racimos del color del atardecer, formados por unas florecillas diminutas y vistosas.

—Verbena —respondí.

—Exacto. Era la planta favorita de Danella.

Puse cara de extrañeza y ella se dio cuenta de que no tenía la menor idea de quién me estaba hablando.

—Vaya, así que aún no te ha hablado de ella.

—¿De quién? —Mi mente voló hacia la imagen de Erik acariciando la mejilla de una mujer rubia.

—No me corresponde a mí hablar de eso.

Un silencio incómodo se instaló entre las dos hasta el punto de que las pisadas cercanas de Erik nos sobresaltaron.

—Cada vez que vengo aquí parece que hay más plantas —dijo él con fastidio, mientras apartaba de su cara la hoja de un palmito.

—Esa es la idea. Ya sé que mayormente lo que ejercitas son los músculos y que te has olvidado del cerebro, pero eso es lo que hay en un invernadero. —Pasaron a lanzarse miradas envenenadas y yo tuve que morderme el labio para no echarme a reír.

Fue Erik el primero en darse por vencido.

—Y bien, ¿ya le has enseñado a su Alteza el lado más perverso de la ciudad? —dijo Mara, rompiendo el silencio.

—¿El lado más perverso? —les pregunté, mirándolos alternativamente.

—Claro, la ciudad es mucho más divertida por la noche, cuando los tenderos se van a su casa con sus esposas y los niños desaparecen de las calles.

—¿Qué ocurre entonces?

—Solo está tratando de escandalizarte —repuso Erik, negando con la cabeza y fingiendo hartazgo.

—Por sus preguntas, supongo que eso es un no. —Mara nos observó a ambos con interés.

—No hemos tenido oportunidad, pero podríamos dar una vuelta por la ciudad. Esta noche —sugirió él.

Esa noche sería la ejecución de Lord Pembroid, Erik no podía haberse olvidado tan pronto.

—Esta noche no puede ser —le recordé, vacilante.

—Claro que sí, es mucho mejor plan que el que teníamos previsto. —Sus ojos parecían gritarme «confía en mí», pero yo no podía eludir mis responsabilidades, así que comencé a negar y él lo asumió con un suspiro—. Después, quizá.

—Por supuesto —intervino Mara—. Todo lo interesante pasa bien entrada la noche y yo llevo tiempo queriendo ir a cierta taberna que se ha puesto de moda.

No tenía ni idea de a qué se refería, pero supuse que pronto iba a averiguarlo. Después de lo que le habían hecho a Eri, no sentía que eso fuera lo correcto. Pero, como había dicho Enna, la misión era lo prioritario e internarme en la ciudad de la mano de Mara y Erik sería una buena oportunidad para investigar y pasar desapercibida. Al menos si conseguía escabullirme en algún momento.

—¿Qué dices? —La sonrisa de Erik se hizo más amplia y yo sentí un tirón, como si me estuviera cayendo dentro de un pozo sin fondo.

—Dice que no, por supuesto. —Enna salió de algún lugar entre las plantas, dejándonos a todos con la boca abierta. Ninguno nos habíamos percatado de su presencia—. O, al menos, no sin mí.

—¿Tú quién eres? ¿Y qué haces en mi invernadero? —le espetó Mara.

—Mi trabajo. —La piel verdosa y escamada de Enna refulgía con la luz del sol, confiriéndole un aspecto mucho más salvaje del habitual. Yo me hubiera callado, así que me sorprendí cuando Mara no lo hizo.

—Vas a salir fuera y a llamar a la puerta, para que yo pueda decidir si te dejo entrar o no.

Erik y yo compartimos una mirada exasperada.

—Eso no va a pasar. —Los ojos de Enna se convirtieron en dos rendijas, igual que si estuviera decidiendo fulminar a Mara solo con la mirada.

—Enna —dijo Erik, levantando las manos en son de paz—, por favor, únete a nosotros esta noche. No pretendíamos escapar a hurtadillas. Estaremos encantados de que vengas.

—Habla por ti —escupió Mara.

La chica podía no saber usar la magia, no era tan letal como Enna y probablemente no tendría ninguna oportunidad contra ella, pero, en ese momento, y viendo cómo la miraba, no quise estar en el lugar de mi guardia.

Me giré hacia Erik, haciendo una mueca mientras ellas se enzarzaban. Se llevó el dedo a los labios para indicarme que fuera sigilosa y me tomó de la mano. Caminamos hacia atrás, hasta que desaparecimos por uno de los pasillos y sus gritos fueron más tenues.

Puse ambas manos sobre sus mejillas y levanté las cejas, pidiéndole permiso. Él me miró confundido, pero asintió. Lo siguiente que hice fue transportarnos a ambos hasta mi dormitorio. Hubiese preferido aparecer en el claro en el que entrenábamos, pero estaba demasiado cerca del lugar en el que habíamos descubierto el cuerpo de Eri, y solo de pensarlo se me ponía el vello de punta.

—Vaya, eso ha sido increíble.

—Transportación —asentí.

—¿Me enseñarás?

Seguía vacilante con respecto a la magia, podía notarlo, y sin embargo también parecía sentir cada vez más curiosidad.

—Por supuesto. Te enseñaré mañana mismo.

—¿Crees que seguirán vivas cuando volvamos? —bromeó.

—Espero que sí. No sé si soportaría más funerales.

Me dejé caer en la cama y me restregué los ojos, haciendo presión con los dedos.

—Eh, ¿estás bien? —me observó con el rostro preocupado, sentándose a mi lado.

—Sí, eso creo.

—Alesh, no tienes que decirme lo que piensas que quiero oír. Puedes ser sincera conmigo. Puedes...

—¿Quién es Danella? —Fue un impulso, pero no me arrepentí cuando la pregunta abandonó mis labios. Necesitaba saber a qué me atenía.

Él boqueó, como si fuera incapaz de encontrar las palabras adecuadas. Frunció los labios con desagrado antes de responderme.

—¿Quién te ha hablado de ella? ¿Ha sido Mara?

Me encogí de hombros esperando que continuara.

Puso todo su cansancio en un suspiro que lo vació.

—Danella era mi hermana. —No me pasó desapercibido el tiempo en pasado, como si ella...—. Murió. Hace años. —Tragó saliva, concentrado en las manchas de barro de sus botas. Yo me encogí un poco a su lado. Puse mi mano sobre la suya, permitiendo que descansara encima de su muslo—. Ella es el motivo por el que me convertí en Capitán.

—¿Por qué? —susurré.

Erik llenó el pecho de aire.

—Era una niña cuando murió. Era mi hermana pequeña. —La voz le salía encharcada de pena. Erik se aferró a mi mano como un vivo que quiere salir de una tumba.

—No tienes que contármelo si no quieres, o si no estás preparado. Lo entiendo.

—No, está bien. Creo que necesito contártelo, para que comprendas el porqué de todo esto. —La mirada que me lanzó me hizo temblar hasta la médula—. ¿Recuerdas a los Asesinos del Umbral?

Por supuesto que los recordaba, habían dado muchos dolores de cabeza a Patme. Los Asesinos del Umbral habían sido una secta que veneraba los sacrificios de niños en el nombre de los Dioses. De cualquier Dios, lo cierto es que no les importaba. Arrancaban a los pequeños de sus casas, los vestían con camisones blancos y adornaban sus cabellos con flores. Después, se los ofrecían a los Dioses. Los desangraban en altares hasta que no les quedaba ni una gota de sangre en el cuerpo.

Palidecí y Erik debió de tomarlo como un asentimiento.

—Uno de ellos se llevó a mi hermana. Debió de pensar que la hija de un comandante sería una buena ofrenda, un premio magnífico para sus falsos dioses. —Le brillaron los ojos.

La garganta se me llenó de lágrimas. Quería consolarlo, pero ni siquiera sabía qué podía decir.

—Lo siento muchísimo —susurré, al fin.

—Supongo que sí. Todo el mundo siente la muerte de un niño. —Su voz se aceró y liberó la mano de mi contacto de un tirón. Abrí la boca para protestar, pero él se adelantó—. ¿Sabes cuántos años tenía el asesino de mi hermana? —Fruncí el ceño y negué despacio—. Tenía ciento noventa y ocho años. Tendría que haber estado muerto. Cuando mató a mi hermana, esa basura tendría que haber estado bajo tierra.

De repente, todo tuvo mucho más sentido. Su lucha contra Eter, su oposición a que permitiéramos a todos el acceso a la savia del Sauce... Eso es lo que había matado a su hermana.

Me lo había dicho el día en que llegué al castillo. Sus palabras llegaban hasta mí como un eco lejano. Cuando yo le había preguntado si era tan malo permitir a la gente elegir beber la savia, él había respondido que sí.

¿Me culpaba? ¿Por no poner restricciones, por seguir permitiendo algo que a él le había causado tanto dolor? ¿Acaso era justo lo que le había pasado? Por primera vez, mis bases se tambalearon. ¿Y si hubiera personas que no merecieran la vida eterna? ¿Y si todo lo que me habían enseñado estaba mal? Era algo digno de ser reconsiderado, digno de debatir en el Consejo. Cuando

Eter estuviera bien, cuando estuviera a salvo, era un problema al que iba a tener que enfrentarme.

—Siento que no estuviera muerto. Siento lo que le hizo a tu hermana y siento no haber hecho nada para impedir que ese monstruo siguiera viviendo. —Él me contempló como si no pudiera creer lo que estaba diciendo—. ¿Qué esperabas? ¿Creías que podría defender algo así?

—¿No está el libre albedrío por encima de todos esos problemas mundanos?

—Nunca consideraría una muerte como un problema menor, Erik. Lo único que digo es que la solución no es que el Canciller señale quién debe vivir y quién no.

Durante un segundo se mantuvo en silencio, después explotó:

—¿Así que la solución es no hacer nada? ¿Solo lamentarnos? —Comencé a negar, pero no me dejó responder—. Me convertí en Capitán porque quería hacerme con el Sauce, no por poder, sino para evitar que cualquier madre tenga que llorar lo que ha llorado la mía, para que ningún padre tenga que cargar con el cuerpo sin vida de su hija, para que no tenga que enterrarla con sus propias manos, para que no se pase toda la vida preguntándose si su pequeña seguiría viva si él no fuera quien es. Peleé por el lugar que ocupo ahora, por ganarme el respeto de mis hombres. Y entonces tu…

Hizo un sonido extraño, como si se estuviera atragantando con sus propias palabras.

Se levantó de golpe, cruzando la estancia en unas pocas zancadas. Era como si el aire se hubiese consumido en la habitación y necesitase salir para poder respirar. Dejé que se marchara. Me quedé sentada, consumiendo el silencio, viendo cómo se alejaba.

Nunca había sido tan consciente de todo lo que nos separaba.

Capítulo 22

Las luces del salón del trono brillaban más tenues que nunca, como si tuviesen miedo de importunar a los invitados. Un mar de gente se apelotonaba, engullendo el espacio hasta muy pocos metros de distancia de los soldados, que rodeaban al prisionero, separándolo del populacho. Lord Pembroid se encontraba en el centro del círculo, de pie y aparentemente tranquilo, a pesar de las cadenas. Su mentón erguido desafiaba a toda la sala.

Entre la multitud se congregaba gente de todo tipo y clase social. Desde la tarima en la que me encontraba, pude ver que varios poetas extraían las plumas de sus respectivos sombreros y se preparaban para compartir un tintero, compitiendo por quién sería el que compondría los mejores versos esa noche. A su lado, una madre cambiaba el peso de un pie a otro, con la espalda cargada por llevar en brazos a su bebé.

Me encontraba en una plataforma. Gionna, Newu y Enna estaban junto a mí. Luthiel había preferido perderse el espectáculo, y no podía culparlo. Además, era mucho más importante que continuara trabajando para descodificar los planos. En cuanto a Newu, ya había regresado del entierro de Eri, pero no había tenido tiempo de contarnos cómo había sido.

Eché un vistazo a la puerta. El Canciller todavía no había aparecido, y tampoco el Comandante. Esperábamos su llegada para dar comienzo a la ejecución.

Myrna estaba en un trono auxiliar que los criados habían acoplado, estaba desplazado y era mucho menos ostentoso que la bestia de acero negro, como la obsidiana, sobre la que se sentaría el Canciller. Si es que venía...

La multitud comenzaba a inquietarse.

Una espesa neblina se había adueñado del salón del trono. Olía a lavanda y a especias tan intensamente que resultaba asfixiante.

Por el rabillo del ojo, vi que Myrna se acercaba a la plataforma. Subió con algo de esfuerzo. Un guardia del castillo llegó presuroso para ayudarla a alzarse. Dejé de simular que no estaba prestando atención y me levanté para acudir a su encuentro.

—Espero que estos asientos sean de vuestro agrado, Majestad. Me he ocupado personalmente de que tengáis una vista inmejorable de la ejecución.

No me veía con fuerzas de darle las gracias por algo así, por lo que me limité a asentir.

Mis ojos volaron hasta uno de los hombres que componían el círculo alrededor de Lord Pembroid. Erik no había mirado ni un segundo en mi dirección. Yo no había dejado de observarlo. La cota de malla se acoplaba a su torso, dándole un aspecto fiero y más peligroso de lo normal.

—Estáis preciosa esta noche, Majestad. Esas joyas que lleváis son de lo más favorecedor que he visto esta temporada. Combinan con vuestros ojos grises. Tenéis los ojos del color del cristal —continuó ella. Me limité a mirarla, esperando que dijera algo útil—. No puedo quedarme mucho rato. El Canciller podría llegar en cualquier momento y yo debo estar en mi asiento cuando él entre.

Quizá eso debería haberme hecho sospechar... pero en ese momento no encontré nada alarmante en sus palabras. Si hubiera reparado en la forma en la que se agitaba, si no hubiera estado tan empecinada en que Erik me mirara, quizá, solo quizá, hubiera notado cómo la situación se escapaba de mis manos, igual que la arena del desierto se escurre entre los dedos. Ahora creo Myrna que me estaba advirtiendo.

La despedí sin pronunciar palabra. Retiré los bajos de mi vestido, color azul medianoche, antes de volver a sentarme con algo de hastío.

El Canciller no entró primero, frente a él desfilaron un par de soldados y cerrando el grupo iba el Comandante. Lo acompañaron hasta el trono, en el que se acomodó con aspecto derrotado, como si cargara con el peso del mundo sobre sus hombros.

La gente se agitó con renovados ánimos y el ambiente se tornó aún más asfixiante.

—Bienvenidos. Bienvenidos, todos vosotros. —La voz del Canciller se alzó como un estruendo sobre el murmullo de las abejas, sumiendo la habitación en un silencio sepulcral. Permaneció callado, observando a la multitud, contemplando las caras expectantes de cada uno de sus súbditos —. Durante siglos, se nos ha dicho que somos un planeta de guerra, de bárbaros, un pueblo que llama a la muerte. Nos catalogaron, nos insultaron y siguen haciéndonos pagar por los errores de nuestros antepasados. Los otros planetas se cubren de gloria ondeando un estandarte de paz sobre el que escupen cuando nadie mira. —Los murmullos fueron adquiriendo más potencia hasta que estallaron los gritos de indignación. El cuerpo se me tensó hasta tal punto que apenas era capaz de respirar. ¿Qué estaba haciendo?

»Insultan nuestra inteligencia y nuestro nombre haciéndonos creer una falacia. Pero, ¿sabéis qué no es mentira? El motivo por el que estamos aquí: la muerte de Lord Pembroid, uno de mis más queridos amigos, seleccionado como ganado para ser llevado al matadero. —Apreté los dientes. Los ojos de la multitud comenzaron a dirigirse hacia la plataforma en la que nos encontrábamos. Enna se acercó un poco más a mí, con la mano tensa sobre la empuñadura de la espada—. Mi querido amigo morirá esta noche sin una causa que lo justifique, solo porque así lo ha demandado la reina de Eter. Y yo me pregunto, ¿quién es el verdadero bárbaro?

Newu avanzó hasta colocarse delante de mí, mientras el rugido de la gente se convertía en un clamor sobrecogedor.

—Lo sé, sé cuán injusto os parece. Yo también lo siento en mis propias carnes. —El Canciller suspiró. Su actuación era perfecta. Contrajo el rostro en un rictus de dolor. Se había hecho con el dominio de toda la sala—. Pero tenemos algo que demostrarles: la piedad. Nuestra Diosa del sacrificio, Galea, nos enseña a ser benevolentes. Somos mejores que ellos, mejores que las tretas y los ardides con los que se envuelven.

Todo era culpa mía.

Yo había provocado esto. Había sido una necia al pensar que el Canciller no trataría de sacarle todo el provecho posible a la situación.

Con unas pocas palabras, y manejando la verdad a su antojo, había convertido a Lord Pembroid en un mártir y a mí, en su verdugo.

El Canciller dedicó un gesto a su Comandante.

Había llegado el momento, e independientemente de lo que sucediera a continuación, yo había perdido.

Lord Pembroid se mantuvo impertérrito ante el avance del Comandante, igual que si esperara que su filo no fuera de acero, sino de madera y solo fuese a recibir un golpe amistoso en las costillas.

El Canciller me observaba desde el trono y sus ojos parecían decir «¿Ves? Así es como se hace».

Escuché la hoja de la espada deslizarse por la vaina.

Algunos de los que habían acudido para presenciar una ejecución, ahora clamaban suplicando el perdón de Lord Pembroid.

El Comandante alzó la espada y le rebanó la cabeza de un golpe fuerte y certero. Un segundo antes de que el cráneo de Lord Pembroid rodara por el suelo, pude ver el miedo en sus ojos. Si el Canciller le había dicho que en el último momento le iba a perdonar, o si su actitud tan solo se debía a la locura en la que se había sumido, es algo que nunca supe.

Los soldados comenzaron a desalojar a la agitada turba a empellones. Pocos fueron los que trataron de resistirse.

Mi cuerpo se rebelaba por alzarse y enfrentarse al Canciller, por recuperar algo del orgullo perdido, pero me mantuve sentada, con la vista al frente y el rostro inescrutable y sereno, algo que estaba muy lejos de sentir.

Un recuerdo me asaltó: Patme con un vestido blanco, en la sala de las lecciones. Hacía vibrar los cuatro elementos al mismo tiempo: «Estás hecha de fuego, Alesh. Debes encontrar tu agua interior para que te ofrezca equilibrio. Eres impulsiva. El reino necesita armonía. Aprende a moderar tus emociones.»

Podía actuar como una niña, levantarme y escupirle cada una de las medias verdades con las que me había avergonzado; o podía mantener la cabeza fría y tratar de devolverle el golpe al Canciller. Lo primero me llevaría a tener que recoger mis cosas y regresar a Eter, sin la niña. No habría manera de justificar mi estancia en Bellum después de enfrentarme directamente a él. Lo segundo me permitía algo más de maniobra, más tiempo.

Me levanté con toda la elegancia de la que fui capaz y abrí los puños, pues en algún momento había empezado a clavarme las uñas.

Erik me observaba con preocupación, como si creyera que iba a quemar el Salón del Trono por accidente.

Me mordí la lengua tan fuerte que noté el sabor ferroso de la sangre.

—Un discurso muy elocuente, Canciller. —Esbocé la sonrisa más falsa y venenosa que cualquiera pueda imaginar—. No me atrevo a consideraros tan estúpido como para romper nuestra tregua, así que supongo que ha sido cuestión de... —Hice una pausa dramática— ¿sentimentalismo?

Tampoco podía dejarlo pasar. No si tenía la esperanza de que el Canciller no sospechara del motivo por el que aún permanecía en su castillo. No podía, simplemente, levantarme e irme porque eso sería como mostrarle todas mis cartas.

—Las ejecuciones, como cualquier espectáculo público, Majestad, siempre entrañan un riesgo. Al fin y al cabo, no es más que otra forma de demostración de poder.

Con esta frase tan enigmática abandonó el Salón del Trono ante mi atenta mirada.

Me temblaban los brazos por el esfuerzo de mantenerlos quietos.

—Has hecho lo que debías —me dijo Enna.

Apoyó su mano sobre mi hombro en un gesto de consolación, pero me sacudí, incapaz de tolerar cualquier tipo de contacto.

Erik subió de un salto a la tarima y se detuvo delante de mí.

Me miró fijamente y tan solo asintió repetidas veces.

—Ven —dijo, ofreciéndome la mano.

Newu dio un paso al frente, colocando su mano ruda y rígida contra el pecho del Capitán para que tomara distancia.

—No puedes darle órdenes a la reina.

Vi como Enna alzaba los ojos al cielo.

Erik lo observó como si se le hubiera posado un bicho en la cota de malla.

Yo misma le aparté la mano a Newu.

Necesitaba salir de esa sala, como fuera, con quien fuera.

Erik tiró de mí. Salimos al exterior, ignorando las protestas de Newu, y caminamos en silencio. El aire frío de la noche ayudó a templar mi rabia. Pese a que era él quien guiaba, yo andaba más rápido. Con cada zancada trataba de liberarme del fuego que me ardía dentro.

Pasamos el invernadero y, oculta tras algunos árboles dispersos, separados de la masa del bosque, se levantaba una cabaña de madera no mucho más alta que yo. Unas flores mustias colgaban desde dentro, por una ventana sin cristales. Erik no se detuvo. Abrió la puerta y la mantuvo así para que pasara primero.

Tuvimos que agacharnos para pasar bajo el marco.

El interior era muy austero. Una única habitación en la que había una chimenea con pinta de no haberse encendido en años, una mesa de madera con las patas torcidas y los cantos mal pulidos y algunos taburetes tan pequeños que parecían de juguete.

—Destrózala.

—¿Qué?

—Destrózala —repitió.

Miré a mi alrededor. No parecía haber nada de valor, pero no podía estar hablando en serio.

Comencé a negar. No sabía a quién pertenecía esa cabaña en miniatura, quizá fuera de algún enano, en cualquier caso, yo no era quien para...

—Nadie la usa, está abandonada —aclaró.

—¿De quién es este sitio?

Apretó los labios en un rictus tenso.

—Necesitas sacarte de dentro lo que acaba de pasar. —La magia, que aún me quemaba por dentro, chisporroteó en mis dedos—. Puedes hacerlo aquí. Destrózala. Libérate. Y sigue.

—No puedo...

—Claro que puedes. Quizá no sea la mejor de las soluciones, tal vez no debas volver a hacerlo más veces, pero ahora lo necesitas. No dejes que la rabia te consuma.

Desapareció por la puerta, dándome el espacio que tanto necesitaba y dejándolo todo sumido en el silencio. El silencio. Me recorrió un escalofrío.

«Se cubren de gloria ondeando un estandarte de paz sobre el que escupen cuando nadie los mira».

Apreté los puños y me encogí al recordar las palabras del Canciller. Ahogué un jadeo.

«¿Quién es el verdadero bárbaro?»

Cerré los ojos.

No fue buena idea.

Niños. Niños corriendo por todas partes. El campamento está ardiendo. Gritos. El olor. Humo, carne. Hadas llenando el cielo, evacuando a los heridos, y cayendo desplomadas. Padres transportándose a toda prisa para rescatar a sus hijos. Buscando entre los cadáveres. Las cabañas y los árboles calcinados. La ceniza enredándose en mi pelo. El viento que aviva el fuego. Un niño desmadejado en mis brazos. La sangre goteando por sus orejas afiladas. Otra niña tendiéndome los brazos. En una otra mano una muñeca. La miro. Lo miro. No puedo ayudarlos a los dos. Cuando vuelvo ya es tarde. No llego a tiempo. Otra explosión.

Otro momento. Otro recuerdo.

—*Tenemos que hacer algo. ¿Por qué no lo ves?*

—*Tranquilízate, Alesh. Debemos mantener la mente fría, es lo que se espera de nosotras.*

La reina. Patme. Papeles, muchos papeles esparcidos sobre la mesa.

—*No podemos seguir aguantando. ¡La gente se muere!*

Otro más.

El día del festival de las flores. La cabalgata. Los árboles engalanados con guirnaldas y luces. Las risas y los bailes de las dríades junto al río de la Osa. Y entonces: la carta. La carrera por llegar a la aldea. El olor del gas, persistente en el aire. Los cuerpos desmadejados, rotos. Muertos. Todos están muertos.

Y nada más.

El fuego se acumulaba en oleadas alrededor de mi cuerpo. Ondas de dolor.

«¿Quién es el verdadero bárbaro?»

Entonces, grité.

Las paredes estallaron.

La cabaña cayó y ardió conmigo dentro.

Mi cuerpo emanaba fuego, un fuego que lo absorbía todo. Crepitaba arrasando todas las sombras, incinerando hasta el vacío. Quemó el dolor, purificó cada recoveco de mi cuerpo con su luz anaranjada. Me dolían los pulmones, llenos del olor del humo. Me doblé al notar un pinchazo sordo en los riñones. Hueca. Tan hueca que no pude soportarlo.

Hice que parara, hice que cesara con un jadeo.

Y todo se detuvo.

La magia se evaporó, como una bandada de pájaros después de un estallido.

Miré las palmas de mis manos, jadeante y fría.

Todo a mi alrededor se había consumido.

La pena llenó el vacío que había dejado la rabia.

Salí, arrastrando los pies, esquivando los trozos de madera astillada.

Erik estaba sentado sobre la hierba del claro. Me observaba expectante, preocupado.

—Cuando te dije que la destrozaras no me refería a que lo hicieras contigo dentro —susurró a la noche.

Me dejé caer a su lado. El vestido ya no tenía arreglo. La falda se había rasgado y quemado por distintos puntos y uno de los tirantes se sostenía sobre un único y endeble hilo.

Apoyé la cabeza sobre su hombro.

La quietud de la noche, que antes se me había antojado insoportable, ahora me calmaba.

Él había adivinado justo lo que yo necesitaba, igual que cuando nos topamos con el caníbal. Si me hubiera obligado a mantener la compostura, la rabia se habría enquistado hasta convertir mi alma en algo irreconocible. Apenas era capaz de ver los límites.

—¿De quién es la cabaña? —le pregunté.

—Era de mi hermana y mía. —Di un respingo, pero no me incorporé—. En realidad, siempre fue más de ella. Pasábamos mucho tiempo aquí. Era como su castillo, su feudo, donde todos debíamos obedecerla.

Una parte de mí se preguntó si no me había pedido que la destruyera para poder odiarme más de lo que ya debía hacerlo.

Deseché ese pensamiento.

—Entonces, ¿por qué?

—Si hubiera sido lo bastante valiente, hace muchos años que la habría tirado abajo yo mismo. —Su mirada se encontraba perdida en las profundidades del oscuro bosque—. No he sido capaz.

Sus manos estaban entrelazadas, rodeando sus piernas, manteniéndolas pegadas al pecho.

Se había desprendido de la cota de malla.

—Parece que estamos repletos de cicatrices, solo que algunas son invisibles. —No me contestó—. ¿Me culpas? Por lo que le pasó a tu hermana.

—¿Cómo podría culparte? —No me imaginé la derrota que destilaba su voz—. Pero no voy a negar que me gustaría que las cosas fueran diferentes.

La tensión en mi columna se disipó.

—Si pudieras cambiar algo de todo esto, ¿qué sería?

—Intentaría que Bellum se hiciera con el control del Sauce.

«Oh.»

En el fondo, yo esperaba que dijera algo sobre nosotros, sobre lo que sentía, sobre si estaba tan confuso como yo.

Pero él no podía obviar el abismo que nos separaba y yo tampoco debía hacerlo.

—Ese ha sido siempre mi objetivo. Es lo que soy. Es lo que siempre he querido —continuó.

—¿Y si hubiera otra forma? ¿Y si yo pudiera darte lo que quieres?

Se volvió hacia mí, escrutándome en la penumbra.

—¿Acaso tu Consejo lo permitiría? ¿Cambiar sus tradiciones por el capricho de una reina?

No podía contestarle sin que de mi boca saliera una mentira, porque en el fondo no tenía respuesta. Enfrentarme al Consejo parecía lo justo, pero sabía que no sería sencillo. Sin embargo, yo era la reina. Para algo debía servir eso.

—Tú no eres tu padre —dije, finalmente—. No puedes creer en serio que el Canciller sea la respuesta a este problema.

—Nadie más ha tratado de cambiar las cosas.

—Entonces, ¿por qué no combates tú contra Eter? ¿Por qué dejas que sean otros los que pelean por tu causa?

En la tensión de sus músculos vi que había formulado la pregunta adecuada. Se tomó un tiempo para responder.

—Que quiera tomar el control del Sauce no implica que esté de acuerdo con los métodos del Canciller —admitió.

—¿Y tu padre?

Negó con el semblante cansado.

—Hace años que solo se mueve por la inercia que le proporciona la venganza. Era un padre afectuoso, un hombre de principios férreos. Poco queda ya de eso, salvo la lealtad que le profesa al Canciller.

Una familia marcada por la pena, por el dolor de la pérdida. ¿Qué sabía yo de eso? Yo, que nunca había tenido a nadie.

Sabía lo que era tener un fin, lo que suponía cultivar día a día un objetivo. Me encontraba cuestionando mis principios, dudando de mis sentimientos por el Capitán de Bellum, al que no me podía sacar de la cabeza, por más que tratara de negarlo. Nos habíamos besado. ¿Qué estaba haciendo mal? ¿En qué me convertía sentir algo por alguien que, al ver el sufrimiento de mi pueblo, miraba a otro lado porque le convenía para sus propios fines? En alguien no muy decente, eso seguro. Y probablemente no la clase de reina que merecían.

—Tú... ¿lo intentarías? —retomó la conversación sobre las restricciones de la savia.

—Te puedo prometer que lo intentaré. Cuando Eter esté en paz —añadí—. Cuando pueda gobernar sin sentir que tengo una espada colgando sobre mi cabeza.

—Quizá eso no suceda nunca.

Sé que lo dijo sin maldad, pero esa era una posibilidad que no quería tener que contemplar.

Observé en silencio las brasas a las que había quedado reducida la pequeña cabaña de su hermana. A veces duele tanto desprenderse de un recuerdo, da tanto miedo, que, aunque mate conservarlo, aunque hierva y sangre, dejas que persista, te aferras hasta que te haces adicta a ese dolor.

—¿Nunca has pensado pactar en serio con el Canciller?

Me volví a mirarlo extrañada.

—Estoy tratando de llegar a un acuerdo con él. La paz a cambio de los planos. —Me reservé el hecho de que seguía en el castillo porque estábamos buscando a la futura heredera de Eter entre su gente.

—¿Y piensas llegar a un acuerdo de paz sembrando dudas sobre él entre los ciudadanos de Ével?

—¿A qué te refieres?

Él me observó atónito.

—¿De verdad crees que el Canciller no sabe qué es lo que hacen tus guardias cuando van a la ciudad? —Chasqueó la lengua y fue mi turno de mostrarme atónita.

Enna y los demás habían tratado de mostrar al pueblo cuál era el verdadero rostro del Canciller, a lo que estaban renunciando por seguirle. Se suponía que debían ser sibilinos, se suponía que no iban a descubrirlos. Sin embargo, eso no era lo peor. También estaban tratando de encontrar a la niña, ¿y si el Canciller lo sabía?

—¿Por qué no ha hecho nada al respecto?

Erik frunció el ceño.

—Acaba de poner a toda la sala en tu contra en cuestión de minutos. Vuestros esfuerzos habrán quedado en nada en cuanto se extienda la noticia de lo que ha pasado aquí esta noche. Y te aseguro que se sabrá. —Me estremecí—. Siempre hay un motivo para todo lo que hace. No se habría atrevido a jugar esa baza, sabiendo que podría cabrearte, si no pensara que iba a sacarle provecho.

Suspiré.

Ese era el tipo de movimiento que yo tendría que haber sabido evitar; y, en lugar de eso, le había allanado el camino.

—¿Piensas que retirará su oferta de paz?

Erik lo meditó antes de volver a hablar.

—No lo creo. Esos planos que robaron vuestros rebeldes deben de ser bastante importantes. Ya os habría mandado a casa de otro modo.

—¿Sabes qué contienen esos planos? —me arriesgué a preguntar, aunque ya me había contado más de lo que esperaba.

—No lo sé, y si lo supiera sabes que no podría decírtelo. —Su boca se curvó y me lanzó una mirada dulce y divertida.

Me encogí de hombros.

—Me preocupa que sea un arma. Algo con lo que después pueda atacarnos —dije, recordando las palabras de Enna.

—No creo que lo sea. Si el Canciller estuviera creando un arma, no habría forma de ocultarla, habría llegado a mis oídos. Es difícil guardar secretos tan grandes.

—¿Aunque los estuviera guardando en las catacumbas?

Se me ocurrió en ese momento, pero ¿y si esas misteriosas Piedras del Diablo fuesen el arma que contenían los planos? ¿Y si los planos contenían las instrucciones que necesitaban para terminar de fabricarlas?

Me inspeccionó extrañado. Frunció el ceño y dejó la boca entreabierta.

—¿Cómo sabes tú...?

—Se escuchan cosas.

Erik se echó a reír.

—Ya... —Comenzó a negar con la cabeza—. Las catacumbas nos sirven para almacenar cosas: reservas de alimentos, combustible, ataúdes... Sí, hay armas, pero no sería un lugar seguro para crear una, ni para guardarla, en el caso de que fuera tan poderosa como estás insinuando. Un error podría hacer estallar todo el castillo por accidente.

Permanecí absorta en mis pensamientos.

Su pulgar acarició el hueco de mi rodilla y me sacó de mis cavilaciones.

Atrapé su mentón entre mis dedos y le obligué a mirarme a los ojos.

—¿Me lo dirías? Si supieras algo que puede causar un desastre, ¿me lo dirías?

El dilema entre lo que debía hacer y lo que consideraba correcto.

Vi la debilidad en sus ojos antes de que consiguiera atraparla tras un muro de acero.

No me contestó, en su lugar dijo:

—Tenemos que irnos.

—¿Irnos...? ¿Irnos a dónde? —dije, sorprendida.

—¿Has olvidado que esta noche vamos a la ciudad?

Me incliné hacia atrás, con la esperanza de que estuviera bromeando.

—Ha sido un día muy largo. Solo quiero que termine y...

—Mmm —masculló, adoptando una expresión pícara—. Claro, puedes irte a dormir... o puedes descubrir lo que esconde la ciudad de Ével por la noche.

Erik se levantó y me tendió la mano para ayudarme a levantarme.

—Venga, ¿qué me dices?

Sonreí sin poder contenerme.

Su mirada traviesa terminó de convencerme.

Capítulo 23

La noche se había llenado de hogueras.

La plaza principal, por la que habíamos transitado en nuestra primera visita, no tenía nada que ver con lo que recordaba. El fuego invadía cada tramo del empedrado, ascendiendo hacia las estrellas y a su alrededor figuras difusas bailaban desinhibidas, al amparo de la oscuridad. Los vestidos de las mujeres habían perdido toda su rectitud y lo que ellas conocían como decoro; se agitaban con los saltos al ritmo de las panderetas y las flautas. Las telas blancas y negras ondeaban ligeras sin los corsés ni las enaguas. Todos danzaban y brincaban alrededor del fuego. Algunos con máscaras de animales, con cuernos, pintadas con los colores más vivos. Otros se reían y empujaban. Vi a un grupo hacer amago de lanzar a un hombre a la fogata. Al comprobar su resistencia estallaron en risas y se golpearon la espalda unos a otros, contentos, animados.

Mara me lanzó una mirada divertida y orgullosa, como una maestra de fiestas que va mostrando a sus invitados todo lo que ha preparado.

Por su parte, Erik no había dejado de observarme, cada vez más expectante.

Y yo no sabía si me sentía horrorizada o liberada.

Enna y yo nos movíamos con precaución, tratando de pasar inadvertidas ante la agitada celebración. Salvo por el hecho de que no era una celebración en absoluto. Esta era la forma en la que se transformaba la capital de Bellum todas las noches, como la segunda cara de una moneda, una cara que se muestra menos pero que también existe. Las dos portábamos máscaras; la suya era de una lechuza gris con manchas doradas; la mía, de una cierva. Según me explicó Mara, las astas eran de porcelana, pero el pelo era auténtico. Me desagradó ponerme algo así en la cara, pero no quería ofenderla, así que me tragué las protestas. Además, Enna había tenido que cubrir cada tramo de su piel para ocultar su destello verdoso, así que no podía quejarme.

Un grupo estalló en gritos de júbilo cuando unos soldados entraron en la plaza. Sentí el cuerpo de Erik tensarse a mi lado y acelerar el paso.

—¿Qué ocurre? —pregunté al aire.

—Confía en mí cuando te digo que no quieres ver esto. —Se inclinó para hablarme al oído y deslizó un brazo por mi cintura para animarme a caminar a su paso.

Enna y Mara andaban por delante, pero yo volví la cabeza, a pesar de la advertencia de Erik.

Por una de las esquinas de la plaza entró un dragón, de escamas color verde esmeralda y morado, como los corales de las profundidades del mar. No era un dragón de verdad, sino un disfraz que se movía como una serpiente, gracias a los hombres que se encontraban en su interior. Tenía los bigotes y el pelo de la melena de un color indefinible, una extraña mezcla entre dorado y azul, y sobre el lomo, unas grandes púas de hueso. Sus fauces cobrizas se abrían como si fuera a engullir a cada ser humano de la plaza. Los rugidos de las gentes invadieron el lugar sin que yo entendiera qué era lo que pasaba. Los que poseían un arma la desenvainaron y ante mi incrédula mirada avanzaron a la carrera contra el dragón.

Atacaron todos a una, empujándose para alcanzar con sus filos los cuerpos de los hombres que se encontraban dentro del disfraz. Contemplé la escena sin poder apartar los ojos. Las escamas pronto se tiñeron del rojo de la sangre y el dragón cayó sepultado al suelo, sin nadie que lo sostuviera. Los rezagados aprovecharon los huecos que se habían abierto para seguir ensartando cadáveres.

Recordé la bandera de Bellum: un dragón ensartado por espadas. El fin de las criaturas mágicas.

Las manos de Erik sujetaron mis hombros y me hicieron girar hasta quedar de espaldas a la sangre.

—¿Por qué? —pregunté, horrorizada.

Sus ojos refulgían como un campo de cebada mecido por la brisa.

—Los que van dentro del dragón son prisioneros.

Reprimí un escalofrío poniendo todos mis músculos en tensión.

Mara y Enna se colocaron a nuestro lado. Parecían haber solucionado todos sus problemas. Ajenas a lo que acababa de ocurrir, ahora simplemente se ignoraban, aunque yo tenía la sensación de que la mirada de Enna buscaba una y otra vez a la amiga de Erik. No sabía si se sentía atraída por ella o si solo la estaba vigilando. Con Enna era difícil anticiparse.

—Vamos a ahogar las penas, Majestad —anunció Mara, manteniendo una sonrisa ligera en su bonito rostro. La propuesta parecía fuera de lugar después de lo que acababa de suceder.

—Si sigues llamándome Majestad de nada valdrá esta máscara. —Mi sonrisa era tensa.

—¡Podríamos cambiarnos los nombres! —exclamó entusiasmada.

—No —sentenció Enna, mirando a Mara como si fuera ella la que había cambiado su cabeza por la de una lechuza. Ella le frunció el ceño, fastidiada.

Erik me dio un codazo disimulado antes de hablar.

—Enna, quizá a Alesh sí le convendría cambiar de nombre, ¿no crees?

Se estaba tomando muchas molestias con mi guardia. Observé divertida cómo Erik la tanteaba y la forma en la que Enna respondía, igual que un gato que se estira para que le acaricien, encantada con que le dejara tener la última palabra, pero recelosa y precavida, lista para dar un zarpazo en el momento oportuno.

—Sí, quizá convendría —concedió ella.

—¿Cómo quieres llamarte? —me preguntó Erik.

Yo lo medité un segundo.

—Me gusta Miranda.

—Qué nombre tan extraño —opinó Mara—. Yo quiero que me llaméis Geis.

—Es la protagonista de una de mis leyendas favoritas —me excusé, notando que me ruborizaba.

—A mí me parece precioso —Erik sonrió, con los ojos cálidos como una fragua.

Tanto Enna como Mara resoplaron sin disimulo.

Las ignoré y acepté la mano que él me estaba tendiendo.

—Creo que a Enna le caes bien —le susurré al oído cuando ya habíamos conseguido adelantarnos unos pasos.

Él sonrió complacido.

—Soy irresistible.

—Eso y que la tratas como si te diera miedo.

—¿Quién ha dicho que no me lo dé?

Reí, muy segura de que no estaba bromeando.

Avanzamos hasta abandonar la plaza. Los bailarines seguían danzando alrededor de las hogueras, como si la matanza no hubiera tenido lugar. Me pregunté si eso es lo que sucedía cada noche, si el pueblo se encargaba de ajusticiar a los prisioneros, embriagados por el alcohol y los efluvios de la oscuridad.

Llegamos a la taberna de la que nos había hablado Mara. El rótulo medio descolgado rezaba con grandes letras negras: La cabaña del Poni Tuerto. La calidez de la luz de las velas se filtraba por las ventanas cubiertas de tizne.

Ella pasó delante y mantuvo la puerta abierta hasta que todos estuvimos dentro.

El interior resultaba intimidante y a la vez acogedor. El humo había invadido cada recoveco de la sala. Provenía de unas hierbas negras que fumaba un variopinto grupo de hombres, con jubones y máscaras de animales extraños. El olor a clavo asaltó mis fosas nasales. En el centro, algunos bailaban, jarra en mano, esparciendo el contenido de sus bebidas sobre el suelo o la ropa de sus parejas con cada giro. Los músicos estaban sentados sobre la barandilla, bajo la que se encontraba la puerta del sótano, tocaban las violas junto a las panderetas y los tambores, en una melodía frenética y cautivadora. Uno de ellos deslizaba los dedos por una chirimía, una especie de flauta alargada, como lo haría un amante cariñoso.

Había un par de mesas grandes con bancos. Tres hombres estrellaron sus jarras contra la madera para que la camarera acudiera a servirles más bebida. Sobre las mesas colgaban los huesos enormes de una caja torácica animal. La camarera era una joven con pecas y pelo pelirrojo y rizado, que portaba más de quince jarras contra su generoso busto. Cuando se agachó para dejar el hidromiel, todas las manos fueron hacia las jarras que se encontraban más próximas a su pecho.

Hice una mueca de disgusto.

—Está hasta los topes —se quejó Mara—. Solo hay sitio en la barra.

—Por mí está bien.

Cruzamos la pista de baile y, esquivando los pies de los bailarines, llegamos hasta el mostrador, en el que nos atendió un hombre de mediana edad, con un trapo en la mano y la cara picada.

Enna pidió sidra y yo vino especiado, pero Mara y Erik optaron por una bebida que no conocía: Ypocrás. Les trajeron dos jarras de un líquido rosado que, según me explicaron llevaba tanto vino blanco como tinto, con azúcar, frambuesas y violetas.

—Además de un chorrito de aguardiente, que lo convierte en la especialidad de la casa —me explicó Mara, guiñándome un ojo.

Me ofrecieron probarlo y abrí mucho los ojos cuando el líquido me embargó el paladar.

—Sabe a flores —gemí, incrédula.

—Bébete el mío —se ofreció Erik, pasándome la jarra—. Ten cuidado, embriaga muy rápido.

Enna me miraba con preocupación, no obstante, no se atrevió a abrir la boca y se giró para seguir contemplando la pista de baile con anhelo.

—¡Vamos a bailar! —exclamó Mara, tendiéndome las manos para que me levantara del taburete.

—Lo siento, estoy agotada, pero id vosotros.

—Yo me quedo —dijo Enna.

Negué con rotundidad. Había visto cómo miraba a los bailarines y no había ningún motivo por el que se tuviera que quedar sentada a mi lado.

—Tranquila, ve —intervino Erik—. Yo me quedo con ella.

Enna nos miró, alternando su fijación entre él y yo.

Puse los ojos en blanco.

—Vete de una maldita vez, es una orden. —Pensé que no iba a tomarme en serio, sin embargo, me sorprendió alejándose con el rostro confundido. Me giré para encarar a Erik—. Por cierto, no necesito escolta, tú también puedes marcharte si quieres.

—Sé de sobra que no la necesitas, pero, si no es contigo, yo tampoco bailo.

Apoyó los codos sobre el mostrador y me dejó contemplando su perfil. Tenía la mandíbula ancha y fuerte, y los labios mullidos y suaves como unas sábanas de seda. Mordí los míos para evitar el impulso de besarlo y di un buen trago de Ypocrás. El líquido resbaló chispeante por mi garganta. Me relamí atrapando una gota que trataba de escapar por mi labio inferior.

—Bebe más despacio, si no quieres emborracharte.

—¿Y si es justo lo que quiero? —me encaré.

—No parece lo más conveniente en estos momentos… Miranda. —Sonrió al llamarme por mi nombre falso.

Recordé todo lo que había pasado estos días y suspiré ruidosamente.

—Ojalá pudiera ser solo Miranda por unas horas y después ocuparme de todo, enfrentar al Canciller, volver a Eter. —Fruncí el ceño al ser repentinamente consciente de lo que suponía volver a Eter. Volver sin él. Dejarlo atrás.

No entendí la súbita tristeza que me embargó y el destello de pena que cruzó por sus ojos no fue efecto del alcohol.

Apartó un mechón que se había caído sobre mi frente y sus dedos se demoraron sobre mi piel.

—¿A Miranda le gustan las espadas? ¿Sabe pelear?

Nos miramos sonrientes y cómplices en este juego.

—Es la mejor con la espada.

—Mmm —masculló apreciativo—. ¿Qué más le gusta hacer?

—Pues verás, le gusta recoger flores al atardecer y nadar en los ríos cuando nadie puede verla y puede despojarse de toda su ropa…

Sus ojos se oscurecieron y sin dejar de sonreír pasó la lengua por su labio inferior. Yo seguí el movimiento como si me hubieran hipnotizado y un peso dulce cayó sobre mi vientre.

—¿No le da miedo que la descubran?

—Le dan mucho más miedo otras cosas.

—¿Cómo qué?

—Como que nunca la descubran.

Erik entreabrió los labios y con el ceño fruncido pasó las yemas de sus dedos por mis pómulos hasta la barbilla.

—Yo te veo —aseguró—. Te veo, y me gusta cada parte de ti.

Inspiré entrecortadamente.

De alguna manera le creía y eso... Eso daba mucho miedo. ¿Dónde estaba mi coraza y por qué él había podido traspasarla? ¿Por qué? Si yo me creía una experta fingiendo, ocultando mis emociones.

El alboroto se alzó por encima de la música. Los hombres que estaban jugando a las cartas se habían levantado y discutían acaloradamente con Enna y Mara. Ambas parecían a punto de saltarles al cuello.

Erik suspiró.

—Espera aquí. Voy a tratar de que no nos echen.

En cuanto se fue engullí más de la mitad de mi bebida. De inmediato me produjo una sensación de mareo y tuve que aferrarme a la barra para no perder el equilibrio sobre el taburete.

—Eh, chica, ¿estás bien?

Parpadeé varias veces para enfocarlo. Era mayor, pelo canoso, piel morena y curtida. ¡El tendero! Era el hombre al que le había comprado la figurita de madera en mi primera visita a la ciudad.

Estaba apoyado en la barra a unos taburetes de distancia.

El Ypocrás me había desinhibido lo suficiente como para que acercarme hasta él y retirarme la máscara.

—Vaya. No esperaba veros por aquí, Alteza.

Tuve la suficiente cordura como para mantenerme de espaldas a la pista.

—Estoy degustando el producto local. —Alcé la jarra en su dirección y él sonrió vacilante.

—Quizá no lo recordéis, pero la hermana de mi mujer trabaja en el castillo y creo que la conocéis. Su nombre es Nuna, es una de vuestras ayudas de cámara.

—Oh, ¿en serio?

Él asintió.

—Nos contó lo que intentasteis hacer por ella al darle ese broche. Esa muchacha fue una estúpida al no cogerlo, pero fue un gesto muy amable por vuestra parte.

Parpadeé de nuevo para enfocarlo. El Ypocrás estaba empezando a pasarme factura porque me encontraba cada vez más achispada.

Metí la mano en el bolsillo del vestido y extraje el broche. Lo dejé sobre la mesa en una oferta silenciosa. Siempre lo llevaba encima y me dolía deshacerme de él, pero sabía que otros lo necesitaban más que yo.

—Vaya. Gracias, Alteza. —Lo guardó con dedos temblorosos—. Dejadme... Me gustaría devolveros el gesto. Una muestra de buena voluntad como la que vos habéis tenido. —Incliné la cabeza, expectante—. Pensé en lo que me preguntasteis en nuestro primer encuentro, acerca de cómo encontrar a alguien. —Bajó el tono de voz—. Pues bien, hay... algo en el bosque.

—Si os referís a lo que había en la cascada, era una ondina y ya está muerta.

—¿Una ondina? ¿Cascada? No, no. —Movió la cabeza, impaciente—. Hay una cabaña. Algunos afirman que la dueña es una mujer mayor que enloqueció debido a la magia, otros creen que es un demonio, aunque para muchos no hay diferencia. Pero hay algunos desesperados que acuden... ya sabéis, para preguntarle cosas. Dicen que tiene respuestas para todo, pasado, presente y futuro.

Sonaba como si estuviera describiendo a una vidente. Sin embargo, ¿qué probabilidades había de que realmente hubiera una vidente en Bellum? Quizá las mismas que de que hubiera una ondina.

El tendero sonrió ufano.

Le faltaban un par de dientes junto al colmillo. Pero me di cuenta de que eso era maravilloso. Igual que la taberna. La taberna era increíble, los huesos, que antes me habían causado inquietud, ahora solo eran parte de un decorado muy interesante, como la cabeza de jabalí que colgaba junto a los servicios. Todo era auténtico y magnífico. La gente gritaba porque estaba contenta y yo quería que gritaran más alto, ¡no! Quería gritar yo. Tan alto que hasta los lobos se asustaran.

Iba a hacerlo cuando Enna llegó a mi lado y contempló, arisca, al tendero.

—¿Quién eres tú? Largo.

—Venga, Enna, relájate.

—Creo que tú te has relajado por las dos. —Arrugó la nariz al reparar en que me había bebido toda la jarra.

Me reí, porque el mal humor de Enna era muy divertido, y aún me reí más cuando ella intentó volver a ponerme la máscara sin poder atarla, ya que no paraba de moverme.

—Para de una vez, la gente está empezando a mirar.

Yo hipé en respuesta.

—¿Qué pasa aquí? —Era la voz más bonita y maravillosa del mundo. Me liberé de los brazos de Enna y hundí mi nariz en el pecho de Erik. Ese hombre olía a hogar, a pan, a masa madre, a bollo de chocolate caliente—. ¿Me estás olisqueando?

—Lo que pasa, es que se suponía que te ibas a quedar con ella —gruñó Enna.

—¡Eh! Él vino a mediar en una pelea que, tú, empezaste —le defendió Mara.

—¿Cuánto ha bebido? —preguntó preocupado.

—Toda la jarra.

Alcé la vista a tiempo de ver cómo alzaba las cejas.

—Vaya, princesa. —Juro que me miró divertido—. No sabes beber.

—Eres un bollo de chocolate —le respondí, volviendo a hundir la nariz en su pecho.

Erik se carcajeó.

—Ah, ¿sí? ¿Y qué más soy?

—No te aproveches —le regañó Enna.

—Eres tan guapo.

La escuché gemir de desesperación, sin embargo, yo solo podía prestar atención a la sonrisa de Erik. Tenía los dientes tan blancos como el brillo de luna. Si no me hubiera estado sujetando les habría dado unos golpecitos para comprobar que eran reales.

—Quiero ir al teatro y ver a Dereck actuar —exclamé—. ¿Por qué no vamos ahora y le damos una sorpresa?

—Porque encontrarías el teatro vacío. La función no empieza hasta dentro de dos días —explicó Erik.

Yo bajé los ojos y adelanté el labio inferior.

—Deberíamos irnos —sentenció Enna.

Erik asintió y Mara puso cara de pena.

—No, no, no. —Agarré sus manos fuertes y ásperas y las alcé para girar entre sus brazos. La vuelta me desestabilizó tanto que tuve que apoyarme en su pecho para no caerme—. Vamos a bailar.

—Pensaba que estabas demasiado cansada —protestó Enna.

Me revolví para llegar a la pista de baile, pero los brazos de Erik eran como los barrotes de una jaula.

—Miranda quiere bailar. —Le hice un puchero y él abrió mi presa como si le hubiera electrocutado. Su mirada era tan compasiva, tan dulce.

—¿Qué demonios haces? —increpó Enna.

—Dejemos que se divierta un poco.

Enna lanzó maldiciones en todos los idiomas del sistema, pero me siguieron hasta la pista.

Una mujer entrada en carnes, al verme, me agarró. Llevaba el pelo rubio recogido tras una máscara de asno, y terminé metida en un corro de alegres desconocidos, que saltaban y reían, ebrios de felicidad. Nos inclinamos hacia delante y avanzamos como si fuéramos a colisionar. En el último segundo, la fila retrocedió y nosotros seguimos girando. No conocía el baile, así que dejé que me lo enseñaran pasando de brazo en brazo, como un diente de león columpiado por el viento.

La música cambió, tocó un arpa, pero yo apenas era consciente de que me había quedado sola en el centro del círculo. Y seguí bailando, de la única forma en que sabía. Me deslicé, haciendo ondear la falda ajada de color medianoche. Parecía un manto de estrellas. Un manto de estrellas roto. Debieron pensar que lo había robado del basurero de alguna noble.

Extendí los brazos y con las muñecas seguí las espirales del humo, con los ojos cerrados, meciéndome y girando despacio.

El hombre del arpa se colocó a mi lado y siguió tocando. Yo me aferré a la columna del instrumento como si fuese mi compañero de baile. Sentía que los ojos de todos estaban clavados en mí, pero no me importaba. Giré bajo el arco que formaban el conjunto de mi brazo y la columna. Bailé solo para el arpa.

El mundo estaba lleno de sonidos, tinta de estrellas y colores.

El músico acarició las últimas cuerdas de la canción y todo se detuvo, hasta que llegaron los aplausos. Me incliné en una reverencia sencilla, como si estuviera acostumbrada a esto. Supuse que Miranda podría acostumbrarse.

La música volvía a sonar animada cuando Enna, Mara y Erik acudieron a mi lado. Él me miraba turbado, con los brazos recogiéndose el pecho, como si estuviera conteniendo el aliento.

Me dejé caer contra su costado, atolondrada, y su respiración se volvió frenética.

—Ha sido el baile más bonito que he visto en mi vida —anunció Mara.

Los ojos de Enna brillaban de nostalgia.

—Las ventajas de que te enseñen a bailar dríades —contesté, restándole importancia.

El mareo se había incrementado con el baile. Lo notaba más al quedarme quieta.

—Debemos irnos —imploró mi guardia—. Juro que si vuelvo a verte rodeada de extraños me dará un ataque.

Reí con la exageración del alcohol que recorría mis venas.

El camino de vuelta fue mucho más corto que el de ida.

Erik y yo montábamos el mismo caballo y, aunque yo iba delante, él rodeaba con sus brazos mi cintura, sujetando las riendas. De vez en cuando me volvía para mirarlo y darle besitos en la mandíbula. Él había comenzado por apretarla y al poco estaba resollando.

—Por los Dioses, Alesh, dame una tregua —masculló entre dientes.

Solté una risita, deslizando los labios cerca de su oreja.

Gruñó desde lo más hondo de su ser.

El paisaje era bonito. Bañado en el matiz rosa del Ypocrás parecía el más maravilloso de cuantos había visto. Y notar el pecho duro de Erik a mi espalda ayudaba.

Sus brazos se tensaron a mi alrededor. Me arrastró por la silla hasta que entre nosotros no quedó espacio para que se colara ni una brizna de aire. Lo notaba moverse contra mí. Cabalgaba con movimientos rotundos y fluidos. Mi vientre se convirtió en lava fundida.

Apoyé, perezosa, la cabeza contra su cuello.

Enna y Mara trotaban a nuestro lado, cada una montada en un caballo.

No me importaba que pudieran vernos.

Llegamos acalorados a los establos. Erik bajó primero y me cogió por la cintura para ayudarme a desmontar. El vestido se subió cuando descendí acariciando su cuerpo con el mío.

No apartó en ningún momento sus ojos de los míos.

Esperé fuera a que dejaran los caballos en las cuadras para no ensuciarme con la tierra. La brisa nocturna me refrescaba la piel y aliviaba el mareo que seguía acompañándome, como si la tierra se moviera bajo mis pies.

Y, entonces, lo escuché.

Un repiqueteo.

¿El choque de un martillo?

Capítulo 24

Caminé apoyada contra la pared del establo. Colocando las suelas de mis zapatos con cuidado de no hacer ruido. Unas voces sonaban en la parte de atrás. Eché un vistazo rápido antes de volver a esconderme.

El Comandante hablaba con un hombre que vestía el uniforme de los soldados del Canciller y daba golpecitos con su espada a una roca, alta hasta su cintura, sobre la que tenía el pie apoyado.

Hablaban en voz baja, pero yo estaba lo bastante cerca para escucharlos.

—Y, ¿cómo marcha… lo otro? —dijo el soldado, hurgando con una uña entre sus dientes.

—Todo sigue según el plan —respondió el Comandante.

La conversación parecía lo bastante interesante como para que me inclinara más en su dirección. Un movimiento en falso y quedaría expuesta.

—No me gusta hacia dónde nos conduce esto, mi Comandante.

—¿Lo dices por la niña?

Todo mi cuerpo se puso en tensión y se liberó de golpe de los efectos del alcohol.

—¿Por qué si no? —contestó el otro, clavando la espada en el suelo.

—Está controlada. —Miró a su alrededor y yo me apreté contra las tablas de la pared que soltaron un crujido lastimero. Inspiré temiendo haber delatado mi posición y me mantuve quieta a la espera de que hicieran algún movimiento.

—¡Alesh! —El grito de Erik me paralizó. Provenía del otro lado del establo. Debían de haber salido y descubierto que me había marchado.

Cuando volví a mirar, el soldado y el Comandante ya no estaban. No podían haber desaparecido y la única salida implicaba pasar por donde yo me encontraba. ¿Me lo había imaginado todo?

Sin pensarlo, me transporté hacia la entrada principal, no obstante, no estaba tan sobria como pensaba y en el aterrizaje estuve a punto de darme de bruces contra el suelo. Así hubiera sido si los brazos de Erik no hubieran aparecido de la nada para sujetarme.

—¿Dónde estabas? —No parecía preocupado, sino curioso. Simulé estar más ebria de lo que estaba para no tener que contestarle—. Anda, ven aquí. —Pasó los brazos por debajo de mis rodillas y me alzó en vilo como si pesara menos que una pluma—. Vas a terminar cayéndote.

Apoyé la cabeza, dócil, contra su hombro.

—Di la verdad, Capitán, te encanta tocarme.

Una risa baja le agitó el pecho. No lo desmintió.

El Ypocrás me había jugado una mala pasada. En mi desesperación por encontrar a la niña había terminado imaginándome al Comandante hablando de ella.

Al poco, Enna y Mara se unieron a nosotros. Mi guardia… ¿mi amiga? Enna me caía bien, nos encontrábamos en un extraño limbo entre el deber y la familiaridad. Me miraba como si quisiera asesinarme y, aun atolondrada, supuse que motivos no le faltaban.

—La llevaré a su dormitorio —anunció Erik. Enna lo fulminó a él con la mirada—. Para que duerma —aclaró, poniendo cara de espanto—. Por los Dioses, Enna, está borracha y no soy ningún pervertido.

Una desilusión turbia me recorrió entera.

—Eso lo decidiré yo. —Hizo un gesto con la cabeza—. Te sigo. Y que sepas que me mantendré alerta.

—No esperaba menos. —Puso los ojos en blanco.

La primera en separarse fue Mara. Sus aposentos se encontraban en el ala oeste del castillo, por lo que tuvo que tomar otra ruta.

Enna buscó mi mirada antes de adentrarse en su dormitorio. Yo asentí para que entendiera que todo estaba bien, que podía marcharse tranquila.

En cuanto Erik traspasó el marco de mi puerta me bajó al suelo.

—¿Crees que podrás apañarte hasta la cama? —me preguntó, con una media sonrisa.

No quería que se marchara.

—Quédate un poco más.

—Es posible que Enna aparezca y me mate.

—¿Te da miedo mi guardia? —pregunté con sorna.

—Sería un necio si no me lo diera.

Yo me reí.

Sus ojos chispearon al observarme.

—Me quedaré con una condición —dijo.

—¿Cuál?

—Que bailes conmigo.

Enarqué las cejas pero tomé la mano que me tendía.

—No hay música —evidencié.

Él tiró de mí hasta que quedé envuelta entre sus brazos.

—No es problema.

—Ah, ¿no? —Negó sin despegar sus ojos de los míos. Estábamos a escasos centímetros y deseé salvar la distancia que nos separaba. Deseé robarle un beso, pero me contuve—. ¿Entonces?

—No sé bailar. Vas a tener que enseñarme.

—¿En serio, Capitán? —Entrecerré los ojos—. Primero la magia y ahora el baile. Parece que te estás aficionando a que me convierta en tu maestra.

—¿Qué puedo decir? Siempre ha sido un rol estimulante —afirmó sin una pizca de vergüenza—. Confieso que soy de los que se quedan apoyados en la pared mientras los demás bailan. Al fondo de la pista.

—Y supongo que todas las mujeres de la sala te lanzan miraditas impacientes para que las saques a bailar.

Se encogió de hombros con una sonrisa fanfarrona.

Puse los ojos en blanco y coloqué su codo en la posición correcta. Le guie para que aprendiera el paso más básico y su cuerpo se tensó a mi alrededor. Dos hacia delante, dos hacia atrás y giro. Sus movimientos eran torpes y precipitados, nada que ver con la seguridad que mostraba sosteniendo un arma. Lo cierto es que lo único que puedo decir a su favor es que no me pisó.

Cuando ya no podía soportar más la tensión que estaba creciendo entre nosotros sin perder la compostura me aparté y me eché sobre la cama.

—Creo que sería mejor que siguieras sosteniendo la pared. Cuanto más lejos de la pista, mejor.

—Eres una mujer despiadada y cruel.

Tiré de los botones de mi ropa hasta que se liberaron, lancé el vestido a los pies de la cama y me quedé solo con la ropa interior. Esa noche tendría que servirme de pijama.

Sus ojos se oscurecieron, negros como el alquitrán. Contemplando cada tramo de mi piel. Sin embargo, despacio, con los movimientos afilados de un depredador, cogió las mantas y me tapó.

Suave, tranquilo, tierno.

Pasó los dedos por mi pelo y lo retiró para apartarlo de mis ojos.

—Quédate conmigo. —Me mordí el labio. No quería suplicar.

—Me tientas. Pero estás borracha y cansada. —Sus dedos se demoraron sobre mi mandíbula.

—Entonces, quédate hasta que me duerma.

Abrió la boca y vi la duda serpenteando en sus ojos. Quizá él no reparaba en la importancia que tenía para mí, en lo que suponía confiar lo bastante en alguien como para quedarme dormida a su lado. Confiar en que no aprovecharía un momento de debilidad para hacer algo en mi contra. Tragó saliva, y aún algo rígido, apagó las velas y se subió al colchón, colocándose sobre las mantas.

—Cuéntame algo para que pueda dormirme.

Él se detuvo un momento a pensarlo.

—Puedo decirte tres verdades si tú me cuentas otras tantas.

—Está bien. —Me mordí el labio en la penumbra. Su cuerpo estaba demasiado lejos del mío—. El primer ataque al que me enfrenté fue hace unos años —empecé—. Paseaba por el bosque, muy cerca del palacio, cuando unos soldados de Bellum me rodearon. Eran cinco y yo iba desarmada. —Omití la parte de la historia en la que me habían conseguido alcanzar en el antebrazo con un cuchillo mientras yo perdía el tiempo dibujándome las runas.

Él tenso los brazos sobre su pecho. Las sombras de la noche dibujaban los contornos de sus brazos, creando montañas y valles torneados, como una cordillera en la que resbalar me podía conducir al abismo.

—No pude acabar con sus vidas, pero no importó. Tres escaparon y los otros dos, al verse derrotados, se mataron frente a mí. Supongo que para ahorrarse la parte del interrogatorio —repuse con frialdad.

—¿Cuándo mataste por primera vez?

—La noche de la Desgracia Nocturna apresamos a algunos enemigos. Fue la primera vez que la reina consideró que yo tenía la edad suficiente para intervenir. O quizá solo me lo permitió porque era necesaria toda la ayuda posible. Una noche, después de los interrogatorios y las torturas, bajé a los calabozos y acabé con sus vidas. Esa fue la primera vez. —Me estremecí al recordarlo—. No fue difícil. Estaban tan malheridos que no pusieron resistencia y yo los odiaba tanto que no me importó. No tuve pesadillas. No soñé con su sangre. Dicen que la primera vez es la más difícil, pero tuvieron lo que se merecían. Aun así, por aquel entonces al pensarlo me perturbaba. Creo que ahora ya no me perturba. He perdido la capacidad de lamentar la muerte de mis enemigos.

Sabía que eso no me convertía en alguien normal. Tampoco me podía permitir el lujo de serlo.

—Lo entiendo —Hizo un breve asentimiento y se acercó más a mí. Sus dedos se internaron en los mechones de mi pelo, acariciando con sus yemas mi cuero cabelludo. Los movimientos circulares me sacaron de mis pensamientos y me calmaron—. La primera vez que maté también fue a un prisionero. En mi caso era parte del ascenso para convertirme en Capitán. Nos dicen que sesgar una vida nos curte, nos fortalece. No sé si estoy de acuerdo con eso. —Su voz se convirtió en un susurro oscuro—. Lo mío fue distinto, ese hombre al que maté no era mi enemigo, solo un ladrón. En cuanto se celebró mi nombramiento tuve que marcharme para vomitar hasta que mi estómago se vació. —El silencio nos envolvió mientras él pensaba en su siguiente pregunta—. ¿Hay alguien esperándote en Eter?

Me sorprendió.

—¿Alguien aparte de *todo* el mundo? —bromeé.

—Alguien especial —aclaró él.

En quien primero pensé fue en Patme. Su muerte había dejado un vacío, el que deja haber perdido a la única persona a la que recordaba a mi lado desde siempre. Después pensé en Brandon. Le quería, a mi manera, sentía un enorme cariño por él, pero no era amor. Recordé su carta, debajo del colchón en el que Erik y yo nos encontrábamos, todavía sin leer.

Negué con la cabeza.

—No. ¿Qué sabes de mí? —le pregunté.

—Supongo que lo mismo que todo el mundo. —Su comentario me escoció. Sin darme apenas cuenta me había abierto a él en numerosas ocasiones. En realidad, yo creía que a esas alturas me conocía más que la mayoría y, sin embargo, era cierto que sabíamos muy poco el uno del otro—. Que la antigua reina de Eter te encontró cuando eras una niña, que creciste bajo su protección... Supe que luchaste en algunas de las incursiones que el Canciller hizo en tu planeta y poca cosa más. Ni siquiera sabía cómo eras hasta que te vi por primera vez.

—En este mismo balcón.

—Lo recuerdo. —Tenía la voz ronca.

—Estabas empapado.

—Y tú preciosa. —El estómago me revoloteó hasta la garganta—. Recuerdo que pensé que no había visto nada tan bonito en toda mi vida.

—Seguro que no pensaste solo eso. —Una sonrisita tiró de la comisura de mis labios.

—Es cierto, también pensé que tu belleza debía de ser tóxica, como la de esas plantas carnívoras que atraen a los bichitos indefensos hasta comérselos.

Enarqué una ceja.

—¿Hablas en serio?

—Tú eras la mala del cuento —me recordó.

—Quizá del tuyo. —Él sonrió—. ¿He dejado de ser la mala?

Recordé sus palabras en la taberna: «Yo te veo».

—Si te soy sincero, nunca he estado tan confundido. Creo que necesitaría un tiempo sin tu presencia para estar seguro de que lo que se me está pasando últimamente por la cabeza no es un disparate.

—¿Qué es lo que se te está pasando por la cabeza?

Él resopló, estirando los dedos por mi pelo, absorto en su propio movimiento.

—Hemos llegado al límite de preguntas —me contestó.

—Creo… —Inspiré para poder seguir—. Creo que hace tiempo que yo he dejado de jugar.

De todas de las cosas que podía decirle, eso era lo más parecido a revelar cuáles eran mis sentimientos hacia él.

Todos mis instintos me gritaban que esto era un error. Y lo peor de todo es que a mí no me podía importar menos. Era la reina. No estaba bajo ningún mando, y sabía que debía encontrarme a mí misma, sabía que en muchos aspectos no estaba preparada, que debía aprender, pero no tenía claro que estuviera dispuesta a pasar el resto de mi vida totalmente sola. Sola para que no me traicionaran, para no ponerme en peligro, sola para no sufrir. Pero yo quería sufrir si eso era la consecuencia directa de vivir, de permitirme sentir.

Erik deslizó los mechones por mi cuello y sentí un ramalazo de placer a las terminaciones nerviosas.

—¿Qué hay de tus padres? —inquirió.

—Primero contesta a mi pregunta.

Suspiró, pero no dejó de acariciarme.

—Ya te expliqué que siempre he tenido un objetivo. Tú llegaste aquí hablando de paz y de elecciones, eso me hace preguntarme qué oportunidades le dejaron a mi hermana para que eligiera. Pero también hace que me cuestione lo que he estado apoyando todo este tiempo. Me pregunto si esta es la forma de conseguirlo y qué pasaría después. A veces creo que tienes razón y que el Canciller podría utilizarlo solo en su beneficio, otras pienso que te equivocas, que sería lo mejor para el sistema.

—Yo también me siento así. —Él enarcó las cejas—. Me siento confusa. Cuando llegué pensaba que todos erais unos monstruos, no estaba preparada para descubrir que eso no es así; y una parte de mi quiere odiarte, porque es lo que me han enseñado, porque es lo más sencillo. —Busqué su rostro en la penumbra y hundí los dedos en la mata sedosa de su pelo. Una caricia que terminó en su mandíbula. Dejó de respirar—. Quiero que sepas que de verdad siento lo de tu hermana. Lo siento lo suficiente como para intentar cambiar las cosas.

—Gracias. —Atrapó mi mano y se la llevó a los labios para besarla. Hizo una pausa, sumido en sus pensamientos—. Entonces, ¿tus padres…?

—No recuerdo nada de mi vida antes de que Patme me llevara con ella.

—¿Dónde te encontró?

—Tampoco lo sé. Mi primer recuerdo es de mi antigua habitación en el castillo de Astra.

—¿Ella nunca te lo dijo? —inquirió, extrañado.

—Nunca logré sacarle una palabra. A veces creo que me equivoqué al no presionarla más. Pero ahora está muerta y mi pasado murió con ella.

—¿Y la magia no te puede ayudar a recuperar los recuerdos?

—Patme lo intentó pero no lo consiguió. No hay nada en mi cabeza.

—Es extraño. Con toda la magia que rezuma tu planeta, nunca pensé que hubiera algo imposible de conseguir.

—Hay muchas cosas imposibles. —En la magia existían límites, aunque todo dependía de lo que estuvieras dispuesto a ofrecer. Acaricié el anillo con el pulgar, pensando en lo mucho que me brindaba—. ¿Cuántos años tienes?

Él rió.

—¿Eres consciente de que esa es una de las primeras preguntas que la gente normal se hace cuando se conoce?

—No en Eter. Allí todos guardan mucho celo a la hora de revelar su edad.

—Supongo que por la cantidad de vejestorios que hay —bromeó, y yo bufé ante su insolencia—. Tengo veintitrés.

Enarqué las cejas. Era más joven de lo que pensaba y ya tenía a sus espaldas méritos suficientes como para haberse convertido en Capitán. No sabía si debía sentirme impresionada o intimidada.

—Vaya. Eso es…

—Lo sé. Soy un prodigio.

Le pegué un manotazo en el hombro que solo consiguió hacerle reír más fuerte.

—Yo veintidós.

—Sé cuántos años tienes. Tampoco estoy tan mal informado. —Más que verlo, sentí como ponía los ojos en blanco.

—¿Beberás del Sauce? —le pregunté. Se le esfumó la sonrisa.

—No lo sé, ¿y tú?

—Creo que sí —medité—. No me gusta la idea de vivir para siempre, pero hay cosas que quiero poner en orden antes de darle la bienvenida a la muerte.

Permanecimos un instante en silencio antes de que él susurrara:

—No sé en qué me convertiría beber de aquello que he repudiado durante tantos años.

Me mordí el labio inferior.

—¿Qué han decidido tus padres?

—Mi padre dejó de tomar la savia. —Recordaba el rostro curtido del Comandante. Sus arrugas y esas marcas de la piel que ya podían apreciarse. A pesar de todo, seguía pareciéndose mucho a su hijo—. Mi madre enfureció en cuanto se enteró.

Se encogió de hombros con pesar.

—Quizá lo reconsidere, o tu madre finalmente lo convenza.

—Mi padre es de convicciones firmes. Quizá demasiado firmes. —El movimiento de su mano en mi pelo se hizo más constante—. Parece que lo de las tres preguntas al final se ha convertido en un número anecdótico.

Yo sonreí, buscando sus ojos, que brillaban como faros en medio de un mar embravecido.

No pude reprimir un bostezo.

—Duerme. —Yo negué, recostándome contra su costado—. Me quedaré hasta que te hayas dormido.

No quería dormir, pero las tensiones del día, el Ypocrás y las caricias circulares, aletargadas, de sus dedos me despejaron el camino de los sueños.

Cuando desperté por la mañana, él ya se había marchado.

Capítulo 25

Me encontraba mejor de lo que merecía. Y era una suerte porque tenía trabajo por delante.

Erik y yo no habíamos hablado de cuándo íbamos a retomar los entrenamientos, así que tenía toda la mañana por delante para ponerme al día.

Recordaba la conversación con el tendero sobre la supuesta vidente y también tenía un recuerdo, algo más extraño, del Comandante de Bellum hablando con un soldado y mencionando algo de una niña antes de desaparecer inexplicablemente unos segundos más tarde. Tenía dudas de si había sido real, ¿el Ypocrás producía alucinaciones?

Lo primero que hice fue sacar las cartas de Brandon de debajo del colchón. Había recibido dos hasta el momento, y por mucho que una parte de mí hubiera querido seguir postergándolo, sabía que era una estupidez no enfrentarse a sus expectativas cuanto antes.

En la primera carta mencionaba la última conversación que habíamos mantenido antes de que yo me marchara de Astra. Brandon me pedía que le diéramos una oportunidad a *lo nuestro*. Lo pensé y concluí que había pasado el tiempo suficiente desde que me había mandado la carta como para que mi falta de respuesta fuera una respuesta en sí misma.

Quizá no fuera la actitud más valiente o responsable, en especial cuando la noche anterior prácticamente me había retorcido de deseo por Erik.

La segunda carta era más importante. Había llegado hacía un par de días.

En cuanto comencé a leer me arrepentí de no haberla abierto antes.

Llamé a la puerta de Enna, que me recibió vestida a pesar de que el sol justo estaba comenzando a salir en esos momentos por el horizonte.

—Tengo que contarte varias cosas —anuncié.

—No he dormido en toda la maldita noche tratando de escuchar lo que pasaba en tu habitación. Espero que estés contenta.

—¿Tenías la oreja pegada a la puerta mientras Erik estaba en mi dormitorio? —Hice una mueca de disgusto. ¿Acaso nadie conocía lo que era la privacidad?—. Espero que sepas que eso es muy turbio.

—Ya, claro. Como si fuera a permitir que el Capitán te llevara a tus aposentos estando hasta arriba de alcohol. Que tú confíes en él no significa que yo tenga que hacerlo.

—Oh, por las Diosas. —Sacudí la cabeza intentando apartar la imagen que se estaba formando—. Tengo cosas importantes que contarte, esto puede esperar.

—No hay nada que te dijera anoche de lo que no me enterara, créeme.

—Te creo. —Por desgracia—. Erik me desveló que el Canciller sabía lo que estáis haciendo en la ciudad. Su numerito en la ejecución fue la respuesta que escogió para devolvérnosla.

—Maldita rata.

—Tenéis que parar. Si existe la posibilidad de llegar a un acuerdo de paz, no pasará por poner al pueblo en su contra.

Enna asintió, pero justo después lanzó un gruñido de frustración.

—Había pensado ir con Gionna a la ciudad para investigar a esos prisioneros que meten dentro de los dragones de tela.

—¿Y eso por qué? —pregunté, confusa.

—Están sentenciados a muerte. La desesperación suelta la lengua y quizá sepan algo de los planos. Podría haberles llegado algún rumor de lo que contienen, quizá de boca de los guardias o de algún prisionero que haya podido conocer a los rebeldes que los robaron.

—Es buena idea, pero os están vigilando. Debéis tener más cuidado que nunca.

—Claro. Newu y Luthiel pueden quedarse aquí y avanzar con su descodificación, de todas formas, cuantos menos seamos mejor.

Moví la cabeza, conforme.

—Hay más.

Le conté el encuentro con el tendero y que después creí ver y escuchar al Comandante hablando de una niña.

Ella se quedó pensativa.

—Esto se está complicando más de lo que esperábamos —dijo, al fin.

—¿Crees que es posible que me lo haya imaginado?

—Lo que creo es que podría estar hablando de cualquier niña, no necesariamente de la que estamos buscando nosotros.

—Me parece mucha casualidad.

—Ayer bebiste mucho, Alesh. No sé lo que has visto, o lo que creíste ver, y probablemente no convenga descartarlo; sin embargo, ¿cómo iban a saber que estamos buscando a la heredera al trono? Nuestras tradiciones sobre la sucesión son un secreto, un misterio, incluso para gran parte de nuestro pueblo. Solo los que se ven directamente implicados saben algo.

—Pero Erik sabía que Patme fue a por mí. Que fue a buscarme y que me llevó hasta Eter para que reinara después de ella.

—Eso no sienta un patrón. —Colocó una mano en mi hombro—. No creo que haya que preocuparse. Al menos por ahora.

Me mordí el labio con saña.

—Me ha llegado una carta de Brandon.

—¿El hijo de la difunta reina?

—Sí, somos amigos —abrevié. No era necesario hablar de los sentimientos de Brandon para contarle lo que había venido a decirle—. Tenemos un problema con el Consejo.

Ella hizo una mueca.

—¿Qué pasa con ellos?

—¿Recuerdas que les pedimos que se hicieran con los planos amigablemente?

—Sí. —Frunció el ceño.

—Pues parece ser que no fue así como los obtuvieron.

—¿A qué te refieres?

—No convencieron a los rebeldes y se los llevaron presos. Uno de ellos confesó el paradero de los planos después de que los torturaran.

Enna abrió la boca, pero no salió ningún sonido.

—Ahora tenemos a unos hombres encarcelados, pese a compartir los mismos ideales que nosotros, por la ineptitud del Consejo. —Me mordisqueé el pulgar—. Y seguro que no es el único grupo de rebeldes que existe, con lo que nuestra oportunidad de tenerlos como aliados ha pasado a la categoría de inviable.

Ella me miró con extrañeza.

—¿Crees que eso es lo peor? Mi madre estará furiosa. Se lo tomará como una afrenta personal, una traición. Fue ella la que compartió su paradero como una muestra de lealtad a la corona.

Enna tenía razón.

Decidimos redactar una carta entre las dos para mandársela a Ophidia e intentar templar los ánimos. En ella le asegurábamos que se exigirían las correspondientes responsabilidades por lo que había hecho el Consejo. La leímos en voz alta varias veces. Cuando estuvimos satisfechas, cerramos el sobre con el sello de la corona de Eter. Esperábamos que eso fuera suficiente.

Dejé a Enna encargada de poner a los demás al día de las novedades y me marché para seguir con mi propia misión.

Llamé a la puerta de Luthiel. Me abrió despeinado, colocándose las gafas y aún en pijama, blanco con rayas azules.

Le pedí que me mostrara los planos del castillo y me esforcé al máximo por recordarlos. Esperaba no perderme por el camino.

No me perdí.

Resulta que la entrada a los calabozos estaba muy cerca del invernadero de Mara. Seguí la pared sur del castillo y en menos de un suspiro estaba frente a una entrada que descendía hacia las profundidades.

No había guardias a la vista, supuse que estarían en el relevo, aun así, no podía contar con tener tanta suerte una vez dentro.

Me volví invisible. De esta manera mi cuerpo podía atravesar los objetos sin anclarse ni ser visto. El mero deseo bastó para que Laqua obrara su magia. Conocía las palabras del hechizo que hubiera tenido que formular si no hubiera contado con el anillo, al igual que la runa, la de la visión: una gota dibujada en horizontal; pero con Laqua todo era más sencillo.

Las antorchas iluminaban el camino a las profundidades. Allí la piedra era blanca, como un claro y luminoso descenso a los infiernos. Era como caminar sobre huesos. Descendí despacio, con una mano apoyada sobre la pared. Los escalones resbalaban por la fuerte humedad del ambiente marino.

Cuanto más bajaba, más fría era la temperatura, hasta que finalmente el aire se llenó de gotas en suspensión. Un único pasadizo daba paso a los calabozos, sin bifurcaciones ni recovecos. La estancia era amplia y redonda, las celdas formaban una circunferencia alrededor del espacio central, en el que algunos guardias se estaban gastando el sueldo apostando a las cartas. Portaban capas impermeables que les protegían de las bajas temperaturas.

El camino continuaba por un pasadizo que se encontraba frente a mí, al otro lado de los calabozos.

Avisté a un par de soldados dirigiéndose hacia la entrada, probablemente para apostarse a vigilar después del cambio de guardia. Me pegué contra la pared y contuve el aliento cuando pasaron por mi lado. Esperé hasta perderlos de vista para seguir avanzando.

No todas las celdas estaban ocupadas, pero sí muchas de ellas.

Caminé deprisa, pero me detuve al percibir un brillo detrás de unos barrotes. La piel de un par de prisioneros brillaba como si estuviese hecha de brillantes.

El corazón me dio un vuelco.

Pobladores de Ignia.

El polvo de oro incrustado en su piel morena recordaba a las arenas del desierto del que provenían. Todo un orgullo para sus gentes; y también una forma muy simple de revelar su identidad.

La mujer estaba recostada sobre el regazo del hombre, que llevaba el pelo largo en una trenza y se apoyaba, macilento, contra la pared de la celda, tan próxima a los barrotes que ni siquiera podía estirar las piernas.

Maldije para mí misma. No podía dejarlos ahí; y, sin embargo, tenía que avanzar hasta las catacumbas para descubrir qué ocultaba el Canciller. Me dije que los liberaría a mi regreso, costara lo que costase.

Al seguir bajando, el pasadizo se dividió por primera vez, sin embargo, no había oportunidad de perderse. El acceso a las catacumbas estaba señalizado con cartelitos de latón. Tenía sentido. Erik había dicho que las catacumbas se utilizaban como una especie de almacén, así que los sirvientes debían ser los encargados de transportar lo que fuera que estuvieran guardando.

Se escuchaban las filtraciones del agua de mar en la roca.

El espacio se ensanchó en todas las direcciones. Las catacumbas eran inmensas. Toscos e irregulares pilares dentados se alzaban del suelo al techo. A la izquierda, bajo el camino que se adentraba en la cámara, había agua. Supuse que era agua salada que había manado con las excavaciones. No se veía la profundidad que alcanzaba, aunque tenía un color entre lechoso y verduzco.

Erik tenía razón. Las catacumbas estaban plagadas de material, como si el Canciller estuviera esperando un asedio. Había montones de comida enlatada y en salazón, armamento, trampas, material médico... Y, entre todo eso, un hueco enorme. Totalmente vacío, como si se hubieran llevado algo.

Me agaché para comprobar el terreno. No quedaba nada de lo que fuera que hubieran retirado.

Pero entonces, gracias a la claridad de la piedra caliza, pude ver un polvo que cubría toda la superficie vacía. Un polvo morado. Retiré el hechizo de invisibilidad, como si de una capa se tratase, para poder tocarlo y que mi mano no lo atravesara.

El polvo se pegó a mis dedos cuando arrastré las yemas por el suelo. Lo olisqueé con cuidado, pero no capté ningún olor identificativo. ¿Podría ser pólvora? ¿Y si las Piedras del Diablo en realidad fueran explosivos?

Usando la magia, materialicé un frasco de cristal. Con las manos, hice un montoncito con el polvo y lo introduje dentro, dejándolo bien tapado. Quizá Luthiel podía analizarlo y decirnos qué era.

Guardé el frasco en el bolsillo exterior de mi túnica y caminé entre los trastos que se amontonaban en las catacumbas, formando pasillos bien organizados. Al llegar a la zona de los ataúdes, supe que había llegado el momento de volver. No había nada más ahí para mí.

Pero mi pequeña incursión todavía no había terminado. Tenía que encontrar la forma de rescatar a los ignios antes de marcharme. Algo que no me implicara directamente.

Nunca me había metido en la cabeza de nadie para manipular sus intenciones, pero ese era un buen momento para poner en práctica mis habilidades. Ideé un plan. Dejaría a los guardias inconscientes y haría que uno de ellos abriera la puerta de la celda para poder transportar a los ignios hasta el castillo de Astra, donde podrían curarlos y atenderlos.

Volví sobre mis pasos. No me molesté en ocultarme, ya que tenía pensado dejarlos inconscientes de todas formas. Y fue lo que hice.

Sus cuerpos se vencieron hacia delante. Cayeron despacio, como si estuvieran apaciblemente dormidos. Todos salvo uno. El guardia se levantó y sacudió los hombros del que tenía más próximo, llamándolo por su nombre, intentando despertarlo. Cuando entendió lo que había pasado, fue demasiado tarde.

Me introduje en su mente.

Visualicé un nudo que atara su voluntad a la mía. Aprecié la resistencia que mostraba, pero no le sirvió de nada. Con la mirada perdida, desenfocada, extrajo una llave del interior de la capa y se dirigió a la celda.

El aire trajo un aroma amargo, algo que no había estado ahí instantes antes y que me provocó una extraña sensación de inquietud.

Los ignios seguían en la misma postura en la que los había encontrado. Me pregunté cuánto tiempo llevarían sin moverse. Observaban el avance del guardia con el temor inundando sus facciones. A pesar de que yo le seguía, no parecieron reparar en mi presencia. El guardia extendió una mano de nudillos agrietados hacia la cerradura.

Un siseo fue lo único que me previno antes de sentir un dolor lacerante en la cabeza.

Mi mente se desconectó del cuerpo y mis rodillas impactaron con brusquedad el suelo. Adelanté las manos para no golpearme la cabeza y me giré en busca del origen del golpe. Antes de llegar a ver nada, una patada me alcanzó la cara y todo se bañó de negro.

Desperté tendida sobre el suelo, tras una de las celdas.

El dolor en mi cabeza era una aflicción angustiosa. Había sido lo bastante arrogante como para no ocultarme y ahora estaba pagando las consecuencias de mi estupidez. Parpadeé desesperada, intentando enfocar la vista. Planté las manos en el suelo hasta que conseguí sentarme con un tremendo esfuerzo, jadeante.

Entonces, algo se movió dentro de la celda y susurro:

—Hermano. Sangre. Sangre fresca. Sangre viva.

En un rincón. Una mujer.

Tenía las manos apoyadas contra la pared, totalmente rígidas, igual que si el muro la estuviera conteniendo para no abalanzarse sobre mí.

Su pelo caía largo y negro como el caldero de una bruja. Me observaba con ojos hambrientos.

A su lado, a unos pocos pasos, había un hombre.

O algo parecido.

Su piel era cetrina, descolgada como las gotas de cera de una vela, y tres enormes cicatrices surcaban su rostro desde la mandíbula hasta la frente. Ella también tenía cicatrices. Descendían en vertical por su garganta y se ocultaban tras el cuello de un vestido granate.

—¿Qué... Quiénes sois?

El hombre sonrió, dejando ver unos dientes afilados como agujas.

Me estremecí.

Puse la mano tras mi espalda y acaricié mi anillo con el pulgar.

Todavía podía escapar de ahí.

—Habitamos en la vida y en la muerte. Tú pronto estarás muerta y nosotros viviremos más. —La voz de ella era un susurro cortante y afilado como un cuchillo.

Busqué sus mentes con mi magia para controlarlas, igual que lo había hecho con el guardia, pero no había mentes que controlar. Esos seres estaban vacíos. Parecían humanos, pero algo en mí gritaba que no lo eran.

La cabeza me dolía tanto que me costaba pensar, pero me forcé a encontrar una solución. Descarté la invisibilidad. El golpe me había dejado torpe, no podía arriesgarme a escapar en esas condiciones.

«Haz que sigan hablando», me dije.

—¿Trabajáis para el Canciller?

—El Canciller es el señor del castillo, nosotros lo habitamos. —Una respuesta extraña.

«Solo habla ella», me percaté.

—¿Cómo te llamas?

—Mi nombre es Veneno. —Su cuello zigzagueaba con los movimientos propios de una serpiente—. Pero yo sé quién eres. Oh, sí, pajarillo. Nosotros sabemos quién eres.

—Si sabéis quién soy, también sabréis que soy una invitada del Canciller. No podéis hacerme daño. —Soné débil y asustada.

—El Canciller me proporciona sangre. Nosotros le damos muerte. Oh, el Canciller no es nuestro dueño, pajarillo. Él no me da órdenes. Oh, no, él no nos da órdenes.

Sonreía de forma demente. Él ni se movía.

No sabía si estaba lo bastante fuerte como para transportarme. Lo intenté. Sentí mi magia fluir, pero no me moví ni un centímetro del suelo de la celda. Maldije entre dientes.

—No puedes escapar, pajarillo. —Sus ojos se volvieron ansiosos. Fruncí el ceño y me embargó el pánico. ¿Había sentido mi magia? Despegó las manos de la pared y yo retrocedí. Las estiró frente a sus ojos. Se estaba contemplando—. Ser hermosa requiere sangre. Me bañaré en tu sangre y mi hermano se quedará con tu espíritu para toda la eternidad. Oh, sí, habitarás dentro de él para toda la eternidad.

Intenté levantar una barrera dentro de la jaula, un escudo protector, algo. Nada funcionaba. Mi magia acudía a mí con la misma fuerza de siempre, pero no llegaba a manifestarse dentro de esos barrotes.

Me maldije por no haber cogido ni un mísero cuchillo. Necesitaba una idea ya. Necesitaba más tiempo.

—¿Por qué él no habla?

—Oh, él sí habla, pajarillo. Pero todas las voces que tiene dentro lo mantienen ocupado. Oh, sí, los dos hablamos. —Dio un paso en mi dirección y todo mi cuerpo se tensó. Podía arrebatarle el arma. Si es que tenía una. ¿Y después qué? No tenía ninguna oportunidad contra los dos. Palpé el suelo, pero no había piedras con las que pudiera defenderme. Me levanté con la espalda apoyada contra la pared—. Te desangrarás rápido, pajarillo. Huelo tu miedo. No estés asustada, eso agriará tu sangre.

Apreté los dientes y me preparé para que se acercara.

—¡Alesh!

Las dos nos congelamos.

Erik se acercó a la celda corriendo y zarandeó los barrotes. Estaba totalmente pálido.

—No te acerques a ella, Veneno —le advirtió.

Busqué con los ojos su cinto y encontré colgando su espada.

—Erik... —supliqué.

—Abre la celda —le exigió.

—Solo si entras tú, Capitán. Hoy habrá sangre.

—Erik, no.

—¡Abre la celda! —Empujó los barrotes como si de verdad pensara que iban a ceder.

El cuello de la mujer ondulaba como una serpiente que escucha el sonido de una presa acercándose.

—¿Dónde está tu lealtad, Capitán? —Él se tensó como si una descarga eléctrica hubiera recorrido los barrotes—. Oh, sí, se escuchan rumores...

—El Canciller no quiere que nadie la toque —soltó él.

—Si quieres recuperar al pajarillo deberás demostrar tu lealtad con el Canciller. Oh, sí, demuéstranos tu lealtad.

—¿Qué es lo que quieres? —bramó.

—Ella iba a soltar a los prisioneros. Oh, sí, nos dimos cuenta. —Señaló la celda en la que se encontraban los ignios—. Mátalos.

—¿Qué? ¡No! —grité. No tuve tiempo de entender lo que estaba pasando. Él titubeó, pero en lo que dura un parpadeo se había girado en dirección a ellos—. ¡Erik, detente!

La llave ya estaba introducida en la cerradura, solo tuvo que girarla.

Los ignios estaban en el suelo, abrazados. La cabeza de la mujer se encontraba en el pecho del hombre. Él no apartó la mirada de Erik cuando desenfundó la espada.

Escuché sus súplicas, sus plegarias.

—Para, por favor. Para —imploré.

—Hoy habrá sangre —anunció Veneno.

No pude mirar, pero escuché el ruido, el sonido de dos cuerpos deslizándose hasta el suelo como sacos de arena.

En cuanto manó la sangre, el aire se impregnó de su esencia y Veneno abrió la puerta de la celda. Fluyó al exterior como una bruma invasora. No esperé a que su hermano también saliera.

Corrí como alma que lleva el diablo.

Escuchaba gritos tras de mí y solo deseaba que pararan.

Empujé a uno de los soldados de la entrada para escapar. Tardaron un segundo en reaccionar y salir detrás de mí a toda prisa. Me sujetaron por los brazos y yo me debatí desesperada. Lancé todo tipo de improperios, pero me aferraban con firmeza y le dieron el tiempo necesario a Erik para alcanzarnos.

—Señor. La hemos visto salir de los calabozos… —le informó el soldado que me sujetaba las muñecas como si sus manos fueran grilletes.

—Yo me ocupo —contestó él, poniendo una mano sobre mi brazo.

Me zafé de él, furiosa. Comencé a andar, esperando que no me siguiera. No estaba preparada para hablar con él, aún no. Me siguió de todas formas.

—¿Qué hacías en los calabozos?

No respondí. Apreté el paso esperando dejarlo atrás.

Se adelantó y se puso frente a mí. Yo dejé de caminar para mantener las distancias.

Lo miré con furia, una furia salvaje y temeraria.

Sabía que lo había hecho para protegerme, sabía que no tenía alternativa, pero… Pero había asesinado a dos personas de mi planeta, dos personas a las que yo esta-

ba intentando salvar. Dos personas que habían muerto porque yo había tratado de salvarlos. Había sido una estúpida.

—Solo te lo preguntaré una vez más. ¿Qué hacías en los calabozos?

—¿Cómo te atreves?

Solté un improperio y avancé para esquivarlo. Él se puso de nuevo en mi camino.

—Acabo de matar a dos personas por ti. Quiero saber qué demonios hacías en los malditos calabozos —gritó.

—Puedo ir donde me plazca, eras tú el que empuñaba la espada. Y parecías disfrutar haciéndolo.

Se lo solté rabiosa, con la boca llena de veneno.

Su expresión se tornó mezquina.

—Quizá sí lo haya disfrutado. Al fin y al cabo, solo eran escoria enemiga.

El pecho se me hundió como si me hubiera golpeado. Solo unas horas atrás, había estado en mi dormitorio. Unas horas atrás, se había tumbado en mi cama. Me había quedado dormida contra su cuerpo.

Nada de eso importó lo más mínimo cuando le dije:

—La única escoria que hay aquí eres tú. Eres un asesino, como tu padre o el Canciller.

—¿Y tú?, ¿no eres tú una asesina? ¿Acaso no actúas igual que el Canciller?

«Sí».

El pensamiento me destrozó antes de que pudiera reprimirlo. Lo que sí podía evitar era que notara en mi cara lo mucho que eso dolía. Apreté los dientes y me obligué a sonreír.

—No tienes ni idea de cómo soy; pero te diré una cosa: me convertiré en un monstruo para proteger lo que quiero.

Él hizo una pausa acompañada de una sonrisa cínica.

—Cuando hayas destruido todo lo que tienes a tu alrededor, recuerda que las lágrimas no te ayudarán a recuperarlo.

Sacudí la cabeza.

—Mantente lejos de mí. No quiero volver a verte —rezongué.

Él también sonrió con desprecio.

Se inclinó en una reverencia hueca.

—Alteza. —dijo. Y se marchó.

Capítulo 26

Apreté el paso. Era incapaz de quitarme la rabia de encima. Ese imbécil...

No sé de qué me extrañaba. Al fin y al cabo, él servía al Canciller. Cualquier ilusión me hubiese hecho era solo responsabilidad mía.

Me ardía la cabeza, y, sin embargo, no traté de curarme. Prefería que el dolor me avivara, que me despejara.

Vi a Myrna acercarse desde lejos. Me tuve que detener. Una cortesía muy inoportuna.

—Majestad, ¿tenéis un momento? —preguntó tras inclinarse.

No me agradaba la mujer del Canciller. La toleraba cuando no quedaba más remedio, pero me parecía cruel y servil. Durante los breves lapsos de tiempo que compartíamos en el comedor, me limitaba a asentir y sonreír, sin participar en las conversaciones. No quería conocerlos, no quería involucrarme. Y no era la única. Las gemelas solo conversaban entre ellas y Dereck solo abría la boca para soltar alguna broma indecente.

Ni siquiera la oportunidad de tirarle de la lengua era tan tentadora como para hacerme cambiar de opinión.

—En realidad, tengo cosas que hacer. Quizá en otro momento —me disculpé.

—Por favor. Solo será un segundo.

Me sorprendió su insistencia. El día estaba siendo un auténtico desastre, así que ¿por qué no un poco más?

Hice un movimiento impreciso.

Nos dirigimos hacia el interior del castillo. Yo la seguí sin tener claro qué era lo que pretendía.

—Sois una reina joven —dijo. Pasó las manos por sus mejillas, como si le costara recordar lo que era la juventud. En sus facciones se apreciaba que había tomado la savia, por lo que sus rasgos se habían congelado en el tiempo: su aspecto no cambiaría y era una mujer hermosa. ¿Qué era lo que la inquietaba? —. Hace cuarenta años, me casé con el Canciller. Por aquel entonces tampoco éramos unos críos. Él necesitaba la estabilidad del matrimonio. Herederos. Todo lo que conlleva una familia; y yo quería tener hijos. Por eso, cuando mi padre dijo que me casaría con él no puse inconvenientes. —¿Por qué me contaba eso a mí? No me atreví a interrumpirle—. Es un hombre complicado. Lo es también con Dereck, con Miele y con Helia. Su vida es complicada.

—Imagino que el Canciller no es el marido perfecto —resoplé.

—Oh, no me importa que no lo sea. Me preocupa más que sea un buen padre para sus hijos.

—Supongo que no podrá dedicarles mucho tiempo —adiviné.

—Más del que desearía que les dedicara. Dereck sucederá a su padre cuando llegue el momento y al Canciller no le gusta dejar cabos sueltos —contestó ella para mi sorpresa.

Estaba totalmente perdida.

—No entiendo por qué me contáis esto —dije con sinceridad.

La sonrisa que esbozó fue triste.

—Por nada en especial. A las mujeres nos gusta, de vez en cuando, chismorrear sobre nuestros matrimonios.

No... Había algo más.

Cuando conocí a Myrna todo eran palabras de elogio para el Canciller y sus amigos. Ella se mostró fiel y comprensiva, defendía lo indefendible. Ahora, algo la preocupaba, lo suficiente como para acudir a mí.

Nos detuvimos en una puerta al final del pasillo. La abrió y me dejó pasar a mí primero. Recordé lo que me había dicho Dereck durante nuestro breve encuentro: su padre coleccionaba cachivaches.

En esa sala había muchas vitrinas, pero seis destacaban sobre las demás. Estaban dispuestas en diagonal y las habían numerado. El vello se me erizó.

Reconocí sin problemas el contenido de la primera. Una única botellita de líquido violeta que se movía como un tornado atrapado dentro del cristal.

La savia del Sauce.

Verla dentro de las paredes de ese castillo me revolvía el estómago. La savia solo producía efectos si se bebía en Eter, no podía comercializarse, no podía transportarse. Fuera del planeta se convertía en veneno y el único antídoto, la única forma de neutralizarlo, era llegar hasta el Sauce y beber directamente de él.

La segunda vitrina contenía una placa de memoria del proceso de adaptación, como la que habían utilizado los planetas para convertirse en lugares habitables. La reconocí por las ilustraciones de mis libros de historia. Era un metal negro con líneas rectas de color verde. Podría tratarse de la placa original que se usó para adaptar Bellum.

Llegué hasta la siguiente vitrina. Esta era alargada y alta. En el suelo había unos orificios por los que circulaba el aire, que empujaba en espirales la arena multicolor haciéndola ascender y descender. Nácar.

Lo siguiente que vi fue una tabla de arcilla con grabados. *Los pecados de Elohim*. Sus normas sagradas.

Cuando vi lo que contenía la última de las seis vitrinas, no me extrañó. Una pequeña aeronave. No se trataba de una maqueta. En Kapital las usaban como cápsulas a través de las que mandaban información importante. Se sellaban y solo podían abrirse cuando llegaban a su destinatario.

El Canciller poseía un tesoro de cada planeta, símbolos de lo que había ahí fuera, más allá de la atmósfera de Bellum.

«Como si Eter no fuera su único objetivo, solo el primero, como si después fuera a seguir avanzando en el orden de las vitrinas», pensé.

Un premio por cada planeta. ¿Qué pensaría, Alysse, la Canciller de Kapital, de esta sala de trofeos?

—¿Por qué coleccionar todo esto? —le formulé a Myrna.

—Mi marido es un hombre inteligente, capaz de hacer grandes cosas. —Sus respuestas eran demasiado ambiguas, pero su tono era expectante, cauteloso, como si quisiera hablar pero no se atreviera a revelar demasiado.

Si el Canciller estaba pensando en hacerse con todos los planetas, yo necesitaba saberlo. Eso inclinaría la balanza para obtener la ayuda de sus gobernantes y enfrentarnos juntos a sus fuerzas. Pero acudir a ellos solo porque había visto una sala de tesoros, sin más información, solo me dejaría en ridículo.

¿Era eso lo que trataba de decirme Myrna? ¿Temía por sus hijos porque el Canciller quería llevar a cabo una empresa arriesgada? No sería para menos.

—Muchos aquí solo verían un museo de cachivaches —dije, recordando la forma en la que lo había descrito Dereck.

—¿Y qué veis vos? —La intensidad de su mirada explotó.

Contemplé de nuevo las vitrinas.

—Una oportunidad —respondí. Una oportunidad para obtener el apoyo de los otros planetas en la lucha contra Bellum. Responderían si se sentían atacados. Tendrían que responder.

Ella asintió una única vez, un gesto pequeño, mínimo, pero que me confirmó lo que pensaba.

El Canciller tenía previsto atacar otros planetas después de hacerse con Eter. Si lograba convencer a los gobernantes de Elohim, Kapital y Nácar de que esos eran sus planes, las oportunidades de Eter en la guerra se incrementarían.

Pero si eso era cierto, ¿qué pasaba con la oferta de paz que nos había prometido si le entregábamos los planos? No podía contar con que la cumpliera si su objetivo era tener el control de todo el sistema.

Myrna caminó hacia la puerta, pero antes de abrirla y salir me dijo:

—Sois una reina joven. No os convirtáis en una reina joven y estúpida. —Sonrió antes de marcharse.

Tenía que ponerme en marcha. ¿Podía comunicarme directamente con los dirigentes de los planetas? Sería mejor contar antes con el apoyo del Consejo, aunque eso supusiera retrasar los demás planes.

Salí de la sala y, de camino a la escalera principal, vi a Erik acompañado del Canciller. Parecía abatido, cabizbajo. Lo ignoré y subí con prisas a mi dormitorio.

Llamé a la puerta de Enna pero nadie respondió. Ella y Gionna debían de haberse marchado hacía rato a la ciudad para investigar entre los presos. Solo quedaban Newu y Luthiel, así que toqué a la puerta de este último y esperé a que me abriera.

Luthiel parecía incómodo en presencia de cualquier cosa que no fueran sus máquinas. Se subió las gafas dos veces antes de dejarme entrar. Todo su escritorio estaba cubierto de manuscritos y artilugios variados. Newu estaba sobre la cama comprobando unos papeles. Se irguió al verme, como si alguien pudiera parecer profesional estando a cuatro patas sobre un colchón.

Casi puse los ojos en blanco.

—¿Hay novedades? —pregunté.

—Lo cierto es que estamos avanzando —afirmó Newu, bajando de la cama—. Hemos detectado una repetición en las líneas, como unos patrones.

—Creemos que son letras —dijo Luthiel. Su voz sonó pequeñita a pesar de que yo intuía que había sido él quien lo había descubierto.

—¿Un mensaje?

—Es probable —me contestó Newu.

Pasé a contarles lo que había descubierto yo en la sala de colecciones y ambos se mostraron conformes en esperar hasta poder debatirlo en el Consejo.

Las expectativas que nos abría esta información, si éramos capaces de jugar bien nuestras cartas, me dieron algo de fuerza.

Contemplaba la forma en la que hacían comparaciones entre los manuscritos y los planos, sin entender del todo, cuando la puerta se abrió de golpe y entraron Enna y Gionna.

Me tensé al ver sus caras.

Gionna tenía el labio partido. Una costra amarronada se estaba formando donde se le había abierto.

Enna parecía más furiosa que de costumbre, pero no tenía ni un rasguño.

—¿Qué ha pasado? —Se me adelantó Newu.

—Nos han atacado.

—O lo han intentado —bufó Enna con su particular bravuconería.

—¿Habéis visto quiénes eran?

Gionna asintió.

—Decidimos separarnos. Pensamos que, si había algún espía, seguiría a Enna, porque es de ella de quien más recelan —explicó. Newu se removió—. Yo estaba en el callejón próximo a las mazmorras donde retienen a los prisioneros. Estaba buscando la manera de entrar sin ser vista cuando me golpearon.

—Tenían un mensaje para ti, Alesh —dijo Enna.

Fruncí el ceño.

—¿Quiénes?

—Actuaban por orden de un tercero. —continuó Gionna—. No me dieron su nombre, tan solo dijeron que acudieras mañana al teatro para encontrarte con él. Una hora antes de la función. Dijeron que tenían la información que estabas buscando.

—Quizá sepan algo de la niña —intervino Enna. Se mordió el labio.

—O de los planos —dijo Newu—. Aunque creo que estamos cerca de descubrir lo que contienen.

—Vaya, ¿en serio? —se sorprendió Gionna.

—Creemos que son letras. —Luthiel le extendió un papel, pero ella frunció el ceño como lo había hecho yo minutos antes—. Un mensaje probablemente.

—Un mensaje lo bastante importante como para que el Canciller quiera firmar un acuerdo de paz —reflexionó Enna en voz alta.

Aproveché la oportunidad para ponerlas al día de mis sospechas sobre el Canciller y su voluntad de invadir al resto de planetas.

—¿Creéis que sería viable? —Todos los ojos se volvieron hacia mí—. Que tratara de invadirlos a todos —me expliqué.

Newu se frotó el mentón.

—Si el Canciller hiciera ese movimiento, desde luego, no creo que se trate de un impulso. Habrá dispuesto todo lo necesario para que su plan funcione.

—Eso supone contar con un ejército enorme. Mucho mayor del que consta en los informes —apuntó Gionna.

—O alguna ventaja táctica —repuse.

—Probablemente ambas cosas —masculló Enna. Se apretó el puente de la nariz—. Deberíamos volver a Eter.

Si el Canciller no está dispuesto a firmar un acuerdo de paz, tendríamos que marcharnos para prepararnos, avisar a los gobernantes de cada planeta y ponernos en marcha cuanto antes.

Entré en pánico. Aún no. Aún no podía marcharme.

—No me iré sin la niña —rezongué.

Enna me sostuvo por los hombros, obligándome a mirarla.

—Alesh... Quizá no podamos encontrarla —Su voz se tiñó de una calidez que rara vez mostraba.

Me debatí entre las posibilidades.

Estaba hundida en un mar de dudas. Tenía que tomar decisiones complicadas esperando encontrar las respuestas más satisfactorias y no estaba preparada para fallar. No estaba preparada para volver con los brazos vacíos.

Se nos había presentado la oportunidad de buscar a la niña desde el mismo corazón del castillo de Ével. Es cierto, podía ser cualquiera, las posibilidades eran infinitas, pero quizá nunca volviéramos a contar con la hospitalidad del Canciller en Bellum y ¿qué ocurriría si durante la guerra a mí me pasaba algo? ¿Quién ocuparía el trono de Eter?

La inestabilidad en un gobierno suponía debilidad, y la debilidad conllevaba cambios. Al Canciller le sería muy sencillo hacerse con el trono en esas circunstancias.

Así pues, la decisión estaba tomada.

—Tenemos que encontrarla pronto —repuse.

Enna dejó caer los brazos, pero asintió.

—Yo digo que acudamos al teatro. —La intervención entusiasta de Luthiel hizo que me quedara con la boca abierta, pero pronto volvió a balbucear—. Si vamos a quedarnos parece lo más lógico.

—Parece una trampa —objetó Newu.

Asentí, pero dije:

—Tendremos que arriesgarnos.

—La última vez no salió muy bien.

Las imágenes de lo que había ocurrido en la cascada me arrancaron un escalofrío.

—Estaremos preparados —dijo Gionna.

Cuando abandonamos la habitación de Luthiel cogí a Enna del codo y le hice un gesto para que me siguiera a mi dormitorio. Había algo que quería contarle solo a ella.

Le expliqué lo ocurrido en los calabozos y le hablé de la existencia de ese polvo morado que había encontrado, y que había perdido tras terminar encerrada en una celda con dos seres aterradores. Se lo conté todo. Y se lo conté solo a ella porque era en la que más confiaba, porque... porque no quería que los demás se enteraran de lo que había hecho Erik. Pese a todo, intentaba protegerlo. Enna, al menos, respetaría mi decisión sin cuestionarla.

Meditó antes de abrir la boca.

—No puedo decir que no entienda lo que ha hecho ese Capitán. —Hizo una mueca de disgusto que no fue ni de lejos comparable a la que puse yo al oírla.

—Ha matado a dos ciudadanos de Eter —respondí, tajante.

Ella asintió, mirándome muy atenta.

—Yo también lo hubiera hecho de estar en su situación.

Negué, incrédula. Su calma me ponía los pelos de punta.

—Ni siquiera sabes por qué estaban ahí.

—¿Acaso importa? —exclamé.

—Claro que importa. —Bufó como si el aire le pesara—. Lo siento, pero era una decisión fácil: la reina o dos prisioneros.

Alzó las manos como si no pudiera creerse que yo no lo comprendiera.

—No tengo más derecho a vivir que cualquiera. Mi vida no es más importante.

Ella me miró con lástima, una lástima que yo no quería ver. Aparté la mirada.

—Puedes decirte eso, si hace que sea más sencillo soportarlo; pero no, no es cierto. Eter necesita a su reina más de lo que necesita a dos prisioneros, Alesh.

Tuve la sensación de no estar haciendo lo suficiente. El tiempo se escapaba entre mis dedos, mientras yo me había dedicado a aprender a pelear con Erik. ¿Y para qué? A la hora de la verdad no había podido defenderme. Ni siquiera llevaba un arma encima.

—No puedo ser como tú —respondí—. No puedo dejarlo pasar sin más. —Di un rodeo a la cama y me alejé hacia el balcón. El sol estaba llegando a su cénit en el cielo y la sombra del castillo comenzaba a alargarse sobre la tierra y el mar—. Me educaron para asumir la responsabilidad de todo lo que ocurre en mi reino. No importa por parte de quién venga el ataque, no importa si es premeditado o accidental. Si mi reino sufre, yo tengo la culpa. Si una tormenta arrasara todo Eter, yo tendría la culpa. Si un terremoto partiera el planeta en dos, yo tendría la culpa. —Hice una pausa, inmersa en los recuerdos de una niña con su maestra—. Mi responsabilidad es protegeros. A todos.

—Nadie puede proteger a todo el mundo.

—¿Ni siquiera tú? —Me giré para mirarla, con media sonrisa en el rostro.

Ella siguió observándome con el semblante triste y preocupado, pero dijo:

—Bueno, puede que yo sí.

Solté el aire en algo parecido a la risa.

—Pese a todo, siempre he querido ser reina —le confié—. Pensaba que, una vez que lo fuera, nadie podría impedirme proteger a los demás. Estaba dispuesta a tomar decisiones difíciles, a arriesgarme por lo que creo que es correcto.

—¿Y algo ha cambiado?

Deslicé la vista por la superficie embravecida del mar.

—He descubierto que siempre hay límites, no importa qué posición ocupes en la partida, siempre hay alguien que sale perdiendo.

Recordé los cuerpos agazapados de los ignios detrás de una celda fría y diminuta. El sonido de sus cuerpos cayendo como sacos.

—Eso no es muy alentador.

Me encogí de hombros.

—Patme decía que la culpa solo se la pueden permitir los que no han de gobernar.

—¿Y cómo encaja eso con ser la responsable del aleteo de cada polilla de Eter? —masculló irónica.

Yo había hecho esa misma pregunta hacía mucho tiempo.

—Su enseñanza era: acepta que es responsabilidad tuya pero no te revuelques en el lodo de la autocompasión. —Suspiré—. Aún estoy trabajando en esa segunda parte.

Enna echó el cuello hacia atrás con una mueca.

—Mira, no me cambiaría por ti ni en mil años; pero la verdad es que toda esa teoría me parece exagerada, imposible y deprimente. Eres humana. Te volverás loca si no te permites equivocarte. —Quizá Enna tuviera razón pero eso no cambiaba nada—. Necesitas relajarte, y sé de cierto Capitán que se ofrecería encantado, a juzgar por lo que escuché anoche.

La fulminé con la mirada.

—¿Acaso has oído algo de lo que he dicho?

Movió la mano en círculos a la altura de su cabeza.

—Sí, era como alguien recitando un manual de cómo sentarse en un trono y morir de depresión.

Puse los ojos en blanco.

—Pensaba que el Capitán no te gustaba —gruñí.

Se encogió de hombros, mirándose las uñas.

—No me gusta la gente, en general.

—Esta mañana me advertiste sobre él —insistí.

Ella bufó.

—Eso fue antes de que te salvara la vida, porque, por lo que me has contado, ha sido justo lo que ha hecho.

Tragué saliva, incómoda.

—Oye... Pasa tu duelo, o lo que sea, pero no sueltes las riendas de tu vida por un incidente que ha escapado de tu control y del suyo —añadió.

Parecía un consejo más que decente.

—En cuanto volvamos a Eter te nombraré filósofa real —bromeé.

Enna puso una mueca de disgusto.

—Prefiero morir devorada por una banshee antes que verme rodeada por todos esos vejestorios petulantes.

Me reí, algo que unas horas antes me hubiera parecido imposible.

Sabía que Enna tenía razón, y no era la primera vez que pensaba que las lecciones de Patme podían aplicarse solo en la teoría. A pesar de todo, lo intentaba porque era lo que me habían enseñado, sin excepciones. Dar la mejor parte de mí no era una opción.

Hablar con ella me había proporcionado un vacío catártico. Me sentía más ligera y tranquila, como si mis músculos se hubieran liberado de un peso.

La situación no había cambiado, pero alguien me había dado la posibilidad de mirarla desde otro punto de vista.

Aun así, recordar el rostro de Veneno y su hermano hizo que me estremeciera.

—Esa cosa que quería tu sangre, ¿qué era? —dijo ella. Fue como si hubiera adivinado mis pensamientos.

Sacudí la cabeza.

—Creo que no era humana y su hermano tampoco.

—¿Algún ser mágico? —inquirió.

—Lo dudo. En Bellum los desprecian, no tendrían dos en sus calabozos como perros guardianes. Además, sí parecían humanos, aunque cuando traté de llegar a sus mentes no encontré nada, solo vacío. Fue como si no tuvieran alma, estaban huecos.

Enna se detuvo con dos dedos sobre la boca.

—Bajaré a comprobarlo por mí misma.

—No lo hagas; seguro que el Canciller ya habrá tenido noticias de mi incursión, no merece la pena arriesgarse.

Recordé a Erik acompañándolo hacia su despacho. Al menos esperaba que no adivinaran el motivo por el que había bajado a los calabozos. Lo más probable es que pensaran que había ido allí para liberar a los ignios.

—¿Y dices que tras esos barrotes era imposible hacer magia? —Yo asentí y ella se removió inquieta—. ¿Cómo eran exactamente?

—Parecían de hierro, pero debían de ser de otro material, uno capaz de repeler la magia.

—No conozco nada así. —Frunció los labios—. Tampoco conozco a ningún ser con apariencia humana, pero sin alma. ¿Quizá la propia contención de la celda hizo que no pudieras detectarla?

—No. —Evoqué la sensación que había tenido en la celda. Algo estaba mal. Eran carne sin espíritu—. Fue tan extraño. Yo notaba mi magia, la manejaba y por eso pude percibir que estaban huecos; pero cuando trataba de materializarla, no salía de mi cuerpo. No habría podido conjurar ni el hechizo más simple.

Ella hizo una pausa.

—Parece que nuestras oportunidades se reducen a lo que pase mañana en el teatro —aseguró.

Miré al horizonte a través del balcón.

—Eso parece.

Capítulo 27

Llegamos al teatro antes de la hora acordada para inspeccionar las instalaciones. Estábamos todos. Una vez terminada la reunión, yo me quedaría con Enna, que me acompañaría a ver la obra de Dereck, como habíamos acordado. Por lo que teníamos una hora para lo que fuera que estuviéramos haciendo allí.

El teatro me recordó al templo del Oráculo por sus líneas rectas y su piedra clara, aunque las molduras doradas relucían con el tono cobrizo del atardecer y sus esculturas representaban bacanales con frutas, y hombres bailando y sangrando después de una reyerta.

El interior era más oscuro de lo que había imaginado. Estaba tenuemente iluminado y las estatuas de granito y mármol verde acechaban en las esquinas creando sombras. Los candelabros, a ambos lados de las escaleras, eran intrincadas piezas con motivos espinosos.

—Todo revisado —aseguró Newu, subiendo hasta la entrada de la sala en la que nos encontrábamos.

—¿Cómo sabremos en qué parte del teatro encontrarlos? —pregunté.

En cuanto esas palabras salieron de mi boca, una luz se encendió bajo el escenario, filtrándose entre las tablas de madera.

Durante un instante nos quedamos quietos, esperando.

—Creo que... Seguidme —apremió Luthiel.

Subimos a la embocadura y pasamos por delante de las bambalinas, donde el más joven de mis guardias encontró una trampilla abierta que daba a la parte de abajo del escenario. La aseguró antes de bajar por la escalerilla.

Yo me disponía a seguirle, pero Enna puso una mano mi hombro para evitar que siguiera avanzando.

—¿Cómo sabías dónde estaba la trampilla? —le preguntó a Luthiel, que se detuvo a mitad del descenso, incómodo.

—Mi madre es acomodadora en el teatro de Arvel —respondió él un poco confundido—. Todos tienen la misma estructura.

Enna entrecerró los ojos, pero me apartó para bajar primero, interponiéndose entre Luthiel y yo.

Puse los ojos en blanco. Sabía que Luthiel decía la verdad. El Consejo los había investigado antes de hacerlos llamar para que formaran parte del equipo.

Bajo el escenario, el polvo danzaba con libertad. Un montón de trastos se acumulaban por el suelo, desde disfraces hasta espadas romas, cajas y decorado. Afinamos el oído, esperando escuchar algún crujido que delatara la posición de quien nos había citado.

No fue necesario.

—Perdonad las molestias, Majestad. Los bajos de un teatro desvencijado no son lugar para una dama, y menos aún para una reina.

Lord Quin, uno de los miembros del círculo del Canciller, se erguía espigado, con su barba larga y tupida. A los lados, dos hombres que contrastaban con el aspecto pulcro e impoluto de las ropas del Lord se mantenían vigilantes.

Escuché un siseo de la boca de Gionna al reconocer a sus atacantes. Ellos le lanzaron besos al aire y miradas lascivas, húmedas y viscosas.

Cambié el peso de un pie al otro como única muestra de mi incomodidad.

—¿Qué estamos haciendo aquí, Lord Quin? —exigí, irguiéndome y entrelazando las manos sobre la parte delantera de mi vestido.

—De nuevo, lamento las circunstancias, Alteza; pero considero que encontraréis esta reunión sumamente satisfactoria.

—Hablad de una vez. —La contundencia de mis palabras marcaba límites que yo quería dejar claros cuanto antes. No sabía lo que pretendía el Lord, pero tenía que saber que yo no estaba para estupideces. Había depositado muchas esperanzas en ese encuentro y lo último que me esperaba era que lo hubiera propiciado uno de los amigos del Canciller.

—Tengo información que sé que puede seros de utilidad, con un gran coste personal —dijo, señalándose—. Quizá sepáis que en mi casa nos dedicamos al comercio desde los tiempos de mis antepasados. Mi hijo decidió continuar con la tradición y dirige las rutas que heredó de mí, igual que yo las heredé de mi padre y este, de mi abuelo.

Mi pie daba toquecitos molestos en el suelo sin que pudiera controlarlo. Era eso o abalanzarme sobre Lord Quin.

—¿A dónde queréis ir a parar? —pregunté molesta.

Hizo un movimiento cortés con la cabeza. Yo apreté la mandíbula.

—Una de nuestras rutas de comercio pasa por Eter. —Mis sentidos se dispararon y fruncí el ceño—. Solo de sedas y telas finas, puesto que la mayoría del comercio nos está vedado allí. —No tenía mucha idea de qué comprábamos a Bellum, pero sí sabía que se habían restringido los intercambios comerciales. Cualquier gasto que fuera a parar a manos del heraldo público ayudaba a financiar una guerra en nuestra contra—. Pese a ello, mi hijo ha tenido la oportunidad de ampliar sus contactos en vuestras tierras y así llegó hasta nuestros oídos una información sustanciosa, una que explica el motivo por el que permanecéis en Bellum.

Enarqué las cejas. Por el rabillo del ojo vi a Enna acercar la mano a la empuñadura de la espada.

—¿Qué otro motivo tendría para permanecer aquí que alcanzar un acuerdo de paz con el Canciller? —pregunté, con la voz sorprendentemente firme.

Su sonrisa me revolvió el estómago.

—Encontrar a la futura heredera de Eter, tal vez.

Me mantuve inmóvil e inexpresiva, pero el aire se enrareció a mi alrededor. Tenía la garganta seca, sin embargo, me resistí a tragar saliva por si eso delataba mi incomodidad. Me limité a carraspear.

—¿Dónde habéis escuchado semejante tontería? —Reí, esperando desacreditarlo, esperando que, en el fondo, no estuviera dando credibilidad a sus propias palabras, que solo fuera un farol—. ¿Creéis que vendría a Bellum a encontrar una heredera?

—Bueno, según mis fuentes, este es el lugar que indicaron vuestras Sacerdotisas.

Sabía demasiado.

Escuché a Newu controlar un gruñido.

Evalué la situación lo más deprisa posible. Lord Quin sabía lo que estábamos buscando, no obstante, nos había hecho llamar; así que probablemente quería hacer un trato a cambio de no revelar la información al Canciller, pero ¿podía confiar en qué no fuera a hacerlo de todas formas?

—Está bien, Lord Quin. —Asentí despacio, clavando en él mi mirada—. Lo volveré a preguntar. ¿Por qué estamos aquí?

—Yo quiero ampliar mis rutas comerciales y vos no queréis que el Canciller se entere de lo que estáis buscando. —Abrió los brazos en un gesto de felicidad, como si esperara vernos a todos contentos—. Además, tengo cierta información que os podría ayudar a encontrar a la niña. Una muestra de buena fe, para convenceros de que, tras nuestro acuerdo, no acudiré a contárselo al Canciller.

—¿Qué información? —La desesperación me hizo contestar demasiado rápido. Me maldije por no saber controlarme.

Él sonrió, taimado.

—Vayamos por partes. —Nos dio la espalda. Un movimiento muy valiente, o muy estúpido. Los dos hombres que lo flanqueaban parecían pensar lo mismo—. Mis intereses se concretan en el comercio de armas. Es el que más beneficios me reporta y en vuestro caso... Bueno, nunca está de más estar preparado para una posible ofensiva.

La mayoría de los seres mágicos no sabía empuñar una espada, ni que decir tiene de hacer explotar una bomba.

—Dadme un motivo para no mataros ahora mismo. —Entrecerré los ojos. Mi voz surgió siseante, a través de los dientes apretados.

Los dos hombres se tensaron, sin embargo, Lord Quin agitó la mano, desdeñoso.

—Mi hijo tiene órdenes de acudir directamente al Canciller si no salgo del teatro cuando acabe la función.

—¿Quién más lo sabe? —pregunté.

—Solo él y yo. Bueno... y ahora estos dos que tengo a mis costados. —Señaló a los dos hombres que habían atacado a Gionna—. Os pido que no os toméis esto como un soborno, es, más bien, un intercambio comercial. Vos me abrís las puertas de vuestro planeta para que yo pueda vender munición con la que defenderos del Canciller; y yo os regalo la información que necesitáis y guardo silencio respecto a temas que no me conciernen. Todos salimos ganando.

Me estaba chantajeando, pero no era un mal trato. Y, aunque me resistiera, sabía que debía aceptarlo.

—¿Por qué os exponéis a que el Canciller se entere de que lo estáis traicionando?

Lord Quin hizo una mueca de disgusto.

—¿Qué beneficio podría obtener si se lo contara? Lo haría si pudiera aprovechar la situación a mi favor... Además, considero que sois una mujer inteligente, Alteza. Sabéis que este acuerdo os conviene tanto como a mí.

Dinero. Lo que quería Lord Quin era dinero. Ese ser despreciable y ambicioso solo se movía por el lustre del oro.

Al menos, la información que me iba a facilitar respondía a la pregunta de por qué debía confiar en él. Si en algún momento sentía la tentación de delatarme siempre podría recordarle que él mismo había traicionado al Canciller.

Pues bien, si lo que quería era oro, yo podía dárselo.

—¿Cómo justificaréis ante el Canciller un intercambio de armas con Eter? —se me ocurrió preguntarle.

—Le diré que sobornamos a algunos de vuestros funcionarios y le prometeré un porcentaje. Con eso debería de bastar.

Parecía que tenía todos los hilos atados.

Me entraron ganas de vomitar solo de pensar en que el Canciller fuera a recibir un porcentaje del dinero de las arcas de Eter, pero lo cierto era que necesitaba oír lo que había venido a decirme.

Enna y Gionna no apartaban los ojos de nuestros enemigos, pero Newu me contemplaba con semblante serio, esperando a que tomara una decisión.

—De acuerdo, Lord Quin —masculló—. Haremos ese trato, con una condición: si algo se tuerce en este intercambio, quiero ser la primera en enterarme; y si descubro que el Canciller sabe algo de lo que hemos hablado hoy aquí, se acabó nuestro trato.

—Me parece justo.

—Lo dispondré todo para que se abra la ruta comercial en cuanto pueda, pero quiero que me digáis qué es lo que sabéis de la niña ya mismo.

Él hizo una pausa para pensárselo.

—Está bien. Os puedo decir que esa niña forma parte de la nobleza más cercana al Canciller. Dentro de un par de días se celebrará un baile en palacio. Allí la conoceréis.

—¿Sabéis quién es? ¿Cómo? —pregunté frenética.

—La conozco desde que nació —masculló con indiferencia—. Y digamos que han despertado ciertos poderes en ella que producen... algo de incomodidad en nuestro entorno.

¿Pensaba que podía identificar a la niña solo por tener poderes? Hice una mueca de disgusto. En contra de lo que todos en Bellum parecían creer, los humanos crecían con la magia en su interior. Una niña con poderes no era necesariamente *la niña*, ni mucho menos. Si hubiera sido tan sencillo...

—Que haya una chiquilla experimentando con la magia no significa que sea la niña que estoy buscando —repliqué, molesta.

—Es ella. La conoceréis en el baile. Supongo que entonces podréis corroborarlo.

—Por vuestro bien, espero que así sea. —Hice ademán de volverme y dar por concluida la reunión, pero me detuve antes de llegar a girar del todo. Aún quedaba algo por tratar—. Creo que vuestros hombres atacaron a mi guardia —comenté, haciéndole un gesto a Gionna, que dio un paso adelante. Sus ojos refulgían y la sonrisa que les dedicó estaba cargada de veneno. Ellos se tensaron y alargaron las manos hacia sus cuchillos, mientras Lord Quin observaba la escena, confundido—. Todos deberíamos ser conscientes de que no pueden irse de aquí sabiendo lo que saben.

Hice un gesto imperceptible con la cabeza y Gionna avanzó hacia ellos como un animal hambriento, con una espada en cada mano.

La habían atacado mientras estaba desprevenida. Ahora se movía ansiosa por devolverles el golpe. Tan ansiosa, que no parecía dispuesta a perder el tiempo con la magia.

No me detuve a presenciarlo. Giré sobre mis talones y subí por la escalerilla de vuelta al escenario, donde me permití soltar todo el aire que había estado conteniendo. Enna me alcanzó antes de que comenzaran los gritos.

Le dediqué una mirada interrogante. Ella se encogió de hombros:

—Atacaron a Gionna y son mercenarios a sueldo. Dejarles vivir nos habría sentenciado. No habrían tardado mucho en vendernos por cuatro monedas de cobre.

—Para ser una defensora de la paz no te dan mucha pena los muertos —señalé con voz inexpresiva, preguntándome si no sería mejor pasar mis actos por un filtro menos laxo que el de Enna—. ¿Crees que se ocuparán de los cuerpos?

—Claro. No te preocupes por eso, limitémonos a seguir con el plan.

No me atrevía a plantear la posibilidad de que Lord Quin estuviera en lo cierto y que muy pronto fuera a encontrar a la futura heredera del trono de Eter. Las expectativas podían elevarme tan alto como para no sobrevivir a la caída si todo resultaba ser un completo engaño.

Sin embargo, una parte de mí no pudo evitar soñar con volver a casa, con sentir la calidez de mis sábanas y el brillo de la magia sobre las hojas de los árboles. Y pese a todo, pese a lo que había pasado en las últimas horas, tampoco pude evitar pensar en Erik.

Desplacé esos pensamientos en cuanto me di cuenta de la dirección que estaban tomando.

Salimos del teatro.

Quedaban unos minutos para que empezara la función, y convenimos en que lo mejor para no suscitar preguntas incómodas era que nos vieran entrar junto al resto de espectadores.

El cartel que anunciaba la obra presentaba *El triunfo de los locos* como «la mejor producción de la temporada».

La entrada comenzaba a llenarse de caras sonrosadas, vestidos caros y peinados recargados, aunque también de personas con ropas más humildes, que se mantenían apartadas y observaban embelesadas el esplendor de los pendientes de las damas, los zapatos pulidos de los caballeros y ese aire de frío sosiego que envuelve a los más favorecidos.

Me percaté de las miradas de desagrado que me dirigían, tanto los nobles como los aldeanos. El rumor de lo que había ocurrido en la ejecución ya debía de haberse extendido. Se desviaban para no pasar cerca de mí, cuchicheaban, me miraban con desdén, con miedo. Me limité a ignorarlos.

Entre los rostros desconocidos vislumbré a lo lejos el del Capitán, que acompañaba y sonreía a las dos hermanas de Dereck.

Helia llevaba un vestido gris sin cancán, con piedras de distintos colores dispuestas en forma de remolinos, muy distinto del que había escogido su hermana, de un cremoso rosa pálido y con un lazo blanco en la espalda.

Los tres charlaban animadamente cuando Erik giró la cabeza y me descubrió observándole. Habría apartado la mirada avergonzada, si al volverse no hubiera visto su pómulo izquierdo. Una sombra púrpura recorría su rostro desde la mejilla a la sien.

¿Quién le había hecho eso?

No podía ser una casualidad que llevara media cara morada después de haber entrado en el despacho del

Canciller. Me estremecí al pensar que seguramente había pagado las consecuencias de mi visita a los calabozos.

—Entremos —Enna interrumpió mis lúgubres pensamientos. Observaba a Erik con el ceño fruncido mientras me hacía avanzar con una mano apoyada en mi espalda.

Me incliné para susurrarle al oído.

—¿Crees que ha sido el Canciller?

Ella me miró, pero no abrió la boca y frunció más los labios.

Lancé todos los improperios que se me ocurrieron entre susurros.

Entramos por la puerta central hasta el patio de butacas. Los sillones eran de terciopelo rojo con reposabrazos de madera oscura. Llegamos hasta las primeras filas sin dificultad, debido a que la gente se apartaba a nuestro paso.

Enna no parecía muy contenta con la situación. Debía de estar imaginándose a toda una turba abalanzándose hacia nosotras. Yo, sin embargo, no podía sacarme de la cabeza el rostro magullado de Erik.

Vi como él y las gemelas se sentaban en la segunda fila, en el centro de las butacas. Traté de darme la vuelta para evitar sentarme a su lado, pero Enna me empujó para que siguiera caminando. En esos momentos me hubiera gustado clavarle el cuchillo en una mano. Preferiblemente en la mano buena.

—¿Se puede saber qué haces? Déjame salir, quiero sentarme en la fila de atrás —gruñí.

—De eso nada. —Me empujó para que avanzara hasta el asiento de al lado de Erik—. Si vamos a ver la dichosa obra, pienso asegurarme de que tengas ambos flancos cubiertos.

No estábamos lo bastante lejos como para que él no nos hubiera escuchado, pero decidió ignorarnos.

Ocupé la butaca y me senté muy erguida. Estaba tan rígida que me dolía la espalda. Me regañé por dejar que me afectara tanto e hice un esfuerzo voluntario por liberar la presión de mis músculos.

Si él pensaba hacer como si yo no estuviera durante el tiempo que durara la función, yo también podía hacer lo mismo.

Las gemelas asomaron las cabezas a la vez para saludarme. Les devolví una sonrisa tirante y volví la mirada al frente, repentinamente interesada en el decorado del escenario.

Se habían esmerado con la escenografía. Era de noche, la luna de cartón colgaba iluminada de una forma casi mágica y en cada lateral habían colocado la fachada de un edificio de cartón piedra, con balcones enfrentados. En el centro, separando las viviendas, había una pared de cipreses altos y tupidos. Al fondo habían pintado unas casas blancas con ventanas de celofán, bajo el cielo nocturno estrellado.

Las luces se apagaron y los murmullos se atenuaron hasta cesar por completo.

Dos enmascarados salieron a escena. No reconocí a Dereck, pero podía haber sido cualquiera de los dos. Tenían complexiones similares. Las máscaras eran grandes y ricas, de colores vivos y evocadores.

Me removí en mi asiento.

En la oscuridad, la electricidad que flotaba entre nosotros estaba más presente, se materializaba. No quería sentir lo que estaba sintiendo, es más, lo odiaba, odiaba todas las sensaciones que me provocaba tener su cuerpo a escasos centímetros del mío. Crucé los brazos y los apreté contra mi pecho en un intento inútil por no dispersarme, por mantenerme entera mientras cada una de mis células exigía que renunciara a mis reticencias y lo tocara.

El anhelo era tan intenso que mi cuerpo se convirtió en una masa sensible. Apenas era consciente de la música ambiental de la obra, ni de la interpretación de los actores que brincaban sobre el escenario; no podía concentrarme en nada que no fuera esa atracción, la calidez manando en ondas de su cuerpo. Después de haber sentido sus labios sobre los míos, era infinitamente más complicado ignorarlo. Ya no podía permitirme ese lujo porque él era todo lo que yo quería, todo lo que deseaba hasta el punto de convertirse en una necesidad insoportable.

Me aventuré a mirarlo por el rabillo del ojo. La sombra que se extendía bajo su pómulo enturbió mis pensamientos. Si tan solo me dejara tocarlo, podría hacerla desaparecer con un tímido roce.

Cerré los puños al tiempo que me percataba de que él había adoptado una posición muy parecida a la mía, con los brazos cruzados y los nudillos blancos, tensos de tanto oprimir los puños.

Debería haber estado enfadada. Sabía que tenía motivos para estarlo y que nos habíamos dicho cosas horribles, pero en ese momento, después de haber hablado con Enna, al amparo de la melodía pacífica de la obra, con su cuerpo haciendo estragos en mi piel, ya no recordaba una sola de las palabras que nos habíamos lanzado. Y eso estaba mal. No debería olvidar tan fácilmente. No cuando había muerto gente, no cuando me había prometido a mí misma no hacerlo.

Me mordí el labio para alejar de mí todos esos pensamientos que no paraban de asaltarme.

Percibí... Noté por todo el cuerpo la exposición de su cuello cuando ladeó la cabeza para seguir el movimiento de uno de los actores. Al menos uno de los dos estaba disfrutando de la función. Solté el aire que había estado conteniendo y cuando volví a inspirar me embargó ese olor tan característico, ese aroma a pan recién hecho.

Las líneas rectas de su perfil se recortaban con las luces y las sombras del escenario.

Separé los brazos y relajé las manos sobre mis rodillas. Me estaba costando mantenerme quieta. Sin embargo, cuando ya no esperaba nada, cuando estaba tan tensa como la cuerda de un arpa, percibí un breve balanceo en el cuerpo de Erik, como si estuviera evitando inclinarse hacia mí pero tuviera que recordárselo constantemente.

Las risas de los espectadores inundaron la sala. Él solo entreabrió los labios y dejó escapar el aire en un jadeo.

Puso la mano sobre el reposabrazos que separaba nuestros asientos.

La observé como si en sus líneas pudiera encontrar los misterios del universo.

Jugueteé nerviosa con mis propios dedos.

Hubo algo que me llevó a colocar el dorso de mi mano contra el suyo: el recuerdo de su cara mientras agitaba los barrotes de la celda para que me dejaran salir con vida.

Respiraba con dificultad, con la mirada al frente, pero toda la atención puesta en el diminuto espacio que separaba su piel de la mía. Unos milímetros de agonía, de palabras silenciosas, de «y si...».

El mundo se paralizó cuando nuestros meñiques se encontraron. Un solo roce consiguió llenarme los pulmones en un jadeo. Una caricia lenta, la de su yema enroscándose sobre mi dedo. Las chispas revolotearon en mi estómago.

No me atreví a mirarlo.

Entonces, un foco lo iluminó todo, interrumpiendo la función, cegándome por completo. Aparté la mano instintivamente para cubrirme los ojos.

Los cuchicheos aumentaron.

—¡Muerte a la reina!

Capítulo 28

—¡Cuidado! —Erik pasó el brazo por mi espalda y me obligó a agacharme. Un rugido brotó de su garganta como si se hubiera abierto el infierno.

Un corte en su brazo, del que supuraba sangre, y una flecha clavada contra el respaldo de mi butaca. Una flecha dirigida a mí.

Los cuchicheos se convirtieron en gritos. La marabunta se lanzó hacia las puertas en su desesperación por abandonar el teatro cuanto antes.

—¡Por aquí! —gritó, Enna.

Se dirigió hacia el pasillo de la derecha, donde la gente se empujaba y apelotonaba, incapaz de pasar al mismo tiempo por una puerta tan pequeña. La salida estaba completamente congestionada. La masa llegaba de ambos pasillos. Se estaba formando un tapón que se convertiría en una trampa mortal.

Una flecha pasó por encima de mi cabeza. Me agaché. Quise ser pequeña. Como si eso fuera a evitar que algún proyectil acabara incrustado en mi cuerpo.

Erik nos seguía entre las butacas, arrastrando a las hermanas de Dereck, que miraban a su alrededor con los ojos desorbitados.

Me estaban apuntando a mí. Si me dirigía, como todo el mundo, hacia la puerta principal, las flechas podrían matar a cualquiera.

No lo pensé demasiado.

Arranqué a correr en dirección contraria, hacia el escenario.

Los gritos de Enna y Erik me persiguieron.

Varias flechas se clavaron en la pared, siguiendo mi avance, fallando por poco. Levanté un escudo para protegerme de los ataques, que se habían vuelto más intensos y sentí un pinchazo a la altura de la nuca cuando una fecha impactó contra mis guardas. Trepé hasta el escenario vacío y me oculté tras la fachada de una de las casas del decorado. Necesitaba tomar aliento y localizar a los arqueros.

Las flechas silbaron, cortando el frágil cartón. Dejaron agujeros raídos por los que se filtraba la luz de la platea. Me asomé por uno de ellos.

El foco ya no me deslumbraba, ahora podía ver entre las cortinas la escalera metálica que ascendía hasta el gallinero, donde estaba la iluminación del teatro y tres hombres que empuñaban sus arcos, buscando el punto exacto en el que me encontraba para disparar.

—¡Au! —Enna apareció rodando por el escenario. Se colocó a mi lado, tras la endeble fachada. Tres flechas la siguieron sin dar en el blanco—. ¿Te puedes creer que me han agujereado la capa? —señaló, mostrando el trozo de tela perforado.

—Indignante.

Enna se apretujó contra mí cuando una flecha pasó rozando su costado, sin llegar a herirla.

Extendí el escudo para que también la protegiera a ella.

—Deberíamos salir de aquí —sugerí.

—Esta idea tuya de meterte detrás del decorado... —Se acercó al borde para medir la distancia hasta los arqueros antes de lanzar su daga, que derribó a uno de los tres hombres. Se estrelló contra el suelo en un estrépito que levantó las tablas del escenario—. He de decir que las has tenido mejores.

—Ya, bueno. No quería provocar una escabechina. —Lancé mi propio cuchillo contra el arquero de la izquierda, pero fallé por mucho. Estaban demasiado lejos.

—Que íntegra. —Puso los ojos en blanco.

No podía recurrir al fuego, a menos que pretendiera arrasar un teatro lleno de gente, así que empujé mi magia contra una de las tablas astilladas del suelo. La impulsé hacia arriba y la madera atravesó el cuerpo del arquero sin encontrar resistencia.

Solo quedaba uno.

Al verse solo y expuesto, hizo algo muy estúpido: bajar.

Corrimos juntas hacia él. Sus flechas rebotaban inútiles contra mi escudo, demasiado fuerte como para fracturarse.

Enna se abalanzó contra él. De un salto llegó hasta su posición y le partió el cuello en una pirueta tan elegante como letal.

El teatro se sumió en un silencio inquietante, vacío.

—Parece que esta vez no han ocultado sus rostros —masculló Enna, mirando los cuerpos caídos.

De repente, unas pisadas a la carrera resonaron próximas a la sala. Me preparé para atacar de nuevo, pero no fue necesario.

Erik se detuvo al vernos ilesas sobre el escenario. De su brazo goteaba sangre por la herida de la flecha, que gracias a él no me había matado.

Nos contemplamos de arriba abajo y fui consciente de cómo el aire se cargaba, impregnado de todo lo que no nos habíamos dicho.

—Bueno —dijo Enna. Crujió sus nudillos—. El trabajo está hecho, así que yo voy a... —Señaló la salida con el índice y bajó de un salto al patio de butacas.

Cuando pasó al lado del Capitán le dio un par palmaditas en el hombro como despedida. Una forma de agradecerle que me hubiera salvado la vida, supuse.

Si Erik todavía no se había ganado el favor de Enna acababa de conseguirlo.

Me quedé de pie, sola e incómoda, acaparando toda su atención.

El silencio se extendió, creando un muro imaginario.

—Demasiada gente te quiere ver muerta —dijo, inmóvil.

Me encogí de hombros. No estaba dispuesta a apartar la mirada.

—Estás sangrando —repuse. Él se miró la herida del brazo con ojos ausentes, como si no le importara lo más mínimo. Me pregunté cuántas veces lo habrían herido. Con un suspiro me senté, dejando que las piernas me colgaran al borde del escenario—. Ven.

Se acercó despacio, con los ojos fríos como el fondo del mar.

Su rostro no se alteró lo más mínimo cuando puse una de mis manos sobre su brazo y la otra sobre el moratón del pómulo, ni siquiera dio un respingo.

Una luz blanquecina se filtró entre mis dedos, parecida al brillo del hielo iluminado por el amanecer. Un brillo sanador que curó sus tejidos sin dejar ni una marca, ni una cicatriz. Un brillo que me conectó con su pulso. Se le había acelerado el corazón con mi contacto.

Rebusqué en su mirada.

—Siento haberte dejado aquí con esos desgraciados, pero las niñas…

—No hacía falta que te quedaras. Era más importante ponerlas a salvo.

—Lo sé. Sé que puedes manejarte sola. —Un brillo de orgullo cobró fuerza en sus ojos—. Volví tan pronto como las dejé con Dereck.

—¿Dereck estaba fuera?

—Consiguió salir por la entrada del personal.

Asentí y él se aupó, flexionando sus fuertes brazos para sentarse junto a mí.

Fijé la vista en mi regazo sin saber qué más decir.

—Lo sé todo —dijo.

Me volví a mirarlo.

—¿Qué? —Un millar de cosas se me pasaron por la cabeza. La noche en la taberna, los calabozos, nuestros gritos, las flechas—. ¿De qué hablas?

Su boca era una línea tirante.

—Llegué con las gemelas antes de que empezara la función. Querían ver a su hermano, así que las dejé en el camerino y me fui a inspeccionar el teatro. Pensé que la posibilidad de que te tendieran una emboscada aquí era lo bastante plausible como para echar un vistazo.

—Le contemplé. Pese a lo enfadado que debía de estar, se había preocupado lo suficiente como para comprobar que el teatro fuera seguro y eso hizo que mi corazón trastabillara—. Al final no pude hacerlo. Te vi con toda tu guardia, pero eso no fue lo que me sorprendió... Lo que me llamó la atención fue que todos descendierais por esa trampilla bajo el escenario.

Se me heló la sangre en las venas.

—¿Nos seguiste? —pregunté, con la voz tomada.

—Por supuesto que os seguí. —Asintió como para dar mayor fuerza a sus palabras—. Escuché toda la conversación con Lord Quin. Lo sé todo.

Su expresión era tan tranquila como sonaba su voz, calmada, pacífica.

—No sé lo que crees haber entendido, pero...

—No hagas eso. —Hizo una mueca dolida—. Sé que estáis buscando a la futura heredera de Eter, sé que por eso todavía sigues aquí después de lo que pasó la noche de la ejecución de Lord Pembroid, también sé que has hecho ese trato con Quin porque no tienes ni idea de quién es esa niña que buscas y te conozco lo bastante como para saber que no te ha gustado nada tener que hacerlo. Así que no me digas que no lo entiendo, cuando lo último que me dijiste fue que no querías volver a verme después de que te salvara la vida. Después de que matara por ti.

Por extraño que pueda parecer, cada una de las cosas que relataba, cada secreto que revelaba era un peso menos sobre mis hombros. Estaba cansada de las maquinaciones, de ocultar y fingir que nada me importaba lo suficiente. Y reconocí algo distinto, algo inesperado: esperanza. Si Erik estaba hablando conmigo en lugar de ir corriendo a contarle mis planes al Canciller, no estaba todo perdido.

Solté un suspiro cansado y alcé le mentón hacia el techo.

—Así que aquí estamos... —susurré.

—Aquí estamos. —Echó la cabeza hacia atrás, imitando mi gesto, y la nuez estiró la piel de su cuello—. El otro día estaba enfadado. No sentía lo que dije. Debes saber que lamento haber matado a esas dos personas. Sus vidas se suman a la larga lista de cosas que nunca me perdonaré. —Negó con los labios apretados—. Sin embargo, no me arrepiento de haber elegido tu vida por encima de la de ellos, solo... Me gustaría que hubiera habido otra solución.

Bajé los ojos al suelo y me mordí el labio con arrepentimiento.

—Sé que lo sientes. —Agarré su mano con miedo de que la retirara, pero no lo hizo—. También sé que no hablabas en serio. Yo... Estaba demasiado enfadada. No contigo, conmigo misma. Tendría que haber preparado el terreno antes de sacarlos de la celda. Me confié. Esas personas murieron por mi orgullo.

—Murieron porque Veneno es un monstruo con sed de sangre, no por tu orgullo. Intentabas ayudarlos. —Apretó mi mano. Su contacto era cálido y reparador.

—¿Quién es? No sentí nada dentro de ella, ninguna mente, era como si estuviera hueca.

—Ella y su hermano tienen sus propios métodos para alcanzar la inmortalidad y no tienen nada que ver con la savia del Sauce. Son dos monstruos que se benefician de las presas del Canciller.

—Ella dijo que no están bajo sus órdenes —repuse.

—Y no lo están. Al Canciller le viene bien que se ocupen de sus presos porque le da cierto reconocimiento, desde un punto de vista brutal y sádico; pero lo hacen por su propio beneficio. Extraen algo de las muertes que les da la vida eterna.

—Nunca había escuchado algo así.

—Supongo que porque no hay muchos dispuestos a pagar ese precio. Al menos eso es lo que quiero creer. —Cogió mi barbilla entre sus dedos para que lo mirara a los ojos. El verde refulgía tan intenso que hacía palidecer el gris de mis propios ojos—. Estás evitando el tema.

—No lo hago. —Él enarcó una ceja—. Vale, puede que lo esté evitando, inconscientemente. —Un amago de sonrisa cubrió sus labios y mi mirada se detuvo un instante de más sobre ellos—. Yo también siento lo que te dije, no fui justa.

—Sigues evitando el tema —Su sonrisa ya no era un amago, se había extendido hasta mostrar sus dientes.

Gruñí, dejándome arrastrar hasta donde él quería.

—Está bien. Sabes que estamos buscando a la niña, ¿y ahora qué?

—Sé lo que debería hacer —respondió, desviando la vista hasta la primera fila de butacas.

—Ahora eres tú el que evita responder. —Pasé los dedos, en una caricia suave, por su mejilla izquierda, donde había estado el moratón—. ¿Te lo hizo él?

Erik vaciló.

—No estaba muy contento conmigo después de lo que pasó en los calabozos.

—¿Acaso le importaba que murieran esas dos personas? —pregunté confusa.

Negó con la cabeza.

—No quería que tú estuvieras allí abajo.

—¿Y por qué tendrías tú la culpa de eso?

Notaba que la rabia se acumulaba tras la capa exterior de mi piel.

—Tengo la sensación de que no ha sido solo por lo de hoy. De todas formas, para el Canciller te convertiste en mi responsabilidad desde el momento en el que le hicimos creer que estamos juntos. Se supone que he de mantenerte controlada. —Sentí una total impotencia por esa falta de respeto. Erik gruñó algo que no entendí—. Lo peor no fue el golpe. Ojalá solo hubiera sido eso. Llamó a mi padre e hizo que estuviera presente...

Tras sus ojos se alzaba algo oscuro y peligroso. No alcanzaba a imaginar la vergüenza que debía haber supuesto para él que le golpearan así.

—¿Tú padre está enfadado?

—Creo que decepcionado se aproxima más a cómo se siente —masculló con un suspiro.

Erik adoraba a su padre y, de alguna manera, la decepción era más corrosiva que el enfado, más ácida.

—Sé lo que tienes que hacer —murmuré—. Con lo de la niña... Pero no lo hagas. Por favor. —Sus ojos relampaguearon con una emoción que no supe identificar—. No se lo digas al Canciller.

Él tragó saliva.

—Ocultar algo así... Yo... No sé en qué me convertiría eso.

—Pídeme lo que quieras a cambio y lo tendrás. —le prometí.

Giró la cabeza de golpe para mirarme. Sentí como se ponía rígido.

—No quiero nada. No lo haría por eso. Nunca lo haría por eso. —Su voz sonó más dura que antes.

—Entonces, ¿por qué lo harías? —le respondí suave, incapaz de encontrar la firmeza dentro de mi cuerpo.

—Por ti —dijo sin dudar—. Lo haría por ti. Porque tú me lo pides.

Había determinación, pero también dolor en su voz y en sus gestos.

—¿Por qué? —me atreví a preguntar.

Él me miraba como si le hubiera atravesado el pecho, como si tuviera el corazón de cristal y se le estuvieran clavando todas sus aristas afiladas en la carne.

Cuando rozó mi mejilla con su mano me incliné hacia el calor que desprendía, hacia esa creciente intimidad que nos aislaba del mundo. No veía nada más que a él, ni sentía otra cosa que no fueran los centímetros de mi piel en contacto con la suya.

Se inclinó y casi respiré de sus labios.

Su sabor me inundó la boca, tan frágil, tan efímero como la primera vez. Me apoyé contra él, olvidándome de todo. Mi mundo, el suyo, todo pasó a un segundo plano.

Su mano se enredó en los mechones de mi pelo cuando me apretó contra él, convirtiendo mi universo en algo etéreo, mínimo, concentrado. Tan suave que mi pecho explotó en mil sensaciones. Tan imparable que me asusté. Era mucho más intenso que la pasión que había sentido por él hasta el momento, era una gota filtrándose entre mis defensas, colapsando mi alma.

Todo lo que yo era… Su ternura arrasaba mi resistencia, mis contradicciones.

Me aparté porque no podía soportarlo. El mundo se estaba viniendo abajo y yo tenía que mantenerme firme, ser su pilar, conciliar todas las posibilidades. Y olvidarme de todo para sentir no era una opción.

No sé lo que vio él en mis ojos, pero sonrió con tanta dulzura que no me aparté cuando volvió a besarme.

Esta vez me aferré.

Clavé las uñas en su espalda para anclarlo a mí, y tuve la certeza de que en un mundo mejor su vida y la mía permanecerían unidas para siempre.

Pero uno no puede vivir de sueños e ilusiones.

Lo aparté con una caricia, aunque esta vez apoyé mi frente contra la suya.

—¿Qué estamos haciendo? —le imploré en un susurro.

—No lo sé. —Tomó mis mejillas entre sus manos. En su voz se almacenaba toda la fuerza del cosmos—. Lo que sí sé es que eres... Eres más importante que todo lo que conozco, más importante que la venganza.

Una lágrima cayó silenciosa por mi mejilla. Erik se inclinó para besarla. Contemplé sus labios húmedos por el agua salada.

Me lo había explicado: todo lo que conocía, toda su vida, había estado dirigido por un propósito. Se había esforzado, había dedicado cada segundo de cada día a conseguirlo, contribuyendo al fin del sistema tal y como lo conocíamos, incluso desde la distancia y sin involucrarse en aquello que no le parecía correcto, en la muerte de gente inocente, resistiéndose a darle todo lo que realmente era al Canciller.

Era una utopía pensar que podía renunciar a todo eso por mí. Pero la esperanza es como un veneno, aunque no quieres que te afecte se mete en tu sangre y la contamina.

Apreté fuerte los párpados cerrados.

—Sé que te pido mucho —dije con un hilo de voz—, pero... Ven conmigo. Cuando vuelva a Eter. Ven conmigo.

Sus ojos eran un torrente de emociones, tan densas, tan veloces, que no fui capaz de leerlas todas.

—¿Por qué?

La respuesta quemaba. La respuesta me hubiera dejado expuesta, ante él y ante mí misma.

—Podemos hacerlo juntos. —Le supliqué con la mirada que me entendiera y leyera entre líneas—. Luchar por lo que queremos. Podemos pelear por un mundo mejor.

Frunció la frente, valorando lo que yo decía y lo que callaba. Y callaba mucho. Llevaba mucho tiempo silenciando lo que estaba anidando en mi pecho.

—¿Sabes lo que me pides? —Agaché la cabeza al tiempo que asentía—. Y aun así me lo estás pidiendo —repuso pensativo, más para él que para mí. Me embargó un sentimiento amargo. Nunca me había sentido tan egoísta—. Iré contigo, con una condición.

Lo miré sorprendida. No quería creer que existía esa posibilidad. No quería que se instalara en mi mente para después evaporarse y dejarme perdida y decepcionada.

Aun así, dije:

—¿Cuál?

—Dame una razón de verdad. Algo menos abstracto que salvar al mundo de las garras del Canciller. Algo que me haga abandonar a mis padres, dejar atrás mi hogar e irme a un planeta desconocido donde nadie va a acogerme con los brazos abiertos. —Abrí la boca, pero dos dedos se posaron sobre mis labios para hacerme callar—. No ahora, y no porque yo te lo pida. Solo piénsalo y, si merece la pena, dame un buen motivo.

Se inclinó para besar mi frente y se puso en pie con un movimiento fluido, lleno de gracia. Me tendió una mano para ayudarme a levantarme y bajamos en silencio del escenario.

Podría haberlo hecho en ese momento. Podría haberle confesado el verdadero motivo por el que quería que me acompañara, por el que me resultaba tan doloroso pensar en dejarlo atrás. Pero no lo hice.

Abandonamos el teatro por la puerta principal.

Pocos eran los que se habían mantenido cerca de la entrada. La multitud se había dispersado, por lo que fue sencillo encontrar a las gemelas y a Dereck.

Sentí que las cosas no iban bien.

Dereck estaba arrodillado, con la máscara cubriendo todavía sus facciones y abrazando a sus hermanas que lloraban desconsoladas.

El rostro de Erik pasó de la incredulidad a la preocupación.

Corrió hasta ellos y puso una mano sobre el hombro del hijo del Canciller, apartándolo a la fuerza para que lo mirara y le dijera lo que estaba pasando.

Dereck soltó un grito anegado de dolor. Un grito desde las entrañas que hizo estremecerse el aire.

Las gemelas se abrazaban con las caras llenas de lágrimas y el pelo revuelto.

Llegué hasta ellas y escuché los balbuceos de Dereck.

—Calma, Dereck, por favor —suplicó Erik—. Solo cuéntame qué ha pasado.

Me arrodillé junto a ellas y les acaricié el pelo, pero estaban sumidas en tal desesperación que ni se percataron de mi presencia.

Mis ojos vacilaban de unos a otros, incapaces de detenerse.

—Erik —El nombre en la boca de Dereck fue un lamento abrumador, roto.

—¿Qué pasa hermano? Vamos. —Erik le zarandeó con cuidado para que respondiera— ¿Qué es lo que pasa?

—Mi madre... Mi madre.

Capítulo 29

Se celebró un funeral en el exterior del castillo.

Todo se dispuso como si Myrna fuese una reina. Había flores y hierro por todas partes, como marcaba la tradición, y gente de todo el planeta acudió de rojo, el color del luto, para despedirse y dar el pésame al Canciller y a sus hijos.

El ataúd cerrado se trasladó ante las aguas del mar, elevado sobre una mesa de piedra. Coronas de flores adornaban el altar y caían sobre el féretro.

No pude evitar pensar que asistía a este funeral, pero que no había estado en el de Eri. Ni siquiera sabía si habían podido ir sus familiares.

El día era triste y plomizo. Un trueno resonó a lo lejos, sin que el cielo derramara una sola lágrima sobre nosotros.

Noté las miradas insidiosas que me lanzaban los asistentes y sus cuchicheos. Rumores sobre la reina de Eter, la reina que traía desgracias, muertes.

Con gusto hubiera permanecido en mi habitación mientras duraba el rito. Sin embargo, era muy consciente de que el protocolo no me lo permitía y, francamente, me compadecía de Dereck y de sus hermanas; aunque no tanto del Canciller, que no parecía en absoluto afectado por la muerte de su esposa.

Su semblante permaneció serio e inescrutable mientras se colocaba a mi lado, en la primera fila, justo cuando el sacerdote subía al altar. A mi otro lado, Erik permanecía rígido con el uniforme azul de los soldados. Sabía que hubiera querido estar más cerca de su amigo para consolarlo, pero Dereck y sus hermanas estaban junto a su padre.

El sacerdote, con su túnica morada, dedicó una plegaria amable a la diosa Ampelia, la diosa madre, y una súplica a Ódex, el dios de la muerte. Un reclamo por el alma de Myrna, allá donde fuera.

Sus palabras resonaban magnificadas sobre el rugido de los truenos.

La muerte de Myrna había sido natural e indolora. Al menos eso es lo que aseguraba el Canciller. Al parecer su doncella la había encontrado ya fría en su dormitorio. No obstante, eso no parecía lógico ni probable.

El rostro de Myrna revelaba el tono encerado que dejaba a su paso la savia del Sauce. Si, como aseguraba el Canciller, se le había parado el corazón, solo podía ser porque había dejado de tomarla. Pero si no fuera así… Bueno, si Myrna seguía bajo los efectos de la savia, su muerte solo podía haber sido un asesinato. Desde luego no un ataque al corazón.

Recordé nuestra última conversación en la Sala de colecciones. Ella había tratado de advertirme. ¿Se habría enterado el Canciller de nuestro encuentro?

—Parece que el cielo va acorde con los ánimos —dijo él, con las manos tras la espalda, en una pose estirada.

Yo ya les había dado el pésame, pero me pareció apropiado añadir:

—Es un día triste —susurré, para que el sacerdote no me escuchara interrumpir sus oraciones.

—Quizá podamos convertir esa tristeza en alegría.

Yo fruncí el ceño sin apartar la vista del féretro.

—¿A qué os referís, Canciller?

—Bueno, mi mujer ha muerto, pero vos y yo aún tenemos asuntos que tratar. —No me miraba mientras hablaba.

La extrañeza se alojó en mi estómago.

—¿Qué clase de asuntos?

—Vos tenéis un reino que gobernar, pactos por hacer y un objetivo complejo como es la paz. Yo podría ayudaros con todo eso.

—Quizá este no sea el mejor momento para tratar asuntos de Estado —repliqué, contemplando al sacerdote alzar las manos al cielo.

—Es tan bueno como cualquier otro. Y no me refiero solo a asuntos de Estado, habló de temas más personales.

Giré la cabeza con brusquedad para mirarlo directamente a los ojos.

—No entiendo una palabra de lo que estáis diciendo.

—Sois realmente impaciente, querida. Solo pretendo ayudaros. —Me mordí la lengua para no decirle por dónde podía meterse sus calificativos. Sonrió—. De veras, no podéis creer que no sé que tenéis los planos desde hace días... —La sangre me huyó de la cara. Apreté los puños al notar el sudor en las palmas y mantuve los labios apretados—. No me los habéis entregado, pero era algo con lo que ya contaba.

Él lo sabía. Sabía que teníamos los planos, pero ¿desde cuándo?

Quizá desde siempre.

La angustia trepó por mi cuerpo, desencajándome.

Luthiel dijo que habían rebuscado en su dormitorio sin éxito. Podía haber sido alguien mandado por el Canciller, alguien que ya sabía que los teníamos, pero que no los encontró. Después, Eri salió de su dormitorio. Quizá había escuchado al intruso y lo había perseguido hasta el bosque. Ella ya no volvió. ¿Y si todo hubiera sido por el Canciller?

Sentí una fuerte conmoción, igual que si me estuvieran deshojando como a una margarita, exponiendo mis capas más vulnerables.

—Supongo que recordaréis que una de nuestras exigencias para llegar a un tratado de paz pasaba por que los planos siguieran siendo secretos.

—Siguen siéndolo —me apresuré a asegurar.

—Eso es algo que ya no está a vuestro alcance hacerme creer. —Desvió la mirada hacia el sacerdote, que levantaba un cáliz derramando su contenido sobre el féretro. Yo me sentía tan congelada como el cadáver que había dentro—. Sin embargo, soy benevolente. Puedo ofreceros un nuevo trato, si es que seguís interesada en conseguir la paz para vuestro pueblo. Aunque he de decir que parecéis esforzaros por demostrar lo contrario.

Me removí en el sitio, atrayendo la mirada de Erik. No me atreví a mirarlo.

—Estoy aquí para negociar la paz, Canciller. Pero no podéis esperar que os entregue esos planos sin saber qué es exactamente lo que os estoy dando—me justifiqué.

—Ya es tarde para todo eso. Las condiciones han cambiado.

—¿No queréis los planos?

Él soltó una risa baja y cavernosa. Me quedé inmóvil.

—Lo que quiero a cambio de dejar de atacar Eter es muy sencillo, Alteza. Casaos conmigo.

—¿Qué? —La voz apenas me salió del cuerpo, pero resonó en el silencio de la plegaria y todas las caras se volvieron hacia mí, amonestándome. Todas, salvo la del Canciller.

No sabía si Erik había escuchado la conversación, pero me miraba con disimulo y permanecía alerta a mi lado.

Miré al frente y cerré la boca. Apreté los dientes hasta que me dolieron.

—No tengo el más mínimo interés en vos, Alteza —aseguró en un susurro—. Nuestro acuerdo sería una mera conveniencia.

Exhalé despacio, intentando serenarme.

—¿Una mera conveniencia? —exclamé sarcástica.

—Queréis paz para vuestra gente. Y yo quiero el Sauce. —Su voz era oscura y malvada. Destilaba ponzoña, agria y cruenta—. Debéis de saber que no pararé hasta conseguirlo. No me detendré hasta que lo posea. Pasaré por encima de cada uno de vuestros insignificantes súbditos, derramaré toda la sangre que pueda y, cuando vuestros valles luzcan rojos y secos, seguiré masacrando hasta que los cadáveres se pudran amontonados. Todo eso es lo que pasará si me rechazáis.

Algo en mí se detuvo. Sentí una rabia salvaje que a duras penas pude controlar.

El recuerdo de todas las atrocidades que habíamos vivido me sobrevoló.

—Sin embargo —continuó—, si escogéis aceptar mi propuesta todo se arreglará muy rápido. Yo controlaré el Sauce y vos podréis garantizar la seguridad de vuestro pueblo. —Tragué saliva. Se me había secado la boca. No sentía mi cuerpo. Parecía que no volvería a responderme—. Estoy siendo generoso, Alteza. Habéis traicionado mi confianza una y otra vez, y no solo con los planos, ambos lo sabemos. Y pese a ello, os estoy ofreciendo la salida que queréis.

Si algo tenía claro es que esa no era la salida que yo quería. Era repugnante, la opción más terrible y atroz que pudiera imaginar. Una idea tan abominable que me hacía desear matarlo y aprovechar el funeral para enterrarlo a él también... y, sin embargo, no podía evitar considerarla.

Odiaba tener que planteármelo, pero debía priorizar el reino por encima de todo, por encima de mí. Evitar la muerte de una sola persona ya era incentivo suficiente como para aceptar la propuesta del Canciller.

Carraspeé antes de comenzar a hablar.

—Necesito tiempo para pensar.

Él ladeó la cabeza.

—Se celebrará un baile en el castillo dentro de dos días. Necesito una respuesta para entonces.

—¿Y si no? —Levanté la barbilla, concentrada en mantener la calma.

—Si no tenéis una respuesta u os negáis a casaros conmigo, podréis volver a casa, siempre que me entreguéis los planos primero —Enarqué una ceja, desconfiada—. No dudéis de mi hospitalidad, Alteza. Al fin y al cabo, no habéis dejado de ser mi invitada. Salvo en el caso de que no me entreguéis los planos, por supuesto. En ese caso, consideraré que estáis perpetuando un ataque contra Bellum y tomaré... las medidas oportunas.

Me estremecí ante la nada sutil amenaza.

El Canciller tenía sus intrigas muy bien construidas, pero eso no implicaba que yo tuviera que guiarme por sus reglas. Debía hacer mis propios planes.

Si encontraba a la niña durante el baile, podría marcharme a casa, quizá incluso conociendo el contenido de los planos. La alternativa era demasiado, incluso para mí. Además, si aceptaba casarme con el Canciller, él tendría el control sobre el Sauce y eso era todo lo que yo estaba intentando evitar.

Se agotaba el tiempo, como un tic tac regresivo e incómodo sobre mi cabeza.

—Lo pensaré —afirmé. Me temblaban las manos—. ¿Vais a celebrar un baile dos días después de la muerte de vuestra esposa?

¿De qué me extrañaba? ¿Acaso no me estaba pidiendo matrimonio en su funeral?

—Hemos de seguir adelante. —Su frialdad era tan manifiesta y se esforzaba tan poco por disimular que no le importaba la muerte de Myrna...

Una furia fría se asentó en mi nuca.

—Habéis sido vos, ¿no es así? La habéis matado. —
Fue solo una especulación fruto de la rabia, no obstante,
mentiría si dijera que me sorprendió la sonrisita petulante que se estiró por su rostro con descaro.

No respondió, pero no fue necesario.

—¿Por qué? —inquirí, con el tono más frío del que
fui capaz.

—Se había convertido en una molestia para mis intereses.

—Oh. —Asentí con sutileza— Vuestros intereses...
como casaros conmigo —afirmé con desprecio.

—Creo en la utilidad de las personas y mi esposa había dejado de resultar útil. —El hielo de sus palabras era
inhumano.

La bilis subió por mi garganta al pensar que su propio
hijo podía estar escuchándolo, que quizá se acababa de
enterar de la verdadera causa de la muerte de su madre.

Sentí lástima por ellos, por esos niños que se habían
quedado solos, esos niños a los que Myrna quería proteger y a los que solo les quedaba un padre tan despreciable que más les hubiera valido ser huérfanos.

Frente a mí, el sacerdote cogió la antorcha que le tendía uno de los soldados y la acercó al ataúd hasta que
prendió. Las llamas se propagaron despacio, calcinándo-
lo. Un gesto tan antiguo como el mundo para liberar el
alma del cuerpo.

Noté los dedos ásperos de Erik cerrarse alrededor de
mi muñeca y apretarla. Después se alejó con tranquilidad, como si pretendiera dar espacio a la familia, solo
que, cuando nadie le prestaba atención, siguió caminando hacia el interior del castillo.

El Canciller estaba ocupado con Lord Cetrayne y
Lord Bados, pero algunos ojos seguían mis movimientos con poco disimulo. Caminé hacia la primera línea de
árboles, esperando no llamar demasiado la atención y,

en cuanto los troncos me refugiaron del escrutinio, me transporté hasta el recibidor del castillo.

Erik me esperaba apoyado contra la pared con gesto pensativo.

—¿Lo has escuchado?

Él me observó de arriba abajo e hizo un movimiento con la cabeza para que lo siguiera.

Subimos por los mismos escalones que daban a mi dormitorio, pero se desvió justo cuando yo ya pensaba que ese era nuestro destino. Siguió subiendo y girando y, como no podía ser de otra manera, acabé desorientándome.

Paró ante una puerta de madera con espolones de hierro. La abrió y se detuvo para que yo pasara primero.

Le dediqué una mirada extrañada, pero accedí a una estancia decorada con terciopelo azul y bordados dorados. Los muebles eran escasos pero prácticos y la cama con dosel llenaba gran parte de la habitación. Todo estaba perfectamente ordenado, solo un par de botas manchaban la alfombra de barro.

—¿Qué es esto? —le pregunté.

—Es mi habitación. —Enarqué las cejas. No sabía que durmiera en el castillo—. No suelo dormir aquí —dijo, haciéndose eco de mis pensamientos. En ocasiones tenía la sensación de que podía leerme la mente.

—¿Lo has oído? —volví a preguntar.

Asintió con gesto grave.

—Una gran parte. —Permanecía expectante, sin embargo, bajo esa aparente tranquilidad, sentí cómo comenzaba a formarse la tormenta—. Deberías crear salvaguardas también aquí.

No imaginaba quién podría estar dispuesto a espiar a su Capitán, pero no era descartable, todo dependía de quién procediera la orden, así que estiré mis poderes por la habitación, protegiéndola de cualquiera que intentara vernos u oírnos. La capa se moldeó, invisible a nuestros ojos.

Me senté en el diván que estaba a los pies de la cama y dejé caer mis codos sobre las rodillas. Me froté las sienes con las manos.

Erik se sentó a mi lado sin dejar de mirarme. Su boca era una línea recta.

—¿Qué vas a hacer?

Negué con la cabeza y solté un suspiro.

Sus dedos se enredaron sobre mi pelo, demorándose a la altura de mi nuca. Chasqueó la lengua y me empujó con delicadeza para que quedara recostada contra su pecho. Sus brazos firmes quedaron acoplados sobre la curva de mi cintura, sujetándonos el uno al otro en un cálido abrazo.

Su aroma me reconfortó tanto que calmó los rasguños de mi alma.

—Todo va a salir bien. Solo tenemos que prepararnos.

Alcé la mirada confundida.

—¿Prepararnos?

—El Canciller no permitirá que te marches sin dar un último golpe. Tal vez ordene matar a toda tu guardia. Ya dijo una vez que no era responsable de su seguridad.

No permití que mi cuerpo cediera a las presiones de los últimos días. Erik tenía razón debía mantenerme entera y fuerte.

—¿Qué puedo hacer? —pregunté. No había súplica en mi voz, solo determinación.

—No conozco la historia.

Es verdad, no la conocía. Y era yo quien debía contársela.

Me mordí el labio. Su mirada era tan limpia como el rocío de la mañana.

No lo cuestioné. La posibilidad de levantarme y marcharme no existía. Confiaba en él. Le habría confiado mi vida.

Ese hombre fuerte y valiente, generoso y roto, quebrado por la pérdida, por las muertes y la culpa... Ese hombre se había ganado un trozo de mi corazón. Puede que no le perteneciera por completo. Puede que mi corazón ya estuviera ocupado por algo más importante que el amor, por la lealtad; lealtad hacia mi gente, hacia el pueblo que me estaba esperando en casa. Y, sin embargo...

Miré por la ventana, todavía en sus brazos.

El crepúsculo siempre había conseguido apresarme. No me permitía apartar la mirada hasta que el último rayo de luz desaparecía del horizonte. El final de un día, el inicio del siguiente. Para mí, Erik era mi inicio, mi oportunidad de ser mejor, de hacer las cosas bien; no por él, sino por mí, porque yo había estado ciega a muchas desgracias, porque necesitaba enfrentarme al mundo a mi manera y no de la forma en la que me habían enseñado. Necesitaba ser dueña de mi propia vida, de mis sueños; para desperdigarlos a mis pies con cada zancada.

Y él... Él, que estaba renunciando a tanto por permanecer a mi lado. Él, que se había convertido en mi amigo casi sin quererlo. Él, que se había abierto a la magia, cuando todavía le daba demasiado miedo como para decirlo en voz alta.

Él era como la luz, firme, como un faro en la oscuridad. Porque sabía que no me dejaría rendirme. Yo *sabía* que secaría mis lágrimas y me animaría a continuar. Me empujaría a descubrirme, a seguir intentándolo hasta que lo consiguiera; y, si no, me tomaría de la mano y haría de mis penas una carga más ligera.

Le besé en la mejilla y él contuvo el aliento.

—No me mires así —dijo.

—¿Cómo te estoy mirando?

—Como si no hubiera nada entre tu cuerpo y el mío. Como si me vieras por completo. —Yo solo ladeé la cabeza. No dije una palabra de todo lo que estaba sintiendo—. Si sigues mirándome así no podré concentrarme. No dejaré de pensar en tu boca y en lo que siento cuando estoy contigo, y ahora no es lo que necesitas. Lo que *necesitamos* —se corrigió.

Para él era tan sencillo decir lo que pensaba.

Froté mis dedos para que entraran en calor y, aún sin mirarlo, comencé a hablar.

—En Eter tenemos una tradición: tres días antes de la coronación de la nueva reina, las Sacerdotisas revelan el paradero de la próxima sucesora al trono. Normalmente la búsqueda de la heredera es algo simple y se usa un mero hechizo de rastreo. —Torcí el gesto—. Las cosas se complicaron cuando desvelaron que ella estaba aquí, en Bellum.

—¿Por qué? ¿Por qué no hacer ese mismo hechizo de rastreo?

—No es tan sencillo. Ese hechizo deja un rastro visible. El Canciller hubiera descubierto los verdaderos motivos por los que viajamos hasta este planeta.

—Entonces, ¿nunca fue para firmar un tratado de paz? —inquirió. Frunció el ceño, confuso.

—Al principio no. Lo cierto es que no creía en las intenciones del Canciller, pensaba que tenía la suficiente ventaja en esta guerra como para no rendirse.

—No esperabas que te propusiera un intercambio, los planos por asegurar la paz. —No fue una pregunta, más bien una afirmación.

Yo asentí, dándole la razón.

—Pero seguía sin confiar demasiado en él. Es el Canciller, es manipulador e implacable —justifiqué, alzando los hombros.

—No esperaría menos de ti. Sigue.

—Encargamos al Consejo que buscara los planos por Eter y los encontraron —dije, omitiendo los problemas que habíamos tenido para que los rebeldes los cedieran de buena gana y lo que nos supondría en las relaciones con Ophidia—. Están encriptados. Tengo a dos de mis hombres trabajando día y noche para descubrir su contenido.

—Entiendo. —Se frotó la mandíbula, irritándose la piel con el contacto de la barba—. El Canciller estableció como parte del acuerdo que no intentarais acceder a su contenido y ha descubierto que los habéis mantenido ocultos durante días, así que ha presupuesto que sabéis lo que contienen.

Volví a asentir.

Él había estado en esa primera reunión en la que nos habían advertido que no intentáramos averiguar lo que entrañaban.

—No va a creerse que no sabemos lo que hay en esos planos, aunque sea verdad. De todas formas, ¿cómo íbamos a devolver unos documentos así sin saber qué son? —estallé—. Unos documentos por los que estaría dispuesto a firmar un tratado de paz.

—Pero ha cambiado los términos. —Dejó la frase en el aire y a mí me sobrevino un escalofrío.

—Me ha propuesto matrimonio. Un acuerdo de negocios. Él gana el Sauce y yo garantizo la seguridad de mi pueblo. —Los brazos de Erik me apretaron más fuerte contra su cuerpo.

—¿Y qué has decidido? —Fue menos que un susurro.

Yo me incorporé para mirarlo a los ojos.

—No pienso aceptar. —Su cuerpo se relajó. Toda la tensión en la que había estado sumido se fundió a mi alrededor, templando la mía—. No voy a entregarle el Sauce con tanta facilidad. Va a tener que pelearlo.

Erik entornó los ojos. De su cuerpo emanaban oleadas de frialdad, pero su pulso latía suave bajo mis sentidos.

—¿Cómo ha sabido que tenéis los planos? —preguntó de repente.

Me paré a pensarlo antes de contestar.

No recordaba ninguna conversación sobre los planos que hubiera tenido lugar sin la protección de las salvaguardas, pero no podía estar segura.

Quería creer que todos habían tenido el mismo cuidado.

—No lo sé.

Él me miró antes de preguntar de nuevo.

—¿Puede que alguien te haya traicionado?

Alcé ambas cejas, sorprendida.

Balbuceé sin sentido mientras trataba de imaginar a algún miembro de mi equipo haciendo algo así y comencé a negar con la cabeza, pero...

—No lo sé —confesé finalmente.

Él hizo una mueca de disgusto.

—Será mejor que filtres la información que les das. Solo por si acaso.

Yo asentí, algo confundida.

Pensar que uno de ellos podría estar traicionándome sería un golpe tremendo. Además..., ¿quién?

Luthiel estaba a punto de descifrarlos, Newu podía parecer huraño pero su dedicación era innegable, Gionna era una combatiente leal y Enna... Estaba convencida de que me mataría si me atrevía a insinuarlo.

—Entiendo lo que intenta ganar el Canciller casándose contigo, lo del Sauce y demás —afirmó, señalándome de arriba abajo—, aunque no lo veo necesario. Es decir, sabe que has abusado de su hospitalidad, has puesto a la gente en su contra y has incumplido las reglas para que se firmara ese acuerdo. Además, tiene un ejército lo bastante grande como para atacar ahora mismo Eter, así que ¿por qué proponerte matrimonio en lugar de arremeter?

Entonces caí.

Myrna. Lo que ella me había mostrado. Los planes del Canciller eran mucho más grandes de lo que Erik pensaba. El matrimonio le prometía conseguir sus objetivos sin mermar su ejército, un ejército que iba a necesitar para conquistar los otros planetas.

Hice una pausa cautelosa antes de contestarle.

—Creo que Myrna intentó avisarme de que el Canciller tiene planes mucho más grandes que invadir Eter. Quiere hacerse con el control de todos los planetas.

Erik me contempló suspicaz, se puso en tensión e inhaló con cautela.

—Alesh, eso no... no es posible. Conozco los límites de nuestros hombres. No hay suficientes soldados como para invadir cuatro planetas. Es una locura.

—Creo que tiene algo preparado, algo que le da ventaja. —Comenzó a negar con la cabeza, pero yo seguí hablando—. ¿Conoces algo llamado Piedras del Diablo?

Erik enarcó una ceja con el ceño fruncido. Sacudió la cabeza.

—¿Qué son?

—Creo que es algo que estaba almacenado en el castillo, en las...

—En las catacumbas —me interrumpió, apretando los labios con disgusto—. Deduje que era ahí donde habías bajado después de que te encontrara en el calabozo. Por eso me preguntaste por ellas cuando te llevé a la cabaña.

Me humedecí los labios cuarteados por el frío.

—Tenía que comprobar si el Canciller estaba escondiendo algo —le expliqué—, pero solo encontré un polvo morado y un hueco, como si hubieran retirado una mercancía muy grande.

—Lo sé. Bajé a investigar.

Lo miré con sorpresa.

—Así que has estado haciendo tus propias pesquisas.

—No me gusta que las cosas pasen frente a mis narices y no ser consciente. —Me dio un golpecito en la nariz con el dedo índice. Hice una mueca de desagrado, como un gato huraño, sin embargo, no me aparté y él sonrió—. ¿Qué crees que son esas piedras?

—Algún tipo de arma. —Levanté un hombro, bastante agotada—. No lo sé. Lo que sí creo es que eso es lo que vamos a encontrar en los planos.

Se rascó de nuevo la barba con gesto ausente.

—¿Qué hay de la niña?

Suspiré.

—¿Recuerdas cuando estuvimos en el Parlamento? —Él asintió—. En el despacho del Canciller había una nota que había dejado un grupo de rebeldes.

—Así que me mentiste para que te llevara al despacho. —Entrecerró los ojos, pero sus labios se curvaron en una sonrisa divertida—. Eres una princesa muy mala.

Yo no pude contener una carcajada, que en realidad sonó como un bufido.

—En la nota nos señalaban el paradero de una ondina —continué—. Pensamos que ella podría indicarnos quién era la niña, así que fuimos hasta la cascada. Entonces nos tendieron la emboscada.

—Demasiados ataques. Demasiadas coincidencias —masculló.

—Lo sé, pero no sabemos quién puede estar detrás, si es una persona o son varias.

—Entonces, ¿la única pista que tenéis de la niña es la que os ha dado Lord Quin?

Asentí con la cabeza, frotando mi mejilla contra su pecho.

Sentí el calor cubriéndome el rostro al notar su dureza.

—En el baile. Allí es donde nos dijo que la encontraríamos. Eso, y que el Canciller la conoce —dije, atorada por el rumbo de mis pensamientos.

—¿Cómo sabrás que es ella? —preguntó. Sus dedos trazaban formas perezosas en mi cintura.

—Hay un vínculo entre las reinas. Algo antiguo. Una magia muy poderosa. —Hice una pausa al recordar el hilo de poder que se había manifestado entre Patme y yo—. No es algo que me vaya a pasar desapercibido. Si va al baile, lo sabré.

Él asintió, sumido en sus pensamientos. Tenía aspecto de estar trazando algo. No obstante, su ceño permanecía fruncido. Como si le faltara una pieza.

—Si hubiera alguna forma de asegurar que Lord Quin dice la verdad... —pensó en voz alta.

Eso podría darnos una gran ventaja.

Se nos agotaba el tiempo. El Canciller estaría esperando una respuesta en el baile y, si la niña no acudía, tendríamos que marcharnos sin ella. El riesgo era demasiado alto.

Y entonces...

Me incorporé de un salto.

Erik me soltó ante mi arrebato.

—La hay.

Me llevé una mano a la boca y empecé a dar vueltas, recordando la conversación.

Él me observaba confundido, pero en silencio, permitiéndome espacio para ordenar las ideas.

—Hay una vidente. En el bosque. Ella sabrá si la niña va a estar en ese baile o si Lord Quin solo trata de jugárnosla.

—¿Hay una vidente en el bosque? ¿Por qué hay tantas cosas en el bosque?

Me mordí el labio para no reír y algo, a lo que no podía ponerle nombre, se agitó en mi pecho.

Erik se incorporó y se acercó a mí con esos andares de depredador que conseguían ponerme la piel de gallina.

Levantó la mano y liberó mi labio de entre mis dientes.

—La tentación es demasiado grande si te lo muerdes —me explicó con los ojos entrecerrados. Tenía la boca húmeda y deseé pasar la lengua entre sus labios.

Tenía que concentrarme.

—¿Vendrás conmigo? —le pregunté.

Sus ojos se clavaron en los míos. Enarcó una ceja y se cruzó de brazos.

Todos sus músculos se estiraron al tiempo que mi vientre se contraía.

—No hay manera de que lo evites, princesa.

Una promesa oscura elevó la comisura de su boca.

Capítulo 30

Teníamos dos días para prepararnos. Dos días para allanar el camino, para valorar nuestras opciones y debilidades, y también las del Canciller.

Dos días para adelantarnos todo lo posible a sus planes.

Entrenamos, por supuesto. Volvimos al claro y, con las salvaguardas cubriéndonos, seguimos con las lecciones de magia y combate.

Mi cuerpo agradecía el movimiento y la actividad: estaba mucho más en consonancia con mis nervios disparados que quedarme un rato más entre las sábanas.

Pero lo más importante era encontrar la cabaña de la vidente, a la que había hecho alusión el tendero.

Tras la comida del primer día, Erik pasó por mi habitación para recogerme. Decidimos aproximarnos, combinando el teletransporte con una corta caminata una vez nos hubiéramos acercado lo suficiente a la cabaña, para poder inspeccionar con tranquilidad el terreno.

Mis ojos lo recorrían todo de lado a lado, cada minúscula rama, cualquier sonido amenazador. Habían sido tantos los ataques desde que había llegado a Bellum que no podía evitar sentirme inquieta. Me sobresalté con el aleteo de un cuervo que graznó sobre nuestras cabezas.

Notaba una sensación angustiosa mientras andábamos por el bosque, una mezcla de malestar y de presentimiento que solo se acrecentó cuando divisamos la cabaña.

Era una estructura rectangular de dos pisos, con paredes retorcidas de madera y una chimenea terminada en punta. Podría haber sido la casa de cualquier elfo, si hubiera estado suspendida entre los árboles y nos encontráramos en Eter.

Cuando llegamos al vano de la puerta, esta se abrió con un chasquido.

Erik y yo intercambiamos una mirada previa a empujarla para pasar.

El interior no estaba apenas iluminado.

Había telas y retales distribuidos por la estancia principal, sobre la mesa y el sofá, colgando de la repisa de la chimenea y de los pomos de las puertas.

Escruté a mi alrededor, en busca de la persona que nos había abierto, mirando incluso sobre nuestras cabezas, en el techo, no muy segura de lo que podía esperar.

El pitido agudo de una tetera me hizo dar un respingo.

Erik me agarró de la mano, una llamada silenciosa a la calma que vino acompañada por unos pasos amortiguados, crujiendo sobre las tablas de madera vieja. Tan vieja como la mujer que apareció por el marco sin puerta, cargando con una bandeja plateada.

Tenía el pelo gris recogido, la piel más descolgada que arrugada y unos ojos que parecían haber vivido mil vidas. Sus dedos estaban retorcidos y deformes, y temblaban tanto que la tetera y los vasos de porcelana tintinearon hasta que consiguió depositarlos sobre la mesa, sin molestarse en apartar las telas.

—Os estaba esperando —anunció, alineando su cuerpo con el de la silla antes de dejarse caer. Las patas crujieron—. Por favor, tomad asiento. Os he preparado té. Como os gusta. Para vos muy cargado, Alteza, y para ti, Capitán, con un poco de leche.

Me removí en el sitio. No era la primera vidente que conocía, aunque todas me ponían los pelos de punta.

Erik me dio un apretoncito en la mano y yo me armé de valor.

Caminé hasta sentarme frente a ella.

Si yo me sentía intimidada no quería imaginar lo que le estaría pasando a Erik por la cabeza. Hasta hacía poco pensaba que la magia olía. Casi puse los ojos en blanco.

—También hay dulces —dijo ella, ajena a nuestro nerviosismo. Empujó hacia nosotros un plato de pastas azucaradas con sus dedos nudosos.

—Gracias —masculló, tomando mi taza—. ¿Sabéis por qué estamos aquí?

—Oh, claro. —Soltó una risita aguda—. Buscáis respuestas. Todo el mundo busca respuestas, solo que vuestras preguntas son más interesantes que las de la mayoría.

—¿Viene mucha gente hasta esta cabaña? —intervino Erik, contemplando la habitación con disimulo.

—No mucha. Los más desesperados. —Sorbió su té con un sonido molesto—. Hay quien quiere saber si conseguirán estar con la persona a la que aman, otros preguntan si superarán una enfermedad, ellos o sus seres queridos. También hay quien cree que soy bruja y puedo lanzar maldiciones, como si tuviera el caldero detrás de la cortina. —Eso me hizo gracia. Tuve que apretar los labios para contener una sonrisa—. Nunca había venido nadie que entendiera mis poderes tan bien como los aquí presentes.

—¿Nos ayudaréis entonces?

Ella hizo una mueca de dolor al cambiar de postura en la silla.

—Vivo aquí tranquila, Alteza. Desde hace muchos años. En el pueblo circulan algunos rumores sobre mi existencia, pero para la mayoría no soy más que un mito. Me dejan en paz. —Clavó sus ojos en los míos, de un marrón tan oscuro que parecía casi negro—. Y yo así lo prefiero.

Esa respuesta se parecía demasiado a un «no».

Miré a mi alrededor buscando algo concreto.

—Parece que hiláis —comenté. Erik me miró pasmado por el rabillo del ojo, sin embargo, ella esbozó una sonrisita—. Y bastante bien, a juzgar por la calidad de las telas. Lo siento, no soy una experta. —Pasé el dedo por encima de una de ellas—. Podría ofreceros una rueca a cambio de la información que hemos venido a buscar.

—Ya tengo varias ruecas. Incluso tengo una tan especial que cualquiera que se pinche con ella dormirá más de mil años.

Me recosté en mi silla.

—Bien. ¿Qué es lo que queréis?

Ella no dudó.

—Quiero un filtro. Uno que embotelle la belleza de alguien tan hermosa que las flores se giren para contemplarla, uno que haga que el sol se quede más rato en la tierra para seguir mirando.

Me mordí el labio, pensativa.

—¿Si te doy lo que quieres contestarás a mis preguntas?

Ella asintió. Sus ojos ya estaban llenos de codicia.

No podía permitirme negociar y lo cierto es que tampoco me parecía demasiado.

Lo vio en mi rostro. Antes de que yo asintiera ella ya sabía que aceptaría, ya lo había visto.

Junté las palmas de mis manos en horizontal y, poco a poco, al separarlas, la atmósfera se cargó de aire pesado y denso.

Un presagio.

Los dos se agarraron a los reposabrazos de sus sillas como si temieran que se les llevara un tornado.

Un vial apareció en mis manos, con un brillante líquido de color azul zafiro.

Le tendí el frasquito y ella me lo arrebató con ansia.

Sus ojos se detuvieron en el fluido antes de guardarlo dentro de la túnica.

—¿Encontraremos a la niña en el baile? —le pregunté impaciente.

En sus ojos, una nube oscura tapó el blanco, convirtiendo su mirada en pura neblina. Se sacudió presa de los temblores, contemplando la madeja de hilos que confundía el presente con el futuro.

Yo me mantuve estática, pero Erik la miraba tenso, aferrándose a la silla como si temiera por su vida.

—Sí. Allí estará la niña que estás buscando. —Cuando volvió a hablar su voz sonaba distinta, retumbaba.

Al parecer Lord Quin no nos había mentido.

Mi cuerpo se relajó. No tanto el de Erik que la observaba nervioso. Tragó saliva y entonces le preguntó:

—¿Cómo se llama?

Ella no contestó.

—Los videntes tienen reglas naturales —le expliqué en un susurro—. Hay ciertas preguntas a las que no pueden responder, entre ellas las que intervienen de manera directa en el orden de las cosas. Lo que revelan no puede afectar al futuro, o al menos no pueden formularlo de tal forma que lo afecte.

Eran leyes complejas. En ocasiones creaban un entramado de frases indescifrables con el objetivo de dar las pistas necesarias sin intervenir. Así surgían las profecías.

Paré un segundo a pensar qué otras preguntas tenía.

—¿Será sencillo llevarla a Eter?

En mi cabeza veía a una niña ligada a su familia, una niña que tendría que despedirse de sus seres queridos para empezar una nueva vida lejos, una vida llena de responsabilidades que no había elegido.

En ocasiones, me preguntaba si lo mejor que me había podido pasar era no tener recuerdos.

—No —respondió sin más la Vidente.

Vacilé un segundo. Erik parecía haberme dejado a mí el testigo.

—¿Será una buena reina?

—Ella no reinará. —Un jadeo de sorpresa me llenó los pulmones—. Eso no es... no es seguro. Son muchas las decisiones que quedan por tomar.

¿Cómo que no reinaría?

La sensación de inquietud me volvió a asolar el estómago.

Un sentimiento de protección desconocido se hizo con el control de mi mente. Si la hubiera tenido delante en aquel momento, me la hubiera llevado sin pensar, lo más lejos posible del Canciller, aunque eso implicara separarla de los suyos.

Por todos los medios tenía que conseguir que esa niña llegara al trono. Igual que Patme lo había hecho por mí. Ella me había protegido del mundo y yo haría lo mismo.

Quizá estaba siendo catastrofista. ¿Y si tan solo no quería ser reina? En ese caso, toda la misión sería en vano. La tradición moriría, el poder de Laqua se perdería conmigo y con él la única posibilidad de defendernos del Canciller, la monarquía se disolvería y ocuparía su lugar el Consejo, un Consejo en el que cada vez confiaba menos, un Consejo que quizá estuviera ocultando a un traidor...

Estaba tan sumida en mis pensamientos que no me di cuenta de que la Vidente iba volviendo en sí.

Sus ojos se despejaron y recobraron el blanco.

La mano de Erik se detuvo en mi rodilla, reclamando mi mirada.

Entonces, los ojos de la Vidente lanzaron un destello rápido y agresivo. Se echó para atrás y agarró con firmeza las patas traseras de la silla. Esta vez no se nublaron, pero cuando habló, la fuerza que desprendían era igual de terrorífica.

—Hay algo más. —Su mirada estaba a medio camino entre el presente y el futuro—. Una boda. El Canciller de Bellum. Habrá una boda. Lo veo con claridad.

El color me abandonó el rostro.

La mano de Erik se cerró más sobre mí, como si temiera soltarme.

Se puso de pie y me ayudó a incorporarme. Su brazo se cernió como una viga de acero alrededor de mi cintura.

—Ya es suficiente. —Soltó un gruñido que hubiera hecho estremecer a cualquier animal salvaje.

Me apoyé más contra él.

La Vidente salió repentinamente del limbo en el que se encontraba y nos observó con una inocencia desorientada.

—Se os debe de haber enfriado el té.

El comentario estaba tan fuera de lugar después de lo que había pasado que cayó como una losa al aire viciado.

—Tenemos que irnos —masculló, conteniendo un estremecimiento.

Salimos de la cabaña cogidos de la mano y en silencio, caminando por el bosque sin rumbo fijo. Las hojas trasnochadas nos dieron la bienvenida, ocultándonos de los rayos del sol. El lugar ya no parecía tan amenazador después de salir de la cabaña.

Erik orbitaba a mi alrededor como si quisiera abrir la boca para preguntar y no se atreviera. Arrastraba el follaje con las puntas de sus zapatos, en el más absoluto silencio. Lo que no expresaba en voz alta colmaba el oxígeno a nuestro alrededor.

—Dilo de una vez —escupí con poca fuerza.

—¿Qué probabilidades hay de que *eso* pase? —Hizo especial hincapié en «eso» y, aunque no especificó a qué se refería, lo entendí.

¿De verdad aceptaría casarme con el Canciller?

No, por supuesto que no.

—Según parece ha visto el futuro con mucha claridad. —Él apretó la mandíbula. Mi voz sonaba más tranquila de lo que me sentía.

—¿Puede equivocarse?

—No. —Mi negativa vino acompañada de un estremecimiento que me recorrió de los hombros hasta los pies—. Pero no lo entiendo, si yo no accedo...

—No importa. —Comprimió los puños. Destilaba tanta furia que parecía querer doblegar el bosque—. Que tú accedas o no, no es realmente necesario en Bellum. En las bodas, el único que da su consentimiento es el marido. Bastaría con que hubiera un sacerdote y se completara la ceremonia con el beneplácito del novio para que el matrimonio fuera válido.

Me quedé muda de rabia.

¿Y qué pasaba con lo que yo tenía que decir, con lo que tenían que decir el resto de las mujeres de ese maldito planeta?

Acaricié el anillo de Laqua con el pulgar.

Me marcharía de allí antes de que el Canciller pudiera obligarme. Pero yo ya lo sabía, sabía que si la Vidente lo había visto era porque esa boda se produciría, por mucho que intentara huir con la niña, por mucho que pensara en alternativas.

Erik se colocó frente a mí, abarcando todo mi campo visual y me sujetó con firmeza por los hombros.

—Deja de hacer eso. No va a pasar. No dejaremos que pase.

Yo asentí, nada convencida.

Ya no quedaban esperanzas de paz. Lo único que podíamos hacer era avisar a los otros planetas para presentar un frente unido en una futura batalla.

En medio de un cenagal, con la luz filtrándose perezosa entre las copas de los árboles, me detuve. Y tiré de su mano para que parara.

—¿Vendrás... conmigo?

Un relámpago de dulzura atravesó sus facciones. Me acarició la mejilla con delicadeza.

—¿Tienes el motivo que te pedí?

Un mundo.

Un mundo entero nos separaba.

Familia, obligaciones, responsabilidades. Expectativas. El futuro que habíamos imaginado, distorsionado ante nuestros ojos. Ya no era el que había sido antes de conocernos.

Lo que él había luchado, lo que había peleado yo, enfrentados... por el único deseo de que permaneciera a mi lado, de que se quedara cuando todos los demás se habían ido. Un deseo débil comparado con el odio, con la guerra. Algo minúsculo y delicado que parpadeaba en mi interior, que se aferraba a mi pecho. Y era egoísta, como lo son la mayoría de los deseos, quizá incluso más que el resto.

Era demasiado pedirle que se marchara de su hogar, que dejara atrás a sus padres, marcados por el trauma e incapaces de superar la pérdida de su hija.

Era demasiado.

Pedirle que cometiera traición, que abandonara a sus hombres, a sus amigos y se enfrentara al Canciller. Pedirle que peleara por un pueblo que no era el suyo, junto a personas que probablemente lo despreciarían por ser el enemigo. Pedirle que sangrara, que luchara en el bando que estaba perdiendo. Que se expusiera. Quizá que derramara hasta su último suspiro por defender algo efímero. Y, sin embargo...

Sin embargo, él solo había pedido un motivo lo suficientemente fuerte como para acompañarme.

Y yo no tenía derecho a elegir por él.

La decisión era suya. La última palabra sobre su vida era suya.

Siempre sería suya.

Acogí el aire muy adentro en mis pulmones.

—En este momento de mi vida, probablemente soy la opción menos segura para ti. No te voy a engañar, no puedo hacerte promesas que después no se van a cumplir. Si vienes será difícil. Al principio no te aceptarán, ni el pueblo... ni siquiera el Consejo, pero sé que con el tiempo conseguirás ganártelos, como has hecho conmigo. Sé que podemos pelear por aquello en lo que ambos creemos, sé que será difícil —repetí con un suspiro y llena de nervios—. Quizá después te arrepientas y ya no haya marcha atrás. Sé que es demasiado...

Sus manos volaron hasta mis mejillas e, interrumpiendo mi discurso, hizo chocar nuestras frentes con suavidad.

—Suéltalo de una vez, princesa —exigió con tono grave y contenido.

Las comisuras de mi boca se arquearon hacia arriba.

Lo miré directamente a los ojos y caí, me perdí en ellos muy despacio y muy profundo. Por un instante, pude vernos a los dos en el castillo de Astra. Él llevaba un libro hasta donde yo estaba en el balcón y me leía bajo las estrellas, al amparo de una cálida noche de verano. Abrazados bajo el manto nocturno, hablando, de él, de mí, de nuestros sueños. Él tarareaba algo bajito, yo reía entre sus brazos y me retorcía hasta llegar a sus labios para besarlo.

Parpadeé confundida, de vuelta a la realidad.

Él me miraba tan maravillado que habría jurado que también pudo verlo.

—Sé que la guerra hace que lo que te pido sea demasiado, pero no es por eso por lo que quiero que vengas. —Rocé sus labios con la yema de mis dedos temblorosos—. Yo...

—Para —suplicó—. Sé que te dije que necesitaba un motivo, pero no es cierto. Ya he tomado una decisión.

Me aparté para mirarlo, sobresaltada.

—Erik, solo deja que te diga…

—Me iré contigo. —Depositó un beso en mi frente que me abrió los ojos de par en par e hizo que mi corazón se saltara un latido—. Tú no estás preparada para decirme lo que sientes y no voy a obligarte a que lo hagas. Tampoco voy a elegir pensando tan solo en cuáles son tus razones. Quiero que sepas que no es solo por ti. También me voy por mí, porque siento que es lo que necesito para seguir luchando por lo que considero justo. Quiero ver hasta dónde llegamos, tú y yo, y la guerra. Ver si hay una forma diferente de hacer las cosas, lejos del dolor y de la pérdida, y para eso necesito estar a tu lado. —Fue como si soltara mis amarres. Sus palabras rebotaron sobre mis músculos aligerándolos—. Quiero ayudarte a crear un mundo mejor. Quiero estar a tu lado cuando lo consigas.

La culpa, la ansiedad, dejaron paso a un sentimiento cálido que me hizo comprender que, en realidad, sí estaba preparada. Preparada para vaciarme, para confesarle lo que él ya había adivinado, lo que, quizá, ya hacía mucho tiempo que sabía.

Cerré los ojos con fuerza y le estreché contra mí. Mi cabeza quedó a la altura de su pecho. Estaba totalmente rodeada por sus brazos. Y me sentía en casa. Por primera vez, daba igual dónde estuviera, sentí que tenía un ancla, un sitio donde volver, donde reencontrarme, justo ahí, contra su pecho.

—¿Qué hay de tu vida aquí? ¿Qué hay de tus padres? —Las palabras me dejaron un regusto amargo en la boca pero tenía que saberlo, lo que significaba para él, lo que me estaba dando.

—Mis padres estarán bien. Confío en que lo entiendan. Con el tiempo sabrán que no me he rendido y que mi objetivo no ha cambiado, aunque lo haya hecho mi forma de enfrentarlo. Lo que estoy decidiendo es dejar de traicionarme a mí mismo. No puedo seguir mirando para otro lado mientras gente inocente muere.

—Pero el Canciller...

—El Canciller siempre me ha parecido la opción menos mala dentro de las posibilidades. Al menos fue así hasta que te conocí. —La punta de su nariz se deslizó con cuidado sobre la mía—. Nunca he confiado del todo en él. Quizá por la fe ciega que le profesa mi padre. Nunca la he visto justificada. No me gusta lo que hace, aborrezco sus métodos. Estar sometido a su mando es como vivir en una cárcel en la que eres a la vez el prisionero y el verdugo.

Negué con la cabeza, pero terminé deslizando la punta de la nariz por la línea recta de su cuello.

—No es un sacrificio, Alesh —Su pulso latía vivo contra mi oreja—. El verdadero sacrificio sería sobrevivir en un mundo en el que tú no estés.

Encontré sus labios todavía con los ojos cerrados. Y le besé. Le besé como si me fuera a morir en ese mismo instante. Le besé como si me estuvieran arrebatando el alma, porque, en cierta forma, así era como me sentía, como un cactus al que le han arrancado todas las espinas, expuesta, vulnerable. Pero, por primera vez en mi vida, eso no me asustaba. Quería mostrarle cada parte de mí, llegarle tan adentro como él me había llegado a mí. Se había metido bajo mi piel. Dentro del pecho.

Un golpe fuerte, desbordado de sensaciones.

—Te quiero —dije.

Y sus ojos brillaron eternos, resplandecientes como las aguas de un lago en calma.

—Somos estrellas colisionando —me respondió.

Gotitas de polen, polvo de hada y el brillo de las estrellas.

Su boca alcanzó la mía. Era el néctar en el que me derretía.

Y él besaba, como besa un muerto de hambre, tomando y exigiendo. Suplicando.

No sé el tiempo que pasamos así. Besándonos. Enredándonos. Perdidos, pero encontrándonos en cada caricia, en la sangre, en el pulso.

Cuando nos separamos, el mundo había cambiado de tono y de forma. Y nosotros habíamos dejado atrás el suelo, o al menos así me sentía yo. Ligera.

Compartimos una sonrisa cómplice y grabamos en nuestras pieles la promesa de un nuevo día.

Capítulo 31

Nos transporté directamente a mi dormitorio.

El mundo tronaba a nuestro alrededor con la fuerza de dos corazones latiendo. Quería... Necesitaba grabar en mis dedos la suavidad de su piel, beber de la dulzura de sus labios.

Erik me cogió en brazos y abrió la puerta con toda la pericia imaginable, sosteniendo mi cuerpo al mismo tiempo que giraba el pomo. Cuando estuvimos dentro, cerró la puerta de una patada y solo se detuvo al llegar junto a la cama. El aire estaba impregnado de sal marina y notas de humo. Me dejó en el suelo, pero no tardó en agarrarme de nuevo por la cintura, como si no pudiera imaginar sus manos separadas de mi cuerpo.

Yo me estiré hacia él, pero me detuvo.

—Quizá deberíamos hablar de todo lo que ha pasado —sugirió.

Quizá... Pero las últimas horas me habían arañado la piel, dejando surcos en mi carne y cicatrices en mi pecho.

Deslicé la mirada por sus pectorales, sus hombros anchos y el contorno bronceado de su cuello, el mentón afilado y esa barba que deseaba sentir en los puntos más sensibles de mi cuerpo. Deseo. Un reclamo que centraba cada extremo de mi realidad en un solo punto. Una distracción. Al menos, eso era lo que siempre había significado para mí: una vía de escape. Y supuse que, en el fondo, seguía siendo justo eso. Salvo que ahora iba acompañado de algo más. Algo como un dolor en el pecho, brillo en los ojos o un gesto tierno. El impacto de dos hoyuelos en las mejillas. La devastación que puede provocar una sonrisa. La conmoción de dos estrellas colisionando.

Le acaricié con la mirada de arriba abajo, sintiendo más de lo que nunca había esperado sentir por nadie.

—No me veo capaz de mantener una conversación coherente. —susurré. Su mirada se oscureció de deseo—. ¿Y si lo dejamos para luego?

Se lamió los labios con una sonrisa. Me aferré a él con más fuerza.

—De verdad creo que tendríamos que hablar. —Respiraba con dificultad, con la mirada clavada entre mis pechos, atento a mi pulso—. Necesito saber cómo estás.

Bufé.

—Estoy francamente mal. Tengo muchas necesidades insatisfechas.

Él soltó una risa, pero sonó ronca.

—Te hacía con más autocontrol, princesa —se burló.

—He sobrepasado los límites de mi dominio y te alegrará saber que eso supone la pérdida irremediable de la vergüenza.

Su mirada se oscureció aún más.

—¿Crees que yo no los he sobrepasado? —Subió las manos por mis costados hasta la curva de mis pechos, arrastrando mil sensaciones—. Eres tan jodidamente preciosa. Es imposible no desearte, no volverme loco cuando estamos en la misma habitación. —Se mordió el labio y pensé que iba a estallar, así sin más, sin necesitar más roce.

Me arqueó contra él y enterró la boca en mi nuca. Sus labios exploraron con pericia la curva de mi cuello. Lamió mi lóbulo, al mismo tiempo que su mano me apretaba el pecho, sin miramientos. Proferí un jadeo y me aferré a sus mechones. Lo necesitaba más cerca. Gemí fuerte y noté su sonrisa contra el hueco de mi oreja.

La oleada de sensaciones era demasiado intensa para mi cuerpo. Nunca me habían hecho desear algo tanto. Nunca había experimentado esta pasión con nadie.

No era ninguna doncella inocente y, por la forma en la que Erik me tocaba, sin vacilar, sabiendo los estragos que provocaba, sabía que él tampoco; pero, por lo demás, todo era nuevo para mí. Las chispas que provocaba con su roce, como la quemazón del hielo sobre la piel, la fricción de su cuerpo hundiéndome en una espiral en la que poco importaba quién fuera yo ni de dónde venía... Cada caricia me apartaba del mundo que conocía y me sumía en una realidad paralela en la que lo único importante era sentir todo lo que él estuviera dispuesto a entregarme.

Busqué su boca, hambrienta, y me retorcí hasta llegar a su cinturón.

Él se apartó.

—Quizá sea el momento de parar.

Gruñí antes de empujarlo sobre la cama, que se hundió bajo su peso. Me detuve un instante de pie frente a él, mirándolo igual que una cazadora miraría a su presa.

Era un pecado. Todo él.

Puso una sonrisita arrogante y una mano bajo la cabeza.

—¿Ves algo que te guste? —me preguntó.

No me digné a contestarle, pero esbocé para él una sonrisa.

Gateé, levantando el vestido para quedar sentada sobre él.

Su otra mano se aferró a mi cadera mientras yo le abría la boca con los labios y acariciaba el interior de la suya con la lengua. Sabía como deben de saber las estrellas: a magia, a luz.

Gruñó sin separarse y el sonido reverberó por todo mi ser, al tiempo que me aferraba con ambas manos y aumentaba nuestro contacto. Gemí en su boca y él perdió todo el control. Con un giro brusco, me tendió bajo su cuerpo y me embistió. Pero había demasiada ropa entre nosotros y toda pesaba, áspera e incómoda.

Comencé a desabrochar los botones, que se resistían ante mis dedos temblorosos. Me ayudó con dos o tres y después, impaciente, se pasó la camisa por la cabeza.

Me quedé sin aliento.

Tenía una piel preciosa. Perfecta. Había una cicatriz en el costado, en forma de luna, que acaricié con dos dedos, como un suspiro, un arrullo y él se estremeció entero.

Me faltaba el aliento.

Deslizó mi vestido por mis hombros, con cuidado, con reverencia, como si temiera descubrirme.

Él se apartó para mirarme. Posó una mano entre mis pechos y bajó en un lento recorrido hacia mi estómago.

—Juro que nunca he visto nada tan bonito como tú.

Cogí su mano y la guie, despacio, muy despacio, bajo mi ropa interior.

Cuando sus dedos alcanzaron esa parte de mí que llevaba tanto tiempo suspirando por él, me arqueé ahogando un grito. Sus labios se cernieron sobre mi pecho, lamiendo y besando.

Alargué el brazo hacia su cinturón, pero estaba fuera de mi alcance.

—Quieta. Déjame disfrutarte.

Detuvo la fricción de sus dedos y yo gruñí algo incoherente.

Bajó, besando todo mi cuerpo. Su barba raspó cada centímetro de mí en el descenso. Me miró con los ojos encendidos antes de desaparecer entre mis piernas.

Gemí como si se fuera a acabar el mundo y mi cuerpo se agitó con voluntad propia, moviéndose contra su boca. Pasó un brazo sobre mi cadera para sujetarme a la cama. La fuerza de su boca y de sus manos me desarmó.

Sentí como crecía ese nudo dentro de mi cuerpo... Lo sentí formarse en mi interior, como la contención previa al estallido. Algo tan intenso, tan desvanecedor que bien podría haber estado prohibido.

Entonces, un dedo acarició mi entrada y a ese le siguió otro. Curvó ambos hacia la pared de mi vientre, presionando, exigiendo. No pude soportarlo por más tiempo. Exploté en mil pedazos, dejando ir a mi cuerpo en una liberación catártica.

Me quedé expectante y satisfecha sobre las sábanas. Pero aún no había tenido bastante. Yo lo quería todo. Lo quería a él entero.

Se lamió los dedos, que había tenido dentro de mí, mirándome a los ojos y yo volví a arder.

—Sabes como las frutas maduras del verano.

Acercó los dedos a mi boca y los posó sobre mi labio inferior.

La presión de su cuerpo aumentó sobre el mío. Lo notaba contra mi muslo, por encima de los pantalones.

Esta vez sí, abrí el cinturón de un único tirón.

Tuvo que incorporarse para quitarse toda la ropa y quedó de pie frente a mí, totalmente expuesto.

Se me secó la boca al ver su tamaño. Tenía un cuerpo colosal. La figura de un dios y la calidez de un mortal.

Nunca podría haber imaginado a alguien tan hermoso. Se acarició frente a mí y yo le observé absolutamente cautivada.

Las sábanas crujieron cuando sus rodillas se hundieron en la cama.

Se colocó encima de mí y yo rodeé sus caderas con mis piernas.

Éramos desorden. Abundancia. Cantidad. Una medida asimétrica de miedo, conquista, aliento y victoria. Argumentos y letras entrelazados, creando sueños.

—Estás muy callada. Necesito saber que quieres esto.

—Quiero esto... Te deseo más que nada. —imploré.
Mis manos habían tomado un rumbo fijo en su piel.

—Gracias a los Dioses. —Casi suspiró de alivio.

Intentó apartarse de mí para buscar protección pero lo retuve.

—Tomo anticonceptivos —informé.

—Ah.

Se quedó tenso, aún cubriendo mi cuerpo.

—¿Estás bien? —le pregunté.

—Sí, es solo que había imaginado esto miles de veces y me cuesta creer que es real, que tú eres real.

Acaricié la arruga de su frente hasta que se esfumó.

—Lo es. Tú y yo... Quién sabe hasta dónde llegaremos juntos.

Un hoyuelo se marcó en su mejilla.

—Quisiera haber tenido tiempo para saborear despacio todo lo que eres. Siento que me estoy perdiendo una parte de esto.

—Nadie diría que quieres ir despacio. Estás desnudo encima de mí —bromeé.

—Eso es porque no puedo resistirme a tus encantos —dijo con tono de burla.

—Mmm. ¿Y qué encantos son esos? —rezongué.

—Quieres que te los diga, ¿verdad? —Acarició mi nariz con la suya.

—Por favor... Podría fingir que no estoy interesada, pero sería ridículo.

Él entrecerró los ojos y una sonrisa lobuna se expandió por su cara.

—Tienes que ser consciente de lo hermosa que eres. De que la gente se gira cuando pasas. —Le miré suspicaz. Se apoyó en un codo y con la otra mano me acarició el muslo—. Tienes que saber que adoro tu cuerpo. Tus piernas. Tus caderas. —Subió los dedos, dibujando círculos sobre ellas, y mi pelvis se inclinó ante su contacto, acercándome más, sin nada que se interpusiera entre nosotros. Su tacto era el de una pluma—. Tus pechos. El olor de tu piel. —Enterró la nariz en mi cuello y deposito un beso húmedo. Yo ya no sentía nada más que lo que él quisiera ofrecerme—. Adoro tu olor. Hueles a bosque, a hierba. Y adoro tus ojos. Son de un gris transparente, como la luz de los meteoritos cuando traspasan la atmósfera. Y tu boca. Me perdería para siempre en tu boca. Me perdería en el sonido que haces cuando te beso. Pero también tienes que saber que hay algo en ti que me cautiva más que todo eso: tu fuerza. Tu compasión. La determinación con la que siempre sales adelante. Tu entrega. Tu manera honesta de ver el mundo. Incluso salvaje, esperanzada. Me encantaría compartir todas tus esperanzas. He visto demasiado, pero tú… De alguna manera, eres lo más puro que conozco. Y sueño con llegar a ver el mundo como tú lo haces.

—Lo verás. Lo veremos —me corregí con los ojos llenos de lágrimas.

—No llores. —Se inclinó a besar mi sien cuando las lágrimas se derramaron—. Vas a cambiar el mundo. Ya lo tienes a tus pies, solo que aún no te has dado cuenta.

—¿Te quedarás conmigo?

El nudo en mi garganta era una mezcla de emociones.

—Siempre.

Las sílabas vinieron acompañadas del roce de nuestros cuerpos y de un gemido ronco cuando empujó para penetrarme.

Vendavales. Escalofríos. Y todo lleno de música. De colores vívidos.

El mundo pausado esperando a que lo reiniciáramos.

Un terremoto dentro de mi cuerpo.

Se movió dentro de mí con un jadeo.

Tres sacudidas esperando a que me adaptara a su tamaño.

Dos gemidos lentos.

Y después un muro reventando.

Fisuras en nuestros corazones. Remendándose. Aprendiendo a crecer unidos.

Nos movíamos al compás de la misma melodía. Nuestros cuerpos encajaban. Primero tiernos y después salvajes, histriónicos. Nunca había estado tan cerca de alguien y había querido más, más aunque fuera imposible, aunque nuestra piel ya estuviera colisionando. Nos fundimos, ardimos el uno contra el otro.

Y después una fiebre. Allá donde me rozaba. Sus labios moviéndose sobre los míos o los míos sobre los suyos. Perdidos de toda lógica, de todo lo que había sido material y físico. Perdidos de toda cordura, de todo ritmo. Movimientos frenéticos. Latigazos del delirio más intenso, tanto, que no me cabía en el cuerpo.

Una conciencia envenenada de placer.

La fuerza de su empuje me elevó y sus caricias me catapultaron hasta el éxtasis. Un deseo que me rompió desde dentro. Cada fibra.

Erik siguió entrando y saliendo de mí, alargando el momento y propagando mis temblores en ondas infinitas.

Buscó mis manos con las suyas y las sujetó a ambos lados de mi cabeza. Sentí que se estaba acercando cuando sus movimientos se volvieron erráticos.

Abracé sus espasmos con todo mi ser. Sentí su placer como si fuera el mío.

En medio de los jadeos, los suyos y los míos, solo quedaba una calma que nos resistíamos a romper. Y cuando finalmente se apartó, se dejó caer de espaldas a mí lado y alargó la mano, entrelazando de nuevo nuestros dedos.

Busqué el aire que necesitaban mis pulmones dentro de sus ojos y encontré todo el oxígeno que precisaba para seguir respirando.

El amanecer nos encontró enredados.

Era el último día antes del baile y, aunque habíamos pasado toda la noche sin pegar ojo, teníamos que seguir.

Deslicé las piernas fuera de la cama con pereza, pero, antes de que mis pies tocaran el suelo, Erik volvió a enroscar el brazo en torno a mi cintura y me devolvió junto a él de un tirón. Yo lancé un grito al que siguió una carcajada. Me hundí en el colchón con el pelo desordenado sobre la almohada.

—Tienes que dejar que salga de esta cama. —le regañé.

Sonreí con toda la cara y una ternura infinita en los ojos. Las últimas horas habían sido un sueño.

—Solo un minuto más. —Sus labios se demoraron entre mis pechos—. O mejor una hora. Eso, solo una hora más.

Me reí, agarrándolo con fuerza de la barbilla y tirando de él hacia arriba.

—¿No has tenido bastante? —le pregunté juguetona.

—Nunca voy a tener bastante de ti. Es algo que ya intuía, pero ahora me toca procesarlo, princesa.

Balbuceé sin sentido pero mis ojos bajaron hasta la curva de la cicatriz con forma de luna.

—¿Cómo te la hiciste? —La acaricié con cuidado y él volvió a estremecerse.

—En una reyerta bastante desagradable, al oeste de la ciudad de Segura. El Clan Mano Roja reclamó el territorio como propio, sin previo aviso y por la fuerza. Querían hacerse con el control de la zona y el Canciller nos envió para expulsarlos.

—¿El Clan Mano Roja?

—Son una cultura antigua, primigenia. No veneran a nuestros Dioses y temen a la magia tanto como nosotros, aunque son muy supersticiosos. Algunos de ellos nacen con unas extrañas líneas rojas en las palmas de las manos y es a ellos a quienes nombran jefes del clan.

—¿Y qué fue lo que pasó?

Su rostro se ensombreció. Se dejó caer a mi lado con la mirada fija en el techo.

—Llegamos con la idea de posicionarnos y cercarlos. Las órdenes del Canciller en estos casos siempre consistían en matar primero y preguntar después; sin embargo, me puso al mando sabiendo que mis métodos eran distintos, así que tenía un pequeño margen de movimiento para persuadirlos de que abandonaran la invasión antes de atacar. Pensé que podría convencer al jefe del clan cuando viera la superioridad numérica de mis hombres e iba a prometerle buscar a más personas con esas mismas marcas.

—¿Ibas a apelar a sus supersticiones para que se marcharan?

—Exacto. La motivación de la gente es importante, las razones por las que se guían son el todo. Una fuente inagotable de debilidades.

—¿Y qué pasó?

Erik suspiró.

—Pasó que era demasiado joven y dejé que las victorias se me subieran a la cabeza. Cometí un error de novato. ¿Adivinas cuál fue? —Me encogí de hombros—. No me di cuenta de que el jefe quería el poder del clan solo para él. Así que delante de su gente aceptó el trato, pero en cuanto nos quedamos a solas en la tienda me atacó. Por eso tengo la cicatriz. Me pilló por sorpresa.

—Vaya… ¿Qué le pasó a él?

—Con el ruido de las espadas la tienda volvió a llenarse de gente. Él les dijo que yo había tratado de matarlo. Escapamos por los pelos del campamento, pero les dimos el tiempo que necesitaban para replegarse. El tiempo necesario para saquear, incendiar y violar a todas las mujeres de la zona que no consiguieron escapar.

»Cuando llegamos con el resto de la formación para presentar batalla, ya era tarde. Masacramos a los que quedaban, sin embargo, la mayoría ya había huido.

—Si al final se marcharon, ¿cuál fue el propósito de todo eso? —Tragué con disgusto.

—Es un pueblo que se considera oprimido. No se respeta su cultura ni sus creencias. No necesitan un propósito para salir y atacar; simplemente lo hacen de vez en cuando.

—¿Los estás defendiendo? —masculló, sorprendida.

—No, no es eso. Pero cuando un animal se siente acorralado lo que hace es atacar. Y los humanos somos animales.

—Tú siempre estás disculpando y entendiendo a todo el mundo. —Bufé, con una sonrisa en los labios. Reparé en el contorno rosado de la cicatriz—. Podría haberte matado.

Su mandíbula estaba tensa como la cuerda de una viola.

—Cuando volvimos a Evel, el Canciller nos estaba esperando en la puerta del castillo. Un hombre me ayudó a bajar del caballo, ya que yo solo no podía. El corte se me había infectado y tenía una fiebre espantosa. El Canciller me hizo desvestir delante de mis soldados y le puso sal a la herida para que no cicatrizara.

Mi pecho se contrajo con un sentimiento muy feo.

—¿En serio hizo eso? —le pregunté con un hilo de voz.

—¿Te sorprende?

Su cara estaba totalmente inexpresiva.

—No. No, supongo que no.

Nada que me contaran sobre el Canciller podía sorprenderme, sencillamente no me esperaba que fuera tan sádico con sus propios hombres.

—No quiero hablar de eso —dijo. Me atrajo hacia su cuerpo y yo me dejé, amoldándome a su costado y abrazándolo con sentimiento protector—. Mejor deja que te muestre algo en lo que he estado practicando.

Pegada contra su pecho sentí la vibración previa a la llamada de la magia.

No cerró los ojos. Ya no le hacía falta para sentirla ni para concentrarse. Se dibujó en el brazo el símbolo del equilibrio, un cuadrado, dividido por una línea vertical justo en el medio de la figura.

Noté la energía almacenarse en su interior.

—*Creare* —susurró. Y unas enormes hojas verdes se materializaron, ondulando a nuestro alrededor. Batieron el aire como si tuvieran alas y se plegaron y contorsionaron, hasta convertirse en pequeños dragones verdes que volaban torpes por toda la habitación.

Contemplé a los dragoncitos maravillada, con la risa atascada en la garganta.

Alargué la mano hacia uno, que se posó mimoso en mi palma, restregando sus alas contra mis dedos.

—¡Erik! Vaya, esto es increíble.

El dragón levantó el vuelo y se mezcló con el resto de sus hermanos, que jugaban traviesos con los cojines y los postes de la cama.

Él me sonrió. Dejó un beso en mi mejilla y mi mundo convulsionó.

—No podía dejar de pensar en ese dragón, el que creaste en el bosque. Fue la primera vez que me permitiste ver dentro de ti, ver quién eres en realidad. Creo que me enamoré de ti en ese momento, cuando comprendí que todo lo que hacías y esa pose fría frente al mundo solo era una máscara. Lo que tienes dentro es mil veces más hermoso que cualquier cosa que pudiera haber soñado, más valioso que cualquier reino.

—¿No soy una planta carnívora? —bromeé, tratando

de aligerar el nudo de emociones que crecía otra vez en mi garganta.

Él me devolvió la mirada con lava en los ojos.

—No. Eres un dragón —dijo serio—. Eres una criatura preciosa y llena de fuego. Un fuego voraz y demoledor con el que vas a conseguir cualquier cosa que te propongas.

Apoyé la cabeza en su cuello y froté la nariz contra su garganta. Él me estrechó con más fuerza.

Ojalá todo fuera tan sencillo como purgar a través del fuego. Ojalá no estuviéramos en manos de mil corrientes de aire, esperando que todo saliera como habíamos planeado.

Las caricias perezosas en algún momento se volvieron más intensas. Sus labios estaban de nuevo moviéndose sobre los míos y un hambre que comenzaba a resultar familiar se apoderó de todo mi ser.

Nos empujamos desesperados por estar el uno encima del otro. Su desnudez era tan adictiva que quemaba en mi vientre.

Me arqueé cuando probó mi piel, conteniendo un suspiro de alivio.

Bajé la mano hasta agarrar su miembro y le miré a los ojos antes de descender despacio por su cuerpo. Me miró con una sonrisita, consciente de hacia dónde nos llevaba el camino que estaba recorriendo.

Justo en ese instante, uno de los dragones se posó en su vientre y nos miró con curiosidad para después dar una voltereta por sus abdominales.

Los dos nos reímos de la criaturita.

—Será mejor que los hagas desaparecer por ahora.

—Será mejor —coincidió, y todos desaparecieron dejando pequeños cúmulos de humo.

—Lo tienes muy controlado. Vas a ser un hechicero muy poderoso, Capitán. Puede que haya creado un monstruo —dije, con el tono grave y arrastrando la uña por los músculos de su abdomen.

Me mordí el labio inferior, impaciente.

—He tenido a la mejor de las maestras.

Colocó una mano sobre mi cabeza y yo lo interpreté como una invitación. Gemí al notar su sabor en mi lengua. Y él gruñó, adelantando las caderas.

—Lo siento —dijo, apartándose.

—No. Más.

Goteaba en mi boca como caramelo derretido.

Me aparté para buscar aire.

Él tenía un brazo sobre los ojos y de la boca entreabierta se le escapaban gemidos tan graves que retumbaban por todo mi cuerpo.

Unos violentos golpes atravesaron la habitación deteniendo nuestros movimientos.

Nos miramos sobresaltados y al segundo siguiente saltamos de la cama para buscar nuestra ropa.

Los golpes volvieron a sonar.

—¡Un momento! —aullé de malas maneras.

Maldije en voz alta mientras intentaba abrochar los estúpidos botones del vestido, que se resistían.

Erik se subió los pantalones, alcanzó la camisa, que había caído al suelo la noche anterior, y se la pasó por la cabeza sin molestarse en abrocharla, se acercó a mí y me ayudó a terminar de vestirme.

Me dio un beso rápido en la nuca antes de esconder su cinturón debajo de la cama.

Alisé el vestido, que no tenía remedio, y abrí la puerta de un empujón, dispuesta a despachar a quien nos acababa de interrumpir.

Capítulo 32

Luthiel y Newu estaban delante de mí, acompañados por Gionna y sujetando varios papeles algo desgastados por el manoseo y el uso.

Enna estaba apoyada contra la puerta de su habitación y era la única que no miraba detrás de mí, en dirección a Erik.

De pronto fui consciente de lo que estaban viendo. A su reina, despeinada, de mal humor, con el vestido desencajado, a un hombre tras ella y una cama deshecha.

La verdad es que no podía importarme menos.

—¿Qué? —exclamé.

Intenté recordarme a mí misma que probablemente ellos estaban haciendo el trabajo al que tendría que estar dedicándome yo. Pero apenas acababa de amanecer. ¿A qué venía esto?

—¿Podemos pasar? —preguntó Gionna, vacilante.

Si Luthiel había enrojecido, Newu se había puesto verde.

Hice un movimiento con la cabeza para que entraran.

Gionna y Luthiel estaban recelosos, pero Newu le observaba hostil. Erik, sin embargo, estaba tranquilo.

Me aclaré la garganta antes de hablar.

—¿Y bien?

—Quizá no hemos llegado en un buen momento.

—Creo que eso es más que evidente —repuse con una mueca.

—No deberíamos hablar estando él presente —indicó Gionna, señalando a Erik con un gesto.

Entrecerré los ojos y apreté los labios en una línea tensa.

—Debería irme —dijo Erik. Y, después de todo lo que habíamos pasado, después de todo lo que nos habíamos dicho, se me rompió un poquito el corazón.

Podía entender que no confiaran en él, yo no lo había hecho durante mucho tiempo, pero sí tendrían que confiar en mí y en mi criterio a la hora de decidir quién podía escuchar nuestras conversaciones y quién no. Además, Erik nos iba a acompañar a Eter, así que era mejor que se fueran acostumbrando a su presencia.

—Él se queda —aseguré.

—Tendría que haber avisado al Consejo de lo que estaba pasando antes de que fuera demasiado tarde —explotó Newu hecho una furia.

—Newu —le avisé.

Erik se colocó a mi lado y me cogió por la cintura y Newu nos miró con desprecio.

—Después de todo lo que hemos sufrido por ellos. ¡De todo lo que nos han hecho! Por lo que veo, no os importa lo más mínimo. No habéis tardado mucho en convertiros en una...

Una daga pasó silbando por su lado y le hizo un cortecito en la mejilla.

—Mucho cuidado con cómo le hablas a mi reina. —siseó Enna—. La próxima te la clavo en el corazón.

Él se quedó blanco como la cal, pero temblaba de rabia.

—¡Ya basta! —exclamó Luthiel—. Estáis todos locos. Tenemos cosas mucho más importantes entre manos. —Me tendió los papeles y yo los miré con curiosidad—. Si confiáis en él, yo también lo hago.

Asentí, algo rígida, y los cogí.

En el primero había una reproducción del mensaje encriptado de los planos, una continuación de líneas indescifrable, salvo por el hecho de que, en el segundo de los folios, el mensaje había sido descifrado.

—Lo has conseguido —le dije a Luthiel sin mirarlo.

Él se frotó los brazos, incómodo por el exceso de atención.

—Newu me ha ayudado.

Pero yo ya no prestaba atención. Mi vista vagaba a toda velocidad por las letras tratando de entender el significado de lo que estaba leyendo.

Al terminar me dejé caer en la cama con la mirada perdida.

Enna se acercó a mí y me arrebató el papel de las manos.

—Informe del uso de la lualita —leyó en voz alta, deteniéndose para mirarnos rápidamente a todos antes de seguir—. Tras las arduas exposiciones a las que hemos sometido al mineral y habiendo pasado un duro proceso de reconocimiento por métodos fenomenológicos, podemos concluir de manera irrefutable que se trata de una piedra con capacidades de alteración de la magia, que cuantifica y cualifica su potencial y para ampliar los límites del poder. Así pues, entendemos demostrada la hipótesis que sostiene el incremento del nivel de magia tras el suministro por vía oral de la ralladura de lualita. Se recomienda la ingesta del polvo acompañada de otros líquidos inocuos, que no resten propiedades a la sustancia.

—¿Qué demonios es eso? —preguntó Erik con el ceño fruncido.

Él era el único que no parecía afectado por lo que había leído Enna.

—*Eso* son los planos que le robaron los rebeldes al Canciller —respondió Luthiel.

Me mantuve en silencio.

—No… no lo entiendo —dijo.

—No son explosivos, pero sí es un arma —repuse absorta.

—¿Los planos hablan de un mineral? —cuestionó Erik, mirándome directamente a mí.

—Las piedras del Diablo —susurré.

—Parad. Yo tampoco estoy entendiendo nada —gruñó Gionna.

—Las piedras del Diablo —informé—. Las doncellas hablaban entre ellas de esas piedras, por eso bajé a las catacumbas.

—¿Bajasteis sola a las catacumbas? —exclamó Gionna con tono incrédulo.

Newu nos dio la espalda.

Recordé que no les había dicho nada de lo que había pasado allí para proteger a Erik. Si la opinión que tenían de él ya era mala, no podía llegar a imaginarme cómo sería si se enteraran de lo que había ocurrido allí abajo. Enna no le había dado demasiada importancia, pero no podía prever la reacción de los otros.

Me limité a asentir.

—Solo encontré un hueco enorme y polvo morado en el suelo —proseguí—. Pensé que esas piedras podrían tener algo que ver con los planos, pero no esperaba nada así. En mi mente eran como una especie de bomba, no un arma capaz de incrementar el poder de un mago.

—¿Por qué sería algo así tan importante para el Canciller? En Bellum está prohibido hacer magia —cuestionó ella.

—El Canciller sabe hacer magia.

Todos nos giramos atónitos hacia Erik.

—¿Cómo?

—Él sí sabe hacer magia —repitió—. Muy pocos lo sabemos. Se entrena en el más estricto secreto.

Enna retrajo los labios, enseñando los dientes.

—Como no. Se la prohíbe a su gente, pero él se entrena para dominarla. ¿A nadie se le ha ocurrido cuestionar sus motivos?

—Quiere estar preparado, para lo que sea. No es algo que le agrade, odia la magia, pero cree que es importante para contrarrestar los esfuerzos enemigos. Va un paso por delante al conocer vuestros métodos.

—¿Eso es lo que os dice mientras su pueblo se muere por no tener los medios para llegar hasta Eter? —le increpó Newu.

Erik le miró con tanta furia que pensé que acabaría con su vida.

Le cogí de la mano e intervine para calmar los ánimos.

—Al menos sabemos que esos minerales potencian el poder cuando se ingieren. El Canciller debe estar incrementando el suyo. Quizá esa es la ventaja que tiene y a lo mejor piensa que puede otorgarle la suficiente fuerza como para derrotar a cuatro planetas. —Casi puse los ojos en blanco. Casi.

—Tiene que haber algo más —dijo Erik.

—No entiendo por qué estás aquí —explotó Newu con la voz afilada como la hoja de una navaja.

—Está aquí porque está con nosotros, Newu —le contesté yo—. Erik se viene a Eter.

Él ahogó una risa.

Noté la tensión de Erik.

—Os creía más inteligente que esto. O al menos lo suficiente como para no creeros las mentiras que salen de su boca después de follaros.

Mis mejillas ardieron, muy a mi pesar.

Noté el aire contra mi costado, y antes de que nadie pudiera evitarlo, Erik se plantó frente a Newu y le derribó de un golpe en la mandíbula.

Todo quedó paralizado; pero, entonces, mi guardia se levantó veloz y desenfundó la espada.

Yo dejé de respirar cuando el arma cortó el vacío, un segundo después de que Erik que echara hacia atrás para esquivarla.

Iba desarmado.

Newu arremetió de nuevo pero el filo solo encontró aire.

Su gruñido resonó por el dormitorio como un trueno.

No dejé que hubiera una tercera.

Me transporté a su espalda y con un toque lo desarmé y lo postré de rodillas al mismo tiempo.

Newu gruñó de impotencia.

Rodeé su cuerpo y él hizo un esfuerzo por alzar la cabeza para mirarme.

Erik se contuvo, a la espera de que yo tomara una decisión, a pesar de la cólera que manaba de sus músculos.

—Ya te advertí una vez. No va a haber ninguna más, así que escucha con atención. Como vuelvas a contradecir mis órdenes, como vuelvas a faltarme al respeto, te despojaré de tu título, quemaré tu nombre de la faz de Eter y será como si nunca hubieras existido. Nadie podrá recordarte, ni siquiera tu madre sabrá que tuvo un hijo. ¿Ha quedado claro? —Liberé parte de su cuerpo para que asintiera a regañadientes, manteniendo la mirada gacha—. Y ahora, si no vas a ser de utilidad será mejor que te vayas. Si prefieres quedarte, empieza a aportar las soluciones por las que se supone que estás aquí. Nadie te ha hecho llamar para que me des lecciones de moralidad. Compórtate como un soldado.

Capté un destello de orgullo en los ojos de Erik.

La habitación estaba sumida en un silencio que podía cortarse con un cuchillo.

Enna parecía mortalmente aburrida. Se giró hacia Erik, ignorando a Newu.

—¿Dónde puede tener el Canciller la lualita? —le preguntó.

Él negó con la cabeza, sin ofrecernos respuesta.

—Se nos acaba el tiempo para descubrir lo que está tramando —repuso Gionna, haciéndose eco de mis pensamientos.

—¿Los Sini saben algo? —la interrogué.

—No, han tenido sus propios problemas para mantenerse ocultos. Un equipo del Canciller los ha estado persiguiendo.

—¿Un equipo del Canciller, dices? —Erik torció el gesto—. Yo soy quien controla a los hombres del Canciller en Bellum —explicó—, si ha dado esa orden sin decírmelo es porque ya no confía en mí.

—Bueno, hasta donde sé, le dijiste que estáis juntos… —apuntó Enna señalándonos—. Es normal que no confíe en ti.

No podía saber la credibilidad que le daba el Canciller a esa noticia. Pensé que tampoco parecía haberle importado cuando me había pedido matrimonio en el funeral de su esposa.

Erik tragó saliva.

Eran los primeros indicios de cómo su vida se derrumbaba. De cómo todo iba a cambiar, en adelante.

Le froté la espalda intentando reconfortarlo y él me respondió con una tímida sonrisa.

—Si estuvierais guardando un mineral valiosísimo ¿dónde lo esconderíais?

Hicimos una pausa para pensarlo.

—A plena vista, pero en un sitio en el que pase inadvertido. Cerca del castillo por si hay algún problema, pero lo bastante lejos como para evitar los murmullos de los sirvientes —dijo Luthiel.

—¿Hay algún sitio así en Ével? —le pregunté a Erik.

Él se frotó la mandíbula.

—Bueno… Están las minas de Essertia.

—¿Sería un buen lugar para guardar un arma así?

—Tácticamente sería el sitio perfecto. Si son piedras normales, en las minas pasarían desapercibidas.

Me mordí el labio, indecisa.

—Quizá podríamos echar un vistazo —dijo Gionna.

—Ahora no es seguro. Habrá miles de trabajadores que podrían reconoceros. Además, también están vigiladas por soldados y, si el Canciller ha guardado allí la lualita, habrá reforzado la seguridad.

—El baile. El Canciller tendrá puestos sus ojos sobre el castillo mañana por la noche y espera que le dé una respuesta a su oferta de matrimonio —dije.

—Sería el momento perfecto para ir a las minas —confirmó Erik.

—Solo algunos de vosotros. Luthiel y Newu. Quizá también Gionna. —Los tres asintieron conformes—. Enna se quedará con Erik y conmigo, por si tenemos algún problema. —La voz se me fue encogiendo conforme hablaba. Eran demasiadas las cosas que podían salir mal—. Necesitamos los planos de las minas.

—Puedo probar en la biblioteca —dijo Erik, ya en dirección a la puerta.

—Trae también suerte —masculló—. La vamos a necesitar.

Capítulo 33

Era un despliegue de colores, como los pétalos de una flor.

El corpiño era rosa, con cintas verticales de distintos tonos pastel, que convergían sobre el esternón, bifurcándose a los lados como las alas de una mariposa. Se estrechaba en la cintura y descendía en una falda corta con forma de capullo de los mismos colores verdes, violetas y azulados, hasta la mitad del muslo. La cola era larga, aunque contaba con una infinidad de cuentas en forma de gotas moradas, bordes rizados y ondulantes en varias capas, y volantes que iban del verde vibrante al rosa del atardecer. Manaba desde los omoplatos, como los chorros de una fuente.

Sin duda era uno de los vestidos más bonitos que llevaría en mi vida.

También era demasiado atrevido para Bellum, pero no pretendía pasar desapercibida.

Las doncellas me habían dejado el pelo suelto, a excepción de dos moños, uno a cada lado, en la parte superior de la cabeza, para sujetar la tiara de diamantes. Era una preciosa y delicada pieza de orfebrería compuesta por una flor cerrada en el centro y relucientes cristales en forma de hojas, que se extendían a ambos lados.

Había llegado el momento de la verdad.

El esplendor del salón acogió mis pasos firmes. Avancé con el mentón bien alto por el majestuoso salón de baile. Sentí la mirada de decenas de personas, incluida la del Canciller, y el aire tibio de la primavera sobre mis piernas desnudas.

Ignoré los cuchicheos y centré toda mi atención en la magia. Una parte de mí había esperado sentir el vínculo nada más poner un pie en el salón. Por supuesto, no fue así.

Estaba sola.

Enna se encontraba en algún lugar, observando desde las sombras; pero el resto permanecía fuera de los muros del castillo, a la espera de nuestra señal para salir corriendo en dirección a las minas.

El salón parecía un jardín. Lo habían decorado con cientos de lirios blancos que brillaban a la luz de los candelabros. Las siluetas conferían altura y majestuosidad a los techos y molduras.

Caminé, procurando que no se advirtiera lo incómoda que me sentía, sin rumbo fijo, contemplando todas las caras; hasta que me topé con una que me resultó familiar.

A unos pocos pasos, al fondo de la sala, Dereck se encontraba apoyado contra la pared. Tenía mal aspecto. Los ojos hinchados y sin vida, la piel pálida y quebradiza.

—¿Una mala noche? —le pregunté.

Ni siquiera se inmutó. Había sustituido su particular sonrisa por un semblante ácido.

—No nos ha dejado vestirnos de rojo, ni a mí ni a mis hermanas. Dice que el luto es un símbolo de debilidad y que así lo superaremos antes.

No tuvo que aclarar que se estaba refiriendo a su padre.

Todo el atisbo de humor que había sentido antes se evaporó como el humo, dejando paso a la compasión.

Tan solo habían pasado dos días desde la muerte de Myrna. El Canciller no tenía límites.

—No sabes cuánto lo siento.

Y lo sentía, lo sentía de verdad. Dereck había sido amable conmigo y nadie merecía pasar por aquello.

Él asintió.

—He escuchado eso más veces de las que soy capaz de soportar.

—¿Puedo hacer algo?

Esta vez se giró para observarme, lo pensó un segundo y se inclinó hacia mí como si fuera a besarme. Yo me tensé, pero él se limitó a susurrar contra mi oreja.

—Si tienes la oportunidad de matarlo, no te detengas.

Lo miré, confusa, y, de pronto, lo entendí.

Él lo sabía.

Sabía que había sido su padre quien la había matado.

Solté el aire que había estado guardando y tragué saliva, pero no me atreví a asentir.

Pensé que quizá el Diablo no existía, pero la tierra estaba infectada de demonios.

Ni siquiera podía juzgarle.

Dereck alzó la comisura del labio en una mueca que pasó a sustituir a su habitual sonrisa. Lo vi perderse entre los invitados, con la cabeza gacha y la mirada ausente.

A lo lejos, Lord Quin y su esposa cruzaban el salón. Ella no se percató de mi presencia, pero él me siguió con la mirada y asintió. Un recordatorio de nuestro trato.

Apreté la mandíbula con impotencia. Aún no había sentido nada, ni el más mínimo indicio de que la niña estuviera entre los asistentes. Y comenzaba a impacientarme. Mi mente elucubraba todo tipo de posibilidades que convertían en falsas las palabras de Lord Quin y la Vidente.

Había niñas en la sala, pero, como no se les permitía bailar, la mayoría rondaban alrededor de la pista de baile, contemplando a los afortunados bailarines.

La banda agitaba los violines con una furia violenta.

Me acerqué a los músicos.

Sentí su presencia antes de verlo. Un reclamo de mis músculos.

Erik estaba de espaldas a mí, pero solo su postura ya intimidaba. Llevaba un uniforme de chaqueta azul marino, con solapas y pantalones de tela blanca y gruesa; de la primera pendían algunas condecoraciones. Era la personificación de la gracia, y, sin embargo, en su aura fluctuaba una amenaza ineludible.

Miró por encima de la multitud como si me hubiera sentido. Pero no me vio. Sin embargo, al moverse pude ver que estaba acompañado por esa chica, aquella a la que había acariciado la mejilla.

Había relegado esa imagen a un cajón apartado y sombrío de mi mente, del que ahora se escapaba para hacer un inoportuno acto de presencia.

Tenía el pelo rubio, casi blanco, los ojos grandes, del color de la miel, y parecía igual de dulce y recatada.

Contemplaba a Erik con deleite, con excesivo deleite, como si bebiera cada una de sus palabras.

Recordé mi reacción ante aquel primer encuentro y no pude evitar la vergüenza de sentir que me había comportado como una estúpida. Las cosas habían cambiado mucho en los últimos días y, sin embargo, por más que me hubiera gustado evitarlo, el recelo seguía asentado en cada uno de los huesos de mi cuerpo.

Llamó su atención, tocándole el brazo y él se volvió a mirarla con cariño.

Me acerqué, calibrando sus reacciones y procurando mantener el rostro inexpresivo. Cuando ya quedaban pocos metros entre nosotros, fue como si su cuerpo reaccionara a mi esencia.

Sus ojos me recorrieron de los pies a la cabeza, deteniéndose un instante de más en mis piernas.

Tragó saliva.

Y una sonrisa lenta se extendió por mi rostro, espantando las sombras.

—Vaya... —susurró, alzando una ceja— Estás impresionante.

—Lo mismo digo —respondí, ladeando la cabeza.

Hubo un instante en el que todo se paralizó, en el que solo existimos nosotros.

Pasé mi melena sobre un hombro para sentir el frescor de la brisa en la nuca.

—Erik, ¿no nos presentas? —Nos interrumpió una voz aguda y algo aniñada.

Él frunció el ceño, confundido, como si se hubiera olvidado de que estaba acompañado.

—Ah, claro. Alesh, esta es Isobel, una amiga de la infancia. Isobel, creo que no hace falta que te diga quién es ella.

—Por supuesto que no. —Si se sorprendió de que Erik no usara mi título no lo demostró. Inclinó el mentón con gesto coqueto—. Causasteis un gran revuelo desde mucho antes de llegar al castillo, Majestad. Espero que estéis teniendo una estancia agradable.

—Si he llevado bien las cuentas, hasta la fecha ya han tratado de matarme cuatro veces —intenté bromear, pero Isobel no parecía demasiado impresionada. Pese a su apariencia, me dio la sensación de que ocultaba un carácter insumiso. No pude evitar lanzarle una mirada a Erik antes de añadir—: Por lo demás, he tenido buenas distracciones.

Él entrecerró los ojos y, aunque trató de esquivar una carcajada, se le marcaron los hoyuelos.

Isobel se removió.

—Me imagino cuánto debéis echar de menos vuestro hogar. ¿Cuándo dejaréis de honrarnos con vuestra presencia?

—Si todo marcha bien, debería volver pronto a casa —respondí, escueta.

Sus hombros se relajaron mientras que los de Erik adquirieron una nueva tensión que a ninguna de las dos nos pasó desapercibida.

Inesperadamente, las facciones de Isobel se contrajeron de preocupación.

—Erik —lo llamó—, ¿ese que está empinando la botella de vino no es Dereck?

Erik siguió la dirección que le indicaba y masculló una maldición por lo bajo.

—Creo que debería pararlo antes de que haga algo de lo que pueda arrepentirse.

—Por supuesto —le contestó ella—. Te esperamos aquí mismo.

Él me dedicó una última mirada, yo asentí para que se marchara tranquilo.

Desvié la vista hacia Isobel y alcancé a ver la forma en la que me escrutaba. Intuí que estaba valorando si yo podía ser una amenaza.

—Piensa que es impredecible, pero la realidad es que es manso como un cordero.

La miré, confusa.

—¿Hablas de Erik?

—Por supuesto. Cuando siente que hay alguien en apuros es incapaz de no acudir a socorrerlo. Así es él.

—Así que... ¿Has llamado la atención sobre Dereck porque sabías que se marcharía?

Isobel sonrió como respuesta.

—¿Sabéis? Erik cree que acabó siendo Capitán por lo que le pasó a su hermana, pero la realidad es que no sabe quedarse al margen de las injusticias.

Calibré mis propias emociones y traté de entrever las suyas. Quizá tuviera razón con respecto a Erik, pero eso solo suponía que Isobel lo conocía desde hacía tiempo, el suficiente como para formarse sus propias opiniones acerca de la vida que él había escogido. Me pregunté qué pensaría ella de las decisiones que él ya había tomado y que estaban por venir.

—Así que desde la infancia... —dije, sin poder contener la curiosidad.

Ella sonrió, enigmática.

—Podría decirse que nuestra relación es complicada. En muchos aspectos somos el sustento del otro.

El pulso se me aceleró sin que pudiera evitarlo.

—Eso suena serio —dije.

—Tal serio como un compromiso de matrimonio, Majestad. Erik y yo estamos prometidos.

No creía una palabra de lo que estaba diciendo Isobel. En algún punto de la conversación había decidido librarse de Erik para poder mentirme a la cara y yo no pensaba dejar que se saliera con la suya. Ni siquiera podía planteármelo. Era mucho lo que habíamos vivido en los últimos días y mucho lo que me estaba ofreciendo Erik como para tener en cuenta sus malintencionadas palabras.

—Erik no ha mencionado nada.

Ella encogió solo un hombro.

—He escuchado los rumores. Hay gente que piensa que tenéis algún tipo de aventura con mi prometido. Por supuesto, solo son meras habladurías. Yo sé el tipo de hombre que es. Sé que es fiel como un perro y sé que a la gente le gusta hablar.

Me impactaron sus palabras. Poco tenía que ver esta chica con la muchacha dulce y recatada que había visto al lado de Erik.

La miré a los ojos antes de responder.

—¿Y si no fueran solo habladurías?

Ella se tensó ante mi inesperada respuesta, pero se repuso rápidamente.

—Entonces, Erik estaría incumpliendo su palabra y eso en Bellum tiene consecuencias.

¿Hasta dónde podía llevar alguien una mentira? Dudé de mi propia seguridad.

Unas manos se posaron sobre mis hombros y di un respingo antes de sentir de nuevo la presencia acogedora de Erik.

Apreté con los dientes mi labio inferior para evitar que me temblara.

—¿Todo bien por aquí, señoritas? —preguntó.

—Todo estupendamente, Toby. —Isobel volvía a ser todo encanto e inocencia.

—¿Toby? —pregunté, confundida.

Las mejillas de Erik se tiñeron de rosa.

—Cuando Erik era pequeño quería adoptar a todos los perros abandonados que encontraba, así que empecé a llamarlo Toby, ¿no es cierto, querido? —explicó ella, al tiempo que se inclinaba contra él y le peinaba el cabello, mesando unos mechones que habían estado entre mis dedos hacía apenas unas horas.

Él se había quedado congelado, inmóvil como una estatua de hielo. Solo sus ojos se deslizaban frenéticos por mi rostro.

—Supongo que vuestra boda merece mi enhorabuena por adelantado —solté. Esperaba que él pudiera notar la ironía que me quemaba la lengua porque lo que me había dicho Isobel, fuera cierto o no, no era algo que le fuera a ocultar.

A él se le descolgó la mandíbula, pero no salió ni un sonido de su boca.

Ella se atusó el pelo y se inclinó más hacia él. Su pecho rozó el brazo del Capitán, pero él se apartó con un respingo.

—Isobel... —Se apartó, pero ella le apretó más fuerte.

—Erik, sácame a bailar —le imploró.

El ambiente se cargó tanto que se volvió irrespirable. De pronto, tan solo tenía ganas de poner distancia y de aclarar mis ideas.

La reacción de Erik y la forma en la que la miraba no eran las de un enamorado. Yo lo sabía, sabía que todo lo que había salido de la boca de Isobel debía ser mentira; y, sin embargo, era incapaz de librarme de esa angustia que se me pegaba a la piel como alquitrán.

—Sácala a bailar —dije, agitando la mano para restarle importancia.

Por el rabillo del ojo vi cómo Erik la sujetaba del brazo para impedirle avanzar hacia la pista de baile y percibí la forma en la que sus facciones se volvían más y más serias, contundentes. Pero no me quedé para ver el resto del espectáculo.

Me alejé, intentando despejar la mente para sentir solo mi magia. Deseaba sentir la llamada del vínculo, pero esta no llegaba.

Algo captó mi atención en una de las esquinas oscuras de la sala. Enna tomó a Mara de la mano y esta, amparada por las sombras que las envolvían, le dio un casto beso en la comisura de los labios.

Pestañeé, sorprendida, y sentí como la calidez volvía a mi cuerpo. Giré para darles intimidad. La música azuzaba el ambiente y los bailarines lo convertían en un espacio opresivo, irrespirable.

—Alesh, espera. —Sentí su mano alrededor de mi antebrazo, impidiéndome avanzar—. Déjame que te lo explique.

Sus palabras me supieron a mal augurio.

—¿Estás prometido? —exigí, echando lava por los ojos.

—No es lo que piensas —dijo, pasando los dedos entre sus mechones cobrizos.

—¿En serio, Erik? ¿Y qué es lo que pienso? —Lo fulminé con la mirada, tratando de resistir la tentación de cruzarme de brazos. No quería parecer débil.

—Si nuestros padres hubieran podido, ya habrían concertado las nupcias. Nos conocemos desde pequeños, pero nunca la he visto de esa forma. No tengo ningún interés en ella, créeme. Ni siquiera entiendo por qué te lo ha mencionado.

—¿Bromeas? —Me exasperé—. Está enamorada de ti.

Se puso en guardia de nuevo.

—No es cierto.

Observé su aire inocente. Estaba tan ciego como lo había estado yo con Brandon. De alguna forma retorcida, comprendía que se engañase a sí mismo.

—¿No hay compromiso? —Quise asegurarme.

—¡Pues claro que no! —Me evaluó atentamente antes de afirmar—: No estás celosa.

Ladeé la cabeza y dije:

—¿Debería?

Él resopló. Dio un paso en mi dirección.

—Por supuesto que no. —Sus dedos acariciaron los míos con disimulo—. Sabes lo que siento por ti. Nunca dudes, no de eso.

Bajé los ojos al suelo. La comisura de mis labios tironeó hacia arriba.

—Baila conmigo —soltó.

—No es necesario. No necesito que me compenses por nada.

—No te lo estoy pidiendo por eso. No sé cuándo vamos a volver a tener la oportunidad de hacer algo tan normal como bailar y no quiero renunciar a este momento. Tal vez tengamos que enfrentarnos al mundo más tarde, pero ahora… Solo baila conmigo.

Me tendió la mano y, aunque por un segundo dudé, acepté.

Las miradas asombradas de los invitados nos siguieron hasta la pista.

Me sujetaba cerca de su cuerpo, deslizando las manos por mi cintura, por mi espalda. Recordé la forma tan descuidada en la que había bailado en mi dormitorio, pero entonces se movió y algo me llamó la atención. Sus pies parecían más firmes, sus brazos me sostenían en la posición correcta.

Lo miré con sospecha.

Él arqueó levemente el lateral de su boca.

Bufé.

—Así que sabes bailar. —En ese momento separó mi cuerpo del suyo y me hizo girar para terminar de nuevo acogida entre el calor de sus brazos—. Eres un sinvergüenza.

Se rió por lo bajo.

—Tienes que entenderlo. No pude resistirme.

—Podías haberme dicho la verdad en lugar de fingir que no sabías dar un paso sin pisarme —bromeé.

—Te hubieras cansado en el primer baile y yo necesitaba retenerte mucho más tiempo.

Negué con la cabeza, pero lo cierto es que se me hacía muy complicado no esbozar una sonrisa.

Giramos y giramos.

Su mano recorrió con pereza la piel descubierta de mi espalda.

Sentí su caricia extenderse por mis terminaciones.

—Aún no he sentido nada —musité preocupada.

—Es temprano. Vendrá más gente.

Pero los nervios giraban por mi médula, alborotando mis ideas.

—¿Y si no puedo sentirla? ¿Y si le han hecho algo y por eso no noto el vínculo? La vidente dijo que estaría aquí.

Él se inclinó como si fuera a besarme en la frente, pero se lo pensó mejor. Me percaté de que el Canciller no nos quitaba los ojos de encima.

—No te pongas nerviosa. Tienes un poder inmenso, Alesh. No es algo que pueda burlarse.

Tenía a Laqua. El anillo contenía suficiente poder como para que no pudieran ocultar un vínculo ancestral. Lo acaricié con el pulgar. Me relajé un poco contra su cuerpo y contemplé con impaciencia a las niñas que miraban soñadoras a los bailarines.

—Mírame —me ordenó—. No sabes lo hermosa que estás esta noche. Confieso que yo sí estoy un poco celoso. No hay absolutamente nadie en esta sala que no desee tenerte.

Me estaba distrayendo. Yo lo sabía. Él lo sabía. Y se lo agradecí en silencio. No nos beneficiaba que el Canciller se diera cuenta de lo nerviosa que estaba.

La música era persistente e hipnótica.

Lo miré y fue como si estuviéramos solos en el salón.

Solo existíamos él y yo.

Su mano rugosa contra la piel de mi espalda. Sus ojos clavados en los míos, reflejando toda la pureza de un manantial de agua dulce. Su pelo revuelto del color del bronce líquido. El olor a pan recién hecho, el olor de mi hogar.

Solo giramos.

Y, entonces.

Un tirón.

Una presencia extraña.

Antigua.

Un cataclismo a punto de derrumbar el mundo. Mi mundo.

Y entre medias.

Algo como nunca antes lo había sentido.

Por fin.

Capítulo 34

Por fin.

Un hormigueo vaporoso.

Muy distinto a lo que había sentido con anterioridad y a la vez muy similar.

Una sacudida en mi propia magia.

Busqué en todas las direcciones hasta encontrar el otro extremo del hilo.

En la puerta había tres figuras paradas. Un hombre, una mujer y una niña.

Ya conocía a los dos primeros.

Lord Bados agarraba la mano de la niña y la arrastraba junto a su nueva mujer hacia el interior del salón.

Yo había dejado de bailar.

Erik, al percatarse de mi palidez, me arrastró hacia un extremo de la sala, pero cambiamos el rumbo. No quería perderla de vista.

—¿Es ella? —me preguntó. Yo asentí, incapaz de articular palabra.

La hija de Lord Bados.

El mundo era irónico.

Los contemplé mientras caminaban hacia el Canciller.

Ella saludó a las gemelas.

Era toda una belleza. Bajita y morena, con el pelo negro y largo, tan oscuro que desprendía un brillo azulado. Sin embargo, esto no fue lo que más me llamó la atención. Lo que me impactó fue la magia que desprendía. Una magia vibrante.

Había esperado sentir el vínculo que había mantenido con Patme, pero este era diferente, era un nudo de atracción contundente en una frecuencia mucho más alta. Más intenso, casi invasivo. Ineludible.

—¿Cómo se llama?

—Odette —me respondió Erik.

Todo mi cuerpo estaba alerta y, pese a todo, no terminaba de ser consciente de que por fin había encontrado a la próxima heredera al trono de Eter.

—Myrna me habló de ella, la noche en la que llegué, durante la cena. Pensé que Lord Bados no había traído a su hija porque me consideraba una mala influencia —recordé, pensando en voz alta—. ¿Debería acercarme?

Él hizo un gesto negativo.

—Has dejado muy claro que desprecias a Lord Bados. Si te acercas ahora, sería sospechoso.

—¿Qué se supone que debo hacer entonces?

—Ten paciencia. Espera a que Odette se separe de sus padres. En algún momento se irá con sus amigas.

—¿Y si Lord Bados lo sabe? ¿Y si lo sabe el Canciller y por eso la han traído?

Erik se colocó delante de mí, para que pudiera observar a Odette, al mismo tiempo que parecía que le estaba mirando a él.

—No creo que ninguno de los dos lo sepa. No la habrían expuesto.

—Quizá el Canciller se está asegurando de que no rechace su oferta de matrimonio. ¿Y si pretende usar a la niña para obligarme a aceptarla?

Él se tensó a mi lado.

—La única alternativa a eso es cogerla y marcharnos.

—No puedo apartarla de todo su mundo así, sin más. —Le miré angustiada.

¿Podía? No quería, pero eso no suponía nada a esas alturas. Lo que yo quisiera no era nada.

Me había preguntado muchas veces cómo sería conocerla, conocer a alguien con quien compartes una responsabilidad tan infinita, tan inquebrantable.

No sabía nada de ella ni de su vida. No sabía si era feliz, si odiaría marcharse de este planeta, de su casa, o si lo haría de buena gana.

Recordé que su madre había muerto y la forma tan cruel en la que Lord Bados había orquestado ese asesinato. ¿Se alegraría de separarse de él?

—Si el Canciller lo sabe, tendrás que adelantarte a sus movimientos. —Lo dijo con voz suave pero sus palabras resonaron en mí como un trueno.

—¿Sabes algo de ella?

Erik me miró preocupado.

—Hemos coincidido varias veces. Lord Bados no vive lejos de aquí, tiene una casa familiar en la frontera de Caspia, la ciudad vecina, y suele hacer visitas al Canciller. Odette parece tímida y obediente. Nunca la he visto levantar la voz ni causar ningún problema. Y tampoco he visto nunca a Lord Bados prestarle demasiada atención.

—Tiene hermanos, ¿no es así?

—Tres hermanos. Uno de padre y madre, los otros dos solo de padre, hijos de la primera esposa.

—¿Sabes si están unidos?

—Lo desconozco. Creo que nunca he visto a los cuatro juntos.

Quería hacerme una idea de quién era.

Sabía que había vivido un infierno. Había visto morir a su madre de una manera horrible y Lord Bados no tenía pinta de ser un padre afectuoso y atento.

Me cogió la mano. Solo que las palmas de Erik eran grandes y ásperas, mientras que la mano que apretó la mía era mucho más pequeña.

Me giré para ver de quién se trataba y me sorprendí al ver a Enna, de pie junto a nosotros.

Su rostro fue el primer indicio de lo que se avecinaba.

—Esto es un desastre. —Fue lo primero que salió por su boca—. Tengo muy, *muy* malas noticias.

Agrandé los ojos y la insté a que hablara.

—¿Qué pasa?

Se mordisqueó el labio. La tensión en sus ojos barría su iris con la fuerza de un tornado.

—Mi madre. Se ha sentado en el trono de Eter.

En un principio, lo único que hice fue levantar las cejas. Mi mente se fundió en blanco. Después sentí un mareo, como si la habitación se inclinara. Extendí las manos para agarrarme a algo, pero Enna ya me había tendido las suyas previendo mi reacción.

—¿Cómo dices?

Ella asintió despacio.

—Se ha sentado en tu trono. El Consejo ha mandado una misiva urgente. No piensa responder ante ellos. No sé lo que pretende, pero si es un golpe de Estado, definitivamente nuestro tiempo aquí se ha agotado. Tenemos que volver a casa.

—Espera. Dices que no va a responder frente al Consejo.

—No, pero puede que exista una remota posibilidad de que responda ante ti. Ahora mismo es totalmente impredecible.

Me apreté el puente de la nariz, pensando.

—Necesito tiempo. Necesito esta noche. Hemos encontrado a la niña.

Enna frunció el ceño, con el labio entre sus dientes.

—No sé lo que nos encontraremos en casa, si no regresamos inmediatamente —declaró.

Contraje la mandíbula, furiosa. Ophidia no solo me estaba amenazando a mí, estaba amenazando a todo el reino y poniendo en peligro todo por lo que tanto habíamos trabajado.

—Necesito tiempo —exclamé con los dientes apretados.

Erik me cogió del brazo.

—Adelanta a algunos de tus hombres —sugirió—. Newu, Luthiel y Gionna iban a ir a las minas, mándalos de vuelta a Eter. Que te consigan ese tiempo que necesitas para poder estar a solas con Odette.

Miré a Enna buscando su aprobación. Ella lo consideró.

—Podría funcionar —intervino Enna—. Quizá los escuche y no actúe hasta que hayas regresado. O quizá decida hacer algo de todos modos...

No eran muchas las posibilidades, pero esperaba que al menos sirvieran como distracción.

Por primera vez en mi vida sentía que la amenaza venía de dentro, de mi propia gente.

Pero estábamos a un paso de lograr lo que habíamos venido a buscar.

—Habrá más oportunidades de averiguar qué esconde el Canciller en las minas —apostilló Erik.

Agaché la cabeza y tomé aire.

—Diles que vuelvan a Eter —ordené a Enna con voz ahogada—. Que nos den el tiempo que necesitamos para regresar con la niña.

Ella asintió y se marchó.

—No puedo creerlo —exclamé.

—Las cosas nunca salen como uno las planea. Improvisaremos.

—No, no es eso. Odette. ¿Dónde está?

Mientras hablábamos la había perdido de vista.

Lord Bados seguía junto al Canciller, pero su hija ya no lo acompañaba.

Miramos en todas direcciones, pero no había rastro de ella.

—¿No puedes sentirla? —me preguntó.

Yo traté de seguir el rastro de la magia y encontré un camino tenue entre los invitados. No estaba lo bastante familiarizada con el lazo y me costó más de lo esperado seguir su estela.

Salimos al balcón.

Buganvillas moradas decoraban la balaustrada sobre la que se apoyaban hombres y mujeres vestidos con sus mejores galas.

—Tiene que estar por aquí —mascullé, oteando entre los invitados, que se agolpaban en grupos buscando el aire fresco de la noche.

Al no recibir respuesta me giré hacia Erik, escuché una exhalación y lo encontré avanzando a la carrera hacia una de las esquinas de la baranda.

Odette estaba inclinada con medio cuerpo fuera de la protección. Inclinada hacia el vacío.

Arranqué a correr hacia ella. Sabía que no llegaría a tiempo.

Nadie la miraba.

Pasó una pierna por encima de la barandilla, sosteniendo el peso de su cuerpo con sus frágiles brazos.

Sé que grité su nombre y todo se detuvo.

La gente se volvió hacia nosotros.

Ella se giró confundida, con todo el cuerpo fuera del balcón y de espaldas a la noche.

Temblaba como una hoja sacudida por el viento.

Erik corría delante de mí, apartando a la gente que se interponía a su paso.

Odette alejó un pie de la piedra y se dispuso a saltar al vacío.

—¡No!

Sus manos dejaron de asir la piedra de los barrotes.

Erik se lanzó al suelo, se coló por el hueco y se aferró con fuerza a su brazo, impidiendo la caída. Gruñó cuando la alzó por encima del balcón y la depositó en suelo firme.

Estaba llorando.

Llegué hasta ellos y la estrujé contra mi pecho. Solo era una niña; y, aunque no me conocía de nada, se aferró a mí como si el mundo se hubiera convertido en fuego y cenizas.

Solo cuando la tuve a salvo entre mis brazos me detuve a pensar en lo que podía haber pasado si hubiera conseguido saltar. Las palabras de la vidente vibraron en mis oídos. Una advertencia de que quizá nunca llegara a reinar…

Los tres jadeábamos.

—Tranquila. Ya está.

Ella se apretó más contra mí.

Me aparté de todos los curiosos que se habían arremolinado a nuestro alrededor, sosteniéndola. Tenía el pelo negro enmarañado por el viento y el salto, y la mirada acuosa y desenfocada.

Al llegar a una zona más tranquila me agaché para que sus ojos quedaran a la misma altura que los míos.

—¿Te encuentras bien? —No contestó, solo ahogó un hipido—. ¿Puedo preguntarte por qué ibas a saltar?

—No quiero esto. No lo soporto más —sollozó.

—¿Qué es lo que no quieres, pequeña? —pregunté, acariciándole el pelo con dulzura.

Unas manos gruesas se colocaron sobre sus hombros con afán protector.

Levanté la vista y ahí estaba Lord Bados, con su rechoncha barriga y los cuatro pelos que recorrían de lado a lado su cabeza.

—¿Qué espectáculo es este, Odette? Han venido a molestarme en medio de una conversación importante para decirme que estabas causando problemas.

Entorné los ojos en su dirección y fantaseé con la posibilidad de convertirlo en una estatua de granito.

«¿*Causando problemas?*», repetí para mí, incrédula.

Dos lagrimones cayeron por las mejillas de la niña hasta el suelo.

Los ojos azules de Odette parecían hechos de agua en movimiento.

—Lo siento, padre. No pretendía molestar. —Su vocecilla rota me empañó el alma.

—Vamos. —Empujó a la niña con desagrado.

Estuve a punto de replicar, pero ¿qué podía decirle? Me quedé paralizada mientras se marchaban y supe que me arrepentiría para siempre de no haber alzado la voz en ese momento.

Miré a mi alrededor conmocionada. La gente había dejado de observarnos después de que apareciera Lord Bados, como si ya no fuera su problema, como si hubieran saciado su sed de chismes y eso fuera lo único que les importara.

Erik se colocó delante de mí, captando mi atención.

—Lo mejor que podrías hacer por ella es llevártela ahora mismo —sentenció.

—¿Y si ya está sufriendo demasiado? —Suspiré, tomando consciencia de la situación, y no solo de la mía, también de la de Odette—. Si hubiera alguna otra forma de hacer esto, la que fuera, lo haría. Pero no la hay, ¿verdad?

Él hizo un gesto grave y yo incliné la cabeza en respuesta.

—Es un secuestro. —Me costó soltar la palabra. No quería salirme del cuerpo.

—Quizá al principio lo vea así, pero es una niña, y ella... Has visto lo que estaba dispuesta a hacer. No habría sobrevivido a una caída así. En cuanto se dé cuenta de que su vida cambiará a mejor...

—Su vida nunca cambiará a mejor, Erik. —Controlé el tono al darme cuenta de que casi estaba gritando—. Ha perdido a su madre de una forma brutal y su padre es un monstruo, por no hablar de lo que implican todas las responsabilidades que le esperan en Eter...

Pasó los brazos por mi espalda para consolarme y me atrajo hacia él.

—Oye, todo saldrá bien. Tenemos que seguir el plan, ¿recuerdas? Además, ¿no sería más duro si fuera una niña feliz, una a la que le costase separarse de su familia?

—No lo sé.

Me detuve a meditar cómo podría explicar a Odette la situación para que comprendiera lo que estaba en juego.

—Probablemente a Lord Bados no le haga demasiada gracia que te lleves a su hija. Más por orgullo que por el sentimiento de pérdida, me temo.

—Ahora mismo, a quien menos me preocupa ofender es a Lord Bados.

—Es un poderoso aliado del Canciller, no conviene perderlo de vista —repuso con seriedad.

—Tengo la sensación de que todo está saliendo mal. Primero el Canciller cambia los términos del acuerdo y propone esa locura del matrimonio, después Ophidia se atreve a sentarse en mi trono y perdemos la posibilidad de descubrir qué son esas malditas piedras y ahora que al fin hemos encontrado a la niña, casi vuelvo a perderla. —Puse una mueca de disgusto y, tras suspirar, tomé la única decisión posible—. Deberíamos entrar y buscarla. Creo que ha llegado el momento de volver a casa.

Él asintió, pero yo ya lo conocía muy bien y no me pasó desapercibida la tensión en su mandíbula. *Él* no volvía a casa. Erik iba a poner su mundo patas arriba y yo ni siquiera podía empezar a entender la razón por la que lo hacía.

Acaricié su mejilla con mi pulgar y sus ojos brillaron tras el contacto.

Algunas miradas indiscretas nos acompañaron de vuelta al salón, donde la luz de las velas parecía más tenue que antes. Me pregunté a qué se debía.

Los invitados se hicieron a un lado, pero no al vernos a nosotros, sino para dejar paso al Canciller, que caminaba hacia el centro, desde el otro extremo.

Los bailarines se soltaron, la orquesta dejó de tocar y todos abandonaron la pista de baile. El Canciller se situó en el medio y nosotros avanzamos hasta quedar en la primera fila, la más próxima a él.

Tuve un mal presentimiento.

Parecía relajado. Una única persona rodeada de todos sus súbditos.

Deslicé la mirada por el salón y no vi a Lord Bados ni a Odette por ninguna parte. Probé a tirar del lazo, pero la dirección era un eco inconsistente.

Tenía a Erik a mi derecha, sin embargo, sentí el roce de un brazo en mi costado izquierdo. Enna me cubría el otro flanco. Con una simple mirada entendí que nos habíamos quedado solas en Eter. El resto de nuestro grupo ya se había marchado. Junto a ella estaba Mara. . Le dediqué una escueta sonrisa.

Se hizo un silencio sepulcral en el salón, a la espera de que el Canciller comenzara a hablar. Por cada segundo que transcurría el tiempo se espesaba y el aire se volvía más denso.

Vestía un uniforme de tono azul grisáceo. La barba clara resaltaba unos ojos también azules y bastante pequeños, fríos como la escarcha.

En el momento en el que esbozó una sonrisa en mi dirección, supe que se nos había agotado el tiempo. Ya no tenía escapatoria.

—Compatriotas, hombres y mujeres de Bellum. Se acerca el día que juntos habíamos soñado, el día en el que, por fin, nuestro pueblo será respetado y admirado por todos. —Unos cuantos susurros entusiastas surcaron el aire. El Canciller no se detuvo—. Sabíamos que sería complicado resurgir de las cenizas, que no podíamos vacilar al construir este movimiento, el movimiento que nos abre las puertas al futuro. ¡Un futuro de libertad! Un futuro en el que se nos reverencie, en el que no mancillen nuestro honor. —Las voces se alzaron más fuertes en señal de apoyo—. No somos hormigas en manos de un sistema injusto y corrupto; somos guerreros, que vierten su sangre por la restauración de un sistema que proteja a nuestra gente. Nos castigan con hambre y escasez por no ceder a sus mentiras, pero nosotros somos más fuertes que ellos. ¡Nosotros somos el hierro y la venganza!

Los presentes gritaron enfervorecidos.

Se me encogió el pecho ante el espectáculo.

Miré a Erik. Parecía un bloque tallado en piedra a mi lado.

—Mi esposa murió hace un par de días. —El salón volvió a sumirse en el silencio—. He dedicado cada segundo de mi vida a este planeta, a batallar contra la destrucción de nuestro pueblo, y es por eso por lo que estoy dispuesto a sacrificarme de nuevo, por vosotros, para que no haya un solo niño en Bellum que pueda decir que no vive en libertad, que no se siente seguro. La seguridad se pelea, se lucha hasta que se consigue; por eso le he propuesto un trato a la reina de Eter. Le he propuesto casarse conmigo. —Se escucharon algunos jadeos ahogados, no obstante, su voz no vaciló—. Mi sacrificio es el regalo que más ansiáis. Con esta unión os doy vida, vida ilimitada, sin restricciones, sin necesidades ni carencias. La inmortalidad de todo nuestro pueblo. ¡Todo lo que merecéis y os ha sido arrebatado! —Las protestas y el reclamo se alzaron junto a la voz del Canciller. Me percaté de que había mujeres llorando por la generosidad que les estaba—. Todo… si la reina decide aceptar mi propuesta.

Se escucharon algunos comentarios airados, tanto de hombres como de mujeres. Personas que alzaban la voz para pedirle que me obligara a aceptar el matrimonio.

El estómago me revoloteaba como si tuviera dentro un avispero. Pero el Canciller continuó.

—Lo sé. Sé que no tendría por qué contar con su consentimiento, sin embargo, como muestra de buena voluntad, he querido dejarlo en sus manos. Quiero saber de qué está hecha la reina de Eter. —Se giró hacia mí despacio, con el semblante frío como el granito—. Alteza, ¿uniréis a nuestros pueblos en uno solo? ¿Pondréis fin a la guerra y las muertes, y nos concederéis el sustento del Sauce?

Todos los ojos de la sala se posaron sobre mí.

Mi boca era una línea fina y tensa.

El fin de mi vida había sido acabar con la guerra, terminar con las muertes. Y lo que se presentaba ante mí era una oportunidad, inesperada y terrible, pero ciertamente una oportunidad.

Mis intentos, mis planes… Todo fracasaba.

El Canciller había sido capaz de adelantarse a todos nuestros movimientos.

Él tenía los medios para vencer, y quizá incluso de una forma más clara y determinante de lo que yo podía imaginar, puesto que no conocía el alcance de esas piedras ni cómo pensaba utilizarlas.

Pero, en mi interior, todo gritaba que esa no era la solución.

Jamás dejaría que se hiciera con el poder del Sauce para traficar con la vida de las personas. Porque sabía que, si lo hacía, nos estaría condenando a todos.

Di un paso al frente.

Si él era de hierro y venganza, yo estaba hecha de fuego y azufre.

Enna hizo ademán de seguirme, pero la detuve con un gesto y ella se quedó detrás de mí, poco conforme.

El muro de acero tras el que Erik escondía sus emociones se estaba resquebrajando, con evidentes signos de alarma.

—Eter es la cuna de la humanidad —alcé la voz—, un pueblo humilde, en el que todos los seres conviven en armonía. Un pueblo sin fronteras, sin restricciones. Nunca os hemos vetado el acceso al Sauce, ni siquiera tras vuestros numerosos ataques, Canciller. —Unos pocos murmullos se extendieron. Pocos. Demasiado pocos. El Canciller entrecerró los ojos, visiblemente molesto por que yo no me limitara a contestar a su pregunta con un sí o un no—. Insultáis a vuestro pueblo cada vez que mentís con ese descaro.

Los susurros se tornaron molestos. Algunos gritos de «mentirosa», cubrieron el aire. La manipulación es un goteo que cala en el inconsciente, como las cuevas que construyen las olas empujando la roca; es la modificación de una mente sana por una corrupta. Y yo no podía culpar a esa gente por creer a su líder antes que a mí. No importaba en absoluto lo que yo dijera porque era el enemigo, era a mí a quien nunca iban a creer.

—Ignoráis deliberadamente mi pregunta. Como ya he dicho, yo estoy dispuesto a sacrificarme por mi pueblo. ¿Lo estáis vos?

No dudé un segundo.

—Por supuesto que estoy dispuesta a sacrificarme por mi pueblo, por eso no puedo aceptar vuestra oferta, Canciller. No pienso exponer la vida de todas y cada una de las criaturas del sistema a vuestros caprichos —siseé.

Su cara mudó a distintos grados de furia, condensada y feroz.

Los gritos se fundieron por la sala, confusos, ya sin sentido. Yo no escuchaba nada más que el latido frenético de mi corazón empujando contra mis oídos.

Cuando el Canciller dio un paso al frente, yo retrocedí.

—Perdisteis antes de haber puesto un pie en este castillo —rugió.

La cólera que manaba de su cuerpo crujía como cristales cuarteados.

Fundí la magia en mi sangre a toda velocidad. Tomé la mano de Enna y Erik y nos transporté sin perder un segundo, siguiendo el hilo que dejaba el poder de Odette, un resquicio frágil que mi magia apenas podía seguir, hasta donde fuera que estuviera ella.

Antes de desaparecer, pude escuchar la voz firme del Canciller, mientras el salón desaparecía ante nuestros ojos, persiguiéndonos como el crujido del trueno después del relámpago:

—Volverás. Yo tengo lo que buscas...

Capítulo 35

Solté el aire en un repentino esfuerzo. El cielo nocturno nos amparaba con una noche sin luna. El bosque había quedado a nuestras espaldas y frente a nosotros solo había unas pequeñas luces en la distancia, las luces de una ciudad lejana.

—¿Dónde estamos? —preguntó Mara.

No me había percatado de su presencia mientras nos transportaba a un lugar seguro. Supuse que Enna debía de haberla agarrado justo antes de que mi magia nos materializara en medio de la nada; porque justo ahí es donde estábamos, en medio de ninguna parte.

—Es el último rastro que he conseguido encontrar de Odette —respondí.

—¿Odette? ¿La hija de Lord Bados? —Se volvió con brusquedad para mirarme—. ¿Y qué es eso de que el Canciller se quiere casar contigo?

Al parecer, Enna no le había puesto al corriente de los acontecimientos recientes. En esas circunstancias, era temerario llevarla con nosotros. Sin embargo, tampoco sería seguro para ella regresar junto al Canciller; la consideraría una traidora.

Enna se la llevó aparte para explicarle con brevedad lo que estábamos haciendo allí, dejándonos a Erik y a mí a solas.

—Creo que eso es Caspia —dijo Erik, con la vista clavada en los puntos de luz que brillaban a lo lejos.

—¿Y eso qué implica?

—Supongo que Odette y Lord Bados deben estar regresando a casa. Tienen una mansión en la frontera, junto a las... —Se quedó con la boca abierta. No conseguía que las palabras salieran de su boca.

—¿Qué pasa?

Me miró con los ojos muy abiertos.

—La mansión de Lord Bados está junto a las minas de Essertia.

Parpadeé con incredulidad.

—¿Cómo...? ¡¿Y desde cuándo sabes eso?!

—No pensé en Lord Bados mientras buscábamos información de las minas. No conozco todas las casas de la zona —replicó molesto.

—Es el contacto más estrecho del Canciller, ¿en serio no lo pensaste? —exclamé.

—¿Qué quieres decir con eso? ¿Cómo demonios iba a relacionar esas malditas piedras con la hija de Lord Bados?

—¡Parad! —ordenó Mara, que se acercaba de nuevo a nosotros con el rostro conmocionado. Sacudió la cabeza—. No sé qué demonios estoy haciendo aquí. Una cosa es cuestionar las acciones del Canciller y otra muy distinta la insubordinación —reflexionó, entrecerrando los ojos con furia en dirección a Enna—. Debería volver ya mismo a ese salón de baile, antes de que me acusen de traición.

—¿Cómo es que estás aquí? —le gruñó Erik.

—Pregúntale a Enna.

Nuestras miradas se posaron en mi amiga que juntó las cejas como si nos retara a abrir la boca.

—Está bien —intervine—. Si Lord Bados se dirige a la mansión, deberíamos adelantarnos. En cuanto sienta a Odette nos trasladaré hasta ella y nos marcharemos a Eter.

—Yo no pienso marcharme a Eter —dijo Mara con voz aguda.

—¿Podemos hablar un momento? —Enna frunció los labios.

—No tengo nada que decir. Yo no me voy. Este es mi hogar. Erik díselo tú, diles que no podemos irnos.

Algo en mí, algo que ya estaba roto, crujió en pequeños fragmentos afilados.

Erik puso un gesto grave antes de dirigirse directamente a ella.

—Yo sí me voy, Mara. Nos marchamos esta noche.

Mara dio un paso hacia atrás y separó los labios, pero no salió ningún sonido de su boca.

—Mara, es tu decisión —intervine. Me acerqué a ella, sin atreverme a tocarla—. Si eliges volver junto al Canciller, no te juzgaremos. De veras, lamento que te hayas visto envuelta en esta situación, pero, hagas lo que hagas, tengo que pedirte que no reveles nuestra posición.

Enna se puso a su lado.

—Mira, sé que en este momento no soy tu persona favorita y también sé que no te tendría que haber arrastrado así a esto, pero Mara, tú odias al Canciller y lo que representa tanto como nosotros. Me dijiste que solo te quedabas en el castillo para tener vigilado a Erik, para resguardarlo por si le pasaba algo, y ahora Erik se marcha. No te quedes atrás. Por favor.

Erik le lanzó una mirada confusa, pero cargada de sentimiento. Mara había escogido permanecer en el castillo y trabajar para el Canciller para poder cuidar de su amigo y velar por él en silencio mientras estaba inmerso en su cruzada personal. Su lealtad nos conmovió a todos.

—No tenías derecho a hacerme quedar como una traidora —exclamó con lágrimas en los ojos—. Has tomado la decisión por mí. El Canciller jamás me dejará volver como si nada, siempre sospechará.

—¿Qué importa lo que piense de ti esa rata? —explotó Enna—. Eres brillante y mereces tener tu propia vida. Podrías tener todo lo que deseas en Eter con...

No terminó la frase, se atragantó con sus propias palabras, pero no era necesario, todos habíamos advertido lo que Enna intentaba decir. Quería que Mara se marchara con ella.

Agaché la cabeza. El tiempo se consumía y ellas no tendrían ese momento de intimidad para poder hablar con calma.

Ver así a Enna era algo que jamás creí que fuera a presenciar.

—Mara —la llamo Erik— eres mi mejor amiga. Decidas lo que decidas siempre estaré ahí para ti, pase lo que pase.

Ella le miró con los ojos brillantes por las lágrimas, sorbió por la nariz y se cargó de determinación.

—Os acompañaré, de momento. Si las cosas se ponen mal, me marcharé con vosotros a Eter pero no prometo quedarme. Solo el tiempo necesario para valorar cuáles son mis opciones.

Enna se destensó, algo más aliviada.

Miré al horizonte de la noche. Los puntos de luz brillaban como estrellas lejanas que hubieran aterrizado en la tierra.

—Entonces, ¿a la mansión de Lord Bados?

—Les estaremos esperando para cuando lleguen —afirmé.

—¿Por qué no podemos transportarnos directamente hasta donde se encuentra Odette? —preguntó Mara.

—No funciona así —respondió Erik por mí—. Puedes transportarte hasta cualquier lugar, pero no es posible hacerlo hasta una persona en concreto.

Ella le miró, sorprendida de que supiera la respuesta.

—Pero dijiste que llegamos aquí siguiendo a Odette —rebatió.

—Eso es porque he seguido un rastro de magia, no a la niña.

No era momento de explicaciones.

Alargué las manos frente a mí. Enna y Erik no tardaron en cogerlas; Mara dudó. Yo asentí, infundiéndole valor y en cuanto su palma rozó las del resto nos transporté a la mansión de Lord Bados.

Lo siguiente que vimos cuando abrimos los ojos fue una casa de piedra blanca, con dos alas brotando de la fachada principal y una fuente en el centro, rodeada de cipreses y estatuas de mujeres semidesnudas. La oscuridad nos dio la excusa perfecta para ocultarnos entre los arbustos del perímetro exterior. Las ramas espinosas me arañaron la piel de las piernas.

—Ahora lo más aburrido: esperar.

Había un par de soldados apostados frente a la puerta principal. Me pregunté si serían amigos de Erik o si, por el contrario, solo obedecían a Lord Bados.

Un destelló iluminó nuestra posición.

Nos quedamos paralizados. Los soldados miraron en nuestra dirección y dijeron algo que no alcancé a escuchar.

Laqua lanzó un segundo chispazo, como el que había emitido en el pasillo aquella noche en la que me topé con el Canciller.

—*Apágate* —le ordené, pero no me obedeció.

Tapé el anillo, aunque los haces de luz se filtraban entre mis dedos sin que pudiera contenerlos. Vibraba tan fuerte que me temblaba la mano.

—Lanza el anillo a otro sitio o nos descubrirán —apremió Enna, con los dientes apretados.

No iba a explicarle por qué no podía lanzar *ese* anillo. Intenté taparlo con mi propio cuerpo, en vano.

Los soldados caminaban hacia nosotros.

—¡¿Qué haces?! Deshazte de él, ya —me urgió Mara.

Miré a ambos lados. Los guardias se aproximaban. No podía escabullirme sin ser vista, así que llamé a mi magia.

Las raíces se levantaron con la violencia primitiva de la tierra, apresando los tobillos de los soldados y haciéndolos caer sobre la hierba. Restallaron, introduciéndose en sus bocas para silenciar sus gritos de auxilio. Asfixiándolos.

Por primera vez, sentí el tirón de la magia como una fuente indomable. Era ella quien controlaba lo que creaba, no yo.

El pánico me paralizó.

Cuando el color de sus rostros se tornó violáceo, se agitaron con mayor ímpetu para librarse de las ataduras de la tierra, que los reclamaba para sí, como si solo fueran sacos de abono.

El suelo se abrió en una fina grieta cuando sus cuerpos quedaron inertes y se cerró de forma apresurada a su alrededor, sepultándolos.

—¡¿Por qué has hecho eso?! En cuanto Lord Bados llegue y no encuentre a los soldados comenzará a sospechar. Nos has dejado sin el factor sorpresa —me increpó Enna.

—Por no hablar de las vidas de esos dos hombres. —dijo Mara.

No me gustó la mirada que nos dirigió.

Me mantuve en silencio, plenamente consciente de la forma en la que Erik me escrutaba y sin saber muy bien a qué se debía ese cambio en mi magia.

El anillo lanzó un nuevo destello que nos hizo enmudecer a todos. Laqua solo se había iluminado una vez antes, aquella noche en la que me topé al Canciller en el pasillo. No podía ser una coincidencia. La joya vibraba como si quisiera partirse en dos.

—¿Qué le pasa a tu anillo? —masculló Mara.

—Creo… creo que siente algo.

—¿Tu anillo siente algo? —repitió ella incrédula.

Me puse en pie, pasando por delante de la puerta de la mansión, sin detenerme, colina abajo. Apenas era consciente de que el resto me seguía. Solo notaba el tirón del anillo.

A unos cien metros, en las faldas de la loma, se hallaba una estructura natural de piedra negra en forma de abanico, con unos escalones enormes, como si estuvieran pensados para gigantes. Algunos farolillos esparcidos iluminaban la entrada a las cuevas y bajo los escalones una rampa se perdía en las profundidades de la tierra.

—¿Eso son...?

—Las minas de Essertia —dijo Erik.

El anillo había dejado de emitir destellos para, simplemente, brillar sin apagarse, como si fuera una fuente de energía infinita, como si me estuviera indicando el camino.

Me dispuse a bajar cuando Erik me detuvo.

—Lord Bados estará a punto de llegar, no estamos tan lejos del castillo.

Mara señaló a nuestra derecha. Junto a un camino desviado de tierra, que se internaba en las minas, había parado un carruaje.

—Creo que ya ha llegado...

Observé la aparente tranquilidad de las minas. No parecían tener vigilancia pero, por supuesto, si yo fuera el Canciller tampoco dejaría que eso se apreciara a simple vista.

Erik, que contemplaba la negrura con gesto receloso, parecía estar pensando lo mismo.

—No podemos bajar con el anillo, es como llevar una linterna que diga «eh, estamos aquí, ven a por nosotros» —señaló Mara.

—No voy a quitármelo —sentencié.

—¿A qué viene esa obstinación? —gruñó Enna—. Tienes mil baratijas, entiérralo y ya está.

—Enna, no. —La miré con dureza, esperando que se callara.

—¿Qué es lo que no nos estás contando? —inquirió Erik.

—Basta. Tiene valor sentimental. Solo eso.

—¿Por qué? ¿Porque es el anillo que te dieron en la coronación? —bufó ella.

—No tenemos tiempo para esto —declaré, echando a andar hacia la oscuridad.

En cuanto llegamos al escalón superior, nos dimos cuenta de que no podíamos bajar al siguiente sin rompernos un hueso, al menos no sin la ayuda de la magia, por lo que las cuevas debían de tener ascensores o algún otro mecanismo de bajada.

—Es hora de entrar. Permaneced alerta —susurré.

La temperatura descendía en picado dentro de la cueva. Las paredes no eran rugosas, como cabía esperar, sino de un negro obsidiana pulido y brillante. No encontramos soldados a nuestro paso, lo cual era bastante preocupante, puesto que podían estar escondidos donde menos lo esperáramos. El terreno se inclinaba ligeramente hacia abajo, en una profunda espiral.

Dimos vueltas y más vueltas, hasta que el pasillo estrechó su tamaño y la inclinación se niveló. Supuse que habíamos llegado al siguiente escalón. Un nuevo pasillo nos condujo hasta otra rampa, y así descendimos más y más en la tierra.

Al llegar al cuarto escalón, el anilló vibró con mayor intensidad. Ya no podía contener el temblor, que se extendía por todo mi brazo. Hasta seis veces el terreno se niveló antes de seguir descendiendo. Nos adentramos en las minas como si buscáramos alcanzar su núcleo, como una bajada al mismísimo infierno.

Solo nos detuvimos un instante para asentar el estómago. El frío se condensaba a nuestro alrededor en cada exhalación.

Después, seguimos bajando.

Al final de la pendiente había una bifurcación. No era la primera que nos habíamos encontrado, pero sí la primera de tamaño considerable y la única, hasta el momento, que emitía un brillo morado.

Nos lanzamos una mirada antes de desviarnos por ese pasadizo.

En cuanto pusimos un pie dentro, comenzamos a escuchar el murmullo apagado de unas voces. Tomé la precaución de dejar que todos pasaran delante de mí para que el anillo no alertara de nuestra presencia.

El olor a químico impactó contra mis fosas nasales.

Atisbé, a duras penas, una estancia circular que se abría tras la curva del pasadizo. Incrustados en las paredes, había una cantidad impresionante de cristales morados. Sin embargo, eso no fue lo primero que captó mi atención. Justo en el centro, había una mesa de metal con diferentes probetas y líquidos centelleantes y, frente a ella, Lord Bados conversaba con un hombre de pelo gris y barba enmarañada. Ambos miraban una silla de metal sobre la que se sentaba Odette. Unos cables se internaban en su piel, introduciendo un líquido púrpura en su sangre.

Ahogué un jadeo al ver los ojos en blanco de la niña.

—Deberíamos desconectarla ya, señor. Hemos introducido el doble que la última vez —dijo el hombre de barba gris.

—Un poco más. El Canciller necesita conocer los resultados —respondió Lord Bados.

—Señor, si exponemos su organismo a una cantidad demasiado alta, podría sufrir una sobredosis. Necesito que entendáis que cada segundo que pasa ponemos en riesgo la vida de vuestra hija.

—Aguantará. Solo un poco más.

Antes de darme cuenta de lo que estaba haciendo, esquivé a mis amigos y me planté en medio de la sala para encarar a Lord Bados. Estiré la mano para liberar a la pequeña de la silla metálica, pero entonces sucedió algo inesperado con mi magia. La habitación estalló en un millar de cristales. Las probetas se rompieron. El metal se fundió a líquido.

Todo quedó sumido en el caos. Reducido a un puñado de escombros.

Salvo las piedras. Las malditas piedras moradas permanecieron intactas.

Parpadeé varias veces, contemplando mi mano extendida.

Una gota de sangre resbaló por mi mejilla. Uno de los cristales me había cortado el pómulo al salir volando. Solo era un rasguño, pero escocía como si me hubieran puesto sal en la herida.

Lord Bados retiró despacio los brazos de su rostro, con los que había intentado protegerse con relativo éxito. Nadie parecía gravemente herido. Sin embargo, Odette se encontraba en el suelo, boca abajo, junto a un charco de metal. No tenía idea de cómo se encontraba, pero ya no había agujas clavadas en su cuerpecito.

Lord Bados me observó con sorpresa y acto seguido hizo lo que menos hubiera esperado: inclinó la cabeza hacia atrás y profirió una carcajada que resonó por la cueva como el chillido de una rata.

Capítulo 36

Esperé, con el ceño fruncido, algún movimiento por su parte.

A mi espalda, percibí la tensión de mis amigos, que se mantenían preparados para lo que pudiera ocurrir. Erik se posicionó delante del hombre de pelo gris para evitar que huyera.

—Sois una real necia —escupió Lord Bados sin dejar de reír—. El Canciller no debería haberse tomado tantas molestias con vos. Si por mi fuera ya estaríais sirviendo de alimento para los gusanos.

Una daga pasó volando junto a mí y se clavó en el muslo de Lord Bados, que profirió un grito que bien podría pertenecer a una criatura de otro mundo.

—No sabéis las ganas que tenía de hacer eso —voceó Enna. Mi guardia se acercó con paso seguro a los dos hombres y se acuclilló junto a Lord Bados, que había caído al suelo y se sujetaba la pierna con expresión de dolor—. Eres un cabrón asqueroso y mereces estar muerto. Ni tus súplicas me darán tanto placer como tu muerte.

—Zorra manca. Te espera el mismo destino que al resto de tus amiguitos, incluida a la puta de tu reina.

Enna le cruzó la cara de una bofetada y apretó el cuchillo contra su garganta.

—Ya basta. —La frené antes de que perdiera por completo los estribos y le abriera la garganta. Vivo nos servía más que muerto. Por el momento.

Me acerqué a Odette, le di la vuelta con cuidado y le tomé el pulso para comprobar que seguía con vida.

Respiraba con una cadencia bastante regular, la dejé en el suelo con cuidado. Entonces me giré de nuevo hacia su padre.

—¿Qué planea el Canciller?

Lord Bados soltó una carcajada que se vio interrumpida por un bramido de dolor cuando Enna le hurgó en la carne, usando la misma daga que le había clavado en la pierna.

—Contesta a la pregunta —le exigió ella.

—No puedes ni empezar a imaginarte lo que tiene planeado para ti el Canciller, chica estúpida.

Enna apretó con más fuerza la daga contra su garganta y manó un chorro de sangre. La miré con fijeza para que se serenara. Necesitábamos respuestas y las necesitábamos ahora.

—Solo sigues vivo porque tienes información que necesito —dije—. Pero no me interesa tanto como para mantener la paciencia mucho más tiempo. Así que habla o dejaré que te descuartice y te mantendré consciente para que sientas hasta el más mínimo corte. Si nos dices lo que queremos saber, morirás, pero tu muerte será limpia.

Lord Bados nos miró con un odio primitivo, pero no había solo ira en sus crueles ojos, también había miedo. Un miedo ineludible y tan natural como la existencia misma.

—Ni siquiera sabes por qué has llegado a este lugar. No deberías estar aquí —repitió de mala gana.

—Yo decidiré dónde tengo que estar.

Él bufó.

—No, necia. Solo estás donde el Canciller ha querido que estés. Todo este tiempo te has limitado a seguir el sendero que él había preparado para ti. No has sido más que una marioneta en sus manos.

Me giré para contemplar a Erik, como si él pudiera ofrecerme respuestas, pero lo encontré con el ceño fruncido, tan perdido como yo.

—Explícate.

—¿Acaso crees que el Canciller iba a exponer de esa manera a la niña que estás buscando para que sea la próxima reina de Eter? ¿Crees que él juega a los bailes y a las princesas como tú? No tienes ni idea de a quién te enfrentas, niña. Ni idea.

Empalidecí.

Lo que estaba insinuando era un despropósito.

—Pero el vínculo... Odette...

—Tú solo has sentido lo que estaba previsto que sintieras. Y has venido hasta aquí, tal y como el Canciller tenía previsto que harías, ¿o es que no te ha extrañado no encontrar a ningún guardia en el camino? Odette no es más que un cebo pensado para que el Canciller obtenga el tiempo que necesita para su última jugada.

Así que el Canciller sabía lo que me había llevado hasta Bellum.

Mi cabeza se negaba a aceptarlo. Yo había sentido el vínculo. Después de tanto tiempo por fin lo había sentido.

O al menos eso era lo que creía que había sentido. Era cierto que no se parecía a lo que había surgido entre Patme y yo, pero supuse que con cada nueva reina era diferente, que variaba en función de quién integrara el lazo.

Era innegable que la magia estaba ahí. Tenía a Odette delante y sentía el tirón de la energía fluctuar a mi alrededor. La llamada de una magia antigua, arcana.

Pero, aunque tenía un sabor inmemorial en mi lengua, lo cierto es que no era fuerte; de hecho había perdido su rastro en el baile, cuando había estado en la misma sala que yo. Y se suponía que eso no debía suceder.

Las palabras del Canciller rebotaron en mi mente.

«Volverás. Tengo lo que buscas».

Me giré en redondo para no darle el gusto a Lord Bados de verme tan descompuesta. Vi como Erik apretaba los labios en una línea tensa. Me miró sin abrir la boca y me di cuenta de que le creía.

—¿Cómo es posible que Odette deje ese rastro de magia? ¿Cómo puede confundirse con el vínculo? —le pregunté, aún sin girarme.

—¿No ves lo que te rodea?

Dirigí una breve mirada a los cristales morados.

—¿Qué tiene que ver la lualita?

—Bueno, al menos sabes cómo se llama, aunque no tengas ni idea de para qué sirve —soltó con desprecio.

—Sé que amplifica los poderes.

—Y en grandes dosis administradas en sangre altera la magia. Aún estamos investigando la cantidad máxima que se puede introducir en un organismo sin provocar la muerte o la locura. Lo que has sentido en el baile no ha sido un vínculo con Odette, sino la llamada de la magia antigua que baña el cristal.

Lo había sentido en mi propia magia desde que había puesto un pie cerca de las minas. Mi poder estaba descontrolado. Laqua brillaba por la sobrecarga que le suponía estar cerca de la lualita.

La revelación fue tan repentina que una parte de mí sintió alivio por poder dar respuesta a algunas de las preguntas que llevaban reconcomiéndome tanto tiempo.

—Entonces, ¿quién es?

—¿Quién es quién? —preguntó él con burla.

Enna soltó su cuello y trasladó la punta del cuchillo a escasos centímetros de su ojo.

—No te andes con tonterías.

Él gruñó una sarta de maldiciones.

—Lord Quin me dijo que estaría en el baile. —Le azucé.

—Vaya con Lord Quin... Parece que hay más de una oveja negra en el redil —dijo, apretando los dientes—.

Sí, la niña estaba en el baile y lo más probable es que aún siga en el castillo.

Los cuatro nos miramos con desesperación. No estaba en nuestros planes regresar a Ével. Se suponía que íbamos a coger a Odette y a marcharnos.

Enna retorció su cuello con tanta fuerza que Lord Bados comenzó a ponerse de un agobiante color morado.

—Déjate de juegos de palabras y soliloquios. O nos dices quién es la niña o arreglo ahora mismo tu fea cara —bramó Enna.

A mis pies, Odette se removió en un estado intermedio entre la inconsciencia y la consciencia.

Ocurrieron varias cosas al mismo tiempo. Al principio todos miramos hacia Odette, incluida Enna. Fue solo un segundo, pero Lord Bados lo aprovechó para empujarla, sacar su propio puñal y abalanzarse contra su propia hija.

Fue tan inesperado que a ninguno nos dio tiempo a reaccionar.

Se arrastró con ella por el suelo, levantándola a la fuerza y colocándole el filo en la garganta.

—Puesto que os estaba esperando, tengo un plan de emergencia. —Tiró del pelo de su hija hacia atrás, exponiendo más el cuello. La niña profirió un grito de horror, volviendo de golpe a la realidad. Lord Bados se pegó a la pared, caminando hacia el pasadizo por el que habíamos entrado—. Dejaréis que me vaya o ella muere conmigo.

—No la matarás —dijo Mara.

Sin embargo, todos sabíamos que sí que lo haría.

—Podéis arriesgaros. Yo no tengo nada que perder.

—Es tu hija, ¿por qué debería importarnos a nosotros más que a ti? —habló Enna. Sabía que mi guardia se estaba marcando un farol. El problema es que Lord Bados también lo sabía.

—Porque os importa la vida de una niña inocente. —Hizo un puchero burlón con sus descoloridos labios—. De no ser así, no os habría ido tan mal.

Enna hizo amago de abalanzarse y separarlos, pero levanté la mano para detenerla. No confiaba en la reacción de Lord Bados y no podíamos permitir que le hiciera algo a Odette.

La cría nos miraba con los ojos agonizantes de un cervatillo asustado.

—Está bien. Entréganos a la niña y podrás irte.

—Me parece que no —respondió Lord Bados, mostrando sus dientes amarillos en una sonrisa torcida—. Es mi seguro de vida y me iré de aquí con ella. Además, me pertenece.

—Eso no va a pasar. No vas a salir de aquí, Bados. —Me sorprendió escuchar la voz de Erik, que se había mantenido apartado hasta el momento.

Lord Bados dirigió sus diminutos ojos hacia él para lanzarle una mirada de desprecio.

—Fíjate en lo que ha quedado el gran Capitán de Bellum. Solo eres un traidor, pero la verdadera pregunta es… ¿a quién traicionas?

Erik apretó los dientes y desenvainó la espada.

Un movimiento a su espalda me llamó la atención.

El hombre de pelo gris había extraído un vial de su bata y lo estaba lanzando contra el metal líquido que empapaba el suelo.

La explosión nos derribó a todos justo antes de que una humareda se adueñara del aire.

Al pitido en mis oídos se sumó la asfixia que producía el humo en mis pulmones. Agité un brazo frente a mí para disiparlo, al tiempo que con el otro me tapaba la boca con un pedazo de tela del vestido, y divisé una figura que se incorporaba muy cerca de mí.

Me preparé para el impacto y cuando una mano me agarró por el hombro con rudeza la cogí con fuerza y le retorcí la muñeca.

Un grito familiar me heló la sangre.

—¿Erik?

—Maldita sea, Alesh —exclamó con voz dolorida.

—¡Lo siento! Te has abalanzado. —me justifiqué.

Palpé en su dirección para aferrarme a él. Su cuerpo seguía oculto por la nube que lo envolvía todo.

—¿Alesh? No te muevas, veo el brillo del anillo —me llegó la voz de Enna. Estaba más cerca de lo que había pensado—. Estoy intentando recordar algún estúpido hechizo para disolver la niebla, pero no se me ocurre una mierda. ¡Haz algo!

—No me fío de mi magia. Está descontrolada.

—Tenemos que salir de aquí —dijo Mara—. No sabemos lo que el temblor puede haber provocado en las minas.

La idea de quedar sepultados fue suficiente para que invocara mi magia a pesar de las consecuencias.

Fue un error.

Primero cayeron unas gotas que arrastraron el humo, liberándonos de la pérdida de visión. Nos habíamos quedado los cuatro solos. No había ni rastro de Lord Bados, de Odette, ni del hombre de pelo gris. Después, la fuerza de la lluvia se incrementó. Las gotas se filtraban por las grietas de la roca, cada vez con más ferocidad.

—Esto no tiene buena pinta —dijo Enna.

—Hay que marcharse. ¡YA! —grité, arrancando a correr hacia la entrada.

Parecía que las minas estuvieran exprimiendo sus entrañas, llevando el agua hacia nosotros. Nos llegaba a los tobillos.

Subimos a la carrera por el pasadizo en espiral por el que habíamos descendido, hasta encontrar el primer escalón. Nos quedaban cinco hasta poder salir de las minas y el torrente ascendía a toda prisa por nuestras pantorrillas.

—¡No lo conseguiremos a tiempo! ¡Transpórtanos! —me gritó Enna sin dejar de correr.

—No puedo. Estamos demasiado cerca de las piedras. Hay muchas posibilidades de que terminemos desmembrados.

Jadeé por el esfuerzo de luchar contra una corriente que parecía querer engullirnos hacia la oscuridad más profunda.

Cuando llegamos al siguiente escalón, el agua ya me alcanzaba la cintura y la desesperación había barrido de mi cuerpo cualquier otro sentimiento.

—Enna, intenta transportarnos tú —propuso Erik.

—Sois demasiados para mí.

—Alesh está desbordada por el poder de las piedras, es posible que a ti también te estén afectando. Si hay una posibilidad de que incrementen tu fuerza, hay que aprovecharla para salir de aquí.

Lo que decía tenía sentido.

Una nueva corriente me arrastró, sin que pudiera evitarlo, un par de metros por detrás de mis amigos.

—Enna, tienes que intentarlo —grité, por encima del ruido del agua.

Ya no hacía pie.

El agua impulsó mi cuerpo hacia arriba. Braceé con fuerza hasta donde ella se encontraba y alargué los dedos hasta conseguir entrelazar sus manos con las mías. Enna se estiró a su vez para coger a Mara, que ya se encontraba agarrada a Erik.

No disponíamos más que de un brazo libre para luchar contra la corriente y esa pérdida de fuerza hizo que el agua nos empujara hacia atrás con violencia.

Ahogué un grito y llené mis pulmones de aire para mantenerme a flote.

Una nueva ola, de una ferocidad extrema, nos hundió más en las frías minas.

Los dedos de Mara se soltaron de nuestro agarre.

Y en un segundo su cuerpo se perdió en la caverna. No vimos si las olas la habían engullido o si tan solo la habían arrastrado.

Mara había desaparecido entre las turbulentas aguas y la luz del anillo no alcanzaba a iluminar lo suficiente como para poder ver nada. Gritamos su nombre al eco de las cuevas, pero no había ni rastro de ella. Pataleamos, esperando notar bajo el agua el contacto de su cuerpo. Pero no sucedió nada.

Grité, berreé y me vacié, con toda la fuerza que tenía almacenada en el pecho, con todo lo que me quedaba.

Pasaron los minutos.

El agua nos llegaba a la barbilla y teníamos el techo a un par de dedos de la coronilla, pero ninguno se atrevía a renunciar a la posibilidad de encontrarla. En su lugar seguimos gritando su nombre, oteando la pérfida superficie.

Cuando el agua ya había superado la curva superior de nuestros labios, vi como Enna se dibujaba en la frente la runa del equilibrio, un cuadrado atravesado por una flecha apuntando hacia la tierra. Sabía lo que eso significaba, igual que sabía el motivo por el que se le estaban llenando los ojos de lágrimas.

Al verla, Erik soltó un gemido, que bien podría haber sido el ruido que hacía un corazón al romperse.

Nos quedábamos sin tiempo.

Enna abrió unos labios temblorosos para murmurar el hechizo que nos transportaría a la superficie.

Sin Mara.

—*Diastra ad astro* —dijo.

Pero, justo antes de que pronunciara la última palabra del conjuro, vi un trozo de tela teñir la superficie.

Sin pensar, me solté de su agarre en el momento en el que Enna ponía fin al hechizo y los dos se evaporaron en el aire, camino al exterior.

No perdí el tiempo. Braceé con todas mis fuerzas, ignorando el pánico que me atenazaba los huesos, mientras el agua me empujaba hacia el fondo. Apreté los músculos para no perder el control de mi cuerpo y me dejé llevar hacia el punto en el que me había parecido ver la manga azul del uniforme de Bellum.

Busqué oxígeno en los escasos milímetros de aire que se abrían hasta el techo y me sumergí en el agua.

A unos metros, iluminada por el fulgor del anillo, se encontraba Mara. Viva. Estaba viva y se esforzaba por respirar. Buceé hacia ella, sintiendo como me ardían los pulmones.

El brillo de mi anillo la alertó de mi presencia y se esforzó por acortar la distancia que nos separaba.

Nadé y pataleé hasta la extenuación, hasta que sus dedos rozaron los míos.

No había opciones ni alternativas.

Llamé a mi magia para transportarnos e imploré a Laqua que esta vez no tuviera consecuencias catastróficas.

Cerré los ojos con fuerza para concentrarme y lo siguiente que noté en cuanto volví a abrirlos fue la falta de opresión del agua a nuestro alrededor y el frío de la piedra sobre la que me hallaba tendida.

Todo parecía en orden.

Frente a las puertas de las minas la estampa no podía ser más sobrecogedora.

Enna y Erik estaban arrodillados en la roca, con las manos unidas y el rostro contraído en una expresión de intenso dolor. No sabía quién estaba consolando a quién, ni podría describir el ambiente fúnebre que se había adueñado del aire.

Me puse en pie, aún tambaleante por el esfuerzo al que había sometido a mis músculos y arrastrando a una desorientada Mara, que observaba el paisaje con los ojos muy abiertos.

—Oh, santas Diosas... —sollozó Enna al vernos, llevándose las manos a la boca. Jamás pensé que iba a ver así a mi guardia.

Erik se quedó solo, arrodillado en el suelo, como un muñeco desvencijado.

Mi poderoso Capitán tenía los ojos muy abiertos, estaba pálido y las lágrimas cavaban surcos en sus mejillas. Nos miraba como si fuéramos dos fantasmas.

Sentí como Enna se acercaba, pero no podía despegar los ojos de Erik.

—Nunca más. ¿Me escuchas? Nunca más vuelvas a hacer algo así —dijo ella, al tiempo que se abalanzaba sobre Mara y la envolvía en un fuerte abrazo.

Dijera lo que dijese, sabía lo feliz que estaba de tenerla a salvo entre sus brazos.

Apreté su hombro y caminé hacia Erik, que no me quitaba los ojos de encima, pero tampoco había hecho ademán de incorporarse. Parecía exhausto. Un soldado consumido, destrozado. Me dejé caer junto a él. Los guijarros me hicieron pequeños cortes en las rodillas, no les presté atención.

Dibujé con la mano el contorno cuadrado de su mandíbula y él buscó mi mirada con la suya.

Su voz sonó áspera cuando habló, cargada como una nube de tormenta.

—¿Sería...? ¿Sería posible, en futuras actividades heroicas, que dedicaras un momento a advertirnos de lo que piensas hacer? —La intensidad de sus palabras no conseguía superar la preocupación que lo tenía todo.

—No quería que os llevarais todas las glorias —dije, sonriendo de medio lado. Sin embargo, su rostro permaneció serio—. Lo siento.

Él negó con la cabeza.

—Has salvado a Mara, pero... Llegué aquí y no estabas, y yo... Pensé que te habías ahogado con ella en esas minas. —Su mirada permaneció lejos, desenfocada.

Cogí su mano con delicadeza. Él apoyó su frente en la mía. Cerré los ojos y me dejé ir con él. Inspiré su olor y todo mi cuerpo recordó lo que era la paz. Esa sensación recorrió mi columna e hizo aletear mi sangre como el sonido anestesiante de una flauta.

Escuché los pasos de Mara y Enna. Se detuvieron a mi espalda y, entonces, Mara dijo:

—¿Quiénes sois vosotros?

Capítulo 37

—¿Quiénes sois vosotros?

Nos dedicamos una mirada de extrañeza. Abrí la boca sin saber qué contestar.

Erik se levantó con dificultad, se situó frente a ella y le colocó las manos sobre los hombros. Mara siguió el movimiento con desconfianza.

—Mara, ¿qué dices?

—¿Quién es Mara? —preguntó ella.

Esperaba que en algún momento se riera y que sus ojos volvieran a chispear con esa emoción burbujeante tan típica en ella, sin embargo, eso no ocurrió.

Maldije en voz baja.

—Creo que ha perdido la memoria en la transportación —dije.

Erik dio un paso atrás, soltándola.

Los contemplé en silencio. Mara necesitaba una sanadora, pero no podríamos ponerla en manos de una hasta que llegáramos a Eter, y nada de lo que habíamos vivido en la última hora presagiaba que eso fuera a suceder tan pronto como hubiera deseado.

—Tienes que llevarla a Eter —le dijo Erik a Enna, haciéndose eco de mis pensamientos.

Enna me miró con ojos tormentosos. Sabía que el sentido del deber le estaba jugando una mala pasada, sin embargo, yo no pensaba ser un obstáculo para poner a Mara a salvo.

—Erik y yo nos encargaremos de volver al castillo y sacar a la niña de donde sea que el Canciller la tenga escondida. Pon a Mara a salvo —Asentí para dar más fuerza a mis palabras.

—Todo es mi culpa —balbució Enna.

La agarré del hombro y la obligué a mirarme.

—No podías prever nada de esto, así que no te lamentes, ¿recuerdas? Llévate a Mara a Eter, se encargarán allí de ella. —Mi mirada se deslizó por encima de sus hombros hacia la base de piedra oscura— Pero, antes de marcharte, destruye todo lo que puedas de estas minas.

Enna no necesitó que le repitiera la orden dos veces. Asintió, y contempló con aire determinante la mole de piedra que descendía hacia las tinieblas.

Erik se acercó a su mejor amiga y le prometió que cuidaría de ella. Le habló con la suavidad del algodón, con palabras tranquilas y gestos amables. Promesas. Muchas promesas de que estaría bien, de que estaría segura. Mara ni siquiera pestañeó cuando él se dio la vuelta para reunirse conmigo, pero él se giró una última vez para mirarla antes de apretar los párpados y convertir su rostro en una superficie fría y dura como el acero.

No lo miré cuando dije:

—Al castillo.

—Al castillo —afirmó.

Agarré su mano con determinación y la magia evaporó el paisaje a nuestro alrededor.

Deseaba no haber tenido que volver nunca.

Las puertas abiertas del castillo se me antojaron un presagio tétrico de lo que nos esperaba dentro.

Di un paso hacia el interior, pero Erik me detuvo. Sus pupilas estaban dilatadas y, aunque su frente estaba fruncida en mil preocupaciones, la línea de sus labios era mullida y confiable. Era hogar.

—No sabemos lo que nos espera ahí dentro, pero pase lo que pase, por favor, no olvides que te quiero.

—No te estás despidiendo —quise asegurar, apretando con firmeza la mano con la que me sostenía.

—Nunca.

—Entonces, vamos a recuperar lo que hemos venido a buscar. Ni el Canciller ni nadie puede detenernos.

Deposité una tierna caricia en su mejilla y él me agarró con fuerza por los hombros, uniendo sus labios con los míos. Sabía dulce, como el chocolate derretido. El cosquilleo de la necesidad seguía muy latente, pero lo aparté a un lado. Di un paso atrás, dejando espacio a la cautela y a un solitario vacío.

Volví a mirar a ambos lados y avancé por el pasillo principal.

Unos pasos salieron a nuestro encuentro. Me puse en guardia.

Lord Quin salió del salón en el que se había celebrado la cena y con aire amistoso se acercó, dejando unos metros de distancia entre nosotros.

—El Canciller os está esperando —aseguró. Hizo un movimiento con el brazo, invitándonos a entrar en el ostentoso salón, para después desaparecer por la puerta que conectaba con el despacho.

Lancé a Erik una mirada precavida y él asintió, infundiéndome ánimo.

Mantuve la guardia alta.

El salón se había vaciado y su luz se había vuelto demasiado tenue, casi tenebrosa. Dentro, ya no se encontraba toda la corte y amigos del Canciller, solo él, esperando tranquilo en mitad de la sala. Nos contempló como si fuéramos un par de roedores que después de oler el queso están a punto de caer en la trampa.

Nos detuvimos a unos cuantos metros de él, esperando su siguiente movimiento.

No hizo ningún gesto, pero, de repente, decenas de soldados armados con todo tipo de espadas, manguales y mazos entraron por todas y cada una de las puertas del salón.

Me tensé junto a Erik, que no apartaba la mirada de un punto concreto. El Comandante se situó con paso firme junto a la figura férrea del Canciller.

Sentí mi poder ardiendo como una semilla inagotable de magia y vida. Lejos de las piedras había conseguido estabilizarse y ahora fluía dentro de mí como un manantial dócil, a la espera de desbocarse.

—Diría que vuestro regreso es una feliz sorpresa, pero no sería cierto —dijo él, con una calma inquietante. Teniendo en cuenta el despliegue de soldados parecía que nos había estado esperando.

Esta vez sí se movió. Elevó una ceja, expectante, y los soldados se abalanzaron sobre nosotros.

Mi primer impulso fue protegernos, sin embargo, todas las espadas se dirigieron hacia Erik, demasiado cerca de su cuello como para que yo me arriesgara a que resultase herido. Él seguía sin apartar los ojos de su padre. Cuando lo alejaron de mí, apenas ofreció resistencia.

Me quedé sola y expuesta ante el Canciller.

Mis manos soltaron chispas rojas e incendiarias. Querían cobrarse venganza.

—Tengo curiosidad, ¿finalmente habéis descubierto quién es vuestra heredera, Alteza?

La mirada de diversión que me lanzó hizo que me rechinaran los dientes.

—Supongo que es ahora cuando me decís que la habéis tenido presa aquí mismo todo este tiempo —escupí.

Él se rio despacio, con aire malévolo.

—Oh, no. Presa no. —Hizo un movimiento con la mano, señalando la puerta del despacho que se abrió ante su silenciosa orden. Lord Quin avanzó, sujetando por los brazos a una niña rubia, de labios finos y ojos grandes e inteligentes. Tan azules como los de su padre.

Imposible.

Me volví a encararlo, no estaba dispuesta a creerlo sin más.

—No es posible.

—Y, sin embargo, lo es. —Su sonrisa era tan espinosa como los bosques más oscuros de Astra—. Felices intervenciones del destino, ¿no creéis, Alteza?

Lord Quin acercó a la niña junto a su padre. No sabía si su lealtad se debía al Canciller, a mí, o simplemente a él mismo. Helia movió los brazos incómoda, intentando aflojar el agarre con el que la sujetaban. Siempre vestía de colores oscuros, ese era el único rasgo distintivo que había creado para diferenciarse de su gemela.

Ella me miró, inquieta. No sabía si estaba asustada o si, por el contrario, había estado al corriente todo este tiempo.

—Demostradlo —le exigí al Canciller.

Su sonrisa me puso los pelos de punta.

—Será un placer.

A continuación, extrajo un vial de su chaqueta. Inclinó con rudeza la cabeza de su hija y la obligó a beber.

Al principio no sucedió nada. Después, el mundo se convirtió en oro.

Las paredes, los techos, los muebles y todos y cada uno de los que se hallaban dentro del salón se tiñeron de oro.

Una magia explotó con un hambre voraz, sedienta de carne, recorriendo cada célula de mi cuerpo. Di un paso atrás, abrumada. No sabía si iba a ser capaz de contener esa fuerza indomable. Entonces se me ocurrió una idea. Tiré del lazo con energía, tensando la magia que lo envolvía todo, concentrando cada fibra dorada.

El mundo se contuvo, se alineó y se fundió entre nosotras.

Y, entonces, apareció.

Un vínculo tan poderoso como antiguo, y tan antiguo como el Sauce.

Exhalé, con los ojos muy abiertos mientras la habitación volvía a la normalidad, el oro caía en gotas espesas y el tiempo retomaba su curso.

Helia cayó postrada de rodillas al suelo.

Encaré al Canciller.

—¿Desde cuándo lo sabéis?

—Cuando Helia cumplió ocho años empezó a tener unos sueños muy vívidos, visiones en las que aparecíais vos. Me inquietó que tuviera acceso a momentos privados vuestros, porque no podía tener la certeza de que no pasara a la inversa. Os veía en la corte, junto a la reina, cabalgando o simplemente dando un paseo por los jardines. Pensaba que estabais utilizando a mi hija para espiarme, así que comencé a tirar del hilo. No me llevó mucho descubrir los rituales de coronación de Eter. Una niña a la que debíais de buscar para fijar un vínculo que la convertiría en la futura heredera... Para mí estuvo claro que sería a Helia a quien buscaríais, así lo indicaba todo; y cuanto más investigaba más seguro me sentía.

Todo este tiempo me había esforzado para mantener mi búsqueda en secreto, a salvo de las maquinaciones del Canciller, pero todo había sido en vano. Si Helia había comenzado a tener visiones mías cuando tenía ocho años eso significaba que el Canciller sabía que yo iría a Bellum desde hacía tres. Había tenido tiempo más que suficiente para prepararse.

Entonces caí en algo.

—¿Por qué invitarme a Bellum si sabíais lo que venía buscando?

¿Acaso no sería mejor para el Canciller asegurarse de que Eter no encontrara a su futura heredera? Aunque, pensándolo bien, casi lo había conseguido a pesar de mi viaje.

El Canciller se inclinó levemente.

—El poder es algo magnífico. Cuesta conseguirlo, pero cuesta aún más mantenerlo. Yo deseaba el control del Sauce, me daba cuenta de las posibilidades que eso me ofrecería, las que le ofrecería a mi gente —se corrigió—. Hacer caer un reino tan mediocre como Eter debería ser fácil... de no ser por el poder de sus reinas. Por más vueltas que le daba no comprendía cómo podía ser posible que ese poder no mermara, muy al contrario, parecía revitalizarse con cada nueva reina.

Hizo una pausa como si estuviera evocando un recuerdo lejano.

Si el Canciller había comenzado a cuestionar de dónde venía nuestro poder eso no podía significar más que problemas. Graves problemas.

Para mi pueblo la reina era poderosa porque la elegía el Oráculo. Nunca me había detenido a pensar en cómo reaccionaría alguien que no compartiera las creencias de Eter ante una afirmación tan categórica.

—Patme estaba cansada de vivir. Los siglos le habían pasado factura y sabía que era cuestión de tiempo que le pasara el testigo a esa curiosa niña que había salido de la nada. Seguí con mucha atención vuestra llegada al castillo de Astra, Alteza. Sin embargo, por más espías que envíe, por más que rebusqué entre las paredes de vuestro castillo repleto de hojas y ramitas, no encontré una sola prueba de vuestra magia. Nadie os veía practicar, nadie os había visto lanzar tan siquiera una chispa de magia. ¿Cuánto de todo eso podía ser casualidad?

El estómago me dio un vuelco al comprender lo que estaba diciendo el Canciller.

No se me permitía practicar en público por una razón muy simple: nadie podía saber que Laqua era lo que me daba el poder de hacer magia a voluntad. Si alguien descubría que necesitaba utilizar las runas y los hechizos, inevitablemente se preguntaría qué es lo que había cambiado después de la coronación. Y la magia no cambia de forma natural, el poder se doma, pero no se amplifica. Al menos eso pensaba yo antes de saber lo que hacía la lualita, pero, aun así, no dejaba de ser un agente externo.

—Así pues, quise poner a prueba mi sospecha —continuó—. Mandé a cinco hombres para que se internaran tras los muros de vuestro castillo y os asaltaran mientras dabais un paseo a solas por el jardín. Quería comprobar cuán fuerte era vuestro poder.

Un recuerdo lejano me asaltó. El olor de la hierba recién cortada y la aparición de cinco bárbaros atacando a una niña desarmada. Una historia que ya le había contado a Erik. Mi primera pelea.

Él vio el reconocimiento en mi rostro.

Había recurrido a mis poderes de forma apresurada para ponerme a salvo. Conseguí someter a dos de ellos, pero los otros tres escaparon. Ahora veía que el Canciller no había intentado matarme sino obtener información. Y lo había conseguido.

Apreté los puños con impotencia. En mis manos vibraba un fulgor rojizo, deseando ser liberado. El Canciller se limitó a echarme un vistazo indiferente y después siguió hablando.

—Cuál fue mi sorpresa cuando mis hombres me informaron de que habíais empleado runas y hechizos para defenderos. ¡Lo nunca visto en una reina de Eter! O se habían buscado a la sucesora más inútil de la historia, lo cual claramente me beneficiaba, o había algo más… Si, como sospechaba, vuestra magia provenía de una fuente externa, debía descubrir cuál era para allanar mi camino hacia el Sauce y, ¿por qué no?, también para poseerla. —Todo mi cuerpo se tensó. Agradecí la magia que manaba de mis manos de forma incontrolable porque ocultaba a Laqua de la mirada envenenada del Canciller—. Por desgracia, había demasiado ocultismo en torno a ella. Llegué a creer que podía ser un efecto del Sauce, lo cual me hubiera enviado a la casilla de salida, pero las evidencias me hicieron descartar esa posibilidad. Sin embargo, por más que investigaba no llegaba a nada sólido.

—Por eso me invitasteis a Bellum. Nunca pretendisteis firmar la paz, solo ponerme a prueba para descubrir de dónde se supone que proviene mi magia. —Me esforcé por aflojar el ceño y aparentar indiferencia.

—Y os puse a prueba. —Enarcó ambas cejas—. La primera vez en el Parlamento y después en la cascada. No tenéis idea de lo sencillo que ha sido para mí seguir vuestros pasos. No hay nada que hayáis hecho de lo que yo no me haya enterado.

Su mirada se deslizó con suavidad hacia Erik. Una indirecta muy poco amable. Torcí el labio con disgusto.

—¿Qué hay del teatro? ¿Estuvisteis detrás de eso también?

—La verdad es que no. —Alzó el mentón—. Cabreasteis tanto al pueblo con la ejecución de Lord Pembroid que ese ataque corrió por su cuenta.

—Fueron vuestras mentiras las que los enfurecieron —gruñí.

Él negó con expresión cansada.

—Cuando aprenderéis… ¿Creéis que me importa lo más mínimo lo que mi pueblo piense de mí? Por supuesto que no, Alteza. Ese es el motivo por el que no hice nada cuando comenzasteis a desacreditarme por las calles, como vulgares campesinas. Un verdadero rey no busca la aprobación de su pueblo, sino su devoción. Si la consigo a través del engaño o del miedo, eso carece de importancia. Tengo su respeto, su credibilidad. Y eso es lo único que necesito para satisfacer mis propios fines.

—Tanta palabrería para no decir nada —bufé—. Si me hicisteis venir para descubrir un supuesto poder secreto, ¿qué relación tiene eso con los planos?

—Siempre tan impaciente. —El Canciller dominaba la sala con pasos tranquilos—. Con la muerte de la reina Patme, llegó mi oportunidad. Vos queríais venir a Bellum para buscar a la niña y firmar la paz, y yo quería averiguar la procedencia de vuestra magia. Sin embargo, pronto sospeché que esa ofrenda de paz no sería suficiente para convenceros de mis buenas intenciones por lo que tuve que añadir, sobre la marcha, un pequeño incentivo a vuestra estancia. Los rebeldes de Eter habían entrado y salido de mi castillo con total impunidad, una fuga imperdonable. Pensé que buscar los planos os mantendría entretenida y sería excusa suficiente para enmascarar mis verdaderos planes.

—¿Nunca os interesó recuperar los planos?

—Fue un añadido a nuestro trato. Que descubrierais o no la existencia de la lualita era algo que me traía sin cuidado. Sabía que más pronto o más temprano llegaría a vuestros oídos por culpa de quienes los habían robado. Un mal menor.

—Pero cuando os enterasteis del tiempo que llevaban en mi poder quisisteis cambiar las condiciones que habíamos establecido y me propusisteis matrimonio. —Pronuncié con asco la última palabra.

—Un trato es un trato. —La sonrisa que acompañó a sus palabras fue de pura suficiencia—. Además, nunca he dicho que mi propuesta de matrimonio sea falsa. Aún espero que la aceptéis, en especial cuando conozcáis el alcance de todo esto.

Hice una mueca de disgusto.

—¿Qué son las piedras?

—Ya deberíais saberlo, teniendo en cuenta de dónde venís.

—Quiero escuchároslo decir.

Él hizo un gesto de impaciencia.

—Son potenciadores de la magia. La lualita ya se conocía en la época de mi antecesor, pero no fue hasta el inicio de mi gobierno cuando comenzó a explotarse ese intrigante mineral. Digamos que antes se consideraban piedras malditas, con demasiada relación con la magia para los habitantes de Bellum. Cuando se iniciaron los experimentos no teníamos clara la cantidad exacta que debía suministrarse por sangre. La gente enloquecía y decenas tuvieron que morir antes de que averiguáramos cuál era el máximo que un cuerpo era capaz de soportar.

Recordé las palabras de las sirvientas. Las habían llamado piedras del diablo.

—¿Para qué usar esas piedras si no hay magia en Bellum?

El Canciller entrecerró los ojos de manera casi imperceptible. No tenía claro si responder. Sin embargo, yo ya sabía por Erik que él sí entrenaba su magia. ¿Todo se reducía a eso? ¿Poder y más poder? ¿Y qué relación podía tener con sus intenciones de invadir todo el sistema? ¿Acaso pensaba que la lualita le daría poder suficiente como para enfrentarse él solo a todos nosotros?

—Es conveniente explotar todos los medios que tenemos a nuestro alcance.

Sabía que esa no era una respuesta sincera, o al menos podía afirmar que era sumamente incompleta.

—¿Por qué no he sentido hasta hoy el vínculo con Helia?

Esa pregunta pareció satisfacerle mucho más. A mí me carcomía.

—Los efectos de la lualita difieren mucho si se administran en la sangre o si se ingieren, por ejemplo, en las bebidas. Los efectos en sangre se perciben de forma devastadora, ese fue el motivo por el que sentisteis algo parecido al vínculo en el caso de Odette. Sin embargo, cuando la lualita se ingiere sus efectos disminuyen, se funde con el cuerpo y se hace inapreciable. No podía permitir que llegarais aquí y descubrierais sin más que mi hija es la niña a la que estabais buscando, porque eso no me hubiera dado el tiempo que necesitaba para descubrir el secreto de vuestra magia. Necesitaba ocultar el vínculo. Tenía la sospecha de que la lualita sería la respuesta, y así fue. Antes de vuestra llegada, Helia estuvo ingiriendo en las bebidas la cantidad suficiente de lualita como para que se enmascarara el vínculo y siguió haciéndolo después. No desaparecía, pero estaba, digamos, en otra frecuencia, una que vos no seríais capaz de percibir.

—¿Otra frecuencia? —Me detuve a contemplar a la niña, que miraba boquiabierta a su padre. Quizá me hubiera precipitado pensando que ella era conocedora de todas sus maquinaciones.

—Cuando la lualita amplifica el poder, altera la magia. No se percibe de la misma forma.

—¿Eso que le habéis dado a Helia hace un momento era lualita?

—Solo es un antídoto que elimina sus efectos. Al restaurar su verdadera magia habéis podido sentir el vínculo.

Así que no habían eliminado el vínculo, ya que eso era imposible, pero habían hecho algo igual de malo: lo habían camuflado.

—¿Por qué alejarme esta noche haciéndome pensar que la niña era Odette?

—Lo cierto es que, a pesar de todos mis esfuerzos, no conseguía entender de dónde procedía ese poder tan ilimitado que poseéis, Majestad. Que persiguierais a Odette esta noche me ha dado el tiempo que necesitaba para obtener la información que tanto estaba esperando.

Capítulo 38

Abrí la boca, pero no me atreví a decir nada.

Y el Canciller prosiguió:

—Os ofreceré una última posibilidad. Después de escuchar todo lo que os he contado, después de entender que nunca nada estuvo en vuestras manos, os propongo que os unáis a mí. Convertíos en mi nueva esposa. Impedid el derramamiento de sangre que tendrá lugar si os obstináis en negaros. —Entonces colocó la mano sobre el hombro de Helia—. Tendréis a mi hija, que reinará en Éter porque también me sucederá a mí, y vuestro pueblo dejará de morir, al ser también mío. ¿Qué más podríais desear que esa paz, Alteza?

Nada. O tal vez sí... Quizá sí pudiera permitirme sentir algo más, algo como lo que había nacido entre Erik y yo. Quizá no debiera de sentirme culpable por estar valorando mis sentimientos a la hora de tomar una decisión.

Pero, en todo caso, las circunstancias eran las mismas. Sabía para qué usaría el Canciller la savia del Sauce y no estaba dispuesta a ofrecérsela en bandeja de plata.

Él notó la determinación en mi rostro y su expresión se volvió calculadora.

Seguí la línea de su mirada, que observaba con benevolencia a Erik.

Él, sin embargo, no estaba mirando al Canciller. Los guardias seguían sujetándolo, pero había adoptado una pose relajada. Sus ojos parecían estar manteniendo una conversación silenciosa con su padre.

El Comandante no se había movido de su sitio ni un ápice. Pese a que Erik pudiera haber anticipado la reacción de su padre, supuse que debía de dolerle lo indecible ver cómo se quedaba mirando mientras los soldados lo apresaban. Aunque, si era así, no lo dejaba traslucir.

—Deberíais preguntaros el motivo por el que sé tanto de vuestros planes, cómo es que conozco tan bien vuestros movimientos y vuestros deseos, Alteza. —Su mirada se dirigió a Erik, a quien dedicó una pequeña inclinación de cabeza antes de volver a fijar su atención en mí—. No habría sido posible sin la inestimable ayuda de mi querido Capitán. —El corazón me dio un vuelco mortal en el pecho—. No solo se ha metido en vuestros asuntos, también se ha metido en vuestra cama. Era una oferta demasiado tentadora como para que la rechazara.

Entrecerré los ojos con pura furia y, antes de ser consciente de que debía dominar mis reacciones, estaba negando con la cabeza.

—No me lo creo. No creo que sepáis nada.

—Y, sin embargo... lo sé. —Hizo una pausa y sus ojos me recorrieron por completo, deteniéndose en mi mano izquierda—. Ese anillo que nunca os quitáis es el que os da todo el poder que poseéis, ¿no es así? Un poder infinito, como el que yo anhelo poseer. Es toda una catástrofe que haya acabado en las manos equivocadas.

No.

No.

No.

NO.

En los ojos del Canciller había algo más que pura codicia.

El universo entero se hizo una bola que se alojó en mi estómago. Mis oídos retumbaron con el sonido de mi sangre golpeando en las venas.

Nada de cuanto había sentido podía compararse con aquello.

Laqua era el secreto mejor guardado de Eter.

Y de alguna manera el Canciller lo había descubierto. Pero no era posible que Erik se lo hubiese dicho. ¿Cómo iba él a conocer su existencia?

Recordé nuestros entrenamientos, la forma en la que había contemplado con atención el anillo, su forma de evaluarme hacía un momento en las minas al no querer desprenderme de él.

Erik siempre había sido demasiado observador.

El Canciller respondió a mis preguntas como si supiera exactamente lo que estaba pensando:

—Hace un momento, mientras estabais en las minas, me llegó una carta, informando de cuál es esa fuente de magia que hemos estado buscando. Vuestro anillo, Majestad.

Los recuerdos se me apelotonaban en la cabeza. Ya no sabía si todo aquello era real o podía haber llegado a ser producto de mi imaginación. Cada momento que habíamos compartido pasó a ser una mancha, una salpicadura de sangre que no había detectado a tiempo y que se había secado ante mis ojos ciegos.

Sentí como la culpa me sepultaba, igual que si hubieran caído sobre mí millones de estrellas. Por un instante me ahogué en mi propia desesperación antes de recordarme que, pese a todo, debía seguir luchando.

—Vuestro Capitán… En fin. *Mi* Capitán os ha traicionado. —El Canciller siguió hundiendo el cuchillo en mi cuerpo con saña.

Él seguía queriendo casarse conmigo y yo sabía que ciertas cosas no se explicaban en el comportamiento de Erik, si de verdad era un traidor.

Pero, ¿quién si no él? Quién había estado tan cerca de mí como para descubrirlo, como para verme utilizar mi magia tan a menudo. Su propuesta de entrenar juntos ya no pareció tan desinteresada como pensé en un primer momento.

Me giré para encararlo. Quería que me mirara. *Necesitaba* que me mirara, que gritara y que desmintiera lo que había dicho el Canciller, que se retorciera para liberarse y llegar hasta mí. Quería que me tranquilizara, que me jurara que nunca haría algo así.

Pero no hizo nada de eso.

Erik se limitó a mirar al Canciller con gesto indiferente. Nada adivinaba tensión ni sublevación en su cuerpo.

No había nada más ácido que la rabia, ni más amargo que la traición. Y pese a saber, porque lo sabía, que el Canciller era un mentiroso, también sabía que esta vez me había dicho la verdad. Aunque mi cabeza no supiera cómo encajar esa verdad dentro de mi mundo.

—Aceptad mi mano y convertíos en mi esposa. Salvad a vuestro planeta de la destrucción. —Alzó una mano hacia mí y tuve que apelar a toda mi contención para mantenerme quieta como una estatua.

Sentí una furia helada recorrerme el cuerpo. El mismo frío que atenuaba el dolor y mantenía mi cuerpo en pie.

No importaba cuanto insistiera ni cuánto pretendiera manipularme el Canciller usando a Erik en mi contra. No iba a cambiar de opinión. Y no porque pensara más en mí que en mi gente, sino porque cada segundo que había pasado en compañía del Canciller me había servido para comprender el irreparable error que supondría permitirle reinar en Eter.

Él apretó con furia la mano tendida.

—Si no aceptáis voluntariamente lo haréis a la fuerza.

Agarró con violencia a su hija, le tiró del pelo y le inclinó la cabeza hacia atrás. Lord Quin sacó un nuevo vial y lo vertió en la boca de la niña ante mis ojos atónitos. Esta vez reconocí lo que contenía: la savia del Sauce. Era la que había visto expuesta dentro de la sala de los tesoros del Canciller. Fuera de Eter, esa savia se convertía en veneno y lo único que podía revertir sus efectos era beber directamente del manantial del Sauce.

Acababa de sentenciar a Helia.

—¿Qué hacéis, insensato? —exclamé, horrorizada.

La puerta se abrió de nuevo y entró un sacerdote con su túnica morada. Nunca una visión se me ofreció tan espantosa.

—El tiempo apremia si no queréis que vuestra futura heredera muera, Alteza —dijo el Canciller. Jamás vi tanta maldad en unos ojos—. Si queréis salvar a Helia primero tendréis que casaros conmigo. —Miró el reloj de su muñeca con indiferencia y, con calma, dijo—: Y más os vale daros prisa.

Mi mente se rebeló contra mi cuerpo.

Todo cuanto había peleado, todos mis intentos...

No podía permitir que nada malo le sucediera a Helia. Ella era el futuro de Eter. Bajé la mirada hacia el suelo y el Canciller aprovechó ese momento de debilidad para acercarse a mí. Me quedé quieta, sintiendo la proximidad de la tétrica figura del sacerdote envuelto en el color de la fortuna.

Sabía lo que tenía que hacer.

—Si me caso con vos... —me falló la voz—. Si llevamos a término esta ceremonia ¿prometéis dejar que vuestra hija venga conmigo a Eter?

Él me inspeccionó con suficiencia antes de asentir.

—¿Tenemos un trato? —preguntó.

Yo inspiré. El oxígeno ya no era suficiente para mí.

Cabeceé, consintiendo.

No me atreví a mirar a Erik.

No me permití sentir nada.

Los labios resecos del sacerdote entonaron un extraño cántico en un idioma que no conocía, al tiempo que se situaba frente a nosotros.

Hizo que nos arrodilláramos.

Nunca me había sentido tan sola.

Agarró con fuerza mi mano y la colocó por debajo de la palma del Canciller.

Sumisión.

A partir de ese momento siempre estaría sometida.

Los chispazos de mi libertad revolotearon como fuego en las brasas.

La voz del Canciller resonó tan firme como aterradora.

No necesitaban mi consentimiento. No me pedirían que pronunciara ni una sola palabra.

—Yo, Gowan Daa Er Viin, tercero de mi casa, Canciller de Bellum, por elección del pueblo y de los dioses, te tomo a ti, Alesh Ar Mare, reina de Eter, como esposa. Unidos en sagrado matrimonio, ante la bendición de los cuatro, que lo tuyo sea mío y lo mío sea tuyo hasta que nuestra sangre manche la tierra y nuestro cuerpo se convierta en polvo.

Un vínculo distinto se apoderaba de mí, palpitaba debajo de mi piel.

Había pasado.

Era la esposa del Canciller.

Capítulo 39

El Canciller se incorporó de golpe y se dirigió al Comandante.

—Prepáralo todo para nuestra partida a Eter.

—No.

Él se giró a mirarme como si solo fuera una mosca que había zumbado sin su permiso.

—Me temo que ya no tenéis nada que decir, esposa mía. En adelante, os quedaréis recluida en vuestros aposentos hasta que tengamos que partir... o hasta que acuda a buscaros para consumar nuestro matrimonio.

El asco me mordió la sangre como el veneno de una víbora.

—No iréis a Eter —sentencié—. Dijisteis que si completábamos la ceremonia yo me llevaría a la niña. Pero vos no sois bienvenido en mi planeta.

El Canciller se enderezó con brusquedad.

—No podéis negarle la entrada a su rey.

—Vos. No. Sois. Su. Rey.

Un signo de incomprensión apareció en su frente.

—Acabo de casarme con su reina.

Me levanté del suelo con un movimiento fluido, sin apartar los ojos de la mirada helada del Canciller.

—Una lástima que en Bellum no esté permitida la poligamia.

Las arrugas se profundizaron en la frente del Canciller.

Pese a todo, una parte de mí no pudo evitar disfrutar de ese momento.

—Lo siento, Canciller, pero yo ya estoy casada.

Un murmullo ahogado, procedente de los soldados, se deslizó entre nosotros.

El Canciller apretó la mandíbula, con el rostro cada vez más rojo, mientras el Comandante mandaba callar a sus hombres.

Después de nuestra visita a la Vidente quedó bastante claro que la boda con el Canciller se produciría. Así que Erik y yo decidimos adelantarnos y tomar medidas drásticas. Tuvimos poco tiempo para prepararnos. Mi vestido fue improvisado, al igual que su traje. Encontramos a un sacerdote dispuesto a cobrar una cuantiosa suma a cambio de no hacer muchas preguntas y nos casamos al amparo del bosque, con Enna y Mara como testigos. Algo urgente y práctico, pero que también había resultado inesperadamente especial. Porque había sido con él.

Mi enemigo, ¿mi amigo? Seguía sin saberlo.

Estaba claro que esto último había pillado por sorpresa al Canciller, por lo que en esa ocasión Erik no había actuado siguiendo sus maquinaciones y, sin embargo, había sido él quien le había hablado de Laqua. El mismo hombre con el que me había casado... Había roto todos nuestros juramentos para poner mi reino de rodillas, al servicio del Canciller. Y eso era algo que jamás podría perdonarle.

El Canciller se giró despacio hacia Erik. Sus movimientos destilaban odio, un odio febril, sin límites ni contención. Avanzó despacio hacia él.

Erik apartó la mirada de su padre solo para contemplar irreverente cómo el Canciller se acercaba hasta quedar frente a frente.

Con los soldados todavía sujetándolo, el Canciller le asestó un puñetazo en el estómago, tan fuerte que se dobló en dos y casi arrojó al suelo a los soldados.

Cada parte de mi cuerpo adquirió una nueva tensión.

—Prometisteis que me llevaría a Helia una vez terminada la ceremonia —recordé al Canciller, consiguiendo que se volviera para mirarme—. Pues bien, ya se ha celebrado y ahora pienso llevármela.

Su gesto se crispó en una expresión rabiosa, se acercó a mí de nuevo y, sin que yo lo anticipara, me cruzó la cara de un bofetón. Primero escuché el golpe y después sentí el impacto.

El instinto hizo que buscara los ojos de Erik, pero su expresión no era más que un lienzo en blanco.

—Tú no te vas a ninguna parte —dijo, señalándome de forma amenazante con el dedo. Con grandes zancadas llegó de nuevo hasta Helia, la sujetó del pelo, sacó un cuchillo y lo apretó contra su yugular—. Entrégame el anillo, o la mato aquí mismo.

Yo ya había presenciado una escena parecida en las minas.

Todo en el Canciller era furia desenfrenada. No se parecía en nada al hombre contenido que presidía distinguidas veladas en salones de mármol y oro. Sus ojos brillaban enajenados por el odio y el rictus de su boca se retorcía en una maldad lobuna tan evidente que hubiera asustado al más valiente de los guerreros.

Entregarle el anillo no era una opción. Debía pensar en algo rápido, crear una distracción, como había hecho Lord Bados con el humo.

Apreté el puño, dispuesta a pelear.

Un grito surcó el aire, petrificándome. La sangré manó del cuchillo, cortando el cuello de Helia, que hundía las uñas en el brazo del Canciller.

—Nada de juegos —bramó él.

Se había percatado de mis intenciones y me estaba haciendo una primera y última advertencia. La próxima vez, el cuchillo le atravesaría la garganta.

Helia era nuestro futuro, pero yo era el presente. Sin el anillo, Éter quedaría totalmente expuesto a los ataques del Canciller y peor aún, él sería quien poseería Laqua. ¿Qué sería capaz de hacer con un poder tan ilimitado como ese?

Pero si dejaba que la matara... su sangre no solo empaparía las manos del Canciller, también las mías.

El poder aullaba en mi interior, exigiendo salir. Deseaba hacerle sufrir. El odio me consumía en oleadas que viajaban por mis venas en forma de magia, arrasando, rugiendo, mordiendo, incendiando.

—Por favor —suplicó Helia.

Tragué saliva, concentrándome en la niña. Dejé que la magia fluyera hasta ella de forma sibilina, avanzando y cubriendo su rastro, impidiendo que ni Canciller, ni ningún otro, la detectara.

Por el rabillo del ojo noté acercarse una sombra, pero no me permití perder la concentración de lo que estaba haciendo, por lo que sus palabras me pillaron desprevenida:

—Oh, sí, el pajarillo tapa su magia, Canciller. Oh, sí, ella sabe cómo avanzar sin que la descubran.

Esas palabras fueron mi perdición.

El Canciller elevó sus escudos en torno a Helia. Había perdido el factor sorpresa.

Veneno se reunió junto a ellos, acarició los cabellos rubios de la niña y estiró una sonrisa, en la que dejó entrever demasiados dientes.

No sabía cómo había sido capaz de percibir mi magia, pero no era capaz de comprender nada de lo que la envolvía.

—No sé si no me he explicado con claridad —rugió el Canciller.

Alzó el cuchillo y lo clavó en el costado de Helia.

La niña gritó de dolor. Su cuerpo se combó hacia la herida como si así pudiera detener el flujo de sangre que sacudía su cuerpo. Dejé escapar un jadeo con los labios medio cerrados.

—Oh, sí —masculló Veneno, con la voz inundada en deseo—. Sangre.

Se relamió despacio, igual que un felino que espera el momento de atacar. Me pregunté si su hermano estaría acechando en las sombras.

—Podrás saciarte de ella si la reina toma la decisión equivocada, Veneno —dijo el Canciller—. ¿Y bien? ¿Qué decidís, Alteza? El tiempo se escurre entre vuestros dedos.

Los escudos del Canciller eran sólidos, más de lo que yo hubiera esperado, aunque no era nada que no pudiera romper Laqua con un poco de esfuerzo. Sin embargo, no me atreví a hacer nada que pudiera provocar más dolor a Helia y sospechaba que el Canciller no se detendría hasta obtener lo que tanto anhelaba.

Miré el anillo. Me temblaban las manos.

Cerré los ojos con fuerza y tomé una decisión.

Cuando los abrí, la determinación brillaba en mis pupilas.

Quizá yo nunca podría ser el tipo de monstruo capaz de derrotar al Canciller, pero no me importaba. Me conformaría con ser el tipo de persona dispuesta a sacrificar lo que hiciera falta por la vida de un inocente.

Lo que hiciera falta.

Cogí aire, afiancé mis rodillas y llevé toda mi energía hacia el anillo. El Canciller se preparó para atacar, pero la magia que yo estaba invocando estaba más allá de su conciencia. Era un poder que exigía y demandaba, pero no solo a mí, nos vaciaba a todos. Cada rugido, el fuego, cada elemento, el polvo, la luz, las sombras. Todo. Lo reuní, lo sentí atravesar mi cuerpo, quemando tejidos, inundando mis venas.

Caí de rodillas, completamente abrumada, sintiendo cómo el poder del universo me atravesaba y me usaba como prisma.

Y, cuando lo hube reunido todo, cuando ya no quedaba nada más, empujé.

Empujé y empujé, más y más fuerte. Hasta quedarme exhausta. Los pulmones me ardían por la falta de aire, la cabeza me retumbaba como si me hubieran dado un golpe.

Lo empujé TODO hacia el anillo.

El brillo atravesó la piedra. La luz se esparció por la habitación, cegándonos a todos.

Un crujido, similar al de un cristal rompiéndose.

Y entonces...

Laqua se bloqueó.

Yo había bloqueado el anillo.

Capítulo 40

El desgaste me dejó hueca.

El Canciller me contempló con un nuevo nivel de furia al percatarse de lo que había hecho. Tenía los nudillos crispados y los labios contraídos. Era la personificación del mal.

Di un paso hacia atrás, sin ser apenas consciente de lo que hacía y cada uno de mis músculos protestó por el esfuerzo.

Vulnerable.

La palabra me sobrevoló adoptando una nueva entidad. Sin la magia de Laqua yo no era más que una hechicera que dependía de las runas y los hechizos.

Él avanzó hacia mí con paso decidido, dejando a Helia en las oscuras manos de Veneno.

Retrocedí y levanté el brazo para dibujarme en la frente el símbolo de la velocidad, una flecha de hierro redondeado en los extremos apuntando a la derecha. Pero, antes de que los dedos alcanzaran mi frente, el Canciller se me echó encima. Caí al suelo con un golpe sordo, aterrizando sobre el codo izquierdo, que se quejó por el impacto.

—Explicadme, Alteza —dijo, con helada calma—. ¿Para qué os necesito viva ahora?

Su pie impactó contra mi estómago antes de que pudiera hacer amago de incorporarme. Todo el aire se me escapó del pecho y me ladeé en busca de oxígeno. Se arrodilló y agarró con fuerza mis muñecas, alzándolas por encima de mi cabeza y arrebatándome el anillo a la fuerza. Los poderes de Laqua estaban bloqueados, pero perderlo era otra nueva derrota que debería sumar a mi interminable lista. A pesar de su ausencia, continué sintiendo el peso en mi dedo como si fuera un miembro fantasma. Pataleé, mortalmente indefensa, pero me clavó la rodilla en el muslo. Sentía como si en cualquier momento mi pierna fuera a partirse en dos.

Grité de dolor. No era el Canciller lo que más me atemorizaba, sino la ausencia del poder al que tan rápido me había acostumbrado. Traté de recordar las lecciones de Erik pero todo había sido barrido por el miedo.

—Como ya he dicho, no debería ser tan complicado matar a reinas tan mediocres —Pasó a sujetar mis muñecas con una sola de sus manos y con la otra escarbó en su chaqueta hasta extraer una daga de mango granate, rojiza como las bayas, como la sangre; la apoyó contra mi barbilla y dejé de debatirme. Acercó los labios a mi oreja antes de susurrar—: Si esta pelea hubiera tenido lugar en la intimidad de mi alcoba no dudaría en demostraros las muchas formas en las que podéis experimentar el dolor, sin embargo, tendremos que conformarnos con un espectáculo que puedan disfrutar también mis hombres.

La bilis me subió por la garganta.

No iba a permitirlo. No sin luchar.

Eché la cabeza hacia atrás y le asesté un fuerte cabezazo en la frente, pinchándome con la daga en la garganta en el proceso. Un hilillo de sangre bajó por mi cuello. El Canciller se desestabilizó y yo aproveché la sorpresa para quitármelo de encima. Rodé por el suelo y me apoyé en la rodilla para ponerme en pie, haciendo acopio de todas mis fuerzas.

El silencio tensó el aire de la habitación.

El Canciller se volvió hacia mí, alzando una mano para detener el avance de los soldados que ya habían comenzado a moverse en mi dirección. Con brío, me dibujé la runa de la velocidad. Con demasiado brío. Uno de los extremos del hierro de la flecha me quedó recto. El puño del Canciller impactó contra mi mandíbula. Por un instante todo fue negro. Parpadeé desesperada por recuperar la visión, un poco más clara, aún borrosa. Al menos no me caí de nuevo. Mis manos buscaron cubrir el golpe, pero el dolor hizo que casi no pudiera ni rozarme.

Hurgué a tientas entre las telas de mi vestido rajado y tiré de la daga que se escondía en el interior del corsé para liberarla. Era un arma pequeña, pero, como había dicho Erik, no necesitaba que fuera grande, solo saber dónde clavarla.

—Vaya, un secreto de lo más encantador —dijo el Canciller con una sonrisa—. Una lástima que no nos hayáis dejado ver un poco más de dónde la teníais guardada.

Varios de los soldados rugieron obscenidades tras su comentario.

Apreté los dientes y los desterré al fondo de mi mente. Solo tendría una oportunidad y pensaba aprovecharla.

Era consciente de que no sería capaz de vencerle, no con todos esos soldados esperando para abalanzarse sobre mí y cobrarse venganza. Mi única posibilidad era ser lo bastante veloz como para llegar hasta Helia, dibujarme la runa del equilibrio en la frente y transportarnos hasta Eter.

No podría ocuparme de Erik.

Me coloqué en la postura correcta, esperando su ataque, alejando el miedo.

No tuve que esperar mucho.

El Canciller agarró el cuello de un enorme pavo real de cristal que se encontraba en el medio del salón, lo balanceó y lo arrojó hacia mí con una fuerza imposible. Salté para evitar el impacto, arrojándome de nuevo al suelo. La daga se resbaló de entre mis dedos y fue a parar a un metro de donde me encontraba. La imponente figura de cristal se hizo trizas contra el mármol en diminutos trozos afilados.

Llevé las manos al suelo para arrastrarme hasta ella, pero algo me golpeó en el centro de la columna. Mi tronco se derrumbó y mi barbilla chocó con el suelo. El dolor de la mandíbula se hizo imposible de soportar y diminutos puntos blancos aparecieron en mi visión.

La bota del Canciller me aplastaba contra el enlosado. Llevé hacia atrás una mano para cogerle del tobillo y derrumbarlo, pero, cuando ya lo tenía sujeto, un dolor terrible me traspasó músculo, hueso y tendones. Aullé de dolor, con la daga del Canciller clavada en el dorso. La miré como si no pudiera concebir que saliera de mi propia mano y un instante después el Canciller la arrancó. Ahogué un gemido, conteniéndolo entre los dientes. Cada temblor de la mano enviaba una nueva oleada de dolor a mi cerebro.

El Canciller se sentó sobre mi espalda, con las rodillas aplastándome la columna y bloqueando mis patadas con sus espinillas. Me agarró del pelo y tiró, me arqueé para evitar el dolor y con la otra mano me clavó de nuevo la daga, esta vez en el muslo. La empuñó con fuerza y rasgó hacia arriba. Por más que lo intenté, por más que apreté los dientes, no pude evitar el sollozo que escapó de mi boca. Un aullido que no conocía principio ni fin. Sentí la sangre empapando el mármol níveo, acuosa, húmeda en la ropa. El olor a hierro y sal lo inundó todo.

Esta vez colocó la daga contra mi garganta, y supe que todo se había terminado.

Arrastré la mirada hacia Erik, pero no imploré. Él me contempló con gesto ausente, como si no le importara lo más mínimo lo que fuera a hacerme el Canciller. Fuera como fuera, él había vivido con sus normas y yo había seguido las mías.

El dolor y la pérdida abrumadora de sangre me abotargaban, casi no sentía mi propio cuerpo, estaba entumecida y cada vez más atontada; y no podía dejar de agradecer que así fuera.

Escuché un grito que no parecía humano, zancadas y algo deslizándose por el suelo. Mi cuchillo impactó contra las yemas de mi mano sana, lo agarré fuerte y no dudé cuando le rebané la mano al Canciller, por encima de la muñeca. La mano con la que sujetaba su daga.

Bramó de dolor, me soltó de inmediato y se incorporó, alejándose. Me di la vuelta, apoyando la espalda en el suelo y vi quién me había lanzado el cuchillo. Helia se arrojó sobre mí y me pasó un brazo por debajo de los hombros para ayudarme a incorporarme. Me pesaba demasiado el cuerpo. Los ojos se me estaban cerrando. Escuché los gritos del Canciller y el rechinar de dientes de un animal enfurecido. De alguna manera, Helia se había librado de Veneno.

—Por favor, no te mueras. Tienes que sacarnos de aquí —susurró.

No encontré mi propia voz.

El mundo se apagaba y yo no podía encontrar la chispa de mi magia. Laqua ya no estaba. ¿Dónde se había metido mi magia?

Cerré los ojos, navegando hacia la muerte y sentí como la niña me zarandeaba, como suplicaba que volviera. Todo estaba negro, la tierra tiraba de mí para que me rindiera a la inconsciencia.

Más gritos. Gritos y más gritos y yo ya no quería seguir escuchando.

Supliqué que no doliera.

Zarandeo, acero, espadas.

Sangre. Mucha sangre.

El olor del infierno.

Abrí los ojos por última vez y vi una figura borrosa lanzándose hacia nosotras.

Un dibujo en su frente.

Una mano en mi hombro.

Y una voz que no esperaba volver a escuchar nunca más.

—*Diastra ad astro* —dijo.

No me desperté, tampoco me dormí. Viajé en una inconsciencia tranquila, en medio de un limbo. Tenía los ojos cerrados, pero tampoco importaba, de todas formas ya no podía confiar en que mis sentidos reflejaran lo que pasaba a mi alrededor.

Por debajo de todo el dolor pude percibir el tacto áspero de la hierba bajo mi piel, arañando mis heridas abiertas. Debí de emitir algún tipo de ruido porque inmediatamente después comenzaron los gritos. Eran distintas voces. Discutían. Yo no entendía lo que estaban diciendo, solo quería que se callaran.

Unas manos se posaron sobre mi vientre, totalmente rígidas.

Me preparé para sentir más dolor, si es que era capaz de seguir sintiendo algo. Pero no fue eso lo que sucedió. Una voz conocida susurró algo y sentí la fuerza tibia de la magia sanadora circulando por mis venas.

Las heridas se cerraban, cosiéndose, revertiendo el dolor y el miedo. Mi pulso volvió a la normalidad y el tormento desapareció. Pese a todo, permanecí con los ojos cerrados hasta que la voz volvió a hablar.

—Alesh —me llamó—. Alesh, por favor, abre los ojos.

Despegué los párpados con dificultad. Hacía mucho tiempo que no escuchaba aquella voz.

Brandon. Se encontraba arrodillado a mi lado, profundamente abatido. Entendí que la magia sanadora provenía de sus manos. Observé su cara con atención.

No había cambiado y yo nunca me había alegrado tanto de volver a ver a alguien.

Entonces giré el cuello; y allí estaba: Astra.

El castillo refulgía con el brillo de los polvos de hada. Pronto llegaría el Día de la Verbena y sacaríamos las flores del verano para celebrar el inicio de una nueva estación...

—Estoy en casa. —Mi voz sonó rasposa.

Él suspiró, dejando escapar la tensión, y me ayudó a incorporarme.

—Estáis en casa.

A mi derecha un movimiento captó mi atención.

Helia lo observaba todo con expresión abrumada. Miedo, eso es lo que había en sus ojos.

Estaba allí. Por fin estaba allí.

Traté de incorporarme, pero entonces fui consciente de quién la acompañaba y mi cuerpo se tensó. Brandon notó mi rigidez y exploró mi rostro en busca de respuestas.

—¿Qué haces aquí? —le exigí.

Erik mantuvo la máscara de indiferencia que había usurpado su cara desde que habíamos entrado en el salón del Canciller.

—Nos ha salvado. Él ha sido quien nos ha sacado de Bellum —intervino Helia, arrugando la frente.

Me incorporé, rechazando la ayuda de Brandon y colocándome frente a Erik. Esperaba que pudiera sentir todo el desprecio y el odio que me provocaba.

Adelanté los brazos y lo empujé. Él retrocedió un par de pasos, pero no me detuvo. Me volví a acercar y empujé de nuevo. En esta ocasión, retuvo mis muñecas junto a su pecho. Yo me retorcí como si quemara.

Brandon apareció tras de mí y colocó sus manos sobre mis hombros. Erik me liberó de golpe.

—¿Qué ha pasado? ¿Cómo habéis acabado así? —preguntó Brandon mientras fulminaba con la mirada a Erik, que, por su parte, no apartaba los ojos de mí.

Me limité a dejar salir todo el aire por la nariz. La sensación amarga de la traición volvió a embargarme y me puso los pelos de punta.

Al ver que no pensaba responder inmediatamente, Brandon se puso a mi lado.

—No sabéis la falta que nos habéis hecho aquí —dijo, cogiéndome la mano y depositando un beso lento en el dorso.

La expresión de Erik cambió casi imperceptiblemente, pero detecté una emoción subyacente tras el muro que había erigido entre nosotros. Mi estúpido corazón se empeñó en dar un vuelco y consiguió que me enfureciera aún más.

Al ver que me obstinaba en permanecer en silencio, Brandon llamó de nuevo mi atención.

—Necesitamos que hagáis algo ya, Alteza. —Supuse que debía de ser serio. Brandon siempre se resistía a usar el título conmigo, por lo que dejé de fulminar a Erik con la mirada y le insté a que hablara—. Recibimos a vuestros emisarios, pero no han sido suficiente para conseguir que Ophidia se levante del trono. No sabemos cuáles son sus propósitos, pero insiste en hablar con vos.

Ophidia...

Maldita sea.

Apreté los labios y miré a Helia con dulzura. Esperaba poder infundirle la seguridad que tanto iba a necesitar de aquí en adelante.

Cuadré los hombros, erguí el mentón y señalé a Erik.

—¿Ves a ese hombre, Brandon? —dije, llena de odio. Él asintió con el ceño fruncido—. Que lo encierren en el agujero más profundo del castillo.

Continuará...

Agradecimientos

Escribir es el sueño de mi vida y, aunque este solo sea el primer paso, ojalá vayamos de la mano y me acompañes en todo lo que está por llegar a partir de aquí. Así que gracias a ti, que sujetas este libro. Por algún extraño motivo, los lectores siempre aparecen al final de los agradecimientos, pero yo te lo debo todo: así que millones y millones de gracias. Espero que te encuentres un billete de 50 por la calle y que todos los semáforos de tu vida se pongan en verde (literal y metafóricamente).

A mi madre. Eres la fuerza que ha impulsado siempre cada uno de mis pasos. Te quiero.

A Juan Antonio por tu paciencia y apoyo, por ser mi primer lector, a pesar de que no te guste la fantasía, por levantarme tras cada caída y por ser tú. Siempre tú.

Al equipo de DNX por apostar por esta historia a la velocidad de la luz. Sara y Maite, muchísimas gracias por todo el trabajo que habéis dedicado a la novela. No sería lo que es sin vosotras.

A mis lectoras cero: Miriam y Ari, por sacar el tiempo de debajo de las piedras y por la cantidad de veces que me habéis dicho que os gustaba, hasta que (por fin) me lo he creído.

A Clara, Laura, Sandra, Carlos y Arantxa, por todo el entusiasmo que habéis demostrado, por las notas, los audios y las celebraciones improvisadas. Os juro que no sé quién se ha alegrado más de que este libro exista.

A todas las personas a las que he molestado para que *Bellum* llegara hasta las librerías (Victoria, Eneida, Beatriz, esta va por vosotras).

Y por último, pero no menos importante, a todas las personas que dedican su escaso tiempo a hacer reseñas de libros y en especial a la comunidad de *bookstagram*. No sé si algún día llegaremos a tener el reconocimiento que merecemos, pero el camino es tan bonito a vuestro lado que merece la pena.